«PANDORA»

Collana «Pandora»

D. Steel, *Le luci del Sud*
S. Ahrnstedt, *Ritratto di donna in cremisi*
Z. Fishman, *Donne in cerca di equilibrio*
L. Harrison, *Monster High - Il mostro della porta accanto*
D. Cartier, *Un sogno oltre il mare*
S. Casati Modignani, *Un amore di marito*
S. Bower, *I peccati dei Borgia*
P. Gregory, *La regina della Rosa Rossa*
L. Fallon, *The Mark*
B. Taylor Bradford, *L'amore non è un gioco*
C. Higgins Clark, *Un mare di guai*
L. Harrington, *Il giardino di Alice*
C. Palumbo, *Damned*
J. Fletcher & D. Bain, *La Signora in Giallo - Omicidio sul ghiaccio*
D. Steel, *Una ragazza grande*
P. Gregory, *La signora dei fiumi*
N. Bortolotti, *E qualcosa rimane*
A. Pike, *Illusions*
G. Musso, *Il richiamo dell'angelo*
D. Safier, *La mia famiglia e altri orrori*
N. Bilyeau, *L'ultimo velo*
A. Plichota e C. Wolf, *Oksa Pollock e la foresta scomparsa*
T. Bloom, *Niente sesso, è martedì*
R. Drummond, *Sex and the Country*
A.H. Bubenzer, *La favolosa vita di Henry N. Brown orsetto centenario*
H. Dixon, *Enchanted*
S. Casati Modignani, *Léonie*
J.E. Smith, *La probabilità statistica dell'amore a prima vista*
H. McQueen, *Domani scappo o ti sposo*
C. Addison, *L'altra metà del sole*
B. Asher, *Amore al profumo di lavanda*
C. Valente, *La bambina che fece il giro di Fairyland per salvare la Fantasia*
R. O'Melveny, *L'arte segreta dei rimedi del cuore*
S. Prince Halverson, *L'amore più grande del mondo*
K. Klise, *Colazione a Parigi*
A. Winn Scotch, *Una sorpresa sulla Fifth Avenue*
J. Close, *Ragazze in bianco*
J. Spotswood, *Wicked*
M. Higgins Clark, *La lettera scomparsa*
J. Hall, *La villa degli aranci fioriti*
J. Fletcher & D. Bain, *La Signora in Giallo - Un delitto a regola d'arte*
B. Leoni Capello, *Dark Heaven - La carezza dell'angelo*
H. Evans, *Il libro dell'amore perfetto*
P. Gregory, *La futura regina*
M. Gideon, *Cose che mio marito non sa di me*
M. Goldstein, *Singles*
B. Despain, *Lost Grace*
R. Joyce, *L'imprevedibile viaggio di Harold Fry*
K. Sackville, *Quando mio marito lava i piatti...*
S. Aragona, *La moglie dell'ambasciatore*
S. Fox, *Una particolare specie di tentazione*
S. Bower, *La bellezza e il peccato*
R. Hartman, *Seraphina. La ragazza con il cuore di drago*
R. Maizel, *Fragility*
B. Taylor Bradford, *Lettera da una sconosciuta*
D. Steel, *44 Charles Street*
B. Kery, *Quello che mi lega a te*
J. Fletcher & D. Bain, *La Signora in Giallo - I gioielli della regina*
L. Frankel, *Tu, per ora #persempre*
G. Musso, *Sette anni senza di te*
K. Izzo, *Amore, ragione e sentimento*
D. Steel, *Legami di famiglia*
P. Jenoff, *Il colore trasparente della notte*
A. Pike, *Destined*
P. Mesa, *La piccola dea della fertilità*
K. Cass, *The Selection*
C. Valls, *Il mercante di stoffe*
D. Galdino, *Il primo caffè del mattino*
D. Safier, *L'insostenibile leggerezza della mucca innamorata*
A. Plichota e C. Wolf, *Oksa Pollock e il cuore dei Due Mondi*
Eliselle, *Amori a tempo determinato*
M. Goodin, *Felicità è un pizzico di noce moscata*
R. Brook, *L'alba del mondo*
K. Morton, *L'ombra del silenzio*
S. Pastis, *Timmy Frana*
L. Price, *Enders*
L. Nelson Spielman, *La lista dei miei desideri*
B. Ciotta, *La ricetta segreta dell'amore*

BETH CIOTTA

LA RICETTA SEGRETA DELL'AMORE

Traduzione di Rosa Maria Prencipe

Sperling & Kupfer

Fool for Love

Published by arrangement with St. Martin's Press, LLC

ISBN 978-88-200-5394-9
86-I-13

Questa è un'opera di fantasia. Personaggi, organizzazioni ed eventi narrati in questo romanzo sono frutto dell'immaginazione dell'autrice o usati in chiave fittizia.

Alla mia agente letteraria, Amy Moore-Benson.
Mia paladina. Mia amica. Grazie per aver creduto in me.
Insieme abbiamo tenuto duro!

Nota dell'autrice

Sebbene ispirato a una regione settentrionale del Vermont, vi prego di tenere a mente che Sugar Creek e le località circostanti citate in questo libro sono immaginari. Benvenuti nel mio mondo!

Passando ad argomenti più divertenti, mentre scrivevo questo romanzo ho saputo che molti miei amici e lettori erano già accaniti amanti dei cupcake! Per celebrare questo amore ho aperto un internet club segnalato sul mio blog: Honorary Cupcake Lovers. Alla fine del libro troverete alcune ricette dei membri onorari. I miei sentiti ringraziamenti a tutti coloro che si sono iscritti. Alcune sono creazioni originali, altre specialità di famiglia. Alcune facili, altre impegnative. Mescolate, infornate e gustate!

1

Nella vita non si sa mai. Mangia prima il dessert.
ERNESTINE ULMER

Manhattan, New York

«QUANTI anni credi mi darebbero per omicidio a mano armata con un... elettrodomestico?»

«Chloe...»

«Dico sul serio, Monica. Voglio ucciderlo.»

«Con uno sbattitore elettrico?»

«Non voglio che sia una cosa rapida.»

«O facile. E come faresti, esattamente?»

Chloe non lo sapeva, esattamente. Non stava pensando in modo razionale. Aveva la mente affollata di visioni di Ryan impegnato a leccare la glassa di burro alla vaniglia dalle fruste (la glassa che aveva preparato per una torta stupenda) poco prima di annunciarle che la lasciava per una «sgualdrina» parigina. (La definizione dell'altra donna era opera di Chloe, non di Ryan.)

Col cuore pieno in parti uguali di dolore e rabbia, Chloe ricacciò indietro le lacrime mentre continuava la filippica a distanza con la sua più vecchia e cara amica. «Forse hai ragione», disse al telefonino. «Forse dovrei infilzargli quel cuore traditore col mio forchettone. O pestarlo col batticarne.»

«Che cosa macabra. E assolutamente non da te. Sei una pacifista, tesoro. Tolleranza zero per il sangue. Hai vomitato quando ci è capitato di investire quello scoiattolo. Ricordi?»

Ultimo anno delle superiori. Tornando a casa dopo le prove

di *West Side Story*. Monica aveva sterzato ma non era stato sufficiente. Chloe si era messa a urlare quando aveva sentito l'impatto e, guardando dal lunotto posteriore e vedendo la piccola vittima, aveva vomitato sul sedile della Camaro.

Ricordi?

«Più o meno», mormorò, rilasciando un sospiro addolorato. Monica aveva ragione. Sangue e violenza non servivano. Il solo pensiero di quello scoiattolo le rivoltò lo stomaco e spense i suoi istinti omicidi. Una volta esaurita la rabbia, le cedettero le ginocchia. Chloe crollò sul divanetto sul quale lei e Ryan si facevano le coccole e l'infelicità si riversò nel suo animo, lenta e densa come lo sciroppo d'acero casalingo che Monica le aveva spedito dal Vermont.

Due anni. Chloe aveva investito due anni della sua vita in quella relazione, il rapporto più lungo mai avuto. C'era stato un duro scontro con il padre quando era andata a vivere con Ryan e aveva perso i contatti con un gran numero di amici newyorkesi quando aveva rinunciato alla sua vita festaiola per dedicarsi alla felicità domestica. Non si aspettava un'unione convenzionale, dati i frequenti viaggi di lavoro all'estero di Ryan, ma non si aspettava neanche questo. Non aveva sospettato una relazione, non aveva sentito indebolirsi i sentimenti di lui. Aveva creduto che fossero una coppia solida, destinata al matrimonio. Si sentiva l'idiota più colossale del pianeta.

«Ascolta, Chloe. So che sei a pezzi. Quel bastardo ti ha tradita. È uno schifo. E ti sta lasciando per lei. Fa ancora più schifo. Ma...»

«Ma cosa?»

Monica sbuffò. «D'accordo. Scusa se sarò un po' dura, tesoro. Avevi una relazione comoda: una vita comoda, ma volevi sul serio passare il resto delle tue notti con uno che non riusciva a trovare il tuo punto G?»

Chloe arrossì. «Ho avuto degli orgasmi.»

«Sì, con l'erogatore della doccia. Non conta.»

«Non avrei dovuto dirtelo.»

«Perché no? Io ti ho raccontato di quando venivo sedendomi sulla lavatrice in centrifuga.»

«Stai cercando di farmi sentire meglio? Perché, notizia dell'ultim'ora, non funziona.»

«Sto cercando di dirti che Ryan Levine non vale un ergastolo.»

«Non preoccuparti. L'impulso omicida mi è passato.»

«Bene.»

«Adesso vorrei solo sdraiarmi sul letto e morire.»

«Oh, tesoro...»

Chloe scoppiò in lacrime e si sfogò. Forse Ryan non valeva la prigione, ma un bel pianto di sicuro sì. «Ha rovinato il giorno più felice della mia vita, Monica. Dopo tutti questi anni, tutti i corsi e i lavori del cavolo, finalmente avevo portato a termine qualcosa, finalmente ero riuscita bene in una delle mie passioni. Dopo quattrocentoquaranta ore di lezione in classe e duecentodieci ore di pratica esterna, non solo ho preso il diploma dell'Istituto d'Arte Culinaria, ma ho avuto anche la *lode*.»

«Cosa? Stai scherzando! Voglio dire, è *fantastico*! Perché non me l'hai detto?»

«L'ho saputo solo oggi. Della lode, comunque. Il giorno più felice della mia vita... *rovinato*! Quella storia andava avanti da mesi. Poteva aspettare un giorno o due prima di mollarmi. Qualsiasi altro giorno ma non questo.»

«Oppure», ringhiò Monica come un'infuriata mamma orso, «poteva rompere con te settimane fa, quando è iniziata l'avventura.»

«Ha detto che non voleva distrarmi dai miei studi.»

«Tante grazie.»

«Ha aggiunto che se ne andava più tranquillo sapendo che ero finalmente orientata verso una professione seria.»

«Bastardo.»

«Tornerà per prendere le sue cose. Si trasferisce in Francia, così potrà vivere con lei. Ha precisato che il nostro appartamento è pagato per i prossimi tre mesi. Quindi ho novanta giorni per trovare una coinquilina o un posto che posso permettermi da sola. Entrambe le prospettive sono deprimenti. Per non parlare del fatto che nel frattempo sarò alla ricerca di un lavoro.»

«Forse potresti chiedere a tuo padre...»

«No.»

«Giusto. Consiglio stupido. Va bene, allora. Vieni a stare da me.»

«Ma tu vivi nel Vermont.»

«E allora? Metti le tue cose in un deposito e vola quassù per una visita prolungata. Non deve essere per sempre. Giusto il tempo per guarire. Per riprendere fiato e fare progetti per il futuro. Chi lo sa? Forse ti innamorerai di Sugar Creek come è successo a me e vorrai restare.»

Chloe lanciò un'occhiata al soggiorno e alla cucina. Poi il suo sguardo si spostò alla camera da letto. Ogni centimetro quadrato di quell'appartamento le ricordava Ryan e la loro vita in comune. Non riusciva a immaginare di restarci per i prossimi tre mesi. E neanche voleva farlo.

«Non mi sembra giusto imporre la mia presenza a te e Leo. State cercando di avere un bambino. Io... io non mi sentirei a mio agio.» Secondo l'amica, lei e quello che da tre anni era suo marito lo facevano come conigli ogni volta che ne avevano l'opportunità. La settimana precedente, quando lui era tornato a casa per pranzo, l'aveva accolto nuda sulla soglia.

«Certo, potrebbero crearsi situazioni imbarazzanti», commentò Monica con un sorriso nella voce. «Vero.»

«E poi, cosa potrei fare? Sugar Creek è perfino più piccola del paese in cui siamo cresciute. Sono una ragazza di città da quattordici anni. Ho bisogno di cultura. Attività e distrazioni.»

Soprattutto adesso. L'ultima cosa che le serviva erano ore vuote in cui crogiolarsi nella separazione.

«A Sugar Creek ci sono attività e distrazioni», ribatté Monica. «Sono solo diverse da quelle a cui sei abituata. Ehi, ci sono. Daisy Monroe sta cercando una cuoca e una dama di compagnia.»

«Chi è Daisy Monroe?»

«Te ne innamorerai. È proprio come te, incantevolmente eccentrica, solo un po' più vecchia. Il paese ha appena festeggiato il suo settantacinquesimo compleanno.»

«Tutto il paese? È famosa?»

«Sì, direi. Vive da sola in una bellissima casa coloniale. Scommetto che se glielo chiedessi, riuscirei a farle includere l'alloggio gratis.»

«Monica...»

«È perfetto! Un po' di tempo lontana. Con me. E poi cucineresti. Mettiamo in pratica quel diploma, tesoro!»

«Non lo so.»

«Io sì. Accetta.»

Chloe strinse al petto il cuscino preferito di Ryan e inspirò il suo profumo. Il cuore ferito prese a martellarle di rinnovata rabbia. Al diavolo. «Sì.»

«Fantastico! Ci penso io a organizzare tutto. Tu fai i bagagli. Oh! A proposito di attività, puoi iscriverti alle Cupcake Lovers. Stupiscici con qualcuna di quelle sofisticate ricette che hai imparato alla scuola di cucina.»

«No, grazie.»

Nelle sue e-mail, Monica le aveva parlato del club locale. Un piccolo gruppo che si incontrava una volta a settimana per scambiarsi ricette e idee su come fare la differenza nel mondo tramite i cupcake... cioccolato, red velvet, noci e banane...

Chloe immaginò la Devil's food cake che aveva gettato nella spazzatura meno di un'ora prima. Pensò a come Ryan ne aveva assaggiato la glassa, il mugolio di piacere che aveva preceduto lo stanco sospiro. Ricordò come impazziva per la sua cucina durante gli ultimi mesi, soprattutto per i piatti che aveva creato per il corso di Dessert Contemporanei.

Equiparando dolci e cuore infranto, si chiese se sarebbe mai più stata in grado di preparare un altro dessert senza sentirsi depressa o pervasa da istinti omicidi. «Ho giurato di rinunciare ai dolci», disse Chloe tirando su col naso. «Per sempre.»

Monica sbuffò. «Questa sì che è una sciocchezza.»

2

Due giorni dopo...
Sugar Creek, Vermont

DEVLIN Monroe si massaggiò la tempia pulsante mentre suo fratello gli riferiva la preoccupante notizia. Spostò il telefono all'orecchio sinistro e appuntò un nome sul blocchetto. «Grazie dell'avvertimento, Luke.»

«Se avessi accettato il suo invito a colazione l'avresti saputo direttamente dalla nonna.»

«Ero pieno di lavoro.»

«Sei sempre pieno di lavoro. Hai bisogno di farti una vita, Dev.»

«Ti ripeti.» Salutò suo fratello e guardò l'ora. Le nove e quindici.

Il negozio era aperto al pubblico da un quarto d'ora. La maggior parte dei dipendenti era arrivata alle nove. Devlin, direttore del J.T. Monroe, che la famiglia possedeva e gestiva da sei generazioni, si trovava lì dalle sette. Aveva già compresso tre ore di lavoro in due, concentrandosi su un rapporto a breve, media e lunga distanza riguardante la capacità di quel negozio del diciannovesimo secolo di competere con il grosso Walmart che apriva a due cittadine di distanza, a soli trenta minuti di auto da Sugar Creek. Una preoccupazione che lo aveva privato di un mese di sonno decente. Determinato a traghettare il suo esercizio in *questo* secolo, aveva inviato per e-mail il rapporto al direttore generale, suo padre, che si godeva in Florida il primo anno di semipensionamento. Nonostante il vecchio gli avesse ceduto le redini, non riusciva o non voleva togliersi dal dannato posto di guida.

Poco dopo aver anticipato con un sms al padre l'arrivo dell'importante documento, Devlin era stato chiamato da Luke. Adesso fissava il telefono pensando a chi dichiarare guerra per primo. Al padre o alla nonna.

Prima che potesse decidere, sua sorella Rocky irruppe senza preavviso nell' ufficio e si lasciò cadere sulla sedia dall'altro lato della scrivania. Come al solito indossava jeans e T-shirt a strati, con i folti capelli biondi trattenuti da due trecce. Ventinove anni e ancora un ragazzaccio. Un ragazzaccio con le curve di una donna e il viso di una stellina di Hollywood. Fortunatamente, faceva fuggire un sacco di uomini con il suo modo di parlare esplicito e l'atteggiamento da dura; altrimenti, data la natura protettiva di Devlin, il ruolo di fratello maggiore sarebbe stato arduo. «Hai saputo la novità?» gli chiese.

«La maggior parte della gente bussa.»

«Io non sono la maggior parte della gente. Sono tua sorella. E poi la porta non era del tutto chiusa.»

«Ah.» *Come se quello facesse la differenza.*

«La nonna ha assunto una dama di compagnia.»

«L'ho saputo.»

«Non sembri entusiasta.»

«Non lo sono.»

«Perché? Sei tu quello che l'ha convinta di aver bisogno di aiuto.»

«Speravo che facesse più affidamento su di noi. O assumesse qualcuno del posto. Qualcuno che conosciamo.»

«Siamo già fortunati che abbia assunto qualcuno. Sai quant'è cocciuta. Adesso non dovremo più preoccuparci che possa appiccare di nuovo il fuoco in cucina o che travolga un altro idrante. Questa donna potrà cucinare per lei; a proposito, ho sentito che è uno chef. E potrà portarla ovunque abbia bisogno di andare.» Rocky incrociò le braccia con fare eloquente. «Sei incavolato solo perché la nonna non ti ha interpellato per il colloquio.»

«Sono preoccupato», disse Devlin sporgendosi in avanti, «perché non conosciamo questa persona.»

«Si chiama Chloe Madison.»

«Luke mi ha informato.»

«Ti ha detto che è una vecchia amica di Monica Smith?»

«Non significa che sia fidata.»

«Non penso che Monica appiopperebbe alla nonna una maniaca omicida. Devi rilassarti, Dev. Sul serio. Questa è una buona notizia. Per tutti noi.»

«Sei venuta fin qui solo per rompermi le palle?»

«No. Quello è un extra. In realtà sono venuta a chiederti un favore.»

«Potevi chiamare.»

«Troppo facile per te dire di no al telefono. In questo modo posso incantarti con il mio sorriso e gli occhioni azzurri.» E così fu.

Malgrado il nervosismo, Devlin sorrise. «Cosa vuoi?»

«Casa tua.»

«Cosa?»

«Per una sera. Domani sera. Tocca a me ospitare l'incontro delle Cupcake Lovers e ho il forno guasto.»

«Da quando?»

«Da stamattina.»

«Te ne compro uno nuovo.»

«Mi piace quello vecchio. Ho chiamato il tecnico ma non sarà pronto in tempo. A proposito, se volessi una cucina nuova me la comprerei da sola. Questo è il guaio con te, Dev. Vuoi sempre assumere il controllo. A volte alle persone piace decidere da sole, risolvere da sé i propri problemi.»

«Non sei di grande sostegno alla tua richiesta.»

«Allora posso prendermi la tua cucina e il soggiorno per circa quattro ore? Farò un'informata extra di cupcake solo per te.»

«Aggiungici una casseruola del tuo stufato di manzo e verdure e l'affare è fatto.»

Rocky storse la bocca. «Sai, se avessi una moglie o anche una ragazza fissa, non dovresti mercanteggiare per un pasto casalingo. Certo, dovresti uscire e socializzare...»

«Conosco un sacco di donne.»

«Ma non quella giusta. Giurerei che fai di tutto per non trovarla. Prendi Tasha, per esempio.»

«Vuoi la mia casa per la serata o no?»

«Cupcake e stufato, okay.» Si alzò e fece per andare alla porta, ma si fermò sull'uscio. «Ci sei mancato a colazione.»

Ovvero, *ci manchi, punto.*

La sua famiglia era sempre stata unita e, anche se fratelli e cugini erano ormai adulti, ognuno con la propria vita e carriera, riuscivano a riunirsi regolarmente. Tranne Devlin. Con i suoi molteplici interessi e investimenti economici, passava sempre più tempo al computer. Vedendo il sincero rammarico negli occhi della sorella, le rivolse un sorriso e una promessa. «Ci vediamo domenica a cena.» Una tradizione in vigore a casa della nonna.

Rocky corse da lui e gli porse il mignolo.

Devlin incrociò il proprio dito con quello della sorella e strinse. «Giuro.»

Sorridendo, lei lo baciò sulle guance e andò via di corsa, lasciandosi dietro la porta aperta.

Devlin scosse la testa e prese il cellulare. Mentre andava a chiudere la porta, chiamò il suo miglior amico, un investigatore privato che si era trasferito a Brooklyn.

Jayce rispose al primo squillo. «Chiami per cazzeggiare o per rompermi coi Jets?»

«Telefonata di lavoro. Mi serve che indaghi sulla vita di qualcuno.»

«Dev'essere una cosa seria.»

«Affari di famiglia.»

«Avanti», disse Jayce. «Come si chiama?»

Diede uno sguardo al blocchetto. «Chloe Madison.»

* * *

Nel giro di due giorni, Chloe si era assicurata un lavoro e un alloggio a Sugar Creek, aveva sistemato gran parte delle sue cose in un deposito e acquistato un biglietto di sola andata per Burlington, Vermont. Aveva fatto tutto in fretta, rifiutandosi di ripensare alla sua decisione. L'appartamento era a nome di Ryan ed era stato lui a comprare gran parte dell'arredamento. All'improvviso si sentì una mantenuta, soprattutto da quando lui le aveva ripetutamente fatto notare il suo mediocre curriculum lavorativo. Aveva bisogno di organizzarsi e, come aveva suggerito Monica, di prendersi del tempo per guarire. Ryan aveva intaccato la sua sicurezza e scavato un buco nella sua autostima. Era davvero una persona così inaffidabile?

Quando l'aereo atterrò a Burlington, Chloe giurò di non crollare quando avrebbe visto la sua migliore amica. Inoltre, era certa di aver pianto tutte le sue lacrime. Aveva fatto fuori quattro scatole di fazzoletti e due rotoli di carta igienica nei due frenetici giorni di preparativi. Nient'affatto, non avrebbe versato più una sola lacrima per Ryan «Bastardo Traditore» Levine. Voleva trascorrere al meglio il tempo con Monica. Incredibile ma vero, nonostante si scrivessero e-mail e si telefonassero di frequente, erano fortunate se riuscivano a incontrarsi una volta ogni tre anni. Anzi, l'ultima volta era stato quando Chloe era tornata nella loro città natale nell'Indiana per il matrimonio dell'amica con Leo. Quella era stata anche l'ultima volta che aveva visto suo padre.

«Oh, mio Dio!» strillò Monica quando notò Chloe correrle incontro nell'area Ritiro bagagli. «Sei mora!»

«Non avevo tempo per stare dietro ai riflessi biondi quando frequentavo la scuola, così sono tornata alle radici, per così dire.» Chloe abbracciò l'amica e la tenne stretta. Ma non pianse.

Monica, che era più alta, la allontanò da sé e la studiò con un sorriso. «Ti vedo bene. Un po' magra, ma bella come sempre. Come diavolo hai fatto a dimagrire alla scuola di cucina? Non mangiate quello che cucinate?»

«Si finisce col provare e assaggiare di corsa invece che sedersi e gustare con calma. Poi, tra il calore della cucina, l'ansia, l'eccitazione... Vedrai, metterò su dieci chili nel prossimo mese.»

«Da queste parti, allora, ti definirebbero formosa. Da quella che può permettersi di perdere un'intera taglia, apprezzo le più generose opinioni locali sulla figura femminile.»

«Penso che stai benissimo», ribatté Chloe con sincerità. Monica aveva sempre avuto un aspetto florido, ma era alta e di struttura robusta; il viso grazioso, l'originale taglio corto e gli occhiali dalla montatura bizzarra ne facevano una donna sexy e audace ma con un'aria di classe.

Con l'espressione materna che Chloe conosceva bene, l'amica le sistemò i lunghi capelli sciolti dietro alle orecchie. «Come stai?»

«Bene.» Chloe fece un sorriso forzato. «Ma andrà meglio.»

«Sì.» Monica la prese per mano e la tirò verso il nastro trasportatore. «Forza. Prendiamo i tuoi bagagli e partiamo per Sugar Creek.»

Venti minuti dopo avevano caricato l'auto ed erano pronte.

Chloe abbassò il finestrino della Suburban, godendosi l'odore della fresca aria autunnale mentre Monica accelerava in direzione nord. Invece che da disadorni grattacieli di vetro e acciaio, era circondata da rigogliose vallate e montagne ricoperte di boschi. Capiva bene perché i francesi in origine l'avessero battezzato così, Vermont, ovvero «montagna verde». Non riusciva a smettere di contemplare l'incredibile paesaggio. Sì, era cresciuta in una piccola città del Midwest, ma in confronto quella era natura selvaggia. «Mi sembra di essere in un'altra nazione.»

«In effetti, una volta a Sugar Creek, saremo a soli sedici chilometri dal confine canadese.»

«Non riesco a credere di essere qui.»

«E io non riesco a credere che ti sia portata una sola valigia. Non hai concordato un periodo di prova di tre mesi con Daisy?»

«Sì, ma cosa mi serve veramente, a parte vestiti e articoli da toeletta? Avevo pensato di portare alcuni dei miei nuovi elettrodomestici da cucina, ma mi ha risposto che ha tutto ciò che mi serve. Le ho chiesto se dovevo provvedere alle lenzuola ma ha detto di no.»

«E le cose personali?» domandò Monica mentre superava un lento pick-up.

«Tipo?»

«Tipo il tuo laptop, i libri, la macchina fotografica, i CD... non lo so... Sei tu quella che sostiene di aver bisogno di distrazioni.»

«Il computer è in valigia. Macchina fotografica e musica sono nello smartphone. Per quanto riguarda i libri...» Infilò la mano nella borsa e ne tirò fuori il suo Kindle. «Ho caricato oltre cento romanzi e trentasei libri di cucina. Per ora.»

«Come assistente bibliotecaria, sono ben informata sull'esplosione dei libri digitali», ribatté Monica, «ma, per favore, dimmi che ti capita ancora di leggere quelli stampati, altrimenti spezzerai il mio antiquato cuore.»

«In quanto appassionata lettrice, mi dedico a entrambi i mondi», esclamò Chloe con un sorriso. «Felice adesso?»

«Pazza di gioia. Allora», disse indicando telefono e libro digitale, «da quando sei diventata una fanatica della tecnologia?»

«Non sono una fanatica della tecnologia. È stato Ryan a comprarmi tutta questa roba. Natale. Compleanni. Avrei buttato tutto quanto, ma ormai mi ci sono abituata.»

«Ah, bene. Le cose vanno più a rilento a Sugar Creek. Non sono neanche sicura che Daisy abbia la connessione internet.»

«Non importa. Mi connetterò in un internet café.»

«Non abbiamo un internet café.»

Chloe rimase a bocca aperta. «Stai scherzando!»

Monica sorrise. «No.»

«Ma... hai detto che Sugar Creek attrae un sacco di turisti.»

«È così.»

«Come fanno a controllare le e-mail? Le indicazioni di Google per i ristoranti e i divertimenti?»

«Chloe, da queste parti la maggior parte della gente in vacanza è troppo impegnata a fare escursioni, tubing, pescare, sciare, cavalcare...»

«Hai chiarito il concetto.»

«...per avere il tempo di controllare la posta elettronica.» Le lanciò uno sguardo. «Se ti fa sentire meglio, c'è un computer con accesso a internet in biblioteca.»

«Grazie a Dio. Quindi», disse ancora sorpresa, «niente internet café. Immagino neanche Starbucks?»

«No. Ma servono un ottimo caffè alla pasticceria *Gemma*.»

«Lo terrò a mente.» Chloe sospirò. «E un negozio di alimentari? Ho detto alla signora Monroe che mi sarei occupata della spesa. E poi sono parecchio esigente con gli ingredienti delle mie ricette.»

«Non troppo esigente, spero. Un posto per fare la spesa a Sugar Creek è l'*Oslow's General Store*.»

«Sul serio? Un emporio? Un posto grande quanto l'*IGA* di Marlton?» chiese, pensando al negozio di alimentari a conduzione famigliare nella loro città natale.

«Più piccolo ma meglio fornito. Se non trovi lì quello che ti serve, la scelta migliore è il supermercato di Pixley. È a trenta minuti di macchina in una giornata limpida. Se nevica, un'ora o mai.»

«Ma rimarrò qui solo fino a metà dicembre.»

«L'anno scorso abbiamo avuto la prima grossa nevicata alla fine di ottobre.»

«Oh.» Mentre prendeva accordi con la signora Monroe non aveva pensato al tempo. «Non guido con la neve da quando mi sono trasferita a Manhattan.»

Monica le scoccò un'occhiata.

«Pronto? Grande città! Trasporti pubblici!»

«Da quanto tempo non ti metti al volante di un'auto?»

Chloe distolse lo sguardo, sapendo che Monica era a conoscenza dei suoi accordi con la signora Monroe. «Dal giorno prima che mi trasferissi a Manhattan.»

«Quattordici anni fa?» Monica frenò di colpo e accostò al ciglio della strada. «Scendi.» Sganciò la cintura di sicurezza e aprì lo sportello.

«Perché? Cosa vuoi fare?»

«Scambiare posto con te. Se dovrai scarrozzare Daisy ti servirà tutta la pratica possibile. Un'ammaccatura e Dev mi farà il culo. Anche a te.»

«Chi è Dev?» chiese Chloe mentre scendeva dall'auto e si scambiava di posto con l'amica.

«Devlin Monroe. Il nipote maggiore di Daisy. Erede della fortuna dei Monroe. Gestisce il *J.T. Monroe* e qualche altra impresa locale. Sorveglia la sua famiglia come un falco. Mettiti nei pasticci con loro e sei morto.»

«Sembra un tipo spaventoso.»

«Non spaventoso, solo influente.»

Smisero di parlare giusto il tempo di risalire a bordo.

Monica si agganciò la cintura di sicurezza e sospirò. «Ascolta. Non volevo dipingere Dev come un tiranno. È il fratello di una mia buona amica. È solo che... quell'uomo ha una scopa nel culo. Un vero peccato. Altrimenti sarebbe un ottimo partito. Ricco e terribilmente sexy.»

«Di bell'aspetto, eh?» Non che a Chloe importasse. Non aveva intenzione di uscire con qualcuno nell'immediato futuro.

«Fichissimo», disse Monica. «Sai dove si trovano tutte le parti importanti, giusto?»

Chloe rimase interdetta.

«Volante, acceleratore, freno...»

Chloe fece un sorrisetto. «So come si guida. È solo passato un po' dall'ultima volta.»

«D'accordo. Vai.» Le lanciò un'occhiata di traverso e sorrise mentre l'amica si immetteva sulla strada. «Ma fa' attenzione agli scoiattoli.»

3

Quando arrivarono a Sugar Creek il sole stava tramontando e Chloe era sfinita. Era sveglia dalle sei del mattino e non aveva dormito bene per tre notti di seguito. Non aveva neanche mangiato granché, andando avanti soprattutto a caffè e adrenalina. Adesso che avevano raggiunto la destinazione, anche lo stupore per le cime boscose e l'eccitazione della guida si erano esauriti. Voleva soltanto mangiare un panino e filare a letto. Chi se ne importava se erano solo le cinque e mezzo?

Monica aveva altri piani. A un isolato della pittoresca cittadina, disse a Chloe di svoltare a sinistra e poi indicò una costruzione azzurra e la scritta LEO'S AUTO REPAIR. «Accosta lì. Vado ad avvisare Leo del nostro cambio di programma.»

«Davvero, Monica, una pizza a domicilio va benissimo.»

«Scordatelo. Dopo averti sentita descrivere tutti i piatti che hai cucinato nelle scorse settimane, muoio dalla voglia di una cena completa e preparata da un professionista.»

«Potrei cucinare...»

«Non la tua prima sera qui. Ti porto fuori. Lo *Sugar Shack* è il miglior ristorante della città. Ottima atmosfera. Ti piacerà. E poi potremo ordinare champagne e brindare al tuo diploma con lode.»

«Non è poi così importante.»

«È importantissimo, e lo sai.»

Era per questo che era stata così male quando Ryan aveva trattato la cosa con disprezzo. «Hai ragione», disse, raddrizzando la schiena e sforzandosi di sorridere. «Merito di essere festeggiata.»

«Brava ragazza.» Monica balzò fuori dall'auto. «Faccio in fretta. Gli telefonerei, ma se sta lavorando a un'auto non risponde. Quando quell'uomo è concentrato su un motore, si estrania da tutto il resto.»

«Fino a che ora lavora Leo?»

«Dipende. Stasera il garage è aperto fino alle sei.»

«E *Oslow's*?» domandò Chloe, guardando l'emporio dall'altro lato della strada.

«Lo stesso.»

«Ti dispiace se vado a dare un'occhiata? Vorrei farmi un'idea di cos'hanno così posso programmare i pasti della signora Monroe per la settimana.» Quella sera sarebbe rimasta da Monica e Leo, ma l'indomani si sarebbe trasferita dalla nuova datrice di lavoro. Voleva farle buona impressione sin dall'inizio. Proporre un menu ben articolato le sembrava un'ottima idea. Si accorse del sorrisetto dell'amica. «Cosa c'è?»

«Amo il fatto che non fai mai le cose superficialmente.»

Chloe si mise a ridere. «Io? Fino all'Istituto d'Arte Culinaria non ho mai concluso niente. Basta chiederlo a Ryan o a mio padre.»

Monica fece un gesto di impazienza. «Non parlo di impegno. Parlo di passione. Da quando ti conosco, qualunque sia il tuo interesse del momento, ci metti anima e corpo nel progetto. Il tuo entusiasmo è contagioso. E ammirevole.»

Chloe sorrise. «Sono davvero contenta di essere venuta.»

«Anch'io. Adesso corri da *Oslow's*. Se quando esco non sei ancora tornata, ti raggiungo dentro.»

«D'accordo.» Chloe sgusciò fuori dalla Suburban, si lisciò le pieghe dal vestito a mezza coscia e attraversò la strada deserta.

L'unico negozio di alimentari di Sugar Creek sembrava

uscito da un dipinto di Norman Rockwell. Come il garage di Leo, somigliava a un granaio riconvertito. Solo che era più grande e dipinto in una gradevole tonalità di marrone acero. Una grossa insegna verde recitava a lettere bianche OSLOW'S GENERAL STORE - DAL 1888. Dal frontone spuntava un gallo dipinto a colori vivaci con un'insegna più piccola su cui era semplicemente scritto: CIBO GENUINO.

Chloe si sistemò la borsa sulla spalla ed entrò nel negozio, sorridendo quando una campanella annunciò il suo ingresso. *Carina.* Chiuse gli occhi e respirò a fondo. *Un paradiso.* Spezie e caffè appena macinato, saponi ed erbe aromatiche fresche. Colse un profumo di pollo fritto e... torta di mele? Devono avere un reparto di cibi pronti, pensò mentre apriva gli occhi e studiava l'allestimento.

Monica aveva ragione. *Oslow's* era più piccolo dell'*IGA* del loro paese, ma non di molto. Invece di una costruzione irregolare, era compatto e si sviluppava su tre piani. Il pavimento di legno cigolava sotto gli stivali a zeppa di Chloe mentre andava su e giù per le strette corsie. Altoparlanti nascosti diffondevano musica popolare.

Gli scaffali erano pieni di merce; moltissime specialità locali ma anche tonnellate di ingredienti base. Un bancone di gastronomia, il reparto latteria. Con suo grande stupore, vide solo un paio di clienti. I supermercati di Manhattan erano affollati ogni giorno a ogni ora. Qui gli sporadici clienti sorrisero e le rivolsero un cenno di saluto ma, a parte questo, non fecero granché attenzione a lei. Probabilmente pensavano che fosse un'altra turista.

Era persa nei suoi pensieri, assorta nel catalogare la merce e vagliare le ricette, quando, girato l'angolo della corsia delle bibite e delle patatine, andò a sbattere contro un altro cliente, facendogli rovesciare a terra metà del contenuto del suo cestino di vimini.

«Mi dispiace tanto», squittì, inginocchiandosi per acciuffare un barattolo rotolante di maiale e fagioli. Una scatola di cereali, un sacchetto di patatine, surgelati. Doveva essere single. O pigro.

«Non si preoccupi», le disse l'uomo, piegandosi per aiutarla.

Le loro dita si unirono attorno alla sua salsiccia del Vermont affumicata e stagionata. Chloe si bloccò, un sensuale formicolio le percorse la pelle, e arrossì quando notò la piega maliziosa della sua bocca. Non sapeva cosa fosse più sconcertante, il sorriso sexy di lui o la propria reazione a quel contatto. Per non parlare del fatto che era assolutamente stupendo. Capelli color cioccolato, occhi blu mirtillo, un corpo da urlo vestito di pantaloni sportivi grigi di tela e camicia a scacchi, con le maniche arrotolate sugli avambracci muscolosi. Non che lo stesse passando in rassegna.

Un'ondata di calore la pervase quando si accorse che invece era così e che lui stava facendo lo stesso!

«La mia salsiccia...»

«Come, scusi?» Chloe seguì il suo sguardo e vide con orrore che stringeva ancora la sua confezione di carne. «Oh.» Con le guance in fiamme, si rialzò, desiderando che lui non l'avesse aiutata reggendola per un gomito. Non riusciva a ricordare l'ultima volta in cui il tocco innocente di un uomo l'aveva agitata così tanto. «Dovrebbe comprare un po' di frutta», gli disse, osservando il contenuto del suo cestino. *Cavoli. Questa sì che è fiacca.*

Di nuovo quel sorrisetto sexy. «Lei cosa propone?»

«Banane? Mele?» Chloe guardò il carrello della frutta fresca alla loro sinistra. «Meloni?»

«Mi piacciono i meloni.»

Aspettò che il suo sguardo le scendesse sul petto. Non accadde. La stava guardando dritto negli occhi. Chissà perché, era peggio.

L'uomo afferrò un piccolo melone e lo mise nel cestino.

«Cosa sta facendo?»

«Compro della frutta?»

«Ma non gli ha dato neanche un colpetto.»

Lui la guardò confuso.

Uomini. Chloe si avvicinò e saggiò il melone. «Troppo duro.»

«Posso dire in tutta onestà che mai nessuno si è lamentato.»

Okay. Stava decisamente flirtando. Doveva andarsene. Ma l'immagine di Ryan che pomiciava con la sua sgualdrina le impedì di abbandonare la posizione. Il suo ego ferito aveva bisogno di sentirsi ancora desiderabile per l'altro sesso. Il problema era che non flirtava da tanto tempo. «Lasci che le dia qualche dritta su come trattare i meloni.» *Oh, cielo.*

«Sono tutto orecchi.»

Proprio in quel momento il telefono dell'uomo squillò. Lo prese dalla tasca e controllò il numero. «Dannazione.»

Doveva rispondere, chiaramente. *Perfetto.* In questo modo poteva svignarsela prima di rendersi completamente ridicola.

In tutta fretta, Chloe tastò e picchiettò tre meloni e mise il secondo nel cestino dell'uomo. «Lieta di averla conosciuta», gli sussurrò mentre lui cercava di mettere in attesa la persona all'altro capo.

«Aspetti», la chiamò mentre andava via.

«Ricordi. Quattro gruppi alimentari», disse Chloe e si avviò dritta all'uscita. *Quattro gruppi alimentari?*

Noiosa, noiosa, noiosa.

«Se è un brutto momento», disse Jayce, «posso richiamarti.»

«No. Adesso va bene. Adesso è... perfetto.» Devlin guardò il bel culetto di lei andare via, imponendosi di non seguirla. A quale scopo? La storia di una notte? Non era il suo tipo. Arrossiva troppo facilmente e i tentativi di flirtare con lui erano stati goffi. Non che i suoi fossero stati migliori. Non riusciva a ricordare quand'era l'ultima volta in cui si era sentito ispirato a flirtare. Ma, accidenti, vederla con quel vestino corto a fiori e gli stivali al ginocchio, i lunghi capelli scuri e quel viso...

Eppure, nonostante la sua bellezza sensuale, lei sembrava non esserne consapevole. Fatto ancora più eccitante. La Ragazza dei Meloni era proprio bella e, poiché non l'aveva mai vista prima, senza dubbio una turista. Il che significava che sarebbe ripartita entro un paio di giorni. Si appuntò mentalmente l'incontro come i più sexy cinque minuti degli ultimi tre anni e ne fu riconoscente.

Oh, diamine. Forse Luke aveva ragione. Forse doveva farsi una vita, perché, dannazione, quella era patetica.

«Sicuro che non vuoi che ti richiami?» domandò Jayce.

«Cosa? No. Va' avanti.»

«Mi stavo scusando per il ritardo. Volevo essere accurato.»

«Lo apprezzo», disse Devlin, mettendo in equilibrio il suo cestino su un barile di sottaceti.

«Ti riassumo le informazioni più importanti e il rapporto completo lo avrai per e-mail. Non ti piacerà.»

«La cosa non mi sorprende.» Era stata una giornata piena di frustrazioni. Suo padre si era rifiutato di fare commenti sulla relazione che gli aveva inviato: voleva prima dormirci sopra. La nonna aveva rifiutato la sua offerta di portarle la cena, dicendo che aveva già preso impegni per un chili e canasta con i Larsen. E quando lui aveva pilotato il discorso sulla dama di compagnia scelta, la donna lo aveva ignorato.

«Chloe Madison», iniziò Jayce. «Trentun anni. Single. Mai stata sposata. Nata e cresciuta a Marlton, Indiana. Trasferita a New York subito dopo le superiori. Né fratelli né sorelle. La madre è morta quando aveva quattordici anni. Padre ricco sfondato. Ha sovvenzionato i suoi studi e si è accollato il peso del suo affitto per, senti questa, dieci anni.»

«Chi studia dieci anni per diventare chef?»

«Non ha studiato da chef fino all'anno scorso. Parliamo di due anni alla Juilliard, due e mezzo alla New York University, un anno, quasi, in un istituto di moda, di nuovo alla NYU per sei mesi, diversa specializzazione, poi una marea di laboratori e corsi di vario tipo.»

«Accidenti.» Devlin si grattò la testa, perplesso da tanta incoerenza. «Veniva bocciata? Si faceva espellere?»

«Abbandonava.»

Ancora peggio. «E allora? È demotivata? Poco concentrata?»

«Volubile, forse. Una di quelle persone che non sanno decidere cosa fare. Da allora ha studiato e/o lavorato come attrice, cantante, commediografa, stilista di moda, fotografa di moda, modella, rappresentante, agente pubblicitario e critico gastronomico. Puoi leggere alcune sue recensioni su una popolare rivista on-line. Ti mando il link. Non sono affatto male.»

«A quanto pare la nonna ha assunto un impulsivo spirito libero.» Il tipo di donna che toccava un suo personale punto dolente.

«C'è di più.»

«Naturalmente.»

«Pare che il ricco paparino le abbia tagliato i fondi due anni fa, all'incirca nello stesso periodo in cui è andata a vivere con un tipo. Aspetta. Ryan Levine. Si chiama così. Quindici anni più grande di lei. Lavora per una società immobiliare turistica. Responsabile di gestione. Piuttosto danaroso.»

«Dal ricco paparino al vecchio danaroso.» Una cacciatrice di dote, un altro tasto dolente. «Fammi indovinare. Levine si è occupato della retta della scuola di cucina.»

«Ma stavolta lei ha finito quello che aveva iniziato. Si è diplomata all'Istituto d'Arte Culinaria quattro giorni fa.»

«Quattro giorni? Quindi non ha nessuna esperienza pratica come chef.»

«Non significa che non sia una cuoca in gamba. E poi devi vedere questa ragazza.»

«Considerando che un tempo faceva la modella e ha la capacità di tenere in pugno gli uomini ricchi, me la immagino eccitante.»

«Bionda. Occhi marroni. Curve da sballo.»

«Proprio il tuo genere.»

«Il genere di ogni uomo, amico.»

Devlin era più interessato alla brunetta dal viso dolce che fondamentalmente gli aveva detto di mangiare più sano. Bella da morire, nel suo genere di ragazza acqua e sapone. Pensò allo scorcio di mutandine rosa che era riuscito a intravedere mentre lei si affannava a raccogliere il suo barattolo e maledisse l'erezione che non accennava a venire meno. «Dannazione.»

«Adesso arriva la parte che non ti piacerà.»

«Non me ne è piaciuta nessuna.»

«Questa la odierai. Mi è toccato scavare a fondo, visto che la sua fedina era stata ripulita.»

«*Fedina?*»

«Arrestata due volte. Una volta per taccheggio. Un'altra per disturbo della quiete pubblica. Tutte e due le volte le accuse sono state fatte cadere.»

«Questo non mi fa sentire meglio.»

«Implica innocenza.»

«O non abbastanza prove.»

«Sapevo che l'avresti detto. Per questo ti ho chiesto un favore in cambio. A breve i dettagli.»

«Nel frattempo anche miss Madison arriverà a breve.»

«Per quello che vale, Dev, non ho brutte sensazioni riguardo a questa donna.»

«Io sì». Dopo tutto quello che aveva saputo, Chloe Madison somigliava al suo incubo peggiore.

«Vuoi che venga lassù a fare azione di disturbo?»

«Il mio problema è placcare.»

L'amico si mise a ridere. «Beato te.»

«Che mi dici di Levine?»

«Romeo si trasferisce in Francia.»

«L'ha piantata in asso», tirò a indovinare Devlin, «e adesso sta venendo a vivere a scrocco dalla nonna.»

«In generale, ho avuto l'impressione che sia una brava ragazza, benvoluta. Solo irrequieta e avventata.»

«Traduzione: un'irresponsabile sfruttatrice. Arrestata due volte.»

«Due lati della stessa medaglia, amico mio.»

«Lo terrò a mente. Mandami la parcella con quel rapporto, Jayce.»

«Offrimi una cena allo *Shack* la prossima volta che vengo dalle tue parti e saremo pari.»

Non aveva senso discutere, visto che Jayce non accettava mai soldi da coloro che considerava di famiglia. «D'accordo.» Devlin chiuse la chiamata e afferrò il cestino. Aveva avuto intenzione di prendere qualche genere di prima necessità e un pollo fritto da asporto. Sfortunatamente, tra l'incontro con la Ragazza dei Meloni e la conversazione con Jayce, mancavano cinque minuti alla chiusura.

Lasciando perdere il pollo fritto, passò velocemente alla cassa, ossessionato da Chloe Madison. Forse lei non aveva secondi fini. Forse aveva solo bisogno di un lavoro e, grazie alla sua amica Monica, si era imbattuta in questo. Tuttavia, intendeva tenerla d'occhio e avrebbe detto a Luke e Rocky di fare altrettanto. Anzi, sarebbe andato subito allo *Sugar Shack* e avrebbe informato Luke. Poteva anche cenare lì. Qualcosa che comprendesse i quattro gruppi alimentari. Che diamine, possedeva metà del ristorante. Probabilmente doveva farsi vedere di più. Visto che lo *Shack* era un'attrazione per la gente del posto e per i turisti, forse vi avrebbe incontrato la Ragazza dei Meloni che beveva qualcosa.

Non che avesse secondi fini.

4

ERANO le sette quando arrivarono allo *Sugar Shack*. Alle sette e cinque, Chloe riprese le forze. Rianimata dalla vista e dai suoni dei tavoli affollati di allegri commensali, dalla fragranza di pane appena sfornato, dal profumo di carni arrosto e vigorosi stufati. L'atmosfera era informale e vivace, l'arredamento rustico. Pavimenti di legno lucido, caminetto in pietra, applique in stile coloniale e dipinti assortiti di arte popolare americana. Sullo sfondo una canzone di Alison Krauss, non troppo forte, quel tanto che bastava a fluire nella mente e a rilassare.

Se Chloe avesse dovuto scrivere una delle sue recensioni gastronomiche, avrebbe dato allo *Sugar Shack* quattro forchette per l'atmosfera. Niente di dozzinale né pretenzioso. Solo un posto carino dove bere qualcosa e mangiare bene.

Monica scivolò in uno degli antiquati séparé vicino alla finestra. «Che te ne pare?»

«Lo trovo incantevole.»

«Aspetta di conoscere il proprietario. Coproprietario, anzi. Vedi quel ragazzo dietro al bar?»

Chloe guardò nella direzione che le indicava Monica. Difficile non notare un tipo così. Anche a diversi metri di distanza, si vedeva che era attraente, in un modo ruvido, mascolino. Capelli castano chiaro ribelli. Lineamenti scolpiti. Bel torace.

Indossava una T-shirt scura e serviva da bere mentre parlava con due rosse strizzate in abiti aderenti. Chloe pensò che se si fosse avvicinata di qualche passo, il suo carisma animalesco l'avrebbe divorata. Era davvero intenso. Non il suo genere. Conosceva il tipo. Ne aveva baciati di rospi prima di arrivare a Quello Giusto, solo che si era rivelato Quello Sbagliato. Sforzandosi di non disprezzare gli uomini in generale, annuì in direzione del ragazzo sexy del bar. «Personaggio dai mille appuntamenti o cascamorto incorreggibile?»

«Entrambi.» Monica sorrise. «Ma è anche simpatico. Si chiama Luke Monroe ed è lo scapolo più ambito di Sugar Creek, a parte suo fratello maggiore, Dev.»

Chloe la guardò con aria ironica. «L'iperprotettivo imprenditore con la scopa nel culo?» *Mettiti nei pasticci con la sua famiglia e sei morto.*

«Non così forte, cavolo.» Soffocando una risata, Monica aprì la lista dei vini per nascondere il suo rossore e osservò furtiva la sala affollata. «Luke gestisce questo posto, ma Dev è il coproprietario. Non si sa mai quando passa di qua.»

«Lo vedi?»

«No.»

«Bene.» Chloe si tolse la felpa e aprì il suo menu, intenzionata a sviare altri discorsi su Devlin Monroe. Sperava di evitare quell'uomo per sempre. Aveva già un sacco di cose a cui pensare senza dover temere la sua ira nel caso la nonna si fosse fatta male a un dito del piede mentre era sotto la sua sorveglianza. E poi non era stata assunta per occuparsi di Daisy ventiquattr'ore al giorno sette giorni alla settimana. In realtà, i suoi compiti erano piuttosto leggeri. Durante il loro colloquio telefonico, la donna aveva messo in chiaro di non aver bisogno né di volere un'infermiera. Ma desiderava che la famiglia la smettesse di stare appiccicata al suo «sedere ossuto». A quanto pare, consideravano Daisy una minaccia in cucina e dietro al volante. Chloe non doveva fare altro che preparare i pasti e portarla in giro. Un lavoretto facile, se mai ne è esistito uno.

«Alla fine lo conoscerai», disse Monica. «Questo è un piccolo paese, e poi vorrà sapere chi vive sotto il tetto di sua nonna.»

«Bene», esclamò Chloe, fingendo disinteresse. «Purché non cerchi di dirmi cosa devo fare.»

«Ardua impresa.»

«Sul serio, Monica. Ho chiuso. Prima è stato mio padre a manipolare la mia vita, poi Ryan.» Si concentrò sugli antipasti (patatine al rosmarino, bruschetta) invocando calma e sicurezza tramite il suo amore per il cibo. «Mi rifiuto di dare conto a qualsiasi uomo. D'ora in poi mi fiderò del mio istinto. Sono capace. Responsabile. La signora Monroe e io andremo d'amore e d'accordo.»

«Lo so.»

«Dico davvero.»

«Mi fa piacere.»

Poteva quasi sentire il *suono* del sorriso di Monica. Alzò lo sguardo e, eccolo, un enorme sorriso. «Cosa c'è?»

«Sono solo felice che tu sia qui.»

Chloe era sicura che ci fosse dell'altro ma non insisté. Era stanca e all'improvviso le era venuta una gran fame. «Mai provato la zuppa di cipolle e mele al forno?»

«È da impazzire. Tutto su questo menu è da impazzire.»

«Hai provato ogni piatto?»

«Quasi.»

Piena di nostalgia per l'atteggiamento spensierato dei suoi anni giovanili, Chloe sorrise raggiante alla vecchia amica. «Che ne dici se ordiniamo un po' di tutto? Ti ricordi quando assaggiammo ogni pietanza al *Rosie's Café*?» Avevano sedici anni e stavamo festeggiando per essere state scelte entrambe per cantare nel coro dello Stato.

«Se ricordo bene, stesti male meno di un'ora dopo essere rotolate fuori dal locale.»

Una brutta reazione alle patatine affogate nel chili e nel formaggio, subito dopo aver trangugiato un frappé al cioccolato.

Chloe aveva rimosso quella parte. «Insomma, perché tutti i tuoi ricordi ruotano attorno a questi episodi?»

Gli occhi di Monica si accesero di malizia. «Bei tempi, bei tempi.»

«E se limitassimo il buffet agli antipasti?» Le venne l'acquolina al pensiero dei gamberetti all'aglio.

«E ai dessert.»

«Niente dolci.»

«Oh, andiamo. Non avrai davvero intenzione di rinunciare ai dolci!»

Chloe pensò all'espressione di beatitudine di Ryan dopo aver assaggiato la sua mousse al cioccolato bianco e ai lamponi, poco prima di fare l'amore sul tappeto del soggiorno. Solo due giorni dopo essere tornato dalla Costa Azzurra. «Sul serio.»

«Bene. Niente dessert. Non stasera.»

«Né mai.»

«Sarei affranta se non sapessi che questo folle boicottaggio è temporaneo.»

«Tu non mi stai ascoltando.»

«No, non lo sto facendo. Non do ascolto ai pazzi. Evidentemente Ryan ti ha fatta impazzire. Temporaneamente.»

Chloe sospirò. «Okay. Bene. Realisticamente non riesco a immaginare di rinunciare ai dolci *per sempre*, ma per adesso... in questo momento e chissà per quanto... i dolci sono veleno per la mia anima.»

«Ricevuto.» Monica fece cenno alla cameriera. «Inizieremo con una bottiglia di champagne.»

Dopo aver consumato con calma una cena completa ed essersi rassegnato a non vedere la Ragazza dei Meloni, Devlin era sgusciato nell'ufficio di suo fratello per sfuggire alle attenzioni indesiderate delle gemelle Kelly. Poteva scegliere una delle due o averle entrambe, contemporaneamente. Erano state esplicite riguardo alla loro vena audace. Avrebbe dovuto essere eccitante, ma non lo era. Katie e Krissy erano carine da morire ma troppo giovani e superficiali per i suoi gusti. Per non parlare del fatto che avevano fatto la stessa proposta a suo fratello e al cugino Nash il giugno precedente. Devlin era praticamente certo che suo cugino fosse crollato e avesse soddisfatto la fantasia delle gemelle tipica dell'uomo medio. Nash non era tipo da raccontare le sue avventure, ma se n'era andato in giro con un sorriso ebete per un'intera settimana.

Devlin scosse la testa mentre controllava la posta elettronica. Luke e Nash si destreggiavano tra donne e relazioni come lui si destreggiava tra i molteplici interessi economici. La vita era già abbastanza complicata senza dover avere a che fare con il dramma delle storie multiple. Aveva sempre avuto la tendenza alla monogamia ma non si era mai sentito di impegnarsi seriamente, non da quando Janna gli aveva fatto a pezzi il cuore. Il suo cinismo e l'abituale sfortuna con le donne facevano in modo che restasse celibe, così come la sua ossessione per il lavoro e i diversi investimenti. C'erano troppe persone che contavano su di lui, i dipendenti del *J.T.*, dello *Shack* e i parenti, per soffermarsi su quello che gli mancava.

L'amore e la lealtà di una donna semplice e dedita alla famiglia.

Inquieto e con la speranza che le gemelle Kelly avessero optato per un altro bersaglio, Devlin lasciò l'ufficio intenzionato a parlare ancora con Luke prima di tornare a casa. Quando si avvicinò al bar, vide suo fratello subire le attenzioni di Viv Underwood, una donna con cui usciva e aveva rotto un anno prima, mentre salutava Katie e Krissy e serviva birra alla spina ai fratelli Brody. Luke aveva un talento straordinario per far sentire ognuno al centro del suo mondo, mentre in realtà era concentrato su qualcosa di completamente diverso. In quel momento Viv sembrava innamorata cotta e Adam e Kane affascinati da qualunque stronzata Luke stesse dicendo. Lui stesso invece era... assente.

«Te ne vai?» domandò, gli occhi fissi altrove.

«Più o meno.» Devlin guardò nella stessa direzione di Luke. *Dannazione.* Alla fine la Ragazza dei Meloni si era fatta viva. Suo fratello stava praticamente sbavando. «A cuccia, ragazzo.»

«Si vede così tanto?»

«Sì.»

«Puoi biasimarmi?»

«No. Ma tienilo nei pantaloni.» L'intensità della gelosia colse Devlin di sorpresa. Non conosceva neanche il suo nome, eppure provò il folle impulso di dire a suo fratello: Giù le mani. È mia.

Luke rise mentre serviva a Devlin un whisky con ghiaccio che non aveva chiesto. «Ammettilo. È uno sballo.»

«Con quante donne ti vedi al momento?»

«Fisse? Tre. E lo sanno anche loro.»

Devlin alzò gli occhi al cielo. Poi, incapace di trattenersi, guardò nuovamente la Ragazza dei Meloni. Indossava ancora il vestito a fiori e gli stivali al ginocchio, ma aveva raccolto i lunghi capelli in una coda disordinata. Gli venne duro e fu certo di aver avuto un tuffo al cuore. Una cosa che non gli accadeva da... *accidenti, Janna.* Ignorò i campanelli d'allarme e passò al setaccio vecchie battute da rimorchio. Ma in quel momento Connie, una delle cameriere, si presentò nel séparé della Ragazza dei Meloni con un vassoio carico di cibo sufficiente per *due* persone.

Maledizione.

«Quando mi hai chiesto di tenere d'occhio la nuova dama di compagnia della nonna», disse Luke, «non avevo idea che sarebbe stato un tale piacere.»

«Che intendi?» Ma poi Monica Smith scivolò nel sedile di fronte e Devlin fece due più due. «*Quella* è Chloe Madison?» Jayce gli aveva fatto un quadro diverso, una bionda sfacciatamente stupenda, mentre la donna che gli faceva accelerare il battito era una bellezza mora, più sottile. «Sei sicuro?»

«Direi proprio di sì. È entrata con Monica e stanno chiacchierando come due che si conoscono da anni. Anche se aspetterei il dolce prima di andare a presentarmi. Se quella non è Chloe Madison, vorrei nome e numero di quel bel bocconcino.»

«Al diavolo.» Devlin si allontanò dal bar col bicchiere in mano. Facendosi strada tra i tavoli affollati, cercò di convincersi che Luke si sbagliava. La donna dolce che gli aveva rovesciato il cestino e sconvolto il cuore diffidente non poteva essere lo stesso incosciente spirito libero che manipolava ricchi uomini e fregava le vecchie suonate come la nonna. La curiosità lottava con la paura. O la Ragazza dei Meloni era una persona diversa da miss Madison o miss Madison era ancora più pericolosa di quanto avesse pensato.

«Tutto quello che so», continuò Chloe finendo il suo pensiero mentre Monica tornava dalla toilette, «è che sono stufa degli uomini dispotici.»

La cena per festeggiare si era trasformata in una sagra della lagna non appena avevano brindato al suo «encomio speciale». Chloe non riusciva a pensare che alla torta del diploma che aveva preparato e a come Ryan le aveva rovinato la giornata con il suo tradimento. Sì, aveva già raccontato tutto a Monica per telefono, ma a faccia a faccia era diverso. Almeno quella sera era calma. Non pianse. Non alzò neanche la voce. Si astenne perfino dall'inveire contro l'*altra*. Soprattutto, era amareggiata per aver rinunciato a una vita che amava, insieme con tanti buoni amici, perché Ryan l'aveva convinta che era tempo di darsi una calmata e impegnarsi dal punto di vista personale e professionale. Una cosa che suo padre predicava da anni, solo che le era sembrata diversa detta da uno del quale era pazza.

«Come vuoi, sebbene non abbia mai pensato a tuo padre come un uomo dispotico, tesoro. Anche se è sempre stato distante, soddisfa ogni tuo capriccio. O, per lo meno, lo faceva prima che tu andassi a vivere con Ryan.»

«Lo vedi che ho ragione?» esclamò Chloe mentre si servivano

degli antipasti. «Pensava di potermi costringere ad allontanarmi dall'uomo che amavo tagliandomi i fondi.»

«Be', gliel'hai fatta vedere.»

«Penso di sì.» Non le era mancato il denaro perché Ryan aveva insistito nel pagare la maggior parte dell'affitto. Ma le erano mancate le telefonate settimanali padre e figlia. Parlavano della vita di lui nell'Indiana e della vita di lei a New York. Avevano una piacevole relazione a lunga distanza. Adesso si sentivano solo di rado ed erano sempre tesi.

«Quando gli dirai della rottura con Ryan?»

«Quando sarò pronta a sentire un grosso 'te l'avevo detto'.»

«Ovvero mai.»

«Glielo dirò. Al momento giusto.»

«Ovvero mai.»

«Lo chiamerò tra qualche giorno», brontolò Chloe mentre finiva il suo secondo bicchiere di champagne. «Dopo che mi sarò sistemata dalla signora Monroe. È solo... voglio sentirmi più o meno stabile quando si offrirà di venire ad aiutarmi a rimettere insieme i pezzi della mia vita.»

«Raccontagliela in modo che sia evidente che stai facendo buon uso del tuo diploma. Hai trovato qualcosa in cui vai alla grande, che ami e che vuoi continuare. Giusto?»

L'esitazione nell'ultima parola ferì Chloe, anche se cercò di non darlo a vedere. Perfino la sua migliore amica metteva in dubbio la sua capacità di impegnarsi in una professione. «Giusto», convenne con serietà. «Ma non definirei cucinare per la signora Monroe un grande utilizzo di un diploma dell'Istituto d'Arte Culinaria.»

«Consideralo una transizione», aggiunse Monica con un sorriso dolce.

Chloe sorrise a sua volta e, ansiosa di cambiare argomento, assaggiò la zuppa di cipolle e mele. I sapori contrastanti danzarono sulla sua lingua e suscitarono un sospiro di pura beatitudine. «Hai ragione. Più che deliziosa.»

Dietro gli occhiali rettangolari, Monica sgranò gli occhi. Si chinò in avanti e sussurrò: «A proposito di cose deliziose...»

«Buonasera, signore.»

Chloe si guardò alle spalle e per poco non sputò la zuppa per lo choc di vedere il Tizio della Salsiccia. Si era messo una camicia pulita ma a parte quello era esattamente come se lo ricordava: bello e goduriosamente sexy. Imbarazzata per lo sguardo lascivo, arrossì dalla testa ai piedi. «Ciao.»

«Ciao.»

Aprì la bocca per aggiungere qualcosa di piacevole o spiritoso, ma non ne uscì niente. Aveva la mente intasata di immagini e pensieri erotici. *Cielo.*

«Vi dispiace se mi unisco a voi?»

Monica, che non aveva ancora detto niente, si fece più in là, ma lui andò a sedersi accanto a Chloe. Il suo profumo, sapone e colonia speziata, le diede alla testa, strappandole quasi un sospiro adolescenziale. Il semplice contatto del suo braccio le mozzò il fiato per il desiderio. Ancora una volta il suo tocco la turbò. Solitamente amichevole, addirittura affascinante, sentì che si stava trasformando nella svampita impacciata che si era precipitata a raccogliere il suo barattolo.

«Sei corsa via prima che potessi sapere il tuo nome...»

«Eri al telefono e io, be', io...»

«Voi due vi siete già conosciuti?» intervenne Monica, che aveva ancora gli occhi sgranati e sembrava tanto sconcertata quanto l'amica.

«Non ufficialmente», disse lui.

«Da *Oslow's*», spiegò Chloe. «Stavamo facendo la spesa e io, be', c'è stato un incidente.»

«Che mi ha spinto a comprare della frutta e poi a venire qui per una cena che comprendesse i quattro gruppi alimentari.»

Era una presa in giro? Un rimprovero? Un tentativo di flirtare? Chloe non lo sapeva. Lui non era come prima. Era... guardingo. «Scusa per quella sparata sui quattro gruppi alimentari. Come se non sapessi prenderti cura di te stesso. Sei un adulto. Ovviamente.» *E adesso uccidimi pure.*

«E tu sei?...»

Pronta per saltarti addosso?

«Chloe Madison», esclamò Monica, riempendo l'imbarazzante pausa. «Chloe, ti presento Devlin Monroe.»

5

ROCKY Monroe diede inizio alla giornata, come ogni mattina, con un bicchiere di succo d'arancia e una corsa di sei chilometri. L'unica differenza consisteva nel fatto che quel giorno era in anticipo. Quando arrivò al suo B&B *Red Clover*, dove abitava e lavorava, il sole stava appena sorgendo su Thrush Mountain.

Di recente, aveva problemi a dormire. Troppi pensieri per la testa. Anche se cercava di minimizzare la frequenza degli incidenti della nonna, Rocky era sinceramente preoccupata per la caparbietà della donna. D'altronde, la maggior parte dei Monroe aveva una vena di testardaggine grande come una casa, perciò Rocky non avrebbe dovuto stupirsi dell'ostinazione dell'anziana a comportarsi come se avesse venticinque anni anziché settantacinque. Non che a quell'età si fosse decrepiti, ma lei cominciava a scordarsi le cose, a combinare piccoli incidenti e, che Dio aiutasse tutti loro, era diventata più audace.

Aveva quasi fatto diventare bianchi i capelli biondi di Rocky quando l'inverno precedente aveva «preso in prestito» il suo gatto delle nevi per farsi un giro. Considerati i danni dell'automezzo, era un miracolo che la nonna se la fosse cavata con un polso rotto e qualche brutto livido. Poi c'erano gli incidenti in cucina. Il mese prima, nell'ospitare un incontro delle Cupcake Lovers, la nonna aveva messo la teiera sul fornello e alzato la fiamma al massimo, il che non sarebbe stato così brutto se non avesse dimenticato di riempire d'acqua la teiera. Si era verificato un piccolo incendio, che Rocky e suo cugino Sam avevano spento facilmente, ma se la nonna fosse stata sola?

Ecco perché si era sentita immensamente sollevata nel sapere che aveva assunto una dama di compagnia. Sarebbe dovuto bastare a farla dormire tranquilla quella notte, ma il forno guasto la tormentava. Il mese prima aveva dovuto sostituire la lavatrice e adesso il frigo faceva dei rumori strani. Poiché di solito cucinava i pasti per i clienti del B&B, faceva un uso massiccio dei suoi elettrodomestici. Non che ci fosse qualcuno per cui cucinare quel giorno o per le prossime due settimane. Erano ormai mesi che il *Red Clover* aveva subito un insolito calo delle prenotazioni. I suoi risparmi avevano ricevuto un brutto colpo proprio quando Rocky aveva bisogno di ristrutturare quella costruzione del diciannovesimo secolo per attrarre più clienti. Non doveva fare altro che rivolgersi a Dev e lui avrebbe coperto le spese. Oppure... le avrebbe suggerito di vendere. Era stato contrario all'acquisto del *Red Clover* sin dall'inizio, definendolo una macchina mangiasoldi, ma Rocky aveva messo gli occhi su quella locanda e al terreno annesso da quando era una ragazzina. Meglio morire piuttosto che permettere al fratello maggiore, o se per quello a chiunque altro, di dettare legge nella sua vita.

Le bastò farsi la doccia e vestirsi, ed ecco ricomparso lo stress scacciato temporaneamente con la corsa. Aveva bisogno di uscire e togliersi la locanda dalla mente per un po'. Aveva necessità di qualcosa di fisico. Pensò a Dev. Le aveva detto che poteva prendere in prestito la sua casa quella sera, visto che la sua cucina faceva i capricci e toccava a lei ospitare le Cupcake Lovers. Probabilmente lui avrebbe dato una pulita, ma l'idea che Rocky aveva dell'igiene differiva totalmente da quella di entrambi i suoi fratelli. Uomini. Cucina e bagno avevano forse bisogno di una bella strofinata e poi avrebbe passato l'aspirapolvere *sotto* i mobili. Dio solo sapeva cosa ci viveva... ciuffi di polvere, residui di cibo... Ma prima avrebbe fatto tappa da *Oslow's* e comprato gli ingredienti per i cupcake da offrire e lo stufato che aveva promesso a Dev.

Era a metà strada da Sugar Creek quando sentì un sinistro sferragliare nel motore della sua Jeep. *Dannazione.* «Qualunque cosa non vada, ti prego, resisti fino a quando non avrò fatto sistemare il forno.»

Dev uscì di casa come una furia alle 8.37 e quasi andò a sbattere contro sua sorella. «Che ci fai qui?»

«Hai detto che mi prestavi casa tua.»

«Stasera.»

«Devo preparare. Cosa ci fai tu qui?»

«Ci vivo.»

«Ma sono...» Rocky guardò l'ora, «le otto e mezzo.»

«Otto e trentasette.»

«Sei sempre fuori di qui alle sei e mezzo o sette.»

«Non mi sono svegliato in tempo.»

«Non ti succede mai.»

«C'è una prima volta per tutto.» Ansioso di andarsene, Dev alleggerì sua sorella di tre sacchetti riciclabili della spesa. «Ce ne sono altri nella Jeep?»

«Uno solo. Ci penso io.»

Dev rifece le scale del portico e sfrecciò in cucina. Lasciò i sacchetti sul bancone e si affrettò a uscire di nuovo.

«Sei uno straccio», esclamò Rocky aggrottando la fronte.

Omaggio di due ore di sonno. «Caspita, grazie!»

«Hai fatto colazione?» gli chiese mentre posava l'ultimo sacchetto e apriva il frigo.

«Mangerò qualcosa al lavoro.»

«Cioè una ciambella e una caraffa di caffè.» Rocky sbuffò mentre tirava fuori il cartone delle uova e mezza pagnotta di pane. «La colazione è il pasto più importante della giornata, lo sai?»

«Com'è che ultimamente le donne si mettono a pontificare sulle mie abitudini alimentari?»

«Un'altra donna ti ha fatto un discorsetto?» chiese lei incredula. «Chi? Dimmelo. Qualsiasi donna che abbia cercato di darti dei consigli deve essere speciale.»

Aveva ragione. Devlin era ancora furioso per la chiacchierata a cena con Chloe Madison. Farle rivelare qualcosa del suo passato senza lasciar capire che già conosceva la sua storia, grazie a Jayce, era stato impossibile. Era andata nel pallone quando all'inizio Devlin si era avvicinato, cosa che gli era sembrata carina, ma non appena aveva scoperto chi fosse, si era chiusa a riccio. Come se sapesse che ci sapeva fare con i tipi come lei e che non sarebbe stata in grado di adularlo né manipolarlo. Monica aveva peggiorato la situazione cercando di parlare per Chloe, vantando il suo diploma culinario e concentrandosi poi sulla loro infanzia nell'Indiana. Nessun accenno alla sua vita newyorkese, agli infiniti cambiamenti scolastici e professionali né al fidanzato vecchiotto che l'aveva piantata in asso.

A Devlin aveva anche dato fastidio il fatto che avessero ordinato diversi piatti che Chloe aveva a stento toccato. Quando l'aveva fatto notare, lei aveva borbottato di non avere appetito. Allora perché aveva ordinato tutta quella roba? Aveva assaggiato il cibo e lo aveva trovato scadente? L'ex critica gastronomica, ora chef, era così esigente nei confronti della cucina altrui? Poiché aiutava personalmente Luke nella scelta degli chef e considerava il menu dello *Sugar Shack* di prim'ordine (come tutti quanti gli altri), il palato snob di Chloe lo faceva andare fuori dei gangheri.

«Sento odore di Lysol», disse Rocky, irrompendo nei suoi pensieri.

«Ho pulito.»

Lei esaminò i piani di lavoro, il lavello e il pavimento. «Olio di gomito.»

«Arriverà una marea di donne.»

«Non dimenticare Sam. Adesso è un membro ufficiale delle

Cupcake Lovers, perciò siamo ufficialmente un gruppo misto, per così dire.»

Il loro cugino. Sam McCloud. Vedovo da due anni e restio a conoscere altre donne nei bar o tramite le agenzie di appuntamenti. Sam aveva assicurato a suo fratello Max, e agli svariati cugini maschi, che si era unito alle Cupcake Lovers per rimorchiare Rachel Lacey. Ma quello era stato sei mesi prima e Sam non le aveva ancora chiesto di uscire. Nel frattempo aveva sviluppato una preoccupante passione per la cucina oltre a una bizzarra dipendenza per le trasmissioni culinarie.

«Non voglio che nessuno, compreso Sam, spettegoli delle condizioni della mia casa e di come avrebbe bisogno della mano di una donna.»

«Anche il proprietario avrebbe bisogno della mano di una donna.»

«Non cominciare con questa storia.» L'unica donna che in quel momento gli interessava era Chloe Madison e mai e poi mai avrebbe ceduto a quell'attrazione fisica, non sapendo cosa farsene della sua incostanza e della discutibile moralità. Forse lei non era una vera e propria cacciatrice di dote, ma non si faceva scrupoli nell'approfittare di uomini ricchi. Per non parlare della fedina penale *ripulita* (Jayce doveva ancora fornirgli i dettagli) e della propensione a defilarsi quando la faccenda si faceva dura o noiosa. Daisy l'aveva assunta per un periodo di tre mesi. Devlin sarebbe rimasto sorpreso se Chloe fosse durata tre settimane.

«Noi non spettegoliamo.» Rocky ruppe in rapida successione sei uova in una ciotola. «Parliamo delle nostre vite...»

«E della vita di chiunque altro a Sugar Creek.»

«...ci scambiamo ricette di cupcake e idee su come aiutare i soldati in missione e gli enti benefici della nazione.»

«Non c'è bisogno di fare propaganda al club.» Le donne della famiglia Monroe avevano aderito al Cupcake Lovers sin da quando il club era stato fondato, nel 1942. Quello che era partito come un evento puramente sociale, un luogo e un momento destinati a sostenere le altre donne i cui mariti o figli combattevano nella Seconda guerra mondiale, alla fine si era trasformato in un gruppo di donne che inviava i propri cupcake ai soldati all'estero e organizzava eventi locali di beneficenza. Devlin ne sosteneva al cento per cento gli sforzi. Tuttavia, durante l'infanzia aveva partecipato di tanto in tanto agli incontri a casa di sua madre e di sua nonna e sapeva con certezza che i membri del club indulgevano nei pettegolezzi.

«Poiché ci incontriamo una volta a settimana tutte le settimane, sarebbe piuttosto noioso se non lo facessimo.» Rocky prese una padella dal cassetto sotto al forno e la sbatté fragorosamente sullo scintillante piano cottura. «Cosa vuoi? Omelette o uova strapazzate?»

Lui guardò l'ora. «Il negozio apre tra cinque minuti.»

«Il negozio aprirà con o senza di te, Dev. Odio doverti dare questa notizia, ma tu e papà avete istruito bene il vostro personale. Il *J.T.* è una macchina ben oliata. Siediti, mangia. Ho bisogno di parlarti.»

C'era qualcosa nella sua voce. No, nella sua *energia*. Quando era sotto stress, Rocky tendeva a muoversi a un ritmo accelerato. Era stato talmente preso dai suoi pensieri che fino a quel momento non se n'era accorto. «Cosa c'è che non va?»

«Niente.» Gettò quattro fette di pane nel tostapane e tornò di corsa alla padella, battendo le uova con spietata determinazione.

«Immagino che saranno strapazzate.» Devlin si sistemò sul bordo di uno sgabello. «Di cosa vuoi parlare?»

«Chloe Madison.»

«A quale proposito?»

«Luke mi ha chiamata ieri sera. Ha detto che Chloe si era fermata a cena con Monica e sembrava che si stessero divertendo.» Aggrottò la fronte. «Fino a quando non ti sei unito a loro.»

«Volevo solo conoscere quella donna, quella *straniera*, che vivrà con nostra nonna.»

«Le hai fatto il terzo grado.»

«Ho cercato di prendere informazioni.»

«L'hai innervosita.»

«Come fa Luke a saperlo? Era dall'altra parte della sala, dietro al bancone del bar.»

«Gliel'ha riferito Monica, poco prima di uscire e poco dopo che Chloe era andata alla toilette. Ha detto, parole sue: 'Tuo fratello è un idiota'.» Rocky aprì la dispensa e imprecò. «Hai finito i filtri del caffè.»

«Usa un tovagliolo di carta.»

Lei guardò contrariata il contenitore vuoto.

«Devo averli usati tutti quando ho pulito.»

«Non importa. Ho portato dell'Earl Grey per stasera.» Rovistò tra le sue provviste e tirò fuori una scatola di bustine di tè.

Devlin le passò la teiera che usava di rado e prese due piatti dalla vetrinetta. «Ascolta, non so cosa Monica abbia creduto di vedere o sentire...»

«Ti ha visto e sentito comportarti come te stesso, Dev. Conoscendoti, posso immaginarmelo. Eri seccato perché la nonna aveva assunto qualcuno senza consultarti, qualcuno che non conosci. Invece di fidarti di lei o del giudizio di Monica, hai dato per scontato che ci fosse qualcosa di sospetto o inaffidabile in Chloe Madison.»

«Non ho dato per scontato niente.» Adesso si stava arrabbiando. Ma che aveva fatto? Solo qualche domanda. Che colpa ne aveva se lei si era fatta intimidire così facilmente? «*So* che è inaffidabile. Dipende dagli altri perché finanzino il suo frivolo stile di vita.»

«Com'è possibile che tu sia al corrente di una cosa del genere?»

Devlin si maledisse per aver perso le staffe. Non voleva arrivare a quel punto. Non con Rocky. Si girò per prendere due forchette.

«Oh, no. Dimmi che non hai chiamato Jayce.»

Non poteva negarlo e non lo fece.

«L'hai fatto! Oh, Dev. È una cosa così... così...»

«Responsabile? Saggia?»

«Viscida.»

«Lo dici solo perché Jayce è coinvolto.» Per motivi ancora ignoti a Devlin, sua sorella e il suo migliore amico avevano litigato una decina di anni prima. «E cosa c'è di viscido nel richiedere una verifica dei trascorsi di un dipendente?»

«Ha ficcato il naso nella sua vita privata.»

«Ha indagato. È quello che fanno gli investigatori privati.»

«Non voglio parlare di Jayce.»

«Non lo fai mai.» Devlin notò il rossore della sorella e scavò tra i propri ricordi. Come sempre, non trovò una spiegazione. «Un giorno uno di voi due dovrà chiarirmi perché.»

«Voglio che tu sia carino con Chloe», esclamò Rocky dopo aver riempito i piatti di uova strapazzate e toast imburrati.

Devlin versò l'acqua bollente nelle tazze. «Perché?»

«Perché ho bisogno di un po' di pace mentale. Ho paura che la nonna finisca per farsi male sul serio se lasciata senza supervisione. Penso che stia attraversando una specie di crisi e non voglia confidarsi con la famiglia o gli amici. A volte è più facile risolvere i propri problemi con le persone che non si conoscono bene. Persone che non cercheranno di influenzarti o giudicarti né di dirti cosa fare.»

«Stiamo ancora parlando della nonna?» domandò Devlin sedendosi di fronte alla sorella.

«Certo», rispose lei senza guardarlo.

Oh.

«Conosco Monica ormai da un po' di anni. È semplice e fidata come sembra. Vuole bene alla nonna come chiunque altro qui a Sugar Creek. Non le affibbierebbe una incompetente totale. Qualunque cosa ti abbia riferito Jayce, ricordati che ogni medaglia ha due lati.»

Avrebbe potuto rispondere che Jayce gli aveva fatto notare la stessa cosa ma non lo fece. Rifletté tuttavia sulla donna nella quale si era imbattuto al supermercato e la donna che gli aveva descritto l'amico. La sera prima, seduto accanto a lei allo *Shack*, aveva avuto un assaggio di entrambi i lati, quello dolce e quello frivolo. Era uno dei motivi che l'avevano tenuto sveglio. Chloe era un allettante enigma. Era anche una forte distrazione dal possibile disastro Walmart. Non poteva intraprendere nessuna azione finché suo padre non avesse dato il via libera ai piani per il *J.T.*, ma l'uomo era impegnato a giocare a golf. Devlin lanciò un'occhiata alla sorella, la cocca di papà capace a furia di lusinghe di convincerlo a fare qualsiasi cosa. Pensò di nuovo a Chloe, chiedendosi se avrebbe ottenuto di più con un approccio più morbido. C'era stata sintonia tra di loro prima di conoscere le rispettive identità. Potevano ritrovare quella sintonia.

Spalmando abbondantemente di marmellata d'arancia il suo toast, disse: «Sai del mio progetto di ristrutturare e ampliare il negozio?»

La tensione tra i due svanì con quella domanda neutra. Rocky alzò lo sguardo dal piatto. «Sì?»

Devlin sorrise. «Concederò una tregua a Chloe se ti lavori papà.»

Lei ricambiò il sorriso. «Affare fatto.»

6

Chloe guardò la mastodontica casa a tre piani di Daisy Monroe con un misto di paura e ammirazione. Revival coloniale, l'aveva definita Monica, uno degli otto popolari stili architettonici del Vermont. A essere sinceri, aveva un'aria un po' spaventosa. Come una casa infestata o quella che metteva i brividi in *Psycho* di Hitchcock. «Ci saranno migliaia di stanze.»

«Più o meno.» Monica parcheggiò la Suburban e spense il motore. «Sono stata qui diverse volte, ogni membro delle Cupcake Lovers ospita a turno gli incontri, compresa Daisy, e credo di non aver ancora visto tutti i locali.»

«Come fa a occuparsene?»

«Il padre di Devlin, Jerome Monroe, figlio di Daisy, ha assunto un'impresa di pulizie circa dieci anni fa, quando Daisy si è rifiutata di trasferirsi da loro o in una casa più piccola.»

«È vedova da allora? Dieci anni?»

«Più o meno.»

Chloe si ricordò di com'era stato quando sua madre era morta. Affranto, suo padre non si era mai risposato e, per quello che lei ne sapeva, non aveva relazioni stabili. Se mai c'era stata qualche storia, lei ne era all'oscuro. Non riusciva a immaginarselo. O forse non voleva immaginarselo. Chi voleva pensare ai propri genitori che facevano sesso? Sapeva soltanto che anche lui viveva per conto proprio nella loro grande e vecchia casa di Marlton. «Deve sentirsi sola.»

Forse era per questo che Chloe ci aveva messo tanto prima di impegnarsi in una relazione. Inconsciamente non riusciva a fare i conti con l'idea di amare qualcuno per anni unicamente perché la morte se lo portasse via.

O una sgualdrina parigina.

«Non ho mai conosciuto il marito di Daisy, ma mi risulta che fosse tirannico e soffocante. Lei non ne parla molto, perciò non sono sicura di quanto le manchi. A proposito della solitudine, la famiglia Monroe è enorme, un sacco di zii, zie e nipoti. Inoltre sono imparentati con i McCloud e i Bentley. Daisy ha tantissimi amici, anche se quelli più intimi hanno iniziato a morire qualche anno fa.»

Gli amici di Chloe non erano morti, ma molti di loro erano scomparsi. Puoi declinare solo un certo numero di inviti prima che la gente smetta di chiamarti. Buffo, non conosceva Daisy ma già avvertiva uno strano legame. «Che cosa triste.»

«Già, ma niente riesce ad abbattere Daisy Monroe troppo a lungo. È un vero peperino. Il bello è che, a quanto raccontano, un tempo fosse formale e riservata.»

«Probabilmente per via di suo marito», osservò Chloe, pensando a come aveva tenuto a freno il proprio entusiasmo a causa dell'influenza di Ryan.

«Forse», ribatté Monica. «È uscita veramente dal guscio circa tre anni fa.»

Chloe storse la bocca. «A settantadue anni?»

Monica si mise a ridere. «Bisogna stare attenti alle fioriture tardive.» Strinse il ginocchio di Chloe. «Pronta?»

«Sicuro. No. Dammi un minuto.»

«Te ne darò diversi. Vuoi che faccia qualche giro attorno all'isolato?»

Chloe scosse la testa. «No, solo un secondo.» Buttò fuori l'aria e si asciugò le mani appiccicose sui pantaloni grigi. «Non so perché sono così nervosa. Ho svolto decine di mansioni diverse, ho lavorato con e per ogni tipo di persona.»

«Secondo me è colpa di Dev. Ieri sera ti ha messo in agitazione. Sapevo che sarebbe stato una rottura, ma non lo facevo così imbecille. Cos'era quell'atteggiamento di sufficienza?»

«Non lo so.»

«E *tu*. Non ti ho mai vista andare in confusione così facilmente. La vecchia te stessa l'avrebbe spuntata col suo fascino spumeggiante.»

Chloe arrossì nel ricordare come si fosse trasformata in una larva asociale. Anche dopo che lui se n'era andato, non era stata capace di riprendersi. Più di ogni altra cosa, era scioccata dal fatto che, nonostante l'uomo si fosse comportato da idiota, se ne sentisse ancora attratta. Quanto era patetica quella sensazione?

Troppo patetica perfino per confidarla alla sua migliore amica.

«Lo so», disse Chloe, sentendosi vuota. «Penso di aver perso la vecchia me stessa dopo il primo anno di convivenza con Ryan. Immagino che volesse farmi diventare più posata, stabile, be', adulta. Solo che quella non ero io, era solo la sua immagine di me. E quando l'ho capito... mi ha scaricata.» Guardò l'amica, lo stomaco in subbuglio per il panico. «Non sono sicura di sapere più chi sono.»

Monica le prese la mano. «Forse oggi non è la giornata più adatta per iniziare un nuovo lavoro. Vieni a casa con me e resta ancora un paio di notti. Sistemerò io le cose con Daisy senza entrare troppo nel dettaglio.»

Chloe ricambiò la stretta e si sforzò di sorridere. «No. Sto bene. Davvero.» Aveva sentito Monica e Leo darci dentro la sera prima e di nuovo quella mattina presto. Chloe non poteva essere più contenta per la sua amica, ma al tempo stesso si sentiva totalmente infelice. Un promemoria di ciò che lei non aveva e che non avrebbe avuto per molto tempo, se mai fosse successo. Aprì la portiera dell'auto. «Andiamo.»

Qualche secondo dopo, stava trascinandosi dietro la valigia extralarge sul marciapiede e poi lungo il vialetto di Daisy. Monica le faceva strada. Chloe aspirò il profumo dell'erba appena tagliata e ammirò il bel prato curato. Era così diverso dagli alberi radi e dagli spiazzi erbosi di New York. E invece di grattacieli senz'anima, era circondata da montagne maestose. La vista e i profumi della natura le fecero venire in mente tempi più semplici. Più si avvicinava all'enorme dimora, più i suoi nervi si calmavano e quando la porta di ingresso si spalancò, avvertì una sorta di equilibrio nel suo mondo traballante.

«È più giovane di quanto mi aspettassi, signorina Madison.»

«Lei è più trendy di quanto mi aspettassi, signora Monroe.» Chloe fissò la piccola e vivace signora sulla soglia. I capelli argentei di Daisy erano un alone di ricci corti e vaporosi e gli occhiali da gatta avevano la montatura rosa con un tocco d'oro. Il suo abbigliamento era ugualmente eccentrico: jeans sbiaditi, una camicia folk e un paio di sneaker d'oro metallizzate. In confronto a lei, con pantaloni a gamba dritta, una leggera tunica rosa di maglia e ballerine grigie, Chloe si sentiva una matricola universitaria.

Daisy alzò le sopracciglia disegnate. «Cioè fico?»

Chloe sorrise. «Molto.»

La donna le porse una mano rugosa e macchiata dall'età. «Chiamami Daisy.»

«Chloe.»

«Vi lascio a fare la reciproca conoscenza», disse Monica sorridente. «Ci vediamo all'incontro di stasera, Daisy.»

«Ti hanno avvertita?» le chiese la donna. «Il forno di Rocky è guasto. Ci vediamo a casa di Devlin.»

«Ricevuto», ribatté Monica, rivolgendo uno sguardo benevolo a Chloe.

Chloe le telegrafò un silenzioso *nessun problema*. Avrebbe accompagnato Daisy all'incontro ma non sarebbe entrata in casa, ovunque si fosse tenuto. Non era pronta a incontrare un intero club, in special modo uno che si dedicava alla preparazione di cupcake. I dolci equivalevano al cuore spezzato e all'impulso di fare del male con svariati utensili da cucina. Immaginò Rocky che serviva cupcake al cioccolato e lei che ghermiva una padella di ghisa e iniziava a brandirla minacciosamente, mentre Monica le si gettava addosso per fermarla. Una prima impressione tutt'altro che fantastica.

Daisy invitò Chloe a entrare. «Lascia la valigia dove ti pare, micetta. Sceglieremo la tua stanza al nostro ritorno.»

«Dove andiamo?»

«Sugar Creek.»

«Ma siamo già a Sugar Creek.»

«Intendo il torrente. Ho voglia di fare un picnic.» Indicò alla propria sinistra. «La cucina è da quella parte. Prepara qualche panino e prendi una bottiglia di vino. Vado a recuperare cappello e borsa.»

Si allontanò e Chloe si diresse in cucina, affascinata all'istante dalla donna e dalla sua casa. Poteva sembrare intimidatoria dall'esterno, ma l'interno non avrebbe potuto essere più caldo e accogliente. Un misto di stile vittoriano e coloniale. Squisitamente perfetto. Come un servizio di una rivista patinata su case e giardini. Chloe si perse a osservare gli oggetti di antiquariato, i pezzi da collezione, la confusione perfettamente organizzata.

Restò di sasso sulla soglia della spaziosa cucina. Quasi non riusciva a credere ai propri occhi: elettrodomestici all'avanguardia e di ottima marca e una marea di attrezzi. Un robot, un mixer, una crepiera, una pentola a cottura lenta, una macchina per fare l'espresso all'italiana. Si controllò il battito, perché era certa di essere morta e di trovarsi in paradiso.

Devlin era certo di essere morto e di trovarsi all'inferno. «Cosa vuol dire che un quarto dei nostri dipendenti ha fatto domanda di assunzione all'ipermercato?»

«Non puoi biasimarli, Dev.» Chris Bane, il suo vice, si passò la mano sulla mascella non rasata. «Walmart offre...»

«Lo so cosa offre.» Un migliore piano sanitario e un generoso pacchetto di benefit. Il *J.T.* era un negozio indipendente. Poca roba in confronto a una catena nazionale. «Dannazione.»

«C'è anche il crescente timore che l'ipermercato possa metterci fuori dal giro. Perché fare la spesa qui, quando...»

«Ci sto lavorando», ribatté Devlin. «Rinnovamento ed espansione dovrebbero tenerci in gioco.»

Chris piegò la testa. «Peccato che tuo padre si opponga al cambiamento.»

«Mi sto occupando anche di quello. Fammi un favore e zittisci i pettegolezzi. Di' a tutti che siamo in piena attività e che non abbiamo intenzione di affondare.»

«Farò del mio meglio.»

«Non chiedo altro.» Devlin vuotò la tazza di caffè e mandò un sms a sua sorella.

Hai chiamato papà?

Sei stato carino con Chloe?

Lo farò dopo il lavoro.

Adesso sarebbe meglio.

Maledizione.

Va bene.

☺

«Perché stai guidando così piano?»

«Non voglio rischiare una multa.» Oppure un'ammaccatura. Chloe si sentiva immensamente a disagio a bordo di quella barca su quattro ruote. Doveva sedersi sullo stesso cuscino che usava Daisy per vedere oltre il cruscotto e la leva del cambio non era neanche al posto giusto. Era sul dannato piantone dello sterzo! Daisy si sporse verso di lei e la guardò al di sopra degli occhiali da sole graduati alla Jackie O. «Stai andando al di sotto del limite consentito.»

«Più piano vado, meno danni faccio se investo un cervo, uno scoiattolo o qualsiasi cosa. E poi questa strada è piena di buche.» Chloe fletté le mani sul volante della Cadillac del '64 di Daisy. *1964!* Chloe ancora non riusciva a crederci. Quell'auto era stata fabbricata quasi vent'anni prima che lei nascesse. Ciononostante era perfettamente funzionante e come nuova. Più o meno come Daisy. Le sembrava di trasportare un carico prezioso in un inestimabile pezzo d'antiquariato. Ehi, un po' di pressione?

Erano almeno a trenta chilometri dal paese, nel dannato bel mezzo di chissà dove, in auto in mezzo al dannato bosco. Secondo il nuovo capo di Chloe, quella strada dissestata a una corsia era una scorciatoia per Sugar Creek, il torrente, non il paese. Chloe non voleva danneggiare l'auto e di sicuro non voleva danneggiare Daisy. Altrimenti avrebbe sollecitato una visita di Devlin Monroe. Chloe sperava di evitarlo per una settimana o due, il tempo di ricongiungersi al suo vecchio io o di scoprirne uno nuovo e illuminato, uno in grado di gestire un Manipolatore Alfa.

«Senza offesa, micetta, ma guidi come una vecchia.» Daisy incrociò le braccia e grugnì. «Sarei stata molto meglio con Morgan Freeman.»

Ci volle un secondo, ma poi a Chloe venne in mente che stava citando un film famoso. «Ci sono», riuscì ad articolare senza alzare gli occhi al cielo. «*A spasso con Daisy.*»

«Non vivevi a New York? Alla tv quelli che guidano nelle grandi città sono senza paura.»

«Oppure pazzi.»

«La gente troppo prudente causa incidenti, sai. Dacci dentro, gatto bagnato. Vorrei pranzare prima di stasera. Muoio di fame.»

Lo stomaco di Chloe brontolò concorde. La sera prima aveva perso l'appetito dopo che Devlin aveva rovinato la loro festicciola a due. Quella mattina era stata troppo nervosa a causa del nuovo lavoro per riuscire a ingoiare qualcosa che non fosse un pezzo di toast asciutto. Anche lei stava morendo di fame. Dopo aver razziato il frigorifero di Daisy, aveva preparato dei panini al roast-beef e insaporito una ciotola di insalata di patate appena fatta. Il cibo era stipato nel cestino da picnic sul sedile posteriore insieme con una bottiglia di chardonnay e due d'acqua.

Ansiosa di arrivare a destinazione, Chloe accelerò, portando il tachimetro a 60 chilometri.

«Una vera temeraria», commentò Daisy.

Trenta minuti e un picnic dopo, le due donne erano distese su una spessa coperta e guardavano il cielo limpido attraverso le fruscianti cime degli alberi. Era una bellissima giornata. Un caldo fuori stagione per essere metà settembre, secondo Daisy. Chloe si tolse le ballerine e mosse le dita dei piedi. Se si fosse arrotolata i calzoni, avrebbe potuto camminare sulla riva dello Sugar Creek. Sarebbe sicuramente servito a rinfrescarla e a farle digerire il cibo che aveva divorato come un lupo.

Stava per chiedere a Daisy se aveva voglia di una passeggiata ma si accorse che la donna si era addormentata. Non c'era da sorprendersi dato il caldo e il pasto abbondante. In più si era scolata due bicchieri di vino.

Sapendo che doveva riportare entrambe indietro con la mostruosa Cadillac, Chloe si era limitata all'acqua. Sorridendo tra sé, si tirò sui gomiti, godendosi il panorama di boschi e il silenzio. Daisy aveva parlato per tutto il pranzo, chiedendole della sua vita a New York. Si mostrava particolarmente interessata all'aspetto sociale.

Sei stata in cima all'Empire State Building? Hai mai ballato tutta la notte in una di quelle famose discoteche? Sei mai stata in carrozza a Central Park? Una corsa in motoscafo sul fiume Hudson? Di notte?

Chloe aveva fatto tutte quelle esperienze, eccetto l'indiavolata corsa notturna sull'Hudson. Date le sue modeste capacità di nuotatrice e un pauroso incidente infantile, non era mai stata una patita di sport acquatici. Al che Daisy aveva commentato:

«Se la tua vita è dominata dalle tue paure, non stai vivendo veramente».

Chloe non si era mai considerata prudente. Se voleva qualcosa, se la prendeva. Gran parte delle volte. Sebbene, in realtà, negli ultimi due anni era stata così impegnata a «crescere», a dedicarsi a una relazione e alla tranquillità domestica, oltre a sudare sette camicie all'Istituto d'Arte Culinaria, che riteneva di avere, temporaneamente (così sperava), dimenticato come divertirsi.

«Allora, cosa avresti messo nella mia insalata di patate?» domandò Daisy. «Aveva più brio del solito.»

Daisy trasalì. «Pensavo che stesse facendo un pisolino.»

«I pisolini sono per i bambini e i vecchi.» Si mise a sedere e, stiracchiandosi, sbadigliò. «Mi è sembrato che ci fosse dell'aneto.»

«Aneto fresco.»

«E?»

«Cumino in polvere e cipolle rosse tritate», spiegò Chloe. «Normalmente avrei aggiunto del peperoncino chipotle ma non ne aveva in frigo e poi avrebbero potuto essere troppo piccanti per lei.»

«Se non provi non lo saprai mai. La prossima volta aggiungi il peperoncino.»

«Sì, signora.»

L'anziana donna si fece scivolare gli occhiali sulla punta del naso e inchiodò Chloe con uno sguardo minaccioso. «Se questa cosa dovrà funzionare, dovrai chiamarmi Daisy. Ti ho assunta solo per togliermi dalla schiena i miei nipoti. Preferirei occuparmi della cucina e guidare io stessa. Non sono un'invalida, ma...» Distolse lo sguardo come se fosse imbarazzata.

«Sola?» domandò Chloe mentre prendeva la sua bottiglia d'acqua.

Daisy sbuffò. «Con una famiglia grande come la mia? C'è sempre qualcuno che passa da me o che mi invita a una festa. Gli impegni mi escono letteralmente da queste chiappe secche.

Quello che voglio è l'avventura. Voglio prendere il meglio dal tempo che mi resta. Voglio una compagna di zingarate.»

Chloe la guardò stupita.

«Ti spiego meglio: qualcuno che dica 'fanculo' alle convenzioni. Qualcuno che non abbia paura di correre dei rischi e cogliere le opportunità. Dopo aver parlato con Monica, ho subito capito che eri quella giusta. Appassionata. Intrepida. Mi sbagliavo?»

Daisy si riferiva alla vecchia Chloe Madison, quella pre-Ryan Levine. Avvertì una fitta di rimpianto, nostalgia, *qualcosa.* «Non sono sicura riguardo all'intrepida, ma nella mia vita ho corso un sacco di rischi. Ho seguito il mio cuore. Le mie passioni.»

«Eccitante.»

«Rischioso.»

«Ma eccitante.»

Di nuovo si sentì combattuta tra la sua vecchia vita e quella che si era creata con Ryan. Non aveva odiato la persona che era diventata a causa sua, ma si era decisamente sentita irrequieta. Aveva aspettato tutta la vita che scattasse qualcosa che le facesse dire: questa sono io e questo è ciò che ho intenzione di fare. Questa è la vita per cui sono nata.

Stava ancora aspettando quel clic.

«Riguardo al tuo riferimento alla CdZ» – non è che Chloe non avesse mai pronunciato quella parola, ma non poteva farlo in presenza, be', della nonna di qualcuno – «non significa quello che credi.»

«Cosa significa?»

«Mi imbarazza dirlo.»

«Sei una puritana, Chloe Madison?»

«No. Solo rispettosa.»

Daisy sospirò. «Speravo in un po' di divertimento.»

«So essere divertente.»

«Dimostralo.»

«Come?»

«Andiamo a fare tubing.»

«Cosa?»

«Con una camera d'aria. È la giornata perfetta.»

Chloe guardò con diffidenza l'acqua increspata. «Non è più uno sport estivo?»

«Non siamo ufficialmente in autunno.»

«Ma...»

«Pensa al di fuori degli schemi stagionali, micetta.» Balzò in piedi e tappò la bottiglia di vino. «Bert Hawkins possiede un negozio di attività ricreative per tutto l'anno a dieci minuti da qui. Possiamo affittare un paio di ciambelloni e scendere lungo il fiume. Oh, non fare quella faccia terrorizzata. Lo Sugar Creek non è così profondo o largo, e poi hai detto che sai nuotare. Non che ti toccherà farlo. Basta che tieni il sedere nel buco, lasci penzolare le gambe ai lati e la corrente farà il resto.»

Scalza, Chloe si rimise in piedi quando Daisy diede uno strattone alla coperta. Il cuore le martellava mentre decine di terrificanti scene le esplodevano nella mente. «Non credo davvero che... Abbiamo appena mangiato. Dovremmo aspettare un'ora...»

«Frottole da vecchie comari. E poi non stiamo andando a nuotare! Ci facciamo solo una scivolata.» Il cestino da picnic appeso a un braccio, la coperta sull'altro, Daisy si avviò spedita alla Cadillac.

Chloe si infilò le scarpe e si affrettò a raggiungerla. «Hai bevuto», le sfuggì.

«Chi sei? La mia CdZ o mia madre?»

«Sono la tua dama di compagnia e mi preoccupo. E se cadi?»

«Allora risalirò sul gommone o me ne tornerò a nuoto a riva.»

«Fai un sacco di tubing, eh?»

«Un tempo. Quando ero ragazzina.»

Grandioso. «Una volta arrivate in fondo, come faremo a tornare all'auto?»

«Dirò a Bert di farci venire a prendere da qualcuno.»

A Chloe sembrava di parlare con un muro di pietra. Altro

che caparbia. Prese cestino e coperta dalle mani di Daisy e li sistemò sul sedile posteriore. «Non abbiamo i costumi.»

«Ci arrangeremo.»

Chloe si scervellò per trovare un altro impedimento, qualcosa di diverso da *ho paura che tu cada in acqua e affoghi.* «Soltanto se indosserai un giubbotto di salvataggio.»

«Solo i bambini e i vecchi mettono il giubbotto di salvataggio.» Daisy si puntò le mani sulle anche ossute e inarcò le sopracciglia disegnate. «Fifona.»

L'insulto andò a segno. Ma tutti avevano un'opinione sul suo carattere? O era troppo imprudente o troppo cauta. C'era qualcuno che pensava che fosse normale e basta? Irrazionalmente incavolata, Chloe spalancò la pesante portiera dal lato guida. «Entra e allacciati la cintura.»

7

DEVLIN era fermo in mezzo al soggiorno di sua nonna maledicendosi per non essersi procurato il numero del cellulare di Chloe. Pungolato da sua sorella, era venuto per appianare le cose. Solo che Chloe non c'era e neppure la nonna. Mancava anche la Cadillac.

Vide la Samsonite blu vicino all'ingresso. Presumibilmente di Chloe. Cosa c'era stato di così urgente che la nonna non aveva neanche permesso alla sua nuova dama di compagnia di disfare i bagagli?

Squillò il suo telefono. Non riconobbe il numero. «Devlin Monroe.»

«Ehi, Dev. Sono Bert Hawkins. Scusa il disturbo. Ho chiamato da *J.T.* e mi hanno detto di chiamarti a questo numero, visto che riguarda tua nonna.»

«Di' pure.»

«Ho cercato di convincerla a non fare tubing, ma è stata irremovibile.»

«Tubing? Tubing giù per il fiume?» Gli balzarono alla memoria i giorni in cui lui e Luke attaccavano i loro ciambelloni a un piccolo natante, in genere pilotato da uno dei loro zii o da qualcuno dei dipendenti di Bert. Insieme, avevano fatto più di una corsa selvaggia, rimbalzando sulla scia della barca, a volte sbalzati in aria. A volte cadendo in acqua. Con il cuore che batteva all'impazzata, Devlin uscì di casa come una furia. «E che diamine, Bert! Non ci sono delle restrizioni?»

«Sicuro. Minimo sei anni e almeno venticinque chili. Non avevo appigli legali per negarglielo, ma ultimamente Daisy ha subito un sacco di incidenti e, francamente, non vorrei questa responsabilità.»

La pressione sanguigna di Devlin si impennò mentre si dirigeva a tutta velocità verso il fiume. «Dimmi che ha un giubbotto di salvataggio.»

«Sono quelle le regole.»

Ma questo non voleva dire che Daisy non se lo sarebbe sfilato una volta lontana dallo sguardo di Bert. «Probabilmente avrai sentito che Daisy ha la nuova e irritante abitudine di infrangere le regole.»

«È per questo che ti sto chiamando.»

«Ma almeno la sua accompagnatrice ha cercato di dissuaderla da questa bravata?»

«La signorina Madison? A stento ha detto una parola, tranne che per discutere su un costume.»

Chloe in bikini. Un'immagine della quale Devlin avrebbe fatto a meno. Mise a tavoletta l'Escalade e guardò l'orologio. «Quando sono partite?»

«Quindici minuti fa, più o meno.»

Se si fosse sbrigato, poteva intercettarle al belvedere di Grenville. «Perché ci hai impiegato tanto a chiamarmi?»

«Daisy ha minacciato di rendermi la vita un inferno se avessi avvertito qualcuno della famiglia, ma dopo averci pensato bene, ho deciso che preferivo rischiare la sua ira piuttosto che la tua. Oh, e un'altra cosa, Dev. Tua nonna sta facendo tubing in mutande.»

Fantastico, cazzo.

Non chiese di Chloe. Tuttavia, l'immagine di lei in reggiseno e mutandine di pizzo rosa gli esplose nella testa. Quando ebbe raggiunto Grenville, aveva ormai un'erezione e una colossale arrabbiatura. Una pericolosa combinazione. Parcheggiò e chiamò Rocky mentre saliva sullo storico ponte coperto e guardava a monte. «Vuoi che sia carino con la nuova dama di compagnia della nonna? Allora farai meglio a provare a calmarmi.»

Chloe non riusciva a credere di aver lasciato che quella donna la spingesse a fare qualcosa di così insensato. Certo lo Sugar Creek non era molto ampio e, da quello che poteva vedere, davanti a loro non c'era altro che una piatta distesa d'acqua. Ma non significava che non potesse accadere niente di brutto. Qualcuno poteva vederle con i loro costumi da bagno improvvisati. Potevano venire risucchiate e trascinate a fondo da correnti impreviste o da un potente mulinello. Sì, forse l'ultima ipotesi era forzata, soprattutto perché, a sentire Bert, famiglie intere attraversavano quel tratto al culmine della stagione. Ma era un'eventualità. Tutto era possibile.

«Rilassati.»

Chloe guardò la sua datrice di lavoro. Dato che le sue chiappe secche erano infilate nel buco della ciambella, nessuno poteva vedere la sua guaina color carne lunga fino alle ginocchia. Anche il reggiseno Playtex era nascosto grazie al giubbotto di salvataggio di nylon a tre cinghie. Le braccia e le gambe ossute penzolavano ai lati della ciambella e il viso bianco panna, leggermente segnato dalle rughe, era rivolto al sole. Sembrava immersa in una pace beata. Felice.

Chloe non riuscì a trattenersi. Sorrise. «La tua famiglia mi ucciderà quando verrà a saperlo.» Parlava soprattutto di Devlin, ma non voleva pronunciare il suo nome.

«No, non lo faranno. Non glielo permetterò. Adesso rilassati e goditi la corsa.»

Chloe sospirò e si sistemò nella ciambella. Poiché non indossava una guaina e si era rifiutata di restare in tanga, era riuscita a convincere Bert a prestarle un paio di calzoncini da bagno. Non importava che fossero da uomo e tre taglie più grandi. Poteva andare peggio. Potevano essere degli slip. Si era anche rifiutata di attraversare lo Sugar Creek in reggiseno, ma poi Daisy l'aveva chiamata puritana e Bert le aveva dimostrato che il giubbotto di salvataggio le avrebbe nascosto l'intera parte superiore. *Che cavolo*. Qualsiasi cosa per ingraziarsi il suo nuovo capo il primo giorno. Aveva fatto cose più folli.

«È passato un sacco di tempo dall'ultima volta che ho attraversato lo Sugar Creek», commentò Daisy. «Venivo sempre qui con i miei fratelli e le mie sorelle. A volte nuotavamo, altre andavamo in barca a remi e qualche volta, di nascosto dai nostri genitori, facevamo i tuffi a bomba dal Grenville's Overlook.»

Affascinata da quel racconto, Chloe accarezzò l'acqua increspata con le dita e chiuse gli occhi, crogiolandosi al tepore del sole. «Cos'è il Grenville's Overlook?»

«Un vecchio ponte coperto. Dà sul fiume. Ci passeremo sotto tra un po'. Anni dopo», continuò, «ci portai i miei figli. Jessup, mio marito, pace all'anima sua, non voleva che me ne andassi in giro in costume da bagno quando non era con noi e, visto che era sempre occupato al negozio, lasciai che i ragazzi stessero con i loro cugini e gli zii, mentre io aspettavo con le mie sorelle a Willow Bend, a chiacchierare e a preparare picnic.»

«Deve essere stato divertente», disse Chloe, sensibile alla malinconia nella voce della donna. «Stare con le tue sorelle.» In quanto figlia unica, Chloe aveva sempre invidiato chi aveva fratelli e sorelle. Quelli simpatici, per lo meno.

«Non quanto il tubing o andare in barca. Il tempo è passato e prima che me ne accorgessi stavo assistendo alle bravate sull'acqua dei miei nipoti. Pure a loro piaceva il tubing, anche se preferivano essere trainati da una barca a motore. Più emozionante.» Fece una risatina maliziosa. «Piccoli scavezzacollo. Ricordo la prima volta che beccai Devlin e Luke che saltavano dal ponte. Mi si è fermato il cuore. Ma poi sono tornati in superficie, tra risate e schiamazzi, e mi sono ricordata di com'era fregarsene della prudenza.»

Se ne ricordava anche Chloe. Le vennero in mente tutti i

rischi che aveva corso negli anni. Il brivido dell'ignoto. L'emozione di decidere sul momento. Di provarci. A volte falliva. A volte saliva fino al cielo.

I ricordi svanirono quando si accorse che Daisy era diventata silenziosa. Chloe si girò appena in tempo per vedere la donna che si sbarazzava del giubbotto e lo gettava via. «Cosa stai facendo?»

«Butto la prudenza alle ortiche. Ai miei tempi non indossavamo mai quei cosi fastidiosi.»

«Ma...» Chloe si alzò così in fretta che quasi cadde in acqua.

«Smettila di essere apprensiva.»

«Se ti succede qualcosa...»

«Morirò felice.» Ridacchiò e si mise a pagaiare con le mani, superando Chloe. «Mi sento di nuovo una ragazzina!»

«Di sicuro ti stai comportando come tale.» Chloe era combattuta tra andare a recuperare il giubbotto o raggiungere il suo capo fuggitivo. Scorse il ponte davanti a loro e, più oltre, una curva stretta. Se avesse perso di vista Daisy... Chloe si spinse con le mani più veloce che poteva. «Mettiti questo», le disse quando fu più vicina.

«No, grazie.»

«Non te lo sto chiedendo, ti sto ordinando di farlo.» Un disperato bisogno di assumere il controllo di una situazione potenzialmente rischiosa rese deciso il tono e il gesto di Chloe. Sganciò l'ultima cinghia e lanciò il proprio giubbotto al suo folle capo. «Giuro su Dio che se non te lo infili, mi attacco a te o alla tua ciambella e ti trascino a riva.»

«Ti si vede il reggiseno», esclamò Daisy, con un sogghigno.

«In questo momento non me ne frega un cavolo della decenza.» In passato, si era esibita come animatrice alle feste, indossando a volte bustini o reggiseni di perline come costume di scena. Non è che non avesse mai mostrato un po' di pelle, e poi il reggiseno a balconcino a fiori rosa e rossi poteva quasi passare per un costume da bagno. *Quasi.*

«Sono felice di sentirlo, micetta.» Daisy afferrò il giubbotto ma, non appena vi ebbe infilato un braccio, una voce maschile urlò dalla riva. «Bert deve aver fatto la spia», brontolò sottovoce l'anziana. «Quel verme.» Poi strillò: «Non farti venire un embolo! Arrivo!»

Chloe si girò nella direzione in cui aveva guardato Daisy e gemette. Proprio davanti a loro, scendendo a lunghe falcate lungo il pendio roccioso e verso la riva c'era Devlin Monroe. *Tra tutti i...* Si sentì ardere la pelle e il cuore battere forte. Due pensieri si impossessarono della sua mente.

Mi ucciderà.

Mi vedrà in reggiseno.

Il secondo la spinse a gettarsi in acqua. Una reazione istintiva.

Lo spruzzo fece voltare Daisy.

«Sto bene!» le disse Chloe, aggrappandosi alla ciambella e nascondendo sotto l'acqua torbida il corpo poco vestito. «Va' pure!» Prima Daisy raggiungeva la riva, prima Devlin avrebbe smesso di preoccuparsi, prima avrebbe sbollito la rabbia. Così sperava.

Daisy andò verso il nipote remando con le mani e coi piedi mentre Chloe esaminava freneticamente le proprie opzioni. Come avrebbe fatto a uscire da quella situazione con l'orgoglio intatto? Una volta sulla terraferma, poteva tenere la ciambella davanti a sé per nascondere il reggiseno. Anche se sembrava un po' infantile. Per non menzionare il fatto che non poteva salire in auto così. Magari con un po' di faccia di bronzo poteva fingere che il reggiseno fosse un costume. Perché si stava comportando da nevrotica?

Perché sei attratta da quell'uomo.

Un altro motivo di imbarazzo. Era single da meno di una settimana ed era già pronta a rimettersi in pista? Non era una puritana, come aveva insinuato Daisy, ma neanche di facili costumi.

«Venga subito qui!» urlò Devlin a Chloe appena ebbe tirato fuori sua nonna dall'acqua.

Chloe tornò in sé, accorgendosi che stava passando sotto

il ponte e acquistando velocità. Avvertì un cambiamento nella corrente. Più avanti il fiume curvava bruscamente. Era quello Willow Bend? Bert aveva pregato Daisy di finire la loro corsa a Willow Bend, vietandole il tratto con le rapide. Lei aveva acconsentito, ma Bert non era sembrato convinto. Anche se, non appena erano partite, Daisy aveva rassicurato Chloe: niente rapide. Solo che adesso Daisy non c'era e lei non aveva idea di quanto fosse vicina o lontana la parte più rischiosa del corso d'acqua.

Il suo battito accelerò quando si ricordò delle vacanze in Florida con i suoi genitori. All'epoca aveva solo otto anni. Le sue capacità di nuotatrice si limitavano allo stile a cagnolino, perciò stava usando uno di quei vecchi salvagente gonfiabili quando una corrente l'aveva allontanata dalla spiaggia e...

«Oh... mio... Dio.» Prese a muovere le gambe disperatamente, cercando di guadagnare affannosamente la riva. Sentiva che i calzoncini troppo grandi le scivolavano via ma si rifiutò di togliere anche solo una delle due braccia dai bordi. Pensava soltanto che davanti a lei c'erano le rapide. Erano così impetuose come quelle viste in televisione? E se fosse finita sott'acqua?

Cominciò a sudare nonostante fosse gelata fino alle ossa. Le si annebbiò la vista. Non era in grado di vedere né Daisy né Devlin. Perché non riusciva ad avvicinarsi alla riva? Sentì il suo nome e qualcuno che si tuffava. Si girò di scatto e notò qualcuno che nuotava verso di lei con bracciate vigorose.

Devlin.

In un batter d'occhio fu vicino a lei. Con lei. Attorno a lei. Sentì le sue braccia chiudersi attorno al corpo tremante. Avvertì il suo calore, la sua forza.

«Sta nuotando contro la corrente», le disse, facendole cambiare direzione e guidandola verso la riva. Che in realtà non era così lontana, nonostante, presa dal panico, le fossero sembrati chilometri. Si ricordò di come suo padre si fosse tuffato nell'oceano e l'avesse salvata, ma non prima che un'onda l'avesse trascinata sott'acqua. Aveva avuto la certezza di annegare.

Sopraffatta da un'ondata di emozioni, Chloe si sentì soffocare dalle lacrime.

«È tutto a posto», la rassicurò Devlin, aumentando la presa. «Ci siamo quasi.»

Voleva ringraziarlo. Voleva scusarsi per aver perso il controllo. Ma aveva la gola serrata dall'imbarazzo, dal sollievo e dall'emozione di quel contatto. Se l'avesse tenuta poco più vicina, sarebbero stati un corpo solo. Il suo odore le dava le vertigini e la sensazione del suo respiro caldo sul collo mentre continuava a parlarle la faceva impazzire. Qualche minuto prima era gelata dalla paura e adesso... adesso ogni fibra del suo corpo ardeva di desiderio. Come poteva essere terrorizzata un momento ed eccitata quello dopo? Le sue emozioni erano così scombussolate?

A quanto pareva sì.

Devlin la issò a metà fuori dall'acqua, prima di lasciarla andare e allontanarsi.

Lei si voltò verso di lui, tenendosi stretta alla ciambella mentre recuperava il fiato e la ragione.

Lui la guardò.

Lei lo guardò.

Si era tolto scarpe e calze prima di tuffarsi, ma per il resto era completamente vestito. E fradicio. I pantaloni gli aderivano alle cosce muscolose e la camicia bianca rivelava il suo torace scolpito.

Accidenti.

Devlin si scostò i capelli bagnati dalla faccia, un gesto sexy che le annodò lo stomaco, poi iniziò a sbottonarsi la camicia.

Col viso in fiamme, le sfuggì: «Cosa sta facendo?»

Per tutta risposta, lui inarcò un sopracciglio, facendo scivolare gli occhi blu sul corpo tremante di lei. All'improvviso Chloe si rese conto di aver perso in acqua i calzoncini di Bert e che se ne stava lì in tanga e reggiseno. La ciambella le nascondeva abbastanza il davanti, ma Devlin doveva averle visto il posteriore mentre l'aiutava a uscire dall'acqua. E adesso tutti potevano vederlo.

Uccidetemi!

Lui le si mise dietro, nascondendole il sedere nudo e l'aiutò a infilarsi la sua camicia.

Chloe mollò la ciambella e si affrettò ad abbottonarla. Nonostante la camicia fosse zuppa e probabilmente trasparente, era meglio di niente.

Stava per ringraziarlo ma Daisy emerse da un gruppetto di alberi, correndo verso di loro in reggiseno e guaina. «Stai bene?» domandò a Chloe.

«Io sì. E tu?»

«Benone. A parte per quel guastafeste di mio nipote qui presente. Io...»

«Ne parleremo quando saremo tutti asciutti e vestiti adeguatamente.» Scuro in volto, le guidò tra gli alberi, su per un pendio in direzione del ponte coperto.

Nonostante il suo torace nudo fosse una meraviglia per gli occhi, era difficile goderne quando il suo stato d'animo era così irritabile. Chloe cadde in un cupo silenzio mentre rifletteva sul modo migliore per difendersi senza addossare tutta la colpa a Daisy.

Questa mise il broncio dal momento in cui Devlin le caricò sull'Escalade fino a quando le scaricò da Bert, dove recuperarono i loro abiti e la Cadillac. Una volta sole nella vecchia automobile, diede sfogo alle lamentele e alla preoccupazione per quel nipote ansioso e dispotico, per poi gettarsi in un'animata divagazione sull'incontro di quella sera. Aveva una nuova ricetta che moriva dalla voglia di condividere e sperava che Tasha, chiunque lei fosse, non le guastasse la festa. La conversazione fu soprattutto a senso unico. In parte perché Daisy non la smetteva di blaterare e in parte perché Chloe era ossessionata dall'uomo che aveva insistito per seguirle fino a casa.

Agitata e timorosa di un confronto, Chloe si sentì più che sollevata quando, parcheggiata la Cadillac nel vialetto di Daisy,

Devlin aveva invece proseguito per la sua strada, dopo essersi fermato brevemente per assicurarsi che entrassero in casa.

Forse aveva deciso che non c'era altro di cui parlare. Aveva esaurito tutto con quelle occhiate dure e il silenzio ostinato. Chloe aveva combinato un casino e lui non era affatto contento.

Poteva conviverci. Ora, se fosse riuscita a cancellare l'immagine di quei vestiti bagnati che aderivano al suo corpo tonico e il ricordo delle sue forti braccia, sarebbe stata benone, come piaceva dire a Daisy.

Desiderando disperatamente una doccia e un po' di riposo, Chloe prese la valigia. «Se potessi mostrarmi la mia stanza...»

«Più tardi.» Daisy la prese per un braccio e la tirò in cucina. «Non so tu, ma a me andrebbe un cocktail. Visto che ci siamo, voglio la tua opinione sui miei cupcake alla salsa di mele e cannella. A proposito», aggiunse prima che Chloe potesse aprire bocca, «penso che mio nipote abbia i bollori per te.»

8

«NON riesco a credere che Dev ti abbia lasciato prendere in prestito casa sua», disse Monica. «Per la riunione, intendo. È talmente riservato. Non ha paura che frughiamo in giro?»

«Abbastanza da lavare a fondo bagno e cucina», ribatté Rocky mentre versava all'amica una tazza di Earl Grey. «Deve averci dato dentro sul serio. Il water brilla.»

«Hai controllato il bagno?»

«Li conosci gli uomini.»

«Conosco Leo. In genere si comporta bene, ma ogni tanto lascia gli schizzi sul bordo. Cosa c'è di tanto difficile nel fare centro col pisellino?»

«Pisellino?»

«Io e Leo abbiamo fatto il patto di tenere a freno le nostre boccacce. Sai, per quando arriverà il piccolo.»

Era l'accenno a una notizia eccitante? Rocky fece un largo sorriso. «Allora tu...»

«Non ancora. Spero presto. Uno penserebbe che dopo tre mesi a farlo tutti i giorni, due volte al giorno...»

«Cavoli.»

«Già... Leo sta per esaurire la resistenza... e la pazienza. Non farmene parlare.» Monica sorseggiò il suo tè, si ricompose e poi sorrise. «Allora, perché mi hai chiesto di venire prima? Cosa c'è?»

«Una curiosità. Forse sei al corrente di qualcosa che io non so.»

«Riguardo a?»

Ansiosa di sentire qualche pettegolezzo, Rocky si sporse verso di lei. «Chloe ti ha raccontato di oggi?»

«Intendi l'incidente del tubing?»

«Dev mi ha chiamata prima che succedesse tutto. E poi dopo, per informarmi che stavano tutti bene. Nessun cavolo di dettaglio. Sembrava seccato, preoccupato addirittura. Immagino che ce l'abbia con Chloe per aver assecondato il capriccio della nonna. Sono sicura che le avrà fatto passare l'inferno proprio quando stamattina lo avevo pregato di essere carino con lei. L'ha fatto?»

«Se le ha fatto passare l'inferno?» Monica scosse la testa. «Direi piuttosto che ha optato per il silenzio.»

«Una cosa ancora peggiore. Vuol dire che sta ribollendo di rabbia. Se e quando scoppia... porca miseria.»

«In realtà credo che ci sia dell'altro.» Anche Monica si sporse verso di lei. Aveva uno strano scintillio negli occhi. «Dev ti ha detto di aver incontrato Chloe da *Oslow's* ieri e che hanno condiviso un *momento*?»

«Che genere di momento?»

«Un breve flirt.»

«Dev non flirta.»

«Chloe ne era piuttosto sicura, ed è per questo che è rimasta così sorpresa quando lui si è comportato come un cazzone ieri sera da Luke. Certo, Dev non sapeva con *chi* stesse flirtando. Chloe era fuggita prima delle presentazioni.»

«Uh.» Tra l'incontro da *Oslow's* e la cena da Luke, Jayce doveva aver relazionato Dev sul passato di Chloe. Informazioni che avevano spinto suo fratello a credere che Chloe fosse inaffidabile. Una persona che approfittava degli altri per finanziare il proprio frivolo stile di vita. Rocky moriva dalla voglia di sapere in cosa consistesse quella frivolezza. Voleva chiedere a Monica del passato di Chloe ma non sapeva come senza rivelarle che Devlin aveva svolto già delle indagini. Esclamò invece: «Non vedo l'ora di conoscere Chloe».

«Be', non sarà stasera.»

«Cosa intendi? Sarà con la nonna, giusto?»

«La porterà qui e poi verrà a prenderla. Si è esentata dalla riunione.»

«In quanto chef, pensavo le piacesse parlare di lavoro e scambiare ricette.»

«In questo momento ha un'avversione per i dolci.» Con un gesto della mano, Monica respinse la successiva domanda di Rocky. «Non sta a me spiegare. Ma, per quello che vale, la capisco benissimo. È stata una giornata pesante ed è esausta.»

«Immagino che dovrò tenere a freno la mia curiosità fino a domani, quando passerò dalla nonna per una visitina.» Rocky bevve un sorso di tè e sospirò. Era davvero incuriosita da Chloe Madison. Dev che flirtava? Proprio non ce lo vedeva. Ma poi lo fece e il suo sorriso si allargò a dismisura. Era possibile che una donna avesse finalmente abbattuto le difese di suo fratello e stregato quell'uomo cinico e con i piedi per terra? Inaffidabile e frivola, eh? Era la definizione di una persona che viveva a pieno la propria vita, senza rimpianti? Quella poteva essere una cosa buona o cattiva per Dev. Dipendeva.

Doveva conoscere quella donna. Era brava a cogliere il carattere delle persone e, una volta che l'avesse conosciuta, avrebbe saputo se Chloe rappresentava un problema o una benedizione.

Qualcuno bussò alla porta. Prima che si fossero alzate, bussarono di nuovo. «Una persona impaziente», osservò Monica mentre metteva via le tazze.

«Probabilmente Tasha. Prima era orribile. Adesso è una vera stronza. Chi è morto e l'ha resa presidentessa delle Cupcake Lovers?»

«Sua madre.»

«Oh, giusto. Cerco sempre di dimenticarlo.» Rocky imprecò sottovoce. «Vado ad aprire.»

«Io prendo i cupcake. A proposito, hanno un profumo delizioso.»

«Grazie.» L'ospite di turno si occupava di bevande e cupcake a tema. Quella settimana Rocky aveva deciso per tè Earl Grey e pasticcini alla marmellata di fragole. Di solito aspettava con ansia quelle riunioni. Un'occasione per aggiornarsi sulle amiche. Ma anche per provare la nuova ricetta o un vecchio classico di qualcuno, per scambiarsi idee su come destinare le loro iniziative di raccolta fondi. Certo. Il club delle Cupcake Lovers era antiquato, ma era proprio quello che piaceva a Rocky. Le radici. La storia. Gli sforzi congiunti della gente del posto per fare la differenza dentro e fuori Sugar Creek. C'era solo un particolare che guastava.

Tasha Burke.

Arcinemica di Rocky dai tempi delle superiori, non gliela dava a bere neanche un po' con il suo nuovo ed entusiastico progetto di far conoscere la causa delle Cupcake Lovers tramite la creazione di un libro di ricette da affidare poi a un importante editore. Questo non riguardava le loro «iniziative benefiche», ma i dieci minuti di fama e gloria di Tasha. Sfortunatamente era riuscita a fregare il resto dei membri.

Incollandosi un sorriso di benvenuto, perché, e se non era Tasha? Rocky aprì la porta. «Nonna!»

«Aspetta di avere un assaggio della mia nuova ricetta», disse agitando una scheda azzurra mentre entrava con disinvoltura in casa. «Chloe sostiene che è un successone! E lei è una professionista. Questa è perfetta per il nostro libro! E se non è così, dice che Tasha è una testa di rapa.»

Sorridendo, Rocky guardò l'auto ripartire a gran velocità. *Doveva* conoscere quella donna.

Prima che Rocky chiudesse la porta, giunse un'altra auto. Suo cugino Sam. Nei minuti che seguirono arrivarono alla spicciolata altri membri. Ethel Larsen, Helen Cole e Judy Betts, tre dei membri anziani oltre a Daisy. Tutte quante avevano mariti, fratelli, figli o nipoti che avevano combattuto oltreoceano nell'una o nell'altra guerra. Rachel Lacey, la maestra di asilo nido che si era trasferita in paese all'inizio dell'anno, e Casey Monahan, una creatrice di gioielli locale che aveva presentato Rachel al club. Avevano entrambe congiunti di stanza in Medio Oriente. La maggior parte, ma non tutti i membri, avevano un legame personale con l'esercito. Proprio come chi aveva fondato le Cupcake Lovers negli anni Quaranta. Fino ad allora, uno degli impegni fissi del club era stato quello di inviare pacchi di cupcake alle truppe. Tasha aveva presentato il suo progetto del libro di ricette quale sistema per raccogliere fondi oltre che per ispirare la gente a preparare cupcake per le buone cause. Nobile. Peccato che avesse secondi fini. Peccato che avesse infettato gli altri membri con le sue visioni di gloria.

Per tradizione, le riunioni iniziavano con una chiacchierata informale soprattutto a proposito della gente del posto. Avete saputo di tizio oppure come sta caio e cosa fa? Avete saputo di questa persona o di quell'organizzazione e dei loro problemi? Come possiamo aiutarli?

Se quella fosse stata una serata tipica, qualcuno si sarebbe informato sulla recente guerra all'insonnia di Ethel. O avrebbe chiesto a Rachel la situazione della sovvenzione all'asilo nido. Sicuramente qualcuno avrebbe domandato a Daisy se le piaceva la sua nuova dama di compagnia! Ma quell'incontro si aprì con: «Avete visto in tv il tipo robusto del Connecticut, quello della pasticceria specializzata, e la sua incredibile creazione della trasmissione *La guerra delle torte*?»

Rocky ce l'aveva con Tasha.

Pensare che Dev era uscito con quella manipolatrice egocentrica. Certo, Tasha lo aveva sedotto in un momento di vulnerabilità. Eppure, la sola idea di quella breve relazione la faceva fremere d'orrore. Se Tasha fosse riuscita nel suo intento, avrebbe convinto Dev a sposarla. *Che schifo*.

Come se avesse ricevuto un'imbeccata, la procace e truccatissima brunetta si introdusse in casa di Devlin dopo un leggerissimo colpetto alla porta. «D'accordo, gente. Non ci crederete. Stavo sfogliando in biblioteca due libri di dolci appena usciti e cosa pensate che abbia trovato? La ricetta per i cupcake speziati alla zucca con glassa alla crema di burro!»

Helen, che sfornava cupcake dall'inizio della guerra del Vietnam, si piantò le mani paffute sulle anche massicce. «Stai insinuando che ho presentato al club una ricetta copiata?»

«Sto dicendo che la tua ricetta non è abbastanza originale, Helen. Non per il nostro libro. Se vogliamo tenerla, dovremo darle una sistemata. Un unico ingrediente o uno stile bizzarro. Qualcuna di voi ha visto l'episodio di questa settimana de *La guerra delle torte* dove quel grasso tizio peloso...»

«Chi gradisce del tè?» intervenne Rocky, ansiosa di ristabilire almeno in parte la normale routine del club.

Tutte alzarono la mano, ma tutte ricascarono nella discussione sull'ultimo episodio dello show culinario. Perfino Sam! «L'uso della marmellata ai mirtilli e della tequila è stato una vera intuizione», osservò.

«E il giro di presentazione?» domandò Casey.

«È di *questo* che sto parlando», ribatté Tasha.

«Tutto stile e niente sostanza», borbottò Rocky sottovoce mentre si rifugiava in cucina. *Tipico della nuova moglie trofeo del sindaco.* Perso Dev, Tasha aveva pescato un uomo ancora più ricco e influente. Si era aggiudicata Randall Burke, un'unione che aveva generato più pettegolezzi locali di uno scandalo sessuale politico a livello nazionale. Narcisista da manuale, Tasha si crogiolava nella notorietà.

Rocky mise un bollitore sul fuoco e iniziò a camminare su e giù per la cucina, nel tentativo di calmarsi un po'. In quel momento doveva andarci cauta con Tasha. E, a dire la verità, se fatto bene, il libro avrebbe aiutato davvero le iniziative benefiche del club. Rocky non voleva rovinare un progetto potenzialmente fruttuoso per via di un vecchio rancore nei confronti della loro nuova presidentessa.

Come se fosse stata evocata, la strega fece capolino in cucina. «Quando torni, porteresti un po' di burro e della marmellata? I tuoi pasticcini sono un tantino secchi», disse, lanciando un sorriso falso prima di sparire nuovamente.

«Ucciderla sarebbe una brutta cosa», sibilò Rocky a denti stretti mentre disponeva su un vassoio zucchero e panna per il tè e marmellata per i suoi dolci morbidi al punto giusto. Ma non significava che non pensasse di mutilare quella donna mentre raggiungeva il gruppo sfoggiando un sorriso di circostanza.

Devlin cenò nell'ufficio di Luke perché non aveva voglia di parlare con nessuno. Era impegnato su diversi fronti: mentre divorava lo spezzatino alla toscana di Anna, la cuoca, controllava il bilancio del ristorante. Gli affari andavano bene. Grandioso. Nonostante lo scarso apprezzamento del cibo da parte di Chloe. Odiava il fatto di non riuscire a cancellare quell'episodio dalla mente. Odiava il non riuscire a farlo con nessun episodio, sin da quando si erano scontrati da *Oslow's*. Soprattutto quel giorno.

Si era sentito dannatamente sollevato nel vedere che le due donne stavano galleggiando liberamente invece di rimbalzare al traino di una barca, ma poi si era accorto che nessuna delle due indossava il giubbotto di salvataggio. Non era così grave, ma la nonna era facile agli incidenti. L'ironia era che la settantacinquenne fosse arrivata sana e salva, oltre che in fretta, a riva mentre Chloe era caduta dalla ciambella e si era lasciata trascinare dalla corrente, ignorando apparentemente il suo ordine di tornare a riva.

Poi la nonna aveva parlato dell'inesperienza di Chloe negli sport acquatici: «È finita sott'acqua quand'era piccola. Non ha mai superato la paura di annegare». Ed eccola che stava andando verso le rapide. Senza un giubbotto di salvataggio.

Immaginando che si fosse fatta prendere dal panico, si era messo a correre lungo la riva per raggiungerla e, vedendola nuotare freneticamente contro la corrente, si era tuffato. Da ragazzo, lo Sugar Creek era stato la sua seconda casa durante l'estate. Ne conosceva ogni tratto. Ogni ansa. Non aveva la minima riserva riguardo a quel fiume, ma era stata l'espressione impaurita di Chloe a fargli battere forte il cuore.

Si era concentrato nell'impresa di calmarla e riportarla a riva. Si era accorto a stento che il suo corpicino fosse una perfetta combinazione di muscoli torniti e curve morbide.

Fino a quando non si erano ritrovati sulla terraferma. Il giorno prima aveva creduto che scorgere un lembo delle sue mutandine rosa fosse eccitante, ma era niente in confronto alla vista del suo sedere nudo. Il fatto che indossasse un sottilissimo perizoma aveva solo aumentato la sua eccitazione. Era combattuto tra *Che cosa ti è passato per la mente*? e *Urrà*!

Invece di sbirciare, l'aveva coperta. Ma vederla con la sua camicia, la sua camicia bagnata e sottile, non aveva fatto che rinfocolare il suo desiderio di baciarla.

Non era stato felice di vedere sua nonna correre verso di loro con indosso solo la biancheria intima, ma di sicuro aveva accolto con sollievo la sua interruzione.

A differenza di adesso.

«Ti va di parlarne?» domandò Luke mentre faceva irruzione nell'ufficio.

«Parlare di cosa?»

«Di qualunque sia la causa del tuo umore di merda.»

No. Non voleva accennare al fatto che avesse visto Chloe praticamente nuda né che pensava tutto il giorno a come farsela. «L'ostruzionismo di papà alla ristrutturazione.»

«Non mi sorprende.»

«Ho chiesto a Rocky di praticare una magia.»

Luke sorrise. «Normalmente direi 'ottima mossa'. Lei parte all'attacco e il vecchio si scioglie. Ma in questo caso...» Scosse la testa. «Quando si tratta di affari di famiglia, papà è...»

«Ostinato.»

«Tradizionalista. Faresti meglio a considerare un approccio a ritroso nei confronti del progresso.»

«Cioè?»

«Va' indietro, non avanti.»

Devlin piegò la testa da un lato.

Il fratello minore andò a sedersi su un angolo della sua scrivania, guardando Devlin come se fosse un deficiente. «Invece di espandere e rinnovare il *J.T.* per farlo somigliare a un moderno supermercato, espandilo e rinnovalo secondo il suo stile originale. Quante volte hai sentito il vecchio dire che Sugar Creek attira i turisti grazie al suo pittoresco fascino? Amplia la scelta della merce. Mettiti in competizione con i pezzi da novanta. Ma fallo sotto il tetto di una struttura pseudoottocentesca.»

«Quand'è che sei diventato così in gamba?»

«Lo sono sempre stato. Ma tu ritieni di esserlo di più.»

«Scusate l'interruzione», esclamò una giovane donna dopo aver fatto capolino dalla porta parzialmente aperta, «ma al bar hanno bisogno d'aiuto, Luke.»

«Arrivo subito, Nell.»

La ragazza sorrise e se ne andò.

«La conosco?» domandò Devlin.

«La nostra nuova cameriera.»

«Ci serviva un'altra cameriera?»

«No, ma a lei serviva un lavoro e poi è carina.»

«Non fare stronzate.»

«Mescolare affari e piaceri. La ricetta per un disastro. Bla bla bla.» Luke si allontanò dalla scrivania. «In biblioteca c'è una sezione di storia locale. Documenti ufficiali. Copie cianografiche. Una collezione di ritratti fatti col dagherrotipo, vedute e strade di Sugar Creek che risalgono ai primi dell'Ottocento. Diamine, Monica lavora lì. Chiedi a lei. Se è il suo giorno libero, fatti indicare da qualcuno la direzione giusta.» Uscendo, diede a Devlin una pacca sulla spalla. «Puoi ringraziarmi venendo a cena domenica a casa della nonna.»

«Ci sarò.» L'aveva già promesso a Rocky e adesso l'incentivo era ancora maggiore. Vedere Chloe all'opera come chef personale della nonna. Provare la sua cucina. Non riusciva a immaginare che il suo talento superasse quello di Anna. Ma poteva immaginare Chloe in una sexy uniforme da cameriera francese mentre serviva qualcosa di piccante.

Devlin si precipitò fuori dall'ufficio in cerca di una distrazione immediata. Quella o una bella scopata. Se le gemelle Kelly lo avessero intercettato, quello poteva essere il loro giorno fortunato. O il suo. A seconda dei punti di vista.

Arrivò all'uscita senza vedere le maniache sessuali identiche. Piano B. La biblioteca.

Chloe non riusciva a credere alla propria sfortuna. Sì, la biblioteca era aperta fino a tardi il giovedì. E, sì, il posto aveva un accesso pubblico a internet, ma entrambi i computer erano riservati fino alla chiusura e non c'era wi-fi. Monica aveva omesso quel particolare e lei l'aveva dato per scontato. Non era un benefit standard di quei tempi?

Frustrata aveva messo via il laptop e se n'era andata infuriata. Tutto ciò che voleva era controllare la posta elettronica. Per tutta la sera si era aggrappata alla possibilità che Ryan le avesse scritto un lungo messaggio sdolcinato in cui le diceva che era stato uno stupido bastardo, che stava attraversando una crisi di mezz'età o qualcosa del genere. Che non amava davvero quella sgualdrina parigina. Che amava *lei* e la pregava di riprenderlo con sé, perché era infelice e si sentiva morire senza di lei.

Non era sicura di come avrebbe reagito se le avesse mandato un messaggio del genere. Era ancora ferita e arrabbiata. Ma almeno avrebbe avuto la scusa per lasciare Sugar Creek su due piedi: *Sto cercando di risolvere la situazione con il mio fidanzato*. Anche se Ryan non le aveva mai fatto la proposta, l'aveva portata a credere che fosse solo questione di tempo. Era certa che Daisy avrebbe accettato quel motivo per le sue dimissioni più facilmente che *non mi fido di me stessa con tuo nipote.*

Chloe appoggiò la borsa alla moda sull'antiquata panchina vicino all'ingresso principale della biblioteca e tirò fuori il cellulare. Da Daisy la linea era pessima, ma forse lì avrebbe avuto più fortuna. Due tacche sarebbero state sufficienti per controllare la posta. Lo accese. «Che? Mezza tacca?» Si spostò a sinistra. Poi fece qualche passo a destra. Tenne il telefono più in alto, camminò per tutta la lunghezza della biblioteca, poi attraversò una porzione di prato curato. «Incredibile.»

Oh, no. Non può essere. Ma che razza di sfortuna. Aveva sperato di passare almeno tre giorni prima di imbattersi nuovamente in Devlin Monroe. L'incontro sul fiume era marchiato a fuoco nella sua mente. Neanche una doccia fredda le aveva calmato i bollenti spiriti. E, per la prima volta in due anni, una pigna della doccia ad alta pressione non aveva avuto per lei nessuna attrattiva.

Si girò trovandosi a faccia a faccia con lui. La tensione sessuale le annodò lo stomaco. Anche sotto il tenue chiarore dei lampioni in stile lampada a gas, riusciva a distinguere ogni succulento particolare. Era quasi altrettanto sexy con i jeans asciutti e il pullover a girocollo quanto con i Dockers bagnati e la camicia sbottonata. *Quasi.*

«Cercavo un po' di campo per il mio cellulare, per controllare le mie e-mail», disse tutto d'un fiato, con le guance in fiamme.

«Dentro c'è l'accesso a internet.»

«I computer sono tutti prenotati. Entrambi. Ho portato il mio ma...»

«Niente wi-fi. È una questione importante?»

«Sì. No.» Si schiarì la voce. «Può aspettare.»

Lui piegò la testa e la studiò. «La rendo nervosa.»

«La circostanza, per la verità.»

«Come mai?»

Stava scherzando? Chloe spostò il peso da un piede all'altro.

Si guardò alle spalle per controllare che nessuno le avesse rubato il computer. Anche se lì era Sugar Creek, non Manhattan. Scommetteva che il tasso di criminalità era talmente basso che la gente dormiva senza chiudere la porta a chiave.

«Pensavo che stasera sarebbe stata con la nonna. Data la sua vocazione...»

«Non fa per me.» *Non in questo momento.*

«Troppo provinciale?»

«Come, scusi?»

«Resterebbe sorpresa da alcune delle complicate ricette ideate dalle Cupcake Lovers.»

«Non intendevo...»

«Ho bisogno di parlarle.»

«Non stiamo...»

«In privato.»

La prese per un gomito e, prima che Chloe se ne rendesse conto, la spinse lontana dalla luce del lampione e la guidò sotto l'ombra di un grosso albero. La pelle di lei ardeva sotto il suo tocco. Il cuore prese a martellarle di paura al ricordo del disastro pomeridiano. Lui stava per farle una ramanzina sulla sua mancanza di buon senso. Sul mettere in pericolo una donna anziana. Sull'andarsene in giro mezza nuda. Era una delusione. Un imbarazzo.

Era una pazza matricolata.

Era stufa marcia degli uomini che la giudicavano e la facevano sentire un fallimento solo perché era se stessa.

«Ho bisogno di togliermi un peso, Chloe.»

Lei tirò su il mento. Gliel'avrebbe fatta vedere. «Fuori il rospo.»

La bloccò contro l'enorme tronco dell'albero... e la baciò!

Intensamente!

Chloe non pensò. Non riusciva a farlo. Gli gettò le braccia al collo e aderì al suo corpo bollente. Ricambiò il bacio.

Intensamente.

Sopraffatta dalle emozioni, la sua mente smise di funzionare.

La pelle ardente. Il cuore impazzito. Le cosce tremanti. Labbra piene. Lingua calda.

Il paradiso.

L'inferno.

Devlin si allontanò e Chloe cercò di riprendere fiato. Le ginocchia minacciavano di cederle. Si sostenne all'albero mentre lui restava indietro.

Il silenzio, la distanza portarono alla riflessione. Chloe si sforzò di ritrovare la voce e la ragione. «È stato...»

«Fuori luogo.»

Lei stava per dire sorprendente.

«E insensato.»

Chloe si sentì ancora peggio.

«Non fraternizzo con i dipendenti.»

Adesso era furiosa. «Io non lavoro per lei.»

«Lavora per mia nonna. È la stessa cosa.»

«Non nel mio mondo.»

«È arrabbiata.»

«Dice?»

«Affrontiamo questa cosa da adulti, signorina Madison.»

«Certo, signor Monroe.» Avrebbe voluto tirargli un cazzotto.

Forte.

«Qualcosa è scattato tra di noi da *Oslow's* e poi di nuovo al fiume. Ci siamo tolti il prurito e adesso possiamo passare oltre.»

«Già fatto», sbottò Chloe.

«Magari preferirebbe tornare a New York...»

«Non mi sognerei mai di venire meno all'impegno preso con Daisy.» *Coglione.*

«Mi fa piacere sentirlo.»

Bugiardo. Le venne in mente che anche lei aveva messo a disagio Devlin. Quel pensiero le causò un'incredibile gioia. Sapendo che Daisy lo aspettava per la tradizionale cena di famiglia, affondò il coltello più in profondità. «Ci vediamo domenica?» gli chiese mentre gli passava accanto sfiorandolo.

«Ci vediamo domenica.»

Chloe se ne andò tutta impettita, dicendo a se stessa che quell'uomo non valeva la prigione. Servirgli cibo avvelenato non era quello che ci voleva. Ma poteva renderlo disgustoso. Molto, molto disgustoso.

9

«Cazzo. È stato forte perfino per te.»

Esausta e con i muscoli in fiamme, Rocky si afflosciò e ricadde sul magnifico, sudato, incredibilmente fantastico corpo nudo di Adam Brody. «Non ti ho fatto male, vero?»

Nonostante il respiro affannoso, lui rise. «Solo in un senso buono.» Con il cuore che gli martellava nel petto, le passò delicatamente la mano sulla schiena tesa, un gesto rassicurante che avrebbe dovuto essere gradito. Ma non era così. «Ti va di parlarne?»

«Di cosa?»

«Di quello che ti ha fatto agitare così tanto.»

Rocky non ne era sicura. Una parte di ciò che la tormentava era dannatamente personale, e riguardava l'amore e le relazioni, il matrimonio e i figli. Argomenti delicati quella sera, a causa dei discorsi di Monica sui tentativi di avere un bambino, della possibile attrazione di suo fratello maggiore per Chloe Madison, e del modo in cui suo cugino Sam aveva continuato a lanciare furtive occhiate innamorate a Rachel durante tutta la dannata riunione. (Quando diavolo aveva intenzione di decidersi a chiederle di uscire?) Cose che Rocky agognava... A volte, solo perché il tempo passava, non era certa che quel giorno sarebbe mai arrivato. Non accennava a queste cose con

Adam. Erano troppo profonde e l'accordo era di mantenere la relazione su un piano superficiale. Erano amici. Amici che facevano sesso.

Amici di letto.

Due persone che si piacevano, a cui piaceva il sesso bollente, ma senza le complicazioni e le tragedie di una relazione seria.

Rocky odiava quella definizione, ma era davvero calzante. Conosceva Adam da molti anni. Era stato compagno di scuola di Luke. Un tempo pensava che Adam fosse una specie di secchione imbranato, ma poi lui si era trasferito in Alaska per un periodo e, quando era tornato a casa, si era trasformato in un figo tutto muscoli, dieci anni più vecchio e dieci volte più sicuro di sé. Fanatico sportivo, lavorava come istruttore freelance per diversi resort locali, insegnando ai turisti qualunque cosa, dallo sci (d'acqua e sulla neve) all'equitazione, a guidare un gatto delle nevi. Era estroverso e generoso, e non pareva portato per le relazioni serie.

Il compagno perfetto per Rocky.

La perfetta alternativa alla castità. Purché i loro incontri restassero segreti.

«Ancora sveglia?» le chiese Adam.

«Stavo solo pensando.» Soddisfatta quanto lui, rotolò via dal corpo di Adam e osservò il soffitto illuminato dalla luna. «Oh, cavolo. È una crepa?» *Grandioso*. Un'altra riparazione per cui avrebbe dovuto sganciare dei soldi.

«È una casa vecchia, Rocky. È normale che debba assestarsi.»

«È una casa *molto* vecchia. Avrebbe dovuto assestarsi tanto tempo fa.»

Adam accese la lampada della camera da letto. Reggendosi sui gomiti, strizzò gli occhi per controllare l'origine dell'irritazione di Rocky. «Basta un po' di stucco, spatola e carta vetrata. Faccio un salto domani.»

Lei gli scoccò un'occhiataccia.

«D'accordo, d'accordo. Sei capace di cavartela da sola, ma guardala da questo punto di vista...» Rotolò su un fianco e le mordicchiò scherzosamente il labbro inferiore. «Mi dà la scusa per essere qui a metà giornata.»

«Piacere pomeridiano? Il grande e grosso tuttofare e l'indifesa locandiera arrapata?»

Lui ammiccò. «Ti lascerò giocare col mio attrezzo.»

Rocky alzò gli occhi al cielo e gli diede un pugno sulla spalla. «Ho bisogno di un sorso d'acqua.»

In realtà era la distanza ciò di cui aveva bisogno. Perché si sentiva emotivamente scombussolata e perché Adam era così carino da farle desiderare di rannicchiarsi contro di lui e farsi coccolare. Sarebbe stata una pessima scelta. Poteva farlo fuggire oppure... lui si sarebbe aspettato che diventasse parte della loro routine e in quel caso sarebbe stata lei a fuggire.

Non volendo rovinare una bella situazione, si alzò e si infilò dei pantaloni comodi e una maglietta.

«Vestiti addosso. Fine della serata», disse Adam prosaicamente.

Rocky scese al piano di sotto, cercando di non sentirsi in colpa per averlo buttato fuori dal letto così presto. Non che Adam restasse mai a dormire. Era una delle loro regole. Ovunque si incontrassero, si separavano prima che facesse giorno.

Entrò in cucina e, senza accendere la luce, andò al frigo. Ignorò il cupo ronzio e i casuali rumori metallici. Forse, se li avesse ignorati abbastanza a lungo, sarebbero andati via. Non poteva permettersi un frigorifero nuovo prima di tutto il resto. Con i nervi tesi nonostante l'ottimo sesso, spalancò lo sportello e prese due birre. Il meno che potesse fare era offrirgli da bere prima di mandarlo via.

«Il frigorifero fa un rumore strano.»

«Lo so.» Rocky chiuse lo sportello e lo vide sulla soglia che si abbottonava la camicia. «Una birra?»

«Sicuro.» Adam si appoggiò allo stipite e bevve un lungo sorso dalla bottiglia.

«Scusa se stasera sono un po' irascibile.»

«Non devi scusarti.»

«Allora sono irascibile.»

Lui si limitò a sorridere.

«È solo che...» Si sforzò di trovare qualcosa che non aveva problemi a condividere. «Sono un po' tesa al momento e l'unica attività che mi procura sempre gioia sta rapidamente diventando una fonte di stress.»

«Parli di noi? O delle Cupcake Lovers?»

Le strappò un mezzo sorriso. «La seconda, sapientone.»

«Mi fa piacere sentirlo.»

«Tasha sta piantando delle grane, dà troppa importanza a quel dannato libro di ricette.»

«Credevo che fosse per tutti un'iniziativa brillante. I proventi andranno in beneficenza.»

«Quella parte va benissimo. È mettere insieme il libro l'impresa difficile. Tasha continua a battere sul fatto che qualunque ricetta includeremo deve essere superspeciale. Altrimenti non susciteremo l'interesse necessario o le grandi vendite per poter fare la differenza.»

«Mi sembra sensato.»

Rocky lo guardò minacciosa.

«Era solo per dire.»

Lei bevve un sorso di birra e mise via la bottiglia. «Ci servono dalle quaranta alle cinquanta ricette. Non dovrebbe essere un problema tra i nostri archivi e il contributo degli attuali membri. Sai quante ne abbiamo dopo tre settimane di proposte?» Sollevò sei dita.

Adam la guardò incredulo.

«Patetico, eh? Tutto perché Tasha continua a farle fuori per un motivo o per un altro. Ha perfino rifiutato l'ultima proposta della nonna. L'ha definita troppo ordinaria. Nonna l'ha chiamata testa di rapa e poi ha lasciato perdere.»

«Ma non fate una votazione?»

«Tasha influenza i voti. Ti dico che venderebbe uno slip da bagno a un esquimese.»

Adam le passò accanto per posare la bottiglia sul bancone. «C'è bisogno che qualcuno le faccia abbassare la cresta.»

«Se intendi me, non posso. Non adesso. Si sta giocando la carta della simpatia.»

«Sua madre?»

«Mmm.» Si accorse della sua espressione dolce e resisté all'impulso di gettarsi tra le sue braccia. Aveva senz'altro bisogno di un abbraccio. *Cosa c'è di sbagliato in te, Monroe?* «Tutti sanno che Tasha e io siamo in conflitto sin dalle superiori e tutti sanno che stavo cercando di essere eletta nuovo presidente del club. Se non gestisco questa situazione nel modo giusto, sembrerà un vecchio rancore o la storia della volpe e l'uva.»

«O entrambi.»

«Inoltre, se Dev convince papà a dargli il permesso di espandere il negozio, avrà bisogno dell'approvazione del consiglio comunale. Sono influenzati dal sindaco, che è influenzato da...»

«Sua moglie.»

La più vecchia rivale di Rocky si era imparentata con i più vecchi rivali della sua famiglia. I Monroe e i Burke erano in conflitto da secoli.

Adam le tirò la treccia sfatta. «Te la caverai.»

Invece di darle il bacio della buonanotte, le mollò una botta sul sedere. «Torno domani a stuccarti la crepa.»

«Chissà perché mi suona strano.» Nonostante il pessimo stato d'animo, sorrise mentre lui se la filava dalla porta sul retro. Finì la birra, maledisse il frigo e tornò di sopra. Pensò alla nonna e a come aveva definito Tasha una testa di rapa dopo che aveva rifiutato la sua ricetta. Pensò a Chloe Madison, chef, ex critica gastronomica. «Mi chiedo se...»

Chloe ce l'aveva il fegato e l'astuzia per smontare una come Tasha?

Prese il suo laptop e, seduta a gambe incrociate sul letto, cercò su Google «Chloe Madison» e «critico gastronomico». Trovò un link a una rivista online chiamata *Out and About New York*. Individuò l'archivio degli articoli di Chloe... e lesse.

10

CONSIDERANDO l'intensità dell'incidente sul fiume e quella del bacio, Chloe fu sorpresa e colpita dalla propria abilità nell'evitare pensieri (la maggior parte) su Devlin Monroe per (quasi) quarantotto ore. Ogni volta che le veniva in mente, si chiedeva se volesse davvero sprecare un secondo della propria vita a rimuginare su un uomo autoritario e irritante.

No, non lo voleva.

Usò la stessa tattica per non pensare a Ryan, sostituendo a «uomo» «bastardo traditore».

La aiutò anche tenersi occupata e passare molto tempo a conoscere Sugar Creek. Le strade. I negozi. La gente. Poiché avrebbe concentrato gran parte della spesa all'*Oslow's General Store*, ritenne doveroso fare la conoscenza del proprietario, Vince Redding, e di suo figlio Marvin, che si definiva manager a vita, visto che il padre, superata da poco la settantina, si rifiutava di andare in pensione.

«Fare ciò che amo mi mantiene giovane», aveva dichiarato Vince con un sorriso sbilenco.

Chloe non ne aveva la certezza, ma pensava che il simpatico signore provasse qualcosa per Daisy. Si era dimostrato un po' troppo sollevato quando aveva saputo che era la sua nuova dama di compagnia.

«Era tempo che qualcuno si prendesse cura di Daisy. Non è stata più la stessa da...» Ci ripensò e, distolto lo sguardo, si grattò la barba candida. «È bene che non stia da sola.»

Aveva suscitato al massimo l'interesse di Chloe. La stessa da quando? Dalla morte di suo marito? Dal disastro con il gatto delle nevi di cui aveva tanto sentito parlare?

Per quanto ne sapeva, Daisy era amata e rispettata dalla sua famiglia e se l'avesse chiesto, chiunque di loro si sarebbe occupato di lei. Ragione di più perché l'affermazione di Vince le sembrasse strana.

Inoltre Daisy aveva assicurato a Chloe di non essere sola. Le aveva raccontato che non passava quasi mai giorno senza una visita o una telefonata da parte di un famigliare. Difatti, tra venerdì e sabato, aveva ricevuto le chiamate di sua sorella Rose, di suo cognato Spike e della sua amica Ethel Larsen. Per non parlare delle telefonate fatte da lei.

Il fratello e la sorella di Devlin, Luke e Rocky, erano passati a trovarla, così come i suoi cugini, Nash Bentley (pilota di charter) e Sam McCloud (esperto artigiano di mobili). Dopo le presentazioni di rito, Chloe si era scusata, non volendo intromettersi negli affari di famiglia, nonostante tutti avessero insistito perché si fermasse a scambiare due chiacchiere. Sebbene le fossero sembrati autenticamente cordiali e accoglienti (a differenza di Devlin), si era sentita in imbarazzo (a causa di Devlin). Perciò si era defilata ogni volta sostenendo che era occupatissima con la riorganizzazione della cucina di Daisy, la spesa e la preparazione dei pasti. Oh, e alla Cadillac serviva un cambio d'olio. Tutto vero.

L'obiettivo di Chloe era ridurre al minimo le reali possibilità di incidente per Daisy. Riorganizzare le sue mensole e la dispensa, in modo che non dovesse usare una scaletta per prendere ciò che le serviva più spesso, sembrava una stupidaggine. Tenere la sua vecchia automobile in eccellenti condizioni così che non si bloccasse durante una delle gite «panoramiche» che aveva pianificato le pareva più saggio. Una cosa era certa: Daisy, come aveva osservato Monica, era un peperino e ragionava con la propria testa. Anche se l'anziana aveva promesso alla famiglia di affidarsi a Chloe per la cucina e la guida, non voleva dire che non avrebbe «adattato» quella promessa ogni volta che le fosse parso opportuno.

Chloe si passò del gloss rosa sulle labbra, il tocco finale al leggero makeup, mentre la mente continuava a vagare. Aveva conosciuto un sacco di persone stravaganti nelle sue ampie e variegate cerchie, ma nessuna era come Daisy. Nonostante l'apparenza vispa, avvertiva però una soffocata vena di tristezza. O di preoccupazione. Non ne era sicura. Ma, d'altronde, la conosceva da meno di una settimana.

Un veloce colpo alla porta la riscosse dalle sue riflessioni. «Pronta, micetta?»

«Solo un secondo!»

Attraversò la sua nuova camera da letto, una stanza graziosa decorata in diverse tonalità di giallo e rosso. I mobili fatti su misura, caratterizzati da composizioni floreali dipinte a mano, intricate volute e delicati uccelli, erano notevoli. Era rimasta sorpresa nell'apprendere che l'elegante mobilio era opera del cugino di Devlin, Sam. Non tanto perché fosse un artigiano provetto, ma perché aveva dipinto delle scene molto raffinate. Uomo robusto di poche parole, non le aveva dato l'impressione dell'animo artistico. Sapere che faceva parte delle Cupcake Lovers era stato un doppio colpo. Se Daisy non le avesse rivelato che era vedovo e padre di due bambini, sarebbe saltata all'ovvia conclusione.

Concentrandosi sul presente, aprì la porta e sorrise al suo capo. «Accidenti. Guanti e tutto il resto.» Tutto il resto comprendeva un cappellino rosa abbinato alle scarpe scollate di vernice tacco cinque e un vestito svasato di shantung con le maniche corte. Chloe aveva studiato da stilista di moda per sei mesi, e quella parte del suo cervello andò su di giri nel vedere la mise rétro di Daisy. Anni Sessanta. Un incrocio tra Jackie Kennedy e Audrey Hepburn. Chic e alla moda.

«Il mio abito della domenica.» Daisy tirò su col naso e si sistemò l'orlo increspato dei delicati guanti. «Una vecchia abitudine che devo ancora togliermi.»

Sembrava assolutamente infelice, ma Chloe pensò che avesse un aspetto fantastico. «Perché liberarsi della perfezione?»

«Continua a dire cose carine come questa e potrei iniziare a sentirmi in colpa se ti convinco ad accompagnarmi in chiesa.»

«Non mi dispiace.»

«Non ti credo, ma non ho intenzione di lasciarti libera. Apprezzerei la tua compagnia.»

«Scendo tra cinque minuti.»

«Ti aspetto in macchina.»

La donna se ne andò e Chloe trattenne il respiro mentre ascoltava quei tacchi alti scendere rumorosamente le scale. *Per favore, non inciampare e non cadere.* Non che Daisy fosse malata o fragile, ma quando la sua mente se ne andava in giro, e lo faceva spesso, capitavano degli incidenti. La sera prima, mentre aiutava Chloe a sparecchiare (e a considerare un radicale cambiamento del colore dei capelli), Daisy aveva messo la zuccheriera in frigo e gli avanzi di asparagi al forno nella credenza. Poco prima aveva quasi potato a morte i suoi cespugli di rose mentre era impegnata in un'immaginaria gara di insulti con Tasha-Testa-di-Rapa-Burke, una donna che Chloe non aveva alcun interesse a incontrare nel prossimo futuro per paura di farle una lavata di capo. Aveva definito ordinaria la ricetta di Daisy. Sul serio? Chloe aveva pensato che la spruzzata di brandy alla mela fosse una felice intuizione.

Non sentendo strilli né tonfi, ritenne che il suo capo fosse arrivata a destinazione sana e salva. Chloe si precipitò all'armadio nel disperato tentativo di abbellire lo scamiciato giallo chiaro. Si infilò un coprispalle di cachemire nero con le maniche a tre quarti e lo sottolineò con una spilla floreale verde lime. Poi usò una fascia di uguale colore per i capelli. Infine sostituì le ballerine con un paio di décolleté nere a punta. Studiò la propria immagine nello specchio a grandezza intera e si trovò più adatta a un incontro domenicale.

Tuttavia... avvertì uno sfarfallio di paura nello stomaco. Non andava in chiesa da tanto tempo. Non era così folle da frequentarla adesso. Le ricordava sua madre e suo padre, e come erano un tempo le cose. La domenica era sempre stato il loro giorno speciale. Un giorno dedicato alla famiglia. Chiesa. Pranzo. Ciotole di popcorn al burro davanti ai loro programmi preferiti.

Un tempo amava la domenica. Ma poi sua madre era morta e tutto, *tutto* era cambiato.

Spinti da parte i pensieri cupi, Chloe si affrettò a scendere. Giunta nel garage, vide che Daisy era seduta al posto di guida.

Merda.

Raddrizzando le spalle, Chloe aprì lo sportello e le fece cenno di uscire. «Conosci i patti, Daisy.»

La donna, a sua volta, tirò su la schiena. «Al diavolo i patti.»

«Non puoi guidare fino alla chiesa», spiegò giudiziosamente Chloe. «Mi hai detto che ci sarà una bella fetta di tuoi amici e famigliari. Se guidi e qualcuno ti vede... Vuoi che passi dei guai?»

«Non andiamo in chiesa.»

«No?» Quasi si afflosciò per il sollievo. «Allora dove?»

«Un giretto domenicale», rispose Daisy sorridendo. «Di solito lo lascio per dopo. Ma oggi ho deciso di andare contro la tradizione.»

«E la cena della domenica?»

«Quella parte la teniamo.» Inarcò un già comicamente arcuato sopracciglio disegnato. «Ti sta bene, micetta?»

«Certo.» Era in grado di affrontare un paio d'ore in compagnia di Devlin. Sempre che si facesse vedere. «Ma non il fatto che guidi tu.»

«Ti propongo un patto. Ti cedo il volante se prometti di lasciarmi guidare una volta fuori città.»

«Dovrai sforzarti di più.»

«Dammi quindici minuti. Strada dritta. Niente buche. Niente curve brusche.»

«Mi sembra una cosa... tranquilla. Cosa te ne viene?»

«Quindici minuti di controllo.»

«E a me cosa ne viene?»

«Quindici minuti di beatitudine.»

«Non sono sicura di cosa significhi.»

«Dovrai fare un atto di fede. Oppure... possiamo andare in chiesa.»

Quella donna era astuta. Chloe sbuffò. «Fatti più in là.»

Daisy si spostò sul sedile del passeggero, poi, mentre Chloe si metteva alla guida, puntò il telecomando alla porta del garage, che si aprì con un lento cigolio lasciando che il sole si riversasse all'interno e sulla Cadillac. «Visto», esclamò Daisy. «Una bellissima giornata per un giretto.»

Indiscutibile. Cielo limpido. Temperatura mite e un sacco di sole. «La tua famiglia non si preoccuperà non vedendoti in chiesa?»

Daisy aprì la borsa bianca e rosa e ne tirò fuori un cellulare adatto alle persone anziane (numeri grandi e tasti grossi). Digitò un numero e un istante dopo sorrise. «Sì, Rocky, cara, sono io... No, va tutto bene. È solo che... è la prima domenica di Chloe ed è un po' agitata. Stiamo andando a Pixley. *Oslow's* non aveva le erbe aromatiche che le servivano per...» Guardò Chloe.

«Il pollo.»

«Per il pollo... Mmm. Sì, lo so. Be', lei ha studiato arte culinaria... Certo, tesorino. Ci vediamo dopo.» Chiuse il telefono con uno scatto e guardò Chloe. «Contenta adesso?»

«Del fatto che tua nipote crede che io sia una specie di pedante fanatica delle erbe aromatiche? Sono al settimo cielo.» Infilò la chiave nell'accensione e, dopo aver afferrato l'aria nel punto in cui avrebbe dovuto esserci la leva del cambio, spostò la mano verso il piantone dello sterzo e premette l'acceleratore. «Vorrei non aver lasciato le ballerine per i tacchi alti.»

«Se ti danno fastidio, togliteli.»

«Guidare scalza? Penso sia contro la legge.»

«Al diavolo la legge.»

Chloe si infilò gli occhiali da sole prima di alzare lo sguardo al cielo. «In che direzione vado?» domandò mentre uscivano dal garage.

«La stessa strada che abbiamo fatto per uscire dalla città e dirigerci al fiume. Solo che quando arriviamo alla biforcazione, devi girare a destra anziché a sinistra.» Indossò a sua volta gli occhiali da sole, quelli classici grandi e neri, alla Jackie O. «Ti ho osservata in questi ultimi due giorni.»

«Eh?»

«Sei parecchio tesa.»

«Una cosa di cui non sono mai stata accusata.» La gente in genere la definiva spensierata. Incosciente, addirittura. A seconda di chi rispondeva. Sebbene, naturalmente, non fosse più la stessa dal tradimento di Ryan. Forse da ancora prima.

«Credo che ti serva un fidanzato.»

«Ce l'avevo un fidanzato.»

«Era un verme?»

«Un verme traditore.»

«Allora stai meglio senza di lui.» Daisy le diede un buffetto sulla spalla con la mano guantata. «Non preoccuparti. Te ne troveremo uno nuovo.»

«Non ne voglio uno nuovo.»

«Che ne dici di Sam?»

«Sono sicura che sia un uomo molto simpatico, ma...»

«Ha occhi solo per Rachel.»

«Bene, perciò...»

«E Luke.» Daisy sospirò. «Luke ha occhi per ogni donna dai diciotto ai quaranta. Amo quel ragazzo, ma è un Casanova. Non va affatto bene.»

«Davvero, non sono interessata...»

«Naturalmente, Devlin...»

«No!» Chloe si sentì ardere al ricordo di quel suo bacio

forza quattro. «Cioè, no, grazie. Al momento proprio non mi interessa uscire con qualcuno.»

«Ti struggi ancora per il verme?»

«No. Sì. Cioè... È passata solo una settimana. Sono solo... confusa.»

«E frustrata.»

Chloe strinse il volante, immaginando che fosse il collo di Ryan. L'aveva messa in quella situazione. In quell'assurda depressione. In quell'antiquata auto del cavolo con la leva del cambio sbagliata e il pedale del freno durissimo. Sudava freddo ogni volta che doveva rallentare o fermarsi. «Decisamente frustrata.»

«Che ne pensi di un sex toy?»

Chloe per poco non abbatté una cassetta per le lettere svoltando su Main Street. «*Cosa?*»

«Una volta avevo un vibratore. A due velocità. *Oh, mio Dio* e *Oh, cielo*. Big Al, grosso Al, lo chiamavo. Mi sembrava più delicato di Grosso Uccello.»

«Per l'amore di...»

«Se non ne hai uno, conosco un posto...»

«Potremmo non parlare di questo?»

Daisy le scoccò un'occhiata al di sopra dei grossi occhiali da sole. «Ricordo avessi detto che non eri una puritana.»

«Non lo sono. Ma tu sei...» *La nonna di qualcuno.* «Troppo Jackie Kennedy.»

Gli occhi della donna si ridussero a due fessure. «È il tuo modo per suggerire che sembro antiquata o sofisticata?»

Chloe sorrise. «*Très rétro chic.*»

«*Merci.*» Daisy ricambiò il sorriso, poi, dopo essersi appoggiata comodamente al sedile, si sistemò il cappellino. «Neanch'io riesco a immaginare di discutere di sex toys con Jackie.»

«Forse non dovremmo parlare affatto per un po'.» Chloe armeggiò con l'antiquata manopola della radio, alla ricerca di una stazione col segnale forte. «Forse dovremmo mettere su un po' di musica. Dare un tono al nostro giro domenicale.»

Si fermò quando trovò una stazione che trasmetteva musica leggera. Barry Manilow? Oh, bene. Almeno era tranquillo. Musica tranquilla per un tranquillo giro in auto.

Daisy scosse la testa. «Sei molto peggio di quanto pensassi.»

Diversi minuti e cinque disgustosamente sdolcinate canzoni dopo, Daisy dichiarò: «Accosta».

«Qui?»

«Qui.»

Chloe si fermò sul ciglio della superstrada a due corsie. Niente buche. Niente curve strette. Per quello che poteva vedere. Solo strada dritta che si apriva verso bellissime montagne e alberi senza fine, il cui fogliame esplodeva di colori ai primi accenni dell'autunno. Scese e, come d'accordo, scambiò il posto con Daisy, che, fatti scattare un paio di ganci, azionò il tettuccio apribile. Chloe le diede una mano, seguendo l'esempio della donna, visto che non aveva idea di come fare. «Speriamo che non si metta a piovere.»

«O a grandinare», scherzò Daisy in un tono che fece sentire Chloe una fifona apprensiva.

Pochi minuti dopo il tettuccio fu ripiegato e bloccato. Daisy scalciò via le scarpe e le gettò sul sedile posteriore. Scivolata dietro il volante, sistemò il cuscino sotto di sé, si agganciò la cintura e sintonizzò la radio su una stazione rock. Alzò il volume e gridò: «Allacciatevi le cinture!»

Oh, no. Oh, Dio.

Daisy partì a tutta velocità e Chloe trattenne il respiro. *Ti prego non farmi morire.* Niente buche. Niente curve a gomito. Ma il paesaggio sembrava una macchia sfocata. I capelli sciolti le sferzavano il viso mentre sfrecciavano sulla superstrada. Bloccata dalla cintura, non riusciva a sporgersi abbastanza per vedere il tachimetro, ma dovevano andare a... cento all'ora? Con la capote abbassata.

«Senti il vento, il sole, la scarica di adrenalina!» urlò Daisy.

Li sentiva. Come no? Tutta scombussolata, Chloe si girò per

guardare la monellaccia dai capelli d'argento dietro al volante. «Com'è possibile che il tuo cappello sia ancora al suo posto?»

«Forcine!»

Naturalmente.

Chloe scoppiò a ridere. Gettò la testa all'indietro e si godette la perfetta giornata autunnale e la scarica di adrenalina.

«Proprio come Thelma e Louise!» gridò Daisy mentre sterzava abilmente per fare una larga curva.

Il cuore di Chloe prese a martellare. «Tranne per la parte in cui si gettano nel burrone, giusto?»

«Ovvio. Abbiamo ancora un sacco di vita da vivere!»

Qualcosa scattò nel cuore e nella mente di Chloe. Qualcosa che un tempo ardeva con intensità ma che era stato soffocato e contenuto per diversi mesi.

Il desiderio di vivere l'attimo.

Ispirata da Daisy e da un impeto di spontaneità, Chloe si tolse le scarpe e sganciò la cintura. Col cuore che le batteva forte, si mise in ginocchio e si tenne al bordo del parabrezza più forte che poteva, esponendo la faccia a tutta la forza del vento. Paura ed eccitazione le scorrevano nelle vene, facendole venire le vertigini. Si sentiva come Rose in *Titanic*, pericolosamente protesa sulla punta della nave, nell'atto di librarsi in volo, senza però allargare le braccia. La musica rock suonava a tutto volume e il suo cuore ferito cantava. Chiuse gli occhi e gridò: «Ooo-ooooh!»

Quasi all'unisono con l'ululato della sirena della polizia.

11

Devlin aveva passato gli ultimi due giorni a incontrare i dipendenti del negozio che avevano in mente di abbandonare la nave. Aveva chiesto loro a bruciapelo cosa avrebbe potuto trattenerli a bordo; poi aveva elencato quei bisogni in un succinto rapporto a suo padre. Al momento non erano nella posizione di eguagliare i benefit di una catena di ipermercati, ma potevano arrivarci. *Se* il vecchio avesse rinunciato ai vecchi metodi, cosa che comportava l'assunzione di qualche rischio finanziario.

Mentre aspettava ancora una volta di avere riscontri sull'ennesimo rapporto, Devlin calmò le proprie frustrazioni studiando il materiale ricavato in biblioteca il giorno prima. Luke aveva ragione riguardo all'abbondanza di materiale storico conservato negli archivi e Monica gli aveva indicato i pochi libri disponibili al prestito.

Aveva trovato affascinante la ricerca locale, interessandosi specialmente al contributo dei Monroe alla crescita cittadina. Suo padre predicava continuamente sull'importanza del ruolo della famiglia nello sviluppo di Sugar Creek, ma aveva sempre dato l'impressione di essere arrogante ed esagerato. Anche i Burke avevano rivestito un ruolo centrale. Le due famiglie erano ai ferri corti da decenni, e adesso Randall Burke, coetaneo del padre di Devlin e suo nemico da una vita, era il sindaco del paese. Devlin sospettava che l'elezione avesse spinto suo padre a trasferirsi in Florida per gran parte dell'anno. La scelta era tra quello e un attacco di cuore. Randall e la sua improvvisa ascesa al potere l'avevano fatto agitare a tal punto.

Devlin, d'altro canto, aveva sempre optato per la discrezione. Considerati i suoi molteplici interessi economici e il progetto di ampliare il *J.T.*, non era saggio alienarsi qualcuno che poteva boicottare i suoi sforzi. Anche prima che fosse eletto sindaco, Randall, ex avvocato e membro del consiglio cittadino, era stato un uomo potente a Sugar Creek. Così, a differenza di suo padre, Devlin aveva adottato un approccio diplomatico ogni volta che aveva a che fare con lui. Meno battibecchi c'erano, meglio era, soprattutto perché Devlin doveva ancora averla vinta su suo padre.

Stava anche consultando vecchie fotografie e rivedendo le planimetrie quando aveva ricevuto la telefonata dello sceriffo Stone. La nonna e la sua dama di compagnia, Chloe Madison, erano state portate dentro per svariate violazioni al codice della strada e, ancora peggio, per aggressione.

Ma che diavolo?

Devlin incolpava Chloe. Anche se l'accusata era sua nonna, era Chloe quella con la fedina penale sporca. Furibondo, aveva mollato tutto e si era precipitato alla stazione di polizia, un'innocua costruzione tra la caserma dei pompieri d'epoca e la biblioteca. Mentre varcava la soglia, non sapeva cosa alimentasse maggiormente la sua rabbia: il fatto che la nonna fosse in prigione o che avesse aggredito un pubblico ufficiale. Dopo cinque minuti con Stone, un uomo con cui intratteneva rapporti amichevoli ma che non considerava un amico, era ancora incerto.

«Mi rendo conto che per Daisy gli anni passano, Dev, e sono disposto a sorvolare sul suo comportamento eccentrico e qualche piccola infrazione di tanto in tanto, ma non posso tollerare il fatto che colpisca un pubblico ufficiale.»

«Non devi farlo.» Devlin era seduto nell'ufficio dello sceriffo, cercando di capirci qualcosa dell'ultima bravata della nonna. Non ci riusciva. Lei non era una persona violenta. Neanche nei suoi momenti più irrazionali. «Deve aver avuto una ragione per...»

«Ho pensato che ce l'avesse», lo interruppe Stone. «Ecco perché mi sono rivolto a te invece di soddisfare la richiesta di Daisy di telefonare al suo avvocato. Non voglio che questa cosa si ingigantisca. Voglio che sparisca.»

A Devlin parve che qualcosa gli sfuggisse. «Vuoi che sparisca cosa?»

«L'errata convinzione che il vicesceriffo Burke si sia preso delle libertà con la signorina Madison mentre in realtà stava solo facendo il suo lavoro.» Sollevò una mano per impedire eventuali domande. «Poiché non conosco la signorina Madison né il suo carattere, non so se sia una bacchettona che ha reagito esageratamente a una perquisizione di routine o un'attrice che ha deciso di manipolare la situazione per sottrarsi ai guai. Una cosa so: Billy Burke è un brav'uomo sposato, onesto cittadino e stimato pubblico ufficiale.»

Era anche il figlio numero due del sindaco. Tra tutti gli agenti di polizia, la nonna doveva prendere proprio lui a borsettate. Il figlio del dannato sindaco. Il figlio del rivale di suo figlio. Devlin conosceva Billy e conosceva Stone. Billy era un farfallone, Stone leccava il culo al sindaco. Per quanto riguardava Chloe, aveva studiato recitazione. Aveva la fedina penale macchiata. Devlin non conosceva ancora i dettagli, ma nella mente gli apparve qualche possibile scenario. Nessuno dei quali confortante.

«Perché il vice Burke ha ritenuto necessario perquisire la signorina Madison?»

«Ha avuto motivo di credere che fosse ubriaca. Quando lei è diventata aggressiva, ha dovuto prendere delle precauzioni. Se c'era qualcuno che aveva passato il segno, erano tua nonna e la signorina Madison. Velocità, cinture slacciate, comportamento pericoloso, aggressione...»

«Le accuse sono state messe a verbale?» domandò Devlin. «Devo pagare la cauzione?»

«Finora non ci sono verbali. Possiamo lasciare che le cose rimangano così?»

Ovvero, poteva contare su Devlin affinché mettesse a tacere la cosiddetta falsa accusa della nonna? «Sistemerò tutto.»

«Allora le signore sono libere di andare.»

«Apprezzo la tua flessibilità e considerazione.» Dev si alzò, ponendo fine alla discussione. Più a lungo sedeva in quel posto, più desiderava farne uscire Daisy e Chloe. Voleva la versione delle due donne su quanto era successo, ma in privato. Il suo obiettivo era evitare di irritare Burke e rischiare così una bega legale per sua nonna. Accusare qualcuno di molestie sessuali era un affare serio. Accusare un Burke complicava la faccenda al massimo. Una cosa sapeva per certo: se Billy aveva superato il limite, Stone gli avrebbe coperto le spalle. In tal caso Devlin sarebbe stato costretto a occuparsi dell'offesa privatamente. In maniera non ufficiale. Non sarebbe stata la prima volta che si scornava con Billy per una donna.

Quando la nonna e Chloe furono rilasciate, Devlin le salutò con un'occhiataccia delusa. «Dopo.» Proprio come aveva sperato, le aveva messe talmente in imbarazzo da lasciarle senza parole, anche se nell'uscire Daisy scoccò a Stone un'occhiata furiosa.

Il vicesceriffo Burke era stranamente assente.

Vedendo le donne in abiti eleganti e tacchi alti, Devlin trovò difficile immaginarsele che sfrecciavano sulla superstrada in una corsa folle. I capelli scompigliati di Chloe, però, erano la prova che avessero viaggiato con la capote abbassata.

Sentì i testicoli irrigidirsi mentre nella mente gli appariva un'immagine lasciva. Scarmigliata e arrossata, sembrava che Chloe avesse appena fatto sesso. Come se si fosse accorta dei suoi pensieri, si acconciò le lunghe ciocche in un morbido chignon. Non servì. Era ancora terribilmente sexy. Forse era il vestito. Aderente al punto giusto per accennare le sue curve sode. Abbastanza corto da sottolineare le gambe toniche. O forse erano i tacchi a spillo. Scarpe che urlavano sesso. Gli riuscì facile immaginare i pensieri peccaminosi di Burke. Diamine, lui stesso vi si stava crogiolando. Ma se il vice l'aveva toccata in modo non appropriato, l'avrebbe preso a calci nel culo. Abusare della propria posizione per approfittarsi di una donna era inammissibile.

«E la mia auto?» brontolò la nonna mentre Devlin faceva segno alle due donne di salire a bordo dell'Escalade.

«Manderò Luke a prenderla.» Aiutò Daisy a salire sul sedile anteriore, poi si rivolse a Chloe. Nell'istante in cui le prese il braccio, rivisse nitidamente il breve ma torrido bacio. La sensazione delle sue labbra, la sua lingua, le sue mani. Il suo sapore. Il suo profumo.

Dannazione.

Aveva intenzionalmente evitato Chloe per tutto il fine settimana, furioso con se stesso per aver perso il controllo. Una parte contorta di sé si era illusa che baciandola, liberando il desiderio accumulato sin dal loro incontro da *Oslow's*, se la sarebbe tolta dalla mente. *Proprio così.* Anziché prenderlo a schiaffi, lei aveva ricambiato con uguale passione. Invece di fare cilecca o soddisfare la sua voglia, quel contatto bollente non aveva fatto altro che accendere il suo desiderio.

Dato il loro brusco congedo di quella sera, si era aspettato che Chloe lo respingesse mentre la aiutava a salire in auto. Non lo fece. Ma neanche lo guardò. Sentiva che stava rimuginando qualcosa, ma non riuscì a indovinare i suoi pensieri. Questo lo faceva impazzire.

Evasiva o imbarazzata? Istigatrice o vittima?

Una volta al volante, riprese il controllo della propria libidine. «Ho qualche domanda.»

«Le interessa davvero la nostra versione?» domandò Chloe dal sedile posteriore.

Devlin non capì se fosse ironica o sinceramente scioccata. In entrambi i casi, la sua reazione lo irritò. «Mi interessa la verità.»

«Lo sceriffo Stone è un farabutto leccapiedi», sbottò la nonna. «E per quanto riguarda Billy Burke...»

«Cosa vuole sapere?» gli chiese Chloe.

Devlin uscì dal parcheggio e si diresse a casa di Daisy. Si raccomandò di mantenere la mente aperta. Concentrarsi sulla strada e non sull'attraente riflesso di Chloe nello specchietto retrovisore. «Ha permesso alla nonna di guidare?»

«Sì.»

«L'ho imbrogliata», confessò la nonna.

«Non sono così credulona. Prossima domanda?»

«Stavi correndo troppo, nonna?»

«Che diamine ne so.»

«Probabilmente», rispose Chloe.

Lui si girò a guardarla. «Si è slacciata la cintura e...»

«Sì, l'ho fatto. So che è pericoloso, ma è successo. Un gesto spontaneo di...»

«Temerarietà», intervenne la nonna. «È così che la chiamerebbe Errol Flynn.»

«Cosa c'entra Errol Flynn con tutto questo?» intervenne Devlin.

«Lui aveva il senso dell'avventura. Come Chloe e me.» Si sistemò il cappellino rosa e tirò su col naso. «Si vive una volta sola.»

«Vorrei poter dire che mi dispiace», aggiunse Chloe. «Ma non è così.»

Devlin lasciò perdere e andò dritto al punto. «Il vicesceriffo Burke ha passato il segno?»

La nonna si batté una mano guantata sulla coscia. «Ha accusato Chloe di essere ubriaca! Altrimenti perché avrebbe fatto una simile bravata? ha sostenuto. L'ha fatta camminare in linea retta. E lei ha ubbidito. Due volte! Voleva solo guardarle il culo.»

«*Daisy.*»

«Lo sai che ho ragione, micetta. Poi quando lei ha avuto il fegato di rifiutarsi di fare altre acrobazie, Billy l'ha accusata di essere ostile e le ha ordinato di mettere entrambe le mani sul cofano. Ha detto che non la conosceva, non si fidava di lei e che doveva perquisirla. Era solo una scusa per palpeggiarla!»

«Per l'amore di...» sospirò Chloe. «Non è stato *così* osceno.»

Devlin serrò la mascella. «L'ha toccata in modo sconveniente?»

«Non sono mai stata perquisita, ma non credo che le sue mani fossero tenute a strofinarmi le cosce, *sotto* la gonna. Ho imprecato e mi sono allontanata.»

«È stato allora che l'ho colpito con la mia borsa», dichiarò la nonna, immensamente orgogliosa.

Devlin guardò nello specchietto retrovisore e incrociò lo sguardo della donna che aveva subito un'ingiustizia o l'aveva finta. Chiederle a bruciapelo se aveva manipolato la situazione gli avrebbe solo riservato uno schiaffo da parte di Daisy. Dio sa come Chloe avrebbe reagito. Le concesse invece il beneficio del dubbio. «Può aver frainteso le intenzioni di Burke?»

«Sta dicendo che sono una bugiarda?»

«Le sto chiedendo se è possibile che fosse agitata per essere stata fermata e accusata di stato d'ebbrezza. Le sto chiedendo se, sotto pressione, è possibile che abbia reagito in modo esagerato alla perquisizione.»

«Smettila di darle il tormento», intervenne l'altra.

«Vuoi metterti contro i Burke?» le chiese. «Legalmente? Allora meglio essere dannatamente chiari con i fatti.»

«È una domanda giusta», osservò Chloe rossa in viso. Guardò fuori dal finestrino, poi dopo un minuto carico di tensione, sospirò. «Non credo di aver frainteso ma... non posso esserne certa. Tra l'emozione della corsa e lo choc di essere fermata, ero davvero scossa.»

Un'altra recita? Un altro stratagemma? Non riuscire a decifrare quella donna lo mandava in bestia.

«Be', *io* non ero scossa», scattò Daisy. «So cosa hanno visto questi vecchi occhi.»

«Ho bisogno che lasci gestire a me questa situazione, nonna.»

«Naturale.»
«Vuoi che i Burke rendano la tua vita un inferno?»
Chloe si sporse per stringere la spalla della donna. «Lascia perdere, Daisy. Ho reagito in maniera eccessiva.»
Lei sbuffò. «Penso ancora che Billy sia un idiota.»
«È indiscutibile.» A Devlin quel tipo non era mai piaciuto e non solo perché era un Burke. «Ma sfortunatamente tu non sei senza colpa in questa storia. Velocità eccessiva. Aggressione. Dannazione, nonna.»
«Non usare queste parole con me, Devlin Monroe. E non dirmi come vivere.»
«Io non... Lascia perdere.» Aveva già detto abbastanza. Per lo meno a sua nonna. Guardò nuovamente Chloe: braccia conserte, occhi bassi, labbra serrate. Per una volta, il suo stato d'animo era chiaro. Era incavolata.
Cazzo. Anche lui.
Entrò nel vialetto, fece inversione e l'aiutò a scendere. «Ho bisogno di parlare in privato con Chloe», le sussurrò all'orecchio.
«Non è stata colpa sua», bisbigliò lei, dandogli un colpetto al torace per sottolineare il concetto.
«Ricevuto.»
Daisy sporse la testa e sorrise a Chloe. «Ci vediamo dentro, micetta.» Dopo un altro sdegnato colpetto al nipote, trotterellò verso casa sui suoi tacchi rosa.
«Non voleva richiamarmi all'ordine davanti a lei, eh?» Con un sorrisetto compiaciuto, Chloe posò le scarpe sexy sul predellino del SUV.
Stavolta, quando fece per aiutarla, lei lo evitò. Devlin aspettò che scendesse quasi aggraziatamente a terra, sforzandosi di non guardarle le gambe tornite, prima di dare sfogo alla sua frustrazione. «Ma dove aveva la testa? Era lei che doveva portare in giro la nonna non il contrario.»
«Io...»
«Per non parlare di quella bravata. E se la nonna avesse

sbandato o frenato bruscamente? Se non ha considerazione per la sua stessa sicurezza, pensi a come l'avrebbe presa se lei fosse rimasta ferita.»

«Messaggio ricevuto. Abbiamo finito? Ho una cena da preparare.»

Niente scuse. Niente giustificazioni. Solo una dannata fuga.

«A causa sua», continuò imperterrito, bisognoso di rinsaldare il concetto, «mia nonna, un'onesta cittadina di settantacinque anni dal comportamento improvvisamente discutibile, è stata arrestata.»

«Non formalmente. Le accuse sono state fatte cadere.»

«È sempre così quando c'è di mezzo lei. Come ribatte a questo, signorina Madison? Oh, aspetti. Gridando allo scandalo. In questo caso, molestie sessuali.»

Se gli sguardi potessero uccidere, lui sarebbe finito due metri sotto terra. Attese che lei gli chiedesse come faceva a sapere che c'erano stati altri arresti. Aspettò che proclamasse la propria innocenza e gli rifilasse qualche storia lacrimosa, e perdendo la rigida compostezza desse in escandescenze. Una scena melodrammatica. Una cosa degna di un'ex attrice, ex agente pubblicitaria, ex festaiola (tra una decina di altre cose)... Una donna che manipolava gli uomini e le situazioni con le lacrime o la seduzione o qualche altro mezzo premeditato. Il rapporto di Jayce gli bruciava nella mente e l'insinuazione dello sceriffo che Chloe avesse mentito per sottrarsi ai guai aveva fatto breccia nella sua mente.

Invece di sbraitare o scoppiare a piangere, Chloe incrociò le braccia e lo osservò con pacato sdegno. «Monica si sbagliava su di lei», dichiarò con voce bassa e ferma. «Non ha una scopa su per il culo. Ha un albero intero infilato lassù.»

Devlin rimase interdetto.

«Per sua informazione, io non ho gridato allo scandalo. So riconoscere quando vengo palpata.»

«Ma lei ha detto...»

«Volevo che Daisy lasciasse perdere, razza di ottuso...

somaro. Quando eravamo in cella, mi ha spiegato che il vicesceriffo Burke è figlio del sindaco. Ha parlato dei pessimi rapporti tra i Burke e i Monroe. Poi lei ha detto che i Burke le avrebbero reso la vita un inferno. Non volevo che corresse questo rischio, soprattutto quando non ho prove. La parola di un poliziotto contro la mia. So perfettamente a chi ha creduto lo sceriffo Stone.»

L'umore già acceso di Devlin divampò. Billy l'aveva palpata davvero?

«Per quanto riguarda i miei precedenti arresti», continuò Chloe, «immagino sia stato lo sceriffo Stone, anche se non capisco come ne sia venuto a conoscenza, visto che la mia fedina è stata... pensavo... pazienza. Non importa. Ovviamente ha scelto di pensare al peggio a dispetto dei fatti.»

«Quei fatti sarebbero...»

«Niente che la riguardi.»

Devlin si avvicinò, facendola indietreggiare verso l'Escalade, combattuto tra darle una scossa e baciarla. Il palese disprezzo di lei aveva infiammato entrambi gli impulsi. «Lei vive con mia nonna e apparentemente si prende cura di lei. Tutto quello che fa, o che ha fatto, che possa influire negativamente su di lei mi riguarda eccome.»

Chloe protese il mento e lo affrontò. «Io non rendo conto a lei. Non rendo conto a nessun uomo.»

«No», obiettò lui, intrappolandola tra le sue braccia e sporgendosi verso di lei. «Ho il sospetto che siano loro a rendere conto a lei.» Pensò al ricco paparino che aveva sovvenzionato il suo irresponsabile stile di vita, poi al vecchio danaroso che le aveva pagato la scuola di cucina. Se la immaginò che esercitava il suo fascino, rigirandoseli attorno alle dita delicate. Usava sempre lo stesso trucco o variava? In che modo pensava di spuntarla con lui?

Era così vicino da sentire l'odore del suo shampoo e il lieve aroma del profumo al gelsomino che veniva dalla sua pelle umida. Vedeva le pagliuzze verdi nei suoi grandi occhi marroni e il rapido battito alla base della sua gola. Quando la sua deliziosa bocca si piegò in un sorrisetto civettuolo, Dev credette di aver individuato la sua arma. Manipolazione tramite seduzione.

Chloe si sporse in avanti e lui si preparò a sentirsi sfiorare dalle sue labbra. «Se hai a cuore le palle, Salsiccia, fa' retromarcia. Letteralmente.»

Non era quello che si era aspettato. Allontanandosi, la guardò incuriosito. «Cosa ne è stato della dolce e confusa ragazza che ha espresso preoccupazione per le mie abitudini alimentari?»

«Cosa ne è stato dell'affascinante gentiluomo che ha cercato di mettermi a mio agio con un sorriso?»

Touché.

Energia sessuale allo stato puro pulsava tra di loro mentre si sfidavano a colpi di sguardi. L'atmosfera era carica di emozioni contrastanti. Frustrazione. Tentazione. Rabbia.

«Il tuo tentativo di intimidirmi fisicamente è insultante tanto quanto le sgradite attenzioni del vice Burke», lo sferzò Chloe passando al tu.

Lo schiaffo verbale colpì nel segno. Aveva ragione. *Cazzo.* Devlin iniziò a scusarsi, ma lei lo travolse.

«So che sei preoccupato per Daisy. Lo sono anch'io. Hai ragione. È incosciente e dimentica le cose. Sto cercando di studiare il modo migliore di gestire la situazione senza darle l'impressione che sia io a prendere il controllo. Mettere in discussione ogni suo impulso e decisione, soffocare il suo animo appassionato, alla fine le farà perdere di vista se stessa.»

Il fuoco e la vulnerabilità in quei bellissimi occhi stuzzicarono la sua curiosità e gli fecero rimordere la coscienza. *Due lati della stessa medaglia*, le parole di Jayce e Rocky gli tornarono in mente. «Quell'ultima parte sembrava personale. Parli per esperienza?»

Chloe distolse lo sguardo. «Diciamo solo che Daisy e io abbiamo molto in comune.»

«Perciò dovrei preoccuparmi anche per te?»

Lei sbuffò. «Giusto. Neanche ti piaccio. E questo mi sbalordisce visto che neppure mi conosci.»

Devlin ne sapeva abbastanza per essere diffidente, grazie a Jayce. E poi non riusciva ad avere una visione chiara di lei. Timida o aggressiva? Manipolatrice o fraintesa?

«La mia vita è già abbastanza piena senza dovermi scervellare su cosa è andato storto tra il nostro primo incontro da *Oslow's* e il secondo allo *Sugar Shack*. Il nostro rapporto, in mancanza di un termine migliore, è stato una frana sin da allora.»

Come se fosse solo colpa sua. Sempre più a disagio per essere stato definito un intimidatorio imbecille da quella donna, Devlin difese le proprie azioni. «Perdonami se non ti ho ricoperta di fiori ed elogi per aver messo Daisy in pericolo. *Due volte.*»

«Alcune persone vedrebbero il lato positivo di quelle situazioni.»

«Alcune persone ammetterebbero che le proprie azioni sono irresponsabili.»

«Terrò a mente la tua natura iperprotettiva quando si tratta della famiglia. Il che dovrebbe essere affascinante. Ma non lo è.» Detto questo, gli passò accanto. «Ci vediamo per la cena della domenica?»

«Non potrei perdermela.»

Devlin la guardò avanzare a grandi falcate verso la casa e mise in dubbio la propria sanità mentale quando si immaginò avvinghiato, a letto, da quelle gambe tornite. Non si era mai eccitato così tanto per una donna prima di allora. Chloe Madison scuoteva le fondamenta del suo stabile mondo, ingarbugliava le sue emozioni, combinava pasticci con la sua famiglia, andava in cerca di guai e confusione, e tutto quello che gli veniva in mente era: *Fa' che succeda.*

12

Chloe fece saltare mentalmente in aria Devlin nell'istante in cui entrava come una furia in casa di Daisy. La scelta era tra quello o urlare. Quello o fracassare qualcosa. Era l'uomo più esasperante che avesse avuto la sfortuna di incontrare e tutto ciò che le riusciva di pensare era rotolarsi nel letto con lui per un paio di giorni.

Nudi.

Ogni volta che la toccava, riviveva quel bacio *inopportuno, insensato*. Le sue labbra. La sua lingua. Le sue mani. Senza dubbio era unico nel sesso quanto negli affari. Gemette, pensando a tutta quella personalità, quel potere, quella competenza e fascino (che concedeva con il contagocce) concentrati a darle l'orgasmo estremo. Devlin Monroe, dispotico e brillante.

«Stai bene, micetta?» Daisy fece capolino da dietro un pesante tendaggio a fiori. Evidentemente aveva spiato la scena e, dal suo comportamento disinvolto, non provava rimorso.

Chloe, d'altra parte, era mortificata. Non perché Daisy aveva assistito all'acceso confronto, ma perché aveva immaginato il nipote della donna come uno stallone. «Sono stata meglio.»

«È colpa di mio figlio.»

«Per cosa?»

«Per aver fatto crescere Devlin troppo in fretta. Esagerate

responsabilità, troppo presto. Troppa enfasi sull'eredità di famiglia. Eccessive pressioni affinché fosse quello in gamba, quello responsabile. Il prezzo per essere il primogenito.»

Daisy aveva da ridire sul nipote, ma a quanto pareva si sentiva in dovere di difenderlo. Che dolce. Non che ammorbidisse l'attuale opinione di Chloe su di lui: *prepotente bastardo sputasentenze.*

«Anche se, a dire la verità, Jerome ha preso esempio da Jessup.»

Il marito di Daisy.

«Ho voglia di un cocktail», esclamò la donna in tono un po' troppo vivace. «Mi fai compagnia?»

Chloe aveva mal di testa. Daisy aveva l'abitudine di cambiare argomento a metà conversazione. Devlin mostrava ostilità un momento e preoccupazione quello dopo. Doveva prendersi una pausa da entrambi. «Forse più tardi», ribatté con un sorriso stanco. «Ho bisogno di indossare qualcosa di meno formale. È tempo di iniziare a preparare. C'è molto da fare e...»

«Ti aiuto io!» Il viso dell'anziana donna si illuminò mentre scalciava via le scarpe con i tacchi e scalza si avviava in cucina. «Dimmi solo cosa devo fare.»

Chloe represse un sospiro spazientito e sperò che Daisy non si accorgesse del sarcasmo quando mormorò: «Grandioso».

Impedire a Daisy l'accesso alla propria cucina le era sembrato terribilmente scortese, ma era l'unico sistema per poter preparare la cena. La donna continuava a spostare gli oggetti sul bancone, a mettere in fila gli ingredienti e a tirare fuori strumenti di cucina in un modo che andava contro ogni logica o, per lo meno, contro la personale routine di Chloe. Il suo chiacchiericcio inarrestabile la distraeva e Chloe era nervosa. D'accordo, aveva già cucinato due giorni per il suo capo e Daisy aveva molto apprezzato il risultato. Ma stavolta era diverso. Quello era un pasto per otto persone. Daisy le aveva assicurato che si trattava di un'occasione informale, ma Chloe era sicura che gli ospiti si aspettavano qualcosa di straordinario.

Secondo Monica, Rocky aveva detto a tutte le Cupcake Lovers che Chloe era uno chef d'alta cucina. Un titolo che la metteva a disagio. Gli chef ricercati si specializzavano in cucine raffinate, spesso straniere, e di solito lavoravano in posti esclusivi. Quello era il suo primo lavoro come cuoca professionista e stava ancora perfezionandosi, tuttavia quella era una piccola città e le voci si diffondevano in un baleno. L'appellativo di Rocky aveva fatto presa. Anche se Chloe aveva corretto due volte Vince Redding, l'uomo continuava a riferirsi a lei come a uno chef d'alta cucina e sperava che la merce di *Oslow's* fosse accettabile. Chloe gli aveva assicurato che il negozio soddisfaceva tutti i suoi bisogni e sperò che non fosse venuto a sapere del viaggetto a Pixley per comprare le erbe aromatiche. L'ultima cosa che voleva era insultare l'unico droghiere di Sugar Creek.

Né voleva deludere la famiglia di Daisy.

Il menu non avrebbe contemplato niente di troppo sofisticato, ma qualcosa che sperava assicurasse a tutti che era, per lo meno, meritevole del titolo di cuoca personale. Voleva soprattutto fare colpo su Devlin. L'uomo le aveva fatto capire che la considerava una casinista. Voleva invece dimostrargli che era capace di far fronte ai bisogni di Daisy. Che era capace, punto e basta. Non solo a lui, ma a tutto il dannato universo, compresa se stessa. Incolpava Ryan e suo padre per la propria insicurezza. Malediceva Devlin per essersi impicciato nel suo tentativo di affermare la propria identità.

Gliel'avrebbe fatta vedere.

Avrebbe primeggiato in cucina e sarebbe diventata, dannazione, la migliore e la più affidabile dama di compagnia del pianeta!

Un'altra ragione per lanciarsi nella delicata arte della cucina era l'imbarazzo per essere stata portata in cella. Per il bene di Daisy, Chloe aveva deciso di seppellire l'episodio della perquisizione, ma non significava che non avrebbe detto la sua al vice Burke. In privato. A un certo punto. Aveva subito frustrazione e umiliazione le altre due volte che aveva avuto guai con la legge, ma stavolta era diverso. Stavolta era stata molestata. Burke le aveva davvero infilato le mani tra le cosce e questo se l'era tenuto per sé, perché in quel momento era troppo scioccata (*Quell'uomo aveva appena...*) e poi imbarazzata (*L'aveva fatto!*). L'aveva capito dal sorrisetto su quella faccia da furbastro, dall'arrogante luccichio in quegli occhi strabici, che nessuno le avrebbe creduto. Come aveva detto a Devlin, non aveva prove.

Daisy, che si trovava dall'altro lato dell'auto, non aveva neanche assistito alla molestia, ma solo alla reazione di Chloe.

L'insinuazione di Devlin che potesse aver reagito in maniera esagerata o frainteso la situazione l'aveva ferita. A quel punto si era arrabbiata. La riteneva un'idiota? O che in qualche modo se la fosse cercata? Perché pensava il peggio di lei? Certo, i suoi precedenti arresti erano un marchio d'infamia, ma lui la trattava bruscamente da prima di quel giorno. Insultarlo e minacciare i suoi gioielli di famiglia probabilmente non era stata la strategia migliore per fargli cambiare opinione su di lei ma, per la miseria, quell'uomo la mandava in bestia! Invece di reprimere la sua rabbia, come era solita fare con Ryan (a cui non voleva pensare in quel momento), aveva controbattuto a Devlin, espresso quello che pensava e tenuto duro. Lui non voleva che lavorasse per sua nonna. Non la voleva affatto a Sugar Creek. Be', tanto peggio, dannazione. Chloe si trovava esattamente dove voleva stare.

Per il momento.

La bravata di quella mattina poteva essere stata da incoscienti e da pazzi, ma aveva liberato il suo represso spirito d'avventura. Le aveva fatto mettere in dubbio scelte e azioni compiute nel corso degli anni.

«Chi sei, Chloe Madison? E cosa stai facendo della tua vita?»

La scuola di cucina non era stato un errore, ma neanche

aveva provocato quel clic. E, se fosse stata brutalmente sincera con se stessa, quel clic non c'era stato nemmeno con Ryan.

Ma lo aveva voluto. Talmente tanto da aver rinunciato a una parte della sua anima. Esaminare adesso la faccenda era doloroso. La ferita era ancora aperta. Lei era troppo instabile. L'unica cosa che in quel momento sapeva con sicurezza era che le era stata offerta una nuova possibilità. Invece di considerare il tempo da passare a Sugar Creek come un periodo per guarire, come aveva suggerito Monica, Chloe avrebbe optato per un approccio aggressivo, si sarebbe imbarcata in un viaggio di scoperta di sé. Avrebbe vissuto l'attimo e accolto l'avventura. Avrebbe smesso di preoccuparsi di essere all'altezza delle aspettative altrui, fuorché le proprie. Non appena avesse scoperto quali fossero.

«Dichiaro questa *la stagione di me stessa*!»

L'acqua le schizzò il davanti della camicia e si accorse che invece di lavare il pollo, lo aveva quasi spellato. *Oops*. Sospirando, posò il povero volatile insieme con gli altri e si pulì energicamente le mani.

«Concentrati, Chloe, concentrati.»

Messe nel cassetto le riflessioni sulla propria vita, si allacciò il grembiule, alzò il volume della radio e si concentrò nel preparare ai suoi ospiti una cena memorabile.

Una sfida alla volta.

13

La pazienza non era mai stata uno dei punti forti di Rocky ed erano giorni che aspettava con ansia di passare del tempo con Chloe Madison. Prima aveva tirato un bidone alle Cupcake Lovers; poi quando Rocky si era fermata per una visita, Chloe se l'era svignata. Quel giorno avrebbe dovuto essere in chiesa, e in quel caso avrebbe potuto fare due chiacchiere con lei mentre la nonna spettegolava con le sue amiche. E invece no. Entrambe le donne avevano saltato la messa per andare a fare la spesa a Pixley.

Tutto ciò che Rocky voleva era un po' di tempo a tu per tu con Chloe. Diamine, quindici minuti sarebbero bastati. Il tempo sufficiente per piantare il seme, per invitarla a partecipare alla prossima riunione delle Cupcake Lovers. Dopo aver letto i suoi arguti pezzi di critica gastronomica, era certa che fosse in grado di tenere testa a Tasha e, nel frattempo, di dare alle altre, come la nonna, un'iniezione di sicurezza con le sue professionali «Forchette alzate» su alcune delle loro ricette. Rocky doveva solo informarla sulla reale missione del club e sullo sciocco tentativo di Tasha di portarle al successo. Aveva incontrato Chloe brevemente, quasi non ci aveva parlato, ma era certa che fosse una brava persona, contrariamente al rapporto di Jayce e alle convinzioni di Devlin.

Quindici minuti. Non le serviva altro. Quindici schifosi minuti.

Sarebbe stata fortunata se ne avesse avuti due.

La cena della domenica a casa della nonna di solito prevedeva quattro o cinque ospiti. Rocky e Luke erano più o meno fissi mentre gli altri parenti si avvicendavano. Quella sera Nash aveva deciso di partecipare, così come Devlin. Non volendo che Chloe si sentisse sopraffatta dalla sua famiglia, la nonna aveva invitato anche Monica e suo marito Leo. Compresa Chloe erano in otto, il che escludeva la possibilità di conversare in privato e senza interruzioni.

Donna d'azione e determinata ad avere il proprio momento, Rocky si presentò a casa di Daisy un'ora prima del previsto. Sfortunatamente non fu la sola. Imprecando sottovoce, parcheggiò la Jeep dietro al pick-up di Nash proprio mentre Luke arrivava a bordo della Cadillac della nonna e si infilava nel garage.

Rocky scese dall'auto e fermò suo cugino sul bordo del marciapiede. «Cosa ci fai qui così presto?»

«Luke aveva bisogno di un passaggio alla stazione di polizia.»

«Per fare cosa?»

«Per prendere la macchina della nonna.»

«Ho paura di fare domande.»

«Io no. Ma Luke non conosceva i dettagli. Qualcosa a proposito di guida pericolosa e Billy Burke. Dev dice che ci aggiornerà più tardi.»

«Billy ha chiamato Dev?» Già era abbastanza brutto che la nonna e Chloe si fossero cacciate in un altro pasticcio, ma tra tutti i membri della famiglia che potevano correre in loro aiuto...

«Billy ha eseguito l'arresto. Stone ha chiamato Dev. A ogni modo, non sollevare l'argomento a tavola.»

«Perché no?»

«Per limitare i danni.»

Luke attraversò di corsa il cortile e li raggiunse poco prima che entrassero in casa. «Nash ti ha dato lo scoop?» chiese a Rocky.

«I particolari erano incompleti.»

«Devlin ci metterà al corrente più tardi.»

«Così ho saputo. D'accordo. A parte l'auto della nonna, come mai questo arrivo anticipato?»

I due uomini si scambiarono uno sguardo e alzarono le spalle. «Abbiamo pensato che potevamo essere utili», dichiarò Nash.

Rocky fece un sorrisetto. «Per fare cosa?»

«Apparecchiare», rispose il fratello. «Qualsiasi cosa.»

«Otto persone. Sono parecchie», commentò Nash. «Chloe sarà impegnata a cucinare. Il meno che potremmo fare è... offrirci di preparare l'insalata.»

«O qualcos'altro», aggiunse Luke.

Rocky sbuffò e poi alzò gli occhi al cielo. «Voi due non me la raccontate giusta.»

«Cosa?» si difesero, fingendosi innocenti.

«Volete fare colpo su Chloe.»

«Sono offeso», disse Nash.

«No, non lo sei. Sei un cane.» Rocky puntò un dito verso suo fratello. «Proprio come Snoopy qui presente.»

Luke le scoccò un sorriso sfacciato. «Arf.»

«C'è una nuova ragazza in città», continuò sua sorella.

«Una ragazza carina», aggiunse Nash.

«Ed entrambi volete darle un'annusatina. Fatemi il piacere di non farlo. Sono certa che piaccia a Devlin.»

Nash sembrava affranto. «Davvero?»

«L'avevo intuito», intervenne Luke con un malizioso luccichio nello sguardo. «Ho pensato che gli servisse una spintarella. Una piccola competizione tra fratelli. Conosci Dev.»

«Esigente.»

«Diffidente.»

«Rigido.»

«Abbiamo capito», sbuffò Rocky. «Posso fidarmi di voi, pagliacci? Vi comporterete bene?»

«Sul serio?» chiese Nash.

Rocky gli diede una manata sulla nuca.

«Voi tre vi decidete a entrare?» gridò la nonna dalla porta d'ingresso. «Farete parlare i vicini.»

«I vicini parlano sempre», osservò Nash. «Sugar Creek. La patria dei ficcanaso.»

«Arriviamo!» esclamò Rocky.

«E tu cosa ci fai qui così presto?»

«A differenza di voi due, io sono davvero utile in cucina. Come avete appena detto, otto persone sono tante. Ho pensato di dare una mano. Inoltre», aggiunse, sentendosi un po' in colpa per averli presi in giro quando anche lei aveva un secondo fine, «ho bisogno di parlare a Chloe delle Cupcake Lovers.»

«A proposito di cosa?» le chiese Luke mentre si avvicinavano al portico.

«Voglio che ne faccia parte.»

«Perché?» domandò Nash. «Resterà qui solo per un paio di mesi.»

«E allora? Vista la sua provenienza, potrebbe dimostrarsi un elemento dinamico in un ristretto periodo di tempo.»

«Mi giunge voce che ce l'ha con i dolci», esclamò Luke.

Nash si fermò all'improvviso. «Niente dolci stasera?»

«Sono sicura che la nonna abbia dei biscotti in dispensa o qualcosa del genere», ribatté Rocky. «Non fare quella faccia.»

«Come può uno chef d'alta cucina avercela con i dolci?»

«Lascia perdere, Nash.» Ma anche Rocky se l'era chiesto. Sperava che non costituisse un ostacolo una volta spiegato a Chloe in che modo il club avrebbe beneficiato del suo contributo.

Non appena raggiunsero la porta d'ingresso, udirono lo strepito di un clacson. Tutti e tre si girarono mentre la Suburban di Leo e Monica si fermava dietro la Jeep di Rocky.

«Scommetto che anche Monica è qui per dare una mano a Chloe», anticipò Luke.

«Perfetto», fu il commento della sorella. «Ecco sfumati i miei quindici minuti.»

14

Più tempo Chloe lavorava in cucina, più il suo stato d'animo si rasserenava. Si perse nel ritmo della preparazione del cibo e delle classiche melodie rock che suonavano alla radio. Per quanto riguardava la sua capacità di fare colpo sui Monroe come chef, tutte le sue ansie si dissolsero nel momento in cui iniziò a mescolare gli ingredienti per il ripieno alla mela. A lezione aveva preparato come primo piatto un polletto simile a quello, ricevendo ottimi voti e critiche entusiastiche. Pensò a quel momento e a diversi altri piatti di successo mentre imbottiva delicatamente i volatili e ne bloccava l'apertura con degli spiedi.

In padella. In forno.

La sua sicurezza crebbe come un soufflé perfetto mentre preparava il purè di patate all'aglio e un'insalata di fagiolini e funghi. Non se la prese neanche quando Monica e Rocky invasero il suo regno. A differenza di Daisy, loro non cercarono di prendere il comando. L'aiuto fu ben accetto, le chiacchiere leggere e divertenti, incentrate soprattutto su Food Network. Cronometrarono addirittura i loro sforzi quando prepararono l'insalata di finocchio e mele, come se stessero gareggiando a *Masterchef*.

«Se il paradiso avesse un profumo», disse Luke, facendo

irruzione per la seconda volta in mezz'ora, «sarebbe questo. Ci stai uccidendo, Chloe. Nash ha iniziato a sbavare dieci minuti fa. Aglio?» chiese, allungando la mano sulle fruste del mixer incrostate di purè.

Lei gli diede un buffetto scherzoso.

«La nonna mi lascia sempre leccare le fruste.»

«Io non sono tua nonna.»

Lui le rivolse un'occhiata ardente. «Puoi ben dirlo.»

«Questo è il punto in cui dovrebbero tremarmi le ginocchia?» gli chiese in tono ironico.

«Vuoi dire che non sta succedendo?»

«No.»

«Accidenti.»

Monica si mise a ridere.

Rocky lo sculacciò con uno strofinaccio. «Vuoi uscire di qui?»

Luke andò al frigorifero. «Sono venuto solo per un paio di birre.» Ne afferrò quattro. «Qualcosa per toglierci il sapore del cocktail della nonna.»

«Cos'era questa settimana?» volle sapere Rocky.

«Long Island Pucker.»

«Ingrediente più disgustoso?»

«Schnapps al cocomero.»

Chloe si unì al coro disgustato delle due donne.

«Per di più le è venuta la mania degli album di fotografie. Dev, Nash, Leo e io siamo in overdose di foto di famiglia. Ti prego, dimmi che la cena è quasi pronta.»

«Una quindicina di minuti», rispose Chloe.

«Sei una dea.» Le strizzò l'occhio, le scoccò un sorriso assassino e poi, dopo una seducente pausa, inarcò un sopracciglio. «Niente?»

«Spiacente.»

«Deduco che avrò la serata libera.»

«O qualcosa del genere», mormorò Rocky sogghignando.

Non appena se ne andò, le donne scoppiarono a ridere.

«È stato fantastico», commentò Monica.

«In realtà è molto affascinante», ammise Chloe mentre si infilava un paio di manopole da forno. «Così frivolo e incostante, un vero donnaiolo.»

«Ahi», fece Rocky.

«Non volevo... Sono certa che Luke sia molto dolce...»

«Lo è», disse Monica.

«Ma hai ragione», osservò Rocky. «È un seduttore.»

«Mi dispiace. È solo che ultimamente sono fin troppo esperta di potenziali rubacuori. Anche se almeno Luke gioca a carte scoperte. Con Ryan non l'avrei mai detto», rivelò Chloe.

«Bastardo traditore», sfuggì a Monica. Poi, rossa in viso, guardò Chloe. «Scusa, tesoro.»

Chloe alzò le spalle. «Va tutto bene.» Dopo tutto, era stata lei a scoperchiare il vaso nominando il viscido stronzo. «Ryan è il mio ex ragazzo», spiegò a Rocky mentre apriva il forno. «Abbiamo vissuto insieme per più di due anni. Pensavo che nel nostro futuro ci fosse il matrimonio ma, be', non è andata così.»

«Ha rotto con lei il giorno in cui si è diplomata con la lode», scattò Monica.

«Ti sei diplomata con la lode?» le chiese Rocky favorevolmente colpita.

«Niente di importante», minimizzò Chloe, mentre saggiava la morbidezza dei polletti.

«Importantissimo», ribatté Monica. «Ha preparato una torta speciale per un festeggiamento intimo e...»

«Non dirmi che è stato allora che ha rotto con lei», concluse Rocky.

«Bastardo insensibile.»

«Non mi meraviglia che sia ostile ai dolci.»

«Oh, no», gemette Chloe. «Tutti si aspetteranno il dolce. Io non credevo... Be', in realtà sì, ma mi sono rifiutata di pensarci.» Il viso le bruciava per il calore del forno tanto quanto per il passo falso. Tuttavia, apprezzò il cameratismo di quel momento. Una donna in compagnia delle sue amiche.

Niente la faceva sentire più viva e felice del gustare buon cibo in buona compagnia. «Niente paura», disse, trasformandosi in una vivace padrona di casa. «Mi inventerò qualcosa.» La dispensa era ben fornita. Almeno avrebbe potuto servire un pudding precotto con panna. Quello sì che avrebbe fatto colpo.

«Non preoccuparti», la tranquillizzò Rocky. «Hai fatto abbastanza.»

«Dammi retta», intervenne Monica, «tutti saranno troppo sazi dopo questa incredibile cena perfino per pensare al dolce.»

«E se lo faranno», aggiunse Rocky con un sorriso d'intesa, «la nonna ha sempre una scorta di biscotti della pasticceria *Gemma*.» Andò al frigo, prese una birra di importazione e una bottiglia di vino ghiacciato. «Non so voi, ma penso che anche noi ci meritiamo un cocktail. E non la pozione velenosa che la nonna ha servito ai ragazzi.» Versò due bicchieri di vino e stappò la birra.

«Non sei una fan dello chardonnay?» le chiese Chloe quando Rocky optò per la birra.

«Allergica.» Fece tintinnare la bottiglia con i bicchieri di Chloe e Monica e insieme brindarono ai loro sforzi congiunti. «A una cena deliziosa.»

«E all'amicizia», disse Monica.

Col cuore più leggero di quanto non lo fosse da giorni, Chloe annuì e sorrise. «All'amicizia.»

La cena fu un successone. Chloe accettò ogni complimento (e ce ne furono un sacco) con grazia pacata, ma intimamente faceva la danza della felicità. Perfino Monica, che la conosceva da sempre, era colpita.

L'unico problema era che Daisy l'aveva fatta sedere accanto a Devlin. Difficile rilassarsi quando la tensione tra loro era così palpabile. Doveva proprio starle così vicino? Doveva proprio avere un odore così buono? Le aveva riservato ben poche occhiate e poche parole, ma Chloe avrebbe giurato che aveva la sua totale attenzione, se non la sua approvazione. A differenza di tutti gli altri, non si era dimostrato entusiasta del cibo. Però, visto che aveva assaggiato ogni piatto e mangiato di gusto, Chloe ritenne che in fondo non detestasse la sua cucina. Cosa che aveva ritenuto improbabile.

Chloe aveva sorriso tra sé più di una volta, grata alla decisione di sforzarsi di fare colpo piuttosto che di torturare. Sarebbe stato così facile sabotare il suo polletto. La combinazione sbagliata di spezie. Una cottura eccessiva, duro e secco anziché umido e morbido. Ma sarebbe stato meschino. Molto più soddisfacente che lui ingoiasse il rospo e ammettesse che in cucina era una bomba. Non che avesse ammesso niente. Non che si aspettasse che lo facesse. Avrebbe comportato applaudire gli sforzi di Chloe invece che trovarle dei difetti. Quell'uomo sembrava determinato a considerarla sgradevole. Il fatto che la sua famiglia la ritenesse la cosa migliore dopo il caffè di Starbucks doveva avergli dato parecchio fastidio.

Nash e Luke le avevano fatto i complimenti per ogni cosa, dalla sua cucina ai gusti in fatto di musica e libri. Daisy si vantava di aver assunto un genio culinario e Rocky le aveva chiesto se le dispiaceva darle la ricetta per il ripieno, volendo provarla con i clienti del suo B&B, nonostante non avesse prenotazioni per le due settimane successive.

Chloe colse quell'occasione per dirottare l'attenzione su qualcun altro, esprimendo il proprio interesse per il *Red Clover* quanto per lo *Sugar Shack*. Iniziarono a parlare di affari e lei ne approfittò per rilassarsi mentre la conversazione passava dalla flessione stagionale di Rocky, la grossa mole di lavoro di Leo e il caotico programma di volo di Nash ai problemi con il personale dello *Sugar Shack* e la ristrutturazione del *J.T.* Daisy, Dio gliene renda merito, aveva un'opinione su tutto, così come Devlin, anche se solo di rado si trovavano d'accordo. Ma anche l'occasionale discussione era caratterizzata dal rispetto e dal buon umore.

Se Chloe chiudeva gli occhi, immaginava di essere in uno

dei suoi ritrovi preferiti a Manhattan, a godersi dell'ottimo cibo e la stimolante conversazione di una delle cerchie dei suoi pittoreschi amici. Cosa che Ryan definiva un frivolo spreco di tempo e denaro. Ripensandoci, non si era mai trovato a suo agio con gli amici artisti di lei e, poco alla volta, l'aveva allontanata da loro per inserirla nella propria sfera sociale, limitata a soffocanti cene di lavoro e a qualche rara uscita serale. Ciò che più la infastidiva era aver lasciato che accadesse. Aveva rinunciato a una parte preziosa della propria vita per renderlo felice. Per essere il tipo di donna che lui preferiva. Anche se, alla fine, lui aveva preferito una donna completamente diversa. Perché le aveva scombussolato la vita al solo scopo di piantarla in asso? «Bastardo.»

Si bloccò quando sentì Devlin stringerle una coscia. *Ma che...?* Ma poi si accorse che non ci stava provando: stava solo fermandole la gamba che lei continuava a muovere nervosamente. Una breve stretta sottobanco che le infiammò i sensi.

Poi Nash le chiese: «Qualche problema con quel volatile?» e Chloe si rese conto che stava tagliando la coscia del polletto con un po' troppo zelo. Mai e poi mai avrebbe ammesso di aver avuto l'impulso passeggero di tagliare l'arnese traditore di Ryan. *Santo cielo.* Allentando la presa sul coltello, commentò scherzosamente: «Un po' duretto».

«Davvero?» domandò Leo. «Il mio è perfetto.»

«Anche il mio», disse Luke. «E Rocky ha ragione. Il ripieno è fantastico. Ci servirebbe uno chef gourmet come te allo *Sugar Shack.*»

«Non sono uno chef gourmet», disse Chloe, «e poi avete già una meravigliosa esperta di cucina nel vostro staff.»

«Vero», ammise Luke, «ma potrebbe sempre servircene un'altra.»

«No, non direi», intervenne Devlin.

Chloe se la prese. Era il suo modo di far capire che non era abbastanza brava per il ristorante di cui era coproprietario?

Quando Luke fece per ribattere, suo fratello lo fulminò con lo sguardo. «Vuoi davvero che Anna se ne vada?»

«Certo che no. Ma...»

«Ha ragione», convenne Chloe. Non voleva schierarsi con Devlin ma ne riconosceva il buon senso. Anna non avrebbe accettato un altro chef nella sua cucina. L'avrebbe considerata un'offesa o un'intrusione. Tanto nell'universo culinario quanto nell'industria del divertimento le personalità erano ingombranti. «Conosci il detto 'troppi cuochi in cucina'? E poi, io ho già un lavoro.»

«Giusto, maledizione!» Daisy puntò la forchetta contro Luke. «Non ruberai la mia cuoca e autista.»

«A proposito di guida», intervenne Leo. «Ho sentito dire che voi due avete avuto un battibecco con il vice Burke.»

Tutti i commensali gli scoccarono un'occhiataccia.

«Cosa c'è? La città è piccola. La gente vede. La gente parla.»

«La patria dei ficcanaso», fu il commento di Nash.

Daisy sbuffò. «Billy Burke è una testa di cavolo e una canaglia.»

Luke sogghignò. «Non trattenerti, nonna.»

«Si è preso delle libertà con Chloe!»

Monica restò a bocca aperta. «*Cosa?*»

«Un fraintendimento», si affrettò a spiegare Chloe.

«Me ne sto occupando io», precisò Devlin.

Il che significava che Billy aveva superato il segno. Davvero. Ma si trattava di una verità che Chloe non voleva rendere pubblica. Non voleva essere l'oggetto dei discorsi di quella tavolata, figurarsi della città intera. E l'ultima cosa che desiderava era che Devlin si immischiasse.

«Forse dovrei essere io a farlo», suggerì Luke a suo fratello. «Dato che ti serve l'approvazione della città per la ristrutturazione...»

«E considerando che il vicesceriffo è figlio del sindaco», proseguì Nash, «non è il momento giusto per far incavolare un Burke.»

«Parte della ragione per cui sto camminando sulle uova con Tasha», ammise Rocky. «Non che Billy non si meriti una lezione.»

«Solo non da Devlin», continuò Nash. «Anche tu sei troppo coinvolto, Luke. Lasciate che mi occupi io di Billy. Fidatevi. Sarà un piacere.»

«È fuori questione», si oppose Devlin. Prese una bottiglia di chardonnay appena aperta. «Chi vuole dell'altro vino?»

Chloe rimase interdetta, colpita dal fatto che insistesse per essere lui il suo paladino. Credeva davvero che avesse subito un torto o semplicemente pregustava la possibilità di scontrarsi con un Burke? Gli rivolse uno sguardo seccato che intendeva dire: Fatti gli affari tuoi, al che lui ebbe la sfacciataggine di omaggiarla del suo primo sorriso in tutta la serata. Un sorriso che avrebbe dovuto irritarla ma che invece innescò un incendio dei sensi. Confusa, vuotò quanto restava del suo chardonnay, fin troppo consapevole della pausa nella conversazione. Per quanto riguardava il resto della famiglia, il fatto che tutti si fossero schierati in sua difesa era mortificante e stranamente meraviglioso, sebbene indesiderato. Occuparsi dei propri problemi era di vitale importanza per sostenere l'autostima. Inoltre l'oltraggio, benché viscido, non era tale da rischiare una bega legale per Daisy. Né Chloe voleva mettere a repentaglio la ristrutturazione del negozio di Devlin, dal momento che, dal punto di vista economico, riguardava tutti i Monroe.

«Prenderò un altro po' di vino», disse con un sorriso forzato. «E vorrei rispettosamente chiedere a tutti voi presenti di dimenticare il mio scontro con il vicesceriffo Burke. Non è stato niente. Sul serio.» Aveva le guance in fiamme per la menzogna. Devlin la guardò facendo aumentare il suo rossore. Era un barlume di rispetto quello che Chloe aveva visto nei suoi occhi più blu del blu, o di biasimo?

Monica, che fosse benedetta, venne in suo soccorso. «A proposito di Tasha», sottolineò, anche se non stavano parlando di lei, «l'ho sentita vantarsi di come poserà per la copertina del libro di ricette delle Cupcake Lovers.»

«Dovrà passare sul mio cadavere», sentenziò Rocky, mescolando il dolcificante nel suo tè freddo.

«Dieci dollari che pensa di indossare qualcosa di succinto», scommise Nash. «Il sesso vende, giusto?»

«Nessuno è bravo a vendere la propria merce quanto Tasha Burke», aggiunse Leo. «Perfino Dev... ahi!» Guardò torvo Monica che, a quanto pare, gli aveva dato un pizzicotto o un calcio sotto il tavolo.

Devlin e Tasha erano stati una coppia? Chloe annotò mentalmente di chiederlo a Monica. In quel momento fece d'impulso una domanda scottante, felicissima che la conversazione avesse preso un'altra direzione. Qualsiasi pretesto pur di allontanare l'attenzione da sé. «Sono confusa. In che modo Tasha è imparentata con i Burke?»

«Ha sposato Randall Burke», le spiegò Monica. «Da poco eletto sindaco di Sugar Creek.»

«Trent'anni più vecchio di lei», aggiunse Rocky. «Un'unione creata all'inferno.»

«Voleva un marito influente.»

«E lui voleva una moglie trofeo.»

«Nel frattempo», spiegò Rocky, «sta creando scompiglio tra le Cupcake Lovers con il progetto del suo stupido libro.»

«Ma se il libro sarà un successo, la causa del club ne trarrà beneficio», ipotizzò Nash. «Giusto?»

«Non metto in discussione l'obiettivo prefissato», precisò Rocky. «Sollevo obiezioni sul giudizio di Tasha. E la sua influenza. Non c'è ragione al mondo per cui l'ultima ricetta della nonna dovesse essere rifiutata. Vero, Chloe?»

«Confesso che non l'ho capita. Pensavo che la ricetta di Daisy fosse deliziosa.» Non era stata entusiasta di assaggiare un dolce, ma aveva avuto ancor meno voglia di ferire i sentimenti dell'anziana donna.

«Quello di cui abbiamo bisogno», disse Rocky, «è una persona in grado di essere obiettiva. Una persona che non abbia timore di fare un'affermazione e restarvi fedele. Una persona con esperienza nel mondo culinario. Se mai avessi voglia di partecipare a un incontro, Chloe...»

«Non sono un'autorità nel campo dei cupcake.»

«Pensaci su», l'invitò Rocky.

«Ci piacerebbe averti con noi», insisté Monica.

«Ci conto», affermò Daisy. «Ho deciso di proporre la mia speciale ricetta segreta. Se Tasha storce quel suo naso rifatto, ho bisogno che tu convinca tutte le altre che non è in grado di distinguere la noce moscata dal curry. Sono membro del club da cinquant'anni. Merito di comparire in quel libro!»

Chloe, che sapeva tutto sulla passione e sul desiderio di riuscire, non poté resistere alla genuina determinazione della donna. Sebbene non avesse in mente di creare un dolce nell'immediato futuro, non aveva niente in contrario a essere la paladina di Daisy. «Se la mettete così...»

Monica e Rocky si diedero il cinque. Daisy sollevò in aria un pugno ossuto. Luke le rivolse un occhiolino di approvazione e Nash alzò i pollici.

Chloe sorrise ma l'atteggiamento silenzioso di Devlin la mise in agitazione. A cosa stava pensando? In genere era brava a interpretare gli uomini, ma non quell'uomo. La faceva impazzire.

«Parlando di cupcake», s'intromise Leo, «cosa c'è per dessert?»

Monica gli diede un pugno sul braccio.

«*Cosa c'è?*»

Chloe maledisse il fatto che, ancora una volta, si trovava al centro dell'attenzione. Metà tavolata si aspettava di proseguire con un fantastico dessert. L'altra metà sapeva che aveva mollato il colpo. Ma la cosa più sconcertante era l'energia sessuale che si riversava da Devlin infrangendosi su di lei in onde erotiche. Avrebbe voluto annegarvi tanto quanto fuggire via. C'era qualcosa di incredibilmente perverso nell'essere attratta da un uomo incline a trovare difetti in ogni sua mossa.

«Si dà il caso che...» iniziò Chloe rossa in viso.

«Si dà il caso», intervenne Daisy, «che il dessert l'abbia preparato io. Avevo bisogno di provare la mia ricetta speciale su qualcuno.» Balzò in piedi con un sorriso. «Consideratevi delle cavie.» Li esortò ad alzarsi da tavola. «Non sprechiamo un bellissimo tramonto. Dolce e caffè nel portico sul retro. È un po' freddino là fuori, ma sopravviverete.»

«Vado a preparare il caffè.» Chloe corse dietro a Daisy con il terrore nel cuore. «Quando hai preparato i cupcake?» bisbigliò con veemenza non appena varcata la soglia della cucina.

«Ieri mattina quando eri in biblioteca.»

Chloe aveva preso l'abitudine di arrivare in biblioteca appena aprivano le porte per accaparrarsi la prima prenotazione della giornata per l'accesso a internet. Un'ora per controllare le e-mail e visitare i suoi blog di cucina preferiti e poi era pronta per affrontare la giornata. «Mi hai raccontato che avevi acceso le candele al cocco e al caramello.»

«Ho mentito.»

Chloe prese un sacchetto di chicchi di caffè dal frigo mentre Daisy tirava fuori la scorta segreta di cupcake preparati secondo la sua ricetta speciale. «Non riesco a credere di esserci cascata. Possibile che tu mi abbia imbrogliata? Tu non dovresti usare il forno o cucinare né... perché non mi hai chiesto di aiutarti?»

«Perché non volevo il tuo aiuto. Né quello di Rocky. Né quello di nessuno dei miei ben intenzionati parenti e amici. Avevo bisogno di farlo per conto mio.» Con gli occhi scintillanti dietro alle lenti degli occhiali da gatta blu metallico (il quarto eccentrico paio che sfoggiava quella settimana), Daisy sistemò sul bancone il portacupcake a tre piani e sganciò il coperchio. «Li preparo da un'infinità. Mi ricordo che setacciavo la farina con mia madre e mia nonna quando avevo cinque anni. Ho imparato le tecniche di glassatura da mia zia Pearl quando ne avevo sette. Voglio conquistare con le mie forze un posto in questo libro di ricette, voglio farlo per loro e per i membri fondatori del club.»

Chloe era senza parole. Come poteva mettere in discussione una tale motivazione divina?

Daisy le indicò l'alto armadietto contro la parete posta a nord. «Mi prenderesti quei piatti da portata, quelli di cristallo sul terzo ripiano, per favore?»

«Certo.» Alzandosi sulla punta dei piedi, recuperò i piatti. «Vorrei solo che mi avessi... Accidenti.» Dimenticò quello che stava dicendo quando Daisy sollevò il coperchio scoprendo due dozzine di opere d'arte commestibili. «Hanno un aspetto incredibile. Che tipo di glassa hai usato?»

«Crema di burro al caramello con cocco tostato.»

«Sostanziosa?»

«Burro. Panna montata. Zucchero di canna. Zucchero bianco. Zucchero a velo.»

«Voluttuosa.»

«La farcitura di ganache al cioccolato è voluttuosa», esclamò Daisy mentre trasferiva i cupcake dal contenitore ai piatti di cristallo. «Richiede le mie stoviglie migliori. Tazze, piattini, zuccheriera e salsiera coordinate. Stesso armadietto, ripiano superiore.»

«Giusto.» Chloe prese uno sgabello pieghevole da un angolo e si arrampicò sul terzo gradino per rovistare tra gli ingombri ripiani. «Sono senz'altro deliziosi, Daisy, e capisco perché tu abbia voluto prepararli da sola. Vorrei solo... ti prego non usare il forno e non cucinare senza... assistenza. Qualcuno, io nel caso specifico, che possa aiutarti se... be', se ne hai bisogno. E se ci fosse stato un incendio in cucina? Se tu fossi scivolata su una buccia di banana? Non voglio un disastro del genere sulla coscienza e di certo non voglio che Devlin mi azzanni... le chiappe.»

«Lo terrò a mente.»

Chloe trasalì nel sentire la voce maschile, rischiando di far cadere sei piattini e la zuccheriera mentre scivolava sullo sgabello. Le si fermò il cuore mentre delle mani forti la prendevano per la vita e poi la riportavano a terra. Non dovette girarsi per capire che si trattava di Devlin. Conosceva la sua voce. Il suo tocco. Il suo profumo.

«Ero venuto a dare un mano con il caffè.»

«Non farlo troppo forte», si raccomandò Daisy. «E non usare quella roba aromatizzata. Voglio che niente copra il sapore dei miei cupcake.»

Intrappolata tra un armadietto fisso al suo posto e un uomo alto e forte, Chloe si voltò prudentemente proprio mentre Daisy se la filava con un vassoio di cupcake. *Dannazione.* Prima che potesse dire qualcosa, Devlin la aiutò con le stoviglie.

«Di cos'altro hai bisogno?»

Questa sì che è una domanda insidiosa, pensò mentre il suo corpo vibrava in risposta al tocco di lui. «Altri due piattini, otto tazze e la salsiera.» Sgusciando tra il suo corpo e l'armadietto, andò dritta verso la macchinetta del caffè. Riempì il serbatoio dell'acqua, inserì un filtro e caricò il macinacaffè in attesa della paternale. Di sicuro Devlin aveva sentito abbastanza da sapere che Daisy aveva usato il forno mentre lei non era in casa. Invece non sentì che il tintinnio dei piatti e il leggero cigolio dell'armadietto che si richiudeva. L'ansia crebbe con il prolungarsi del silenzio. Sentiva che la stava guardando. Avvertì la sua colonia quando si avvicinò. Sulle spine, lanciò un grido quando il macinacaffè si bloccò. «Per l'amore del cielo...» Rimase di sasso quando Devlin le si accostò, circondandola con le braccia per risolvere il problema con una sola, facile manovra. «Grazie», gli disse.

«Non c'è di che.»

Nessuno dei due si mosse. Intrappolata tra le braccia di lui, si concentrò sui chicchi che si frantumavano, mentre la sua mente era un turbinio di domande. *Cosa te ne è parso della cena? Perché siete in lotta con i Burke? Come potevo sapere che Daisy avrebbe usato il forno a mia insaputa?* Invece, d'impulso sparò: «Non affrontare il vicesceriffo Burke per conto mio».

«Non sottovalutare la tendenza all'incoscienza di Daisy.

Non è sempre stata incosciente. Rocky pensa che stia attraversando una crisi.»

Il suo tono mite e premuroso la colsero di sorpresa. Si girò e incrociò il suo sguardo sincero. «Lo penso anch'io. Non che mi abbia detto niente di specifico. È solo... una sensazione.»

«Sono preoccupato per mia nonna. Se si confida con te...»

«Non posso fare promesse. E se mi fa giurare di mantenere il segreto? E se si tratta di qualcosa di veramente personale che non ti riguarda?»

Devlin fece una smorfia. «Questo posso rispettarlo. D'altra parte, considero qualsiasi cosa che abbia a che fare con il benessere fisico ed emotivo della mia famiglia qualcosa che mi riguarda.»

Niente rabbia né arroganza. Solo una semplice e sentita dichiarazione... e un accenno dell'uomo affascinante nel quale si era imbattuta da *Oslow's*.

«Questo posso accettarlo», rispose Chloe, diffidando del rapido voltafaccia. «Tuttavia...»

«Ciò non mi dà il permesso di comportarmi come un idiota iperprotettivo e arrogante.»

Quelle parole le strapparono un sorriso. «L'hai detto tu, non io.»

Devlin si allontanò e le porse la mano. «Tregua?»

Chloe non riusciva a immaginare cosa avesse ispirato quell'atteggiamento cordiale né si fidava interamente. Ma con il resto della sua vita nel caos, accolse ben volentieri un grattacapo in meno. «Tregua.» Accettò la sua grossa mano, imponendosi di non arrossire mentre il calore le risaliva su per il braccio infiammandole il corpo. «Per quanto riguarda il vicesceriffo...»

«Non posso promettere niente, tranne che non andrò a cercarlo.»

«È già qualcosa, immagino.»

«Se mi conoscessi, sapresti che è tanto.»

Chloe si rese conto solo allora che lui le stava ancora tenendo la mano. O era il contrario? Quando le strofinò il pollice contro il polso, un fremito la percorse da capo a piedi. «Mi piacerebbe», gracchiò. «Conoscerti, cioè.» *Smettila di farfugliare!* «Voglio dire, non riesco a capirti.»

«Lo stesso vale per me. Forse è l'attrazione.»

«Adesso sì che è stato... diretto.»

«Non tanto quanto baciarti.»

«Hai intenzione di baciarmi?»

Gli occhi di Devlin brillarono di qualcosa che Chloe non riuscì a interpretare, accidenti a lui. Continuando ad accarezzarle il polso, disse: «Sarebbe...»

«Fuori luogo?» domandò lei, riproponendo le precedenti parole di lui. «Insensato?»

«Pericoloso.»

Come mai? avrebbe voluto chiedergli, ma non lo fece. Represse ogni frecciatina civettuola che le venne in mente. Non era preparata a un eventuale seguito. Non quella sera. Non per un po'. Troppe cose stavano accadendo troppo in fretta. Troppi cambiamenti. Troppe incognite.

Una sfida alla volta.

Invece di insistere, fece marcia indietro. Troncando il legame fisico, si voltò per controllare il caffè. «Ho fatto il pieno di temerarietà per oggi.»

«Mi spiace», rispose lui con un sorriso nella voce. Poi, abilmente, cambiò argomento. «Non credo proprio che i dolci della nonna possano superare la tua cena. Tuttavia, ci sta aspettando.»

«Dovremmo uscire di qui», esclamò Chloe, ansiosa di raggiungere gli altri. Non era sicura di poter sostenere altri cinque minuti da sola con Devlin. Anche se avevano smorzato i toni della seduzione, l'atmosfera restava bollente. Altri cinque minuti e si sarebbero ritrovati a fare sesso in piedi nel ripostiglio delle scope. Il caffè non era l'unica cosa in ebollizione. «Porto io il caffè se tu... un momento.» Si girò per guardarlo. «Ti sei appena complimentato per la mia cucina?»

«Già.» Devlin sorrise mentre disponeva il servizio da caffè su un largo vassoio. «Ovviamente ti sei accorta di aver fatto colpo sulla mia famiglia.»

«Con le mie doti culinarie?»

«Con le tue doti comunicative.»

Un altro complimento? «Ti dà fastidio?»

«Mi affascina. *Tu* mi affascini.»

Quella, pensò mentre lui spariva oltre la soglia con il vassoio in mano, era la frase più sexy che un uomo le avesse mai rivolto.

Non pensarci, la ammonì il suo cuore ferito nel momento stesso in cui l'Errol Flynn che era in lei la esortava: Buttati!

Scendiamo a un compromesso, si disse Chloe, con il cuore che batteva forte mentre prendeva la caraffa del caffè e si avventurava in un territorio rischioso, e viviamo l'attimo.

15

Il sole splendeva su Thrush Mountain, tuttavia la temperatura stentava a raggiungere i dieci gradi. Rocky inspirò l'aria frizzante mentre faceva jogging lungo il sentiero. Al posto degli shorts, aveva optato per un paio di pantaloni di felpa al polpaccio. Invece della canotta, una T-shirt con il cappuccio. La coda di cavallo le sbatteva sulla schiena e il battito cardiaco accelerò a un ritmo regolare. Un sacco di jogger ascoltavano musica mentre correvano ma lei preferiva i suoni della natura. Lo stormire delle foglie, il cinguettio degli uccelli. Il lontano fragore dello Sugar Creek.

Dopo una pessima nottata, si era trascinata fuori dal letto, si era vestita, aveva bevuto il succo d'arancia direttamente dal brik ed era corsa a dare inizio alla sua giornata. Si sforzò di tenere a bada i pensieri ma perse. I conti che lievitavano. La flessione negli affari. Le marachelle della nonna. I problemi con Tasha. L'invidia nei confronti di Chloe. Due giorni dopo la cena domenicale, ancora si meravigliava per le sue doti culinarie, per non parlare dell'effetto su Devlin. Tanto che divenne il tema dominante della conversazione quando Adam, facendole una sorpresa, si unì a lei a metà strada.

«Ti sto dicendo che la chimica tra quei due era palpabile e non sono stata l'unica ad accorgermene. Luke, Nash, la nonna,

Monica e Leo.» Quella sera avevano letteralmente infiammato le linee telefoniche e lo stesso era accaduto la mattina seguente. «Tutti sono in fermento per quello che hanno visto e siamo giunti alla stessa conclusione.»

«Si piacciono parecchio.»

«Non in modo plateale. Cioè, non hanno flirtato, niente che noi abbiamo visto, comunque, ma ci sono stati un sacco di sguardi furtivi e abbastanza tensione sessuale da farlo rizzare a un eununco.»

«Caspita.»

«Non dirlo a me.» Rocky si era sentita combattuta tra la gioia per suo fratello e il dispiacere per se stessa. Non provava quel violento tipo di attrazione per un uomo da quando... Era passato un sacco di tempo.

«Pensi che passeranno all'azione?»

«Non lo so. Chloe è reduce da una brutta rottura e Dev è...»

«Prudente.»

«Sospettoso.»

«Si è scottato un po' di volte. Prima Janna...»

«Non parliamo di lei. Mai.» Il cuore di Rocky si gelò al sentire il nome dell'ex cognata. Non era una cattiva persona, solo che si era comportata male... e aveva spezzato il cuore al fratello maggiore.

«Va bene. Poi ci sono state Fiona e Cory e, a costo di beccarmi un cazzotto, Tasha.»

Tutte quante più innamorate della ricchezza e del prestigio di Devlin che dello stesso Devlin. Rocky sospirò. «Lo so. Ma almeno ha avviato quelle relazioni senza pregiudizi. Non questa volta. Grazie a Jayce.»

«Jayce Bello? Cos'ha a che fare con questa storia?»

Merda. «Niente. Dimentica quello che ho detto.» Rocky maledisse la propria lingua lunga e accelerò il passo. Erano cresciuti tutti nella stessa piccola città. Adam sapeva che Dev e Jayce erano grandi amici. Sapeva che Jayce viveva e lavorava a New York.

Per nulla scoraggiato, Adam la precedette di qualche passo e poi si girò verso di lei, correndo all'indietro senza rallentare.

«Dev ha fatto fare delle indagini su Chloe?»

«Perché avrebbe dovuto?»

«Perché è prudente. Sospettoso. Perché ha voluto assicurarsi che la donna che vive con sua nonna non fosse una psicopatica o una truffatrice.»

Rocky non sapeva se confessare o mentire. Avvertendo un bisogno di prudenza, optò per un compromesso. «Non sto dicendo che l'ha fatto, ma se l'ha fatto, non vorrebbe che si sapesse in giro. Perciò lasciamo perdere.»

«Sei tu quella che ha iniziato.»

Adam si rimise al passo con lei e corsero in silenzio per qualche minuto. Ma il cervello di Rocky continuò a rimuginare.

«È solo che... Mi piacerebbe vederli insieme. Lei è divertente. Dev avrebbe bisogno di un po' di distrazioni nella vita. Non fa che lavorare e parlare di lavoro. E quando non lo fa, cerca di esercitare un controllo eccessivo sulla vita di tutti gli altri.»

«Vuole ancora convincerti a vendere il *Red Clover*?»

«Sostiene che è una macchina mangiasoldi.»

Adam non rispose e Rocky capì che era d'accordo. Quando l'aveva aiutata a stuccare la crepa nel soffitto, era arrivato anche il tecnico per la cucina. Mentre installava i diversi componenti, l'uomo aveva fatto commenti sui rumori prodotti dal frigorifero. Oltre agli elettrodomestici, anche il portico sul retro aveva bisogno di riparazioni. Nonostante non avesse detto niente, sapeva che Adam riteneva inadeguato il capanno in cui teneva le attrezzature ricreative per gli ospiti. Si era limitato a guardare scettico i secchi che lei aveva sistemato per raccogliere la pioggia gocciolante dal tetto che perdeva.

«Anche tu pensi che dovrei venderlo.» Sapeva di suonare sgradevole. Non poteva farne a meno. Si era rigirata nel letto tutta la notte e ora quella che avrebbe dovuto essere una corsa rilassante si era ufficialmente guastata.

«No, ma credo che questi siano tempi duri. Per un sacco di persone. Ritengo invece che ti servirebbe un po' di aiuto.»

«Non chiederò soldi a papà e non prenderò soldi da Dev.» Ogni volta che glieli aveva offerti, Rocky avrebbe voluto mettersi a gridare. La faceva sentire un fallimento. Un'incapace. Anche se sapeva che le intenzioni del fratello erano buone.

«Che ne dici di prendere un socio?»

«Qualcuno che cercherà di impormi le sue idee e la sua volontà?» Sbuffò e si mise a correre più veloce. «No, grazie.»

«Qualcuno disposto a investire tempo e denaro. Qualcuno che condivide il tuo amore per il territorio e la passione per il turismo.»

Il rumore delle loro Nike che colpivano il sentiero sterrato rimbombava all'unisono. Il cuore di Rocky batteva forte, e non solo per lo sforzo. Qualcosa nella voce di Adam l'aveva innervosita. «E dove lo troverei, questo socio perfetto?»

«Stai cercando di superarlo.»

Bisogna riconoscere che Rocky non incespicò né scivolò quando si fermò bruscamente. Si mise, invece, a camminare in tondo, le mani sui fianchi, cercando di scongiurare eventuali crampi. Sforzandosi di evitare lo sguardo di lui mentre riordinava le idee.

«È da un po' che ci rimugino», spiegò lui. «Ho passato gli ultimi due anni lavorando come freelance, offrendo i miei servizi a tre diversi villaggi turistici. Non era male. Mi sono fatto una reputazione e ho messo da parte un bel po' di denaro. Ma adesso voglio impegnarmi a un livello più profondo. Ho pensato di investire in un'impresa tutta mia ma, dato il clima economico, mi assumerei un bel rischio se avviassi un'attività. Il *Red Clover* è un bed &breakfast affermato a livello regionale.»

«Affermato, sì. Rinomato, no.»

«Possiamo farlo diventare rinomato.»

Il verbo al plurale avrebbe dovuto innescare una fuga a tutta velocità nella direzione opposta. Ma ormai erano tre anni che Rocky gestiva la locanda e, nonostante gli sforzi generosi di trarne profitto, era decisamente nei pasticci. Ogni giorno che passava, sentiva il sogno scivolarle dalle mani. Col cuore che batteva forte, finalmente lo guardò negli occhi. «Hai qualche idea, vero?»

Lui sorrise. «Sì.»

«Devo ammetterlo, sono curiosa.»

«Abbastanza da ascoltare la mia proposta a colazione?»

Da esperta intenditrice di caratteri, Rocky non colse altro se non sincero entusiasmo per la possibilità di gestire insieme un'attività economica. Adam era uno degli uomini più realistici e fidati che conoscesse. Era inoltre competente. E anche peccaminosamente bravo a letto.

«Ti rendi conto che se entriamo in affari dovremo smettere di andare a letto insieme?»

«Perché? Non sei in grado di separare gli affari dal piacere?»

«E tu?»

«Certo.»

Rocky avrebbe dovuto esserne rassicurata, ma il suo ego subì un duro colpo. Non provava proprio niente per lei? Non che lo desiderasse. «Temo solo che potrebbe complicare le cose.»

Allora lui si avvicinò. Tanto che lei poté sentire la combinazione di sudore e shampoo. Tanto da poter vedere ogni grinza della sua T-shirt da snowboard Sling Blade. Tanto da poter ammirare il suo naso imperfetto e la cicatrice appena sopra il labbro superiore. La prese per le spalle e la strinse a sé. Il tocco affettuoso e di supporto dell'amico e dell'amante.

«Non ti sto chiedendo di sposarmi, Rocky. Non ti sto neanche chiedendo di trasferirmi da te. Spero soltanto in quello che abbiamo e... qualcosa in più. Se non funziona, be', faremo delle modifiche. Se sarà un disastro, ci daremo un taglio.»

«Come amici di letto?»

«O come soci in affari.»

L'accordo perfetto. Forse. Rocky sapeva solo che per la prima volta dopo mesi non si sentiva più una pallina antistress. Rivolgendogli un mezzo sorriso, si girò e partì di corsa verso il *Red Clover*. «Sarà meglio che le tue idee siano spettacolari, Brody.»

Lui la raggiunse in una frazione di secondo. «Tieniti forte, Monroe.»

«L'ultimo che arriva prepara la colazione.»

«Sento già il sapore dei tuoi pancake ai mirtilli», disse lui con un sogghigno e iniziò a farle mangiare la polvere.

16

Devlin si considerava un uomo calmo e razionale, in grado di gestire qualunque emergenza si presentasse sul suo cammino. Da subito aveva sviluppato l'abilità di affrontare tutto senza fare una piega, senza andare nel panico, perdendo raramente il proprio sangue freddo. Perfino quando il matrimonio con Janna aveva iniziato a cadere a pezzi, lui l'aveva tenuto assieme. Ma quando suo padre lo chiamò, minacciando di tornare immediatamente a casa per salvare l'azienda di famiglia, Devlin uscì dai gangheri. «Cosa credi che io stia cercando di fare?»

«Tra il costo delle ristrutturazioni che proponi e un più sostanzioso pacchetto di benefit per i dipendenti, stai ponendo le basi per la nostra rovina economica.»

«Col cavolo.» Aveva fatto ricerche, calcoli e progetti. «Quello che ho in mente comporta il minimo rischio.»

«È 'rischio' la parola chiave.»

«Chi non risica non rosica.»

«Non stai giocando in Borsa, figliolo. Stai giocando con la vita della gente. La rendita futura della nostra famiglia.»

«Lo so e so anche cosa sto facendo.» Furioso, si allontanò dalla scrivania e si mise a camminare su e giù nell'ufficio che ogni Monroe maschio aveva occupato sin dall'Ottocento. Non aveva mai aspirato a quel ruolo, non come unico scopo della vita, ma neanche aveva pensato di voltare le spalle a quel lavoro. Adesso che aveva il comando... soltanto che non era così. «Ma hai letto il mio rapporto?»

«Quale? Nelle ultime due settimane mi hai bombardato con più scartoffie dell'assicurazione sanitaria. Siete entrambi una spina nel fianco.»

Devlin interruppe il furioso incedere. «Cos'è che non va con la VT Med?»

«Niente. Qualche... intoppo nel piano di prevenzione oculistica. Il punto è che non c'è bisogno di farsi prendere dal panico e apportare massicci cambiamenti solo perché stiamo affrontando una piccola competizione.»

«Non c'è niente di piccolo in un Walmart Supercenter, papà.»

«Non c'è niente di male nel mantenere la rotta. Chi va piano va sano e va lontano.»

«E se ti sbagliassi?»

«E se fossi tu a sbagliarti?» L'uomo più anziano sospirò. «So che hai un master in amministrazione e finanza. So che sei un visionario. Ma se hai così tanta voglia di rivoluzionare un'impresa economica, concentrati su uno degli altri tuoi investimenti. O investi in qualcosa di nuovo. Ma lascia stare il *J.T.*»

Rifiutando di discutere i suoi progetti e perfino di affrontare la questione, suo padre lo aveva ridotto a poco più di un burattino. Devlin non era il leccapiedi di nessuno. «Se è così che la pensi, forse dovresti davvero tornare a casa. E assumere il ruolo di viceamministratore delegato, oltre a quello di amministratore delegato.»

«Non dire idiozie.»

«Tale padre, tale figlio.» Devlin riattaccò prima che la conversazione prendesse una brutta piega. Sì, in passato avevano avuto delle discussioni, ma mai come quella. Jerome Monroe era sempre stato conservatore e cocciuto, ma non irrazionale. Ultimamente il suo comportamento, tipo fare il mezzo pensionato e andarsene, a cinquantacinque anni, in Florida durante l'estate, era stato discutibile quanto quello della nonna. Ma che diavolo avevano tutti quanti?

Dopo un breve colpetto, la porta dell'ufficio si aprì lasciando entrare il vice di Devlin. «Ho incontrato il contatto della VT Med come hai chiesto», annunciò Chris. «Ho le statistiche sul pacchetto potenziato di benefit ai dipendenti.» Posò un ingombrante raccoglitore sulla scrivania. «Anche se il *J.T.* eguaglia il piano di benefit dell'ipermercato, ci mancano ancora le varie opportunità per gli avanzamenti di carriera e/o i trasferimenti.»

«Lo so. Non mi aspetto che tutti rimangano ma posso ricompensare coloro che lo fanno. Il morale alto tra i dipendenti comporta una squadra davvero efficiente e un servizio clienti di qualità, e questa è l'unica area in cui possiamo eccellere.» Nonostante il veto di suo padre, Devlin aveva preso una decisione progressista. «Metti in programma un incontro obbligatorio dei dipendenti per lunedì prossimo dopo la chiusura. Prenota da *Gemma* per il catering. Pasticcini. Caffè.»

«Argomento della discussione?»

«Cambiamenti imminenti e gratifiche.»

«Questo li farà accorrere in massa», disse Chris uscendo.

Oltre a farli arrovellare in supposizioni e congetture per i prossimi giorni. Nel frattempo la voce sarebbe giunta all'orecchio di suo padre, a meno che Devlin non avesse provveduto per primo. In entrambi i casi, aveva appena tradito il genitore e il capo in un colpo solo. Irritato, prese il telefono e digitò il tasto di chiamata rapida. «Ciao, mamma.»

«Buffo che tu abbia chiamato, Dev. Stavo per farlo io.»

«Perché?»

«Le discussioni con tuo padre.»

«La situazione sta per peggiorare.»

«Cosa vuoi dire?»

«Non posso combattere questa guerra con le e-mail, i fax e il telefono. Ho bisogno di parlare a faccia a faccia con papà. Se non riesco a prenotare un volo di linea per domani, mi farò portare laggiù da Nash.»

«Non farlo, tesoro. Per favore.»

Il tono nervoso di sua madre lo mise in allarme. «Perché?»

«Non dovrei... Ho promesso a tuo padre...»

Insospettito, Devlin si sedette. «Cosa sta succedendo?»

«Non vuole incontrarti. Non vuole vedere nessuno della famiglia. Non in questo momento.»

«Perché?»

«Non posso dire di più.»

«Per l'amor di Dio, mamma.»

«A tuo padre è stato diagnosticato un cancro alla prostata.»

Il cuore di Devlin prese a battere sordo e lento. Di tutte le cose che avrebbe potuto sentire, non si era aspettato un problema di salute. Combattuto tra l'incredulità e lo choc, fece un profondo respiro e cercò di non pensare al peggio. Aveva già perso due membri della famiglia per quella stronza di malattia, uno dei quali il nonno Jessup, marito di Daisy e padre di suo padre.

«Devlin?»

Tenne a freno le emozioni e si concentrò sui fatti. «A che stadio?»

«Secondo. Ma sta vincendo la battaglia.»

«Lo dici come se la stesse combattendo da un po'.»

«Tre mesi.»

Il cupo ronzio nelle orecchie di Devlin divenne un boato. «Lo sapete da così tanto?»

«Ascoltami bene», ribatté la madre in tono più duro. «La pelle è sua. Sta a lui scegliere chi informare e quando, se mai vorrà farlo. Non desiderava che la sua famiglia e gli amici più cari si preoccupassero, né essere compatito. Sai quant'è orgoglioso. Voleva combattere questa battaglia alle sue condizioni, il che comportava trattamenti radicali con uno specialista qui in Florida. Abbiamo visto enormi miglioramenti, ma le cure sono molto pesanti. Dovrebbe concentrare le energie per riprendersi, per combattere la malattia, non te.»

Il senso di colpa e la rabbia lo assalirono. «Se l'avessi saputo...»

«Avresti mollato ogni cosa per essere d'aiuto. Lui ha bisogno di te... noi abbiamo bisogno di te a Sugar Creek, tesoro, perché ti occupi della famiglia e degli interessi della famiglia. Non ha mai riposto fiducia nel B&B di Rocky e Luke gestisce lo *Sugar Shack* col cuore, non con la testa. L'unica costante, l'unica sicurezza nella vita della famiglia è il *J.T.* So che vuoi fare dei grossi cambiamenti, ma adesso non è il momento. Aspetta finché tuo padre non sarà più forte, finché non sarà libero dal cancro. Quando tornerà a casa, con la mente chiara e il corpo forte, sono certa che sarà più che aperto alle tue idee.»

Devlin si strofinò la tempia pulsante. «Il semipensionamento era un bluff.»

«La gestione del negozio ce l'ha nel sangue. Non è pronto a gettare la spugna, ma aveva bisogno di una pausa.»

In quel momento diversi particolari assunsero un senso: recenti commenti e azioni che prima a Devlin erano sembrati illogici.

«Fidati quando ti dico che sta sconfiggendo il male.»

«Se qualcuno può riuscirci, quello è papà.» Anche se non gli faceva piacere che il padre avesse tenuta segreta la malattia, Devlin capiva i suoi motivi. Conoscendo il tributo che il cancro esigeva dai parenti dei malati, lui avrebbe preso la medesima decisione. «E tu, mamma? Come la stai prendendo?»

«Sto bene. Meglio adesso che ne ho parlato con te. Anche se quaggiù ho un valido programma di sostegno, condividere le preoccupazioni con la famiglia aiuta. Ma, come ripeto, la cosa finisce qui. Non dire niente a Luke, a Rocky o, Dio ce ne scampi, a Daisy. Niente ai tuoi cugini, zii e zie. Se devono saperlo da qualcuno, che sia tuo padre.»

«Intesi.» Proprio come Jerome aveva voluto risparmiare loro pene e preoccupazioni, Devlin intendeva fare lo stesso.

«E non farti sfuggire con lui che mi sono confidata con te. Cercherò di convincerlo a confessare, ma fino ad allora...»

«Sarò la discrezione in persona.» L'ultima cosa che voleva era accrescere l'ansia di sua madre.

«Devo andare. Ti chiamo domani e ti aggiorno sull'andamento o su qualsiasi altra cosa vorrai sapere.»

«Ti ringrazio, mamma, e stai tranquilla. Non assillerò papà con altri rapporti.»

«Conoscendoti, non mi fido del tutto della tua parola. Devo preoccuparmi?»

«Assolutamente no.» La salutò e, sforzandosi di non pensare alle sofferenze fisiche di suo padre, si concentrò su come poteva essere d'aiuto. Evidentemente il capofamiglia era in ansia per la sicurezza futura di moglie e figli.

Acceso il computer, Devlin digitò la password per accedere ai propri rendiconti finanziari. La mente gli ribolliva di calcoli e progetti. «Niente paura, orgoglioso bastardo.»

Non era in grado di scacciare la malattia con la forza del pensiero, ma poteva fare magie con la finanza.

17

L'UNICA differenza tra quella mattina e tutte le altre che Chloe aveva trascorso a Sugar Creek era il fatto di non essere andata direttamente in biblioteca. Un operaio aveva bussato alla porta, spiegando che era lì per eseguire un lavoro. L'ordine era partito da Devlin. L'avanzato servizio comprendeva tv via cavo, telefono e internet ad alta velocità. Poiché Daisy non possedeva un computer né dispositivi wireless, Chloe ritenne che il servizio internet fosse destinato a lei. Avrebbe potuto rifiutare ma non lo fece. Adesso poteva controllare la posta e cercare ricette a piacimento, senza doversi preoccupare di lasciare Daisy sola troppo a lungo. Non voleva essere la sua ombra, ma da quando aveva mentito e usato il forno a sua insaputa, temeva che potesse escogitare qualche altra strampalata bravata in solitario.

Chloe era agitata soprattutto perché i cupcake della ricetta speciale di Daisy non erano risultati all'altezza del loro aspetto. Evidentemente, Daisy aveva incasinato gli ingredienti o le dosi. Chloe aveva studiato la ricetta e, in teoria, i dolci avrebbero dovuto essere buoni alla follia. In un momento di confidenze si era offerta di aiutarla o almeno di osservarla mentre preparava una seconda infornata. La fiera e cocciuta donna aveva rifiutato. A Chloe non sarebbe importato, ma Daisy era sembrata ancora più distratta e perfino un po' depressa per tutto il lunedì.

Quel martedì mattina, nel disperato tentativo di riaccendere la sicurezza di Daisy, Chloe aveva implorato il suo aiuto. «Se dovrò dare il mio contributo al club, sarà bene che investa un po' di tempo in quest'arte. Mi piacerebbe molto rifare questa decorazione», propose, mostrandole una foto trovata su una rivista, «ma non ho nessuna esperienza con il fondente.»

«Vorrei tanto aiutarti, micetta, ma ho un appuntamento.»

Come se fosse stato evocato, Vincent Redding bussò alla porta. «Sono qui per portare Daisy a fare un giro in campagna», spiegò a Chloe.

Chloe non avrebbe potuto essere più sorpresa. O eccitata! Forse lui sarebbe riuscito a far passare la malinconia a Daisy. Ebbe la certezza che il proprietario di *Oslow's* avesse una cotta per la sua datrice di lavoro. Uscendo, Daisy le aveva assegnato una «missione», per la quale Chloe aveva immediatamente richiesto l'aiuto di Monica. Anche se con Devlin avevano concordato una tregua, non lo vedeva da domenica sera e si sentiva in imbarazzo per la spedizione al negozio.

Entrando nel vialetto di Monica, Chloe suonò il clacson e si controllò il trucco nello specchietto. Non che volesse fare colpo su Devlin, ma... Oh, chi voleva prendere in giro? Da quando lui aveva parlato della loro attrazione, era stata incapace di pensare ad altro.

Lo sportello dal lato passeggero si aprì di scatto e Monica salì a bordo. «Quando vuoi.»

«Grazie per essere venuta con così poco preavviso.»

«Una gradita distrazione, credimi. Ho in mente di fare grossi danni alla nostra carta di credito. Visto che non devo risparmiare per una nursery o cose del genere.»

«Alt. Alt.» Chloe spense nuovamente il motore e guardò attentamente l'amica. Era chiaramente sconvolta. «Cosa c'è che non va?»

Con lo sguardo dritto davanti a sé, Monica tirò su col naso. «Stamattina Leo mi ha informato che intende smettere di cercare un bambino.»

«Per sempre?»

«Per adesso. Dice che sono ormai tre mesi e dato che non ho concepito...»

Col cuore in gola, Chloe strinse la mano dell'amica.

«Come se fossi io...»

«Sono certa che non intendeva questo. Probabilmente è solo... frustrato.»

«E io no?» Monica sbuffò. «Scusa. Non è colpa tua.»

«Non è colpa di nessuno.» Chloe si sforzò di trovare le parole giuste. Invece di farla arrabbiare maggiormente, decise di mantenere la calma. Forse, anzi no, sicuramente era soltanto un intoppo temporaneo. «Sai bene che tre mesi non sono poi così tanti.»

Monica le lanciò un'occhiata che diceva: Mettiti nei miei panni. In quel caso, probabilmente tre mesi sembravano un'eternità.

«A volte», tentò di nuovo Chloe, «quando desideri troppo qualcosa, quando ci provi troppo...»

«Sì, sì. A volte le cose migliori accadono quando meno te l'aspetti.» Monica fece un piccolo sorriso. «Mi sembri Leo.»

«No, non è vero. La sua voce è più profonda.»

Monica alzò gli occhi al cielo. «D'accordo. Fammi vedere la lista della spesa di Daisy.»

Sorridendo, Chloe prese il foglietto ripiegato dalla borsa e glielo diede.

Monica studiò l'intera pagina di sgorbi dell'anziana donna mentre Chloe si immetteva sulla strada. «Doveva andare di fretta», dedusse. «Di solito Daisy ha una bellissima calligrafia.» Strizzò gli occhi e poi fischiò. «C'è di tutto, dagli attrezzi per il giardinaggio agli asciugamani per gli ospiti. Aspetta. Cos'è Big Al?»

Chloe arrossì. «Niente che troveresti in un grande magazzino. Credimi.»

«Cinque nuovi abiti della domenica, incluse borse e scarpe!»

«È decisa a sbarazzarsi di quanto resta del suo abbigliamento conservatore.»

«Basta cappelli e guanti? Basta scarpe e borse abbinate? Ho sempre pensato che avesse un aspetto così regale.»

«Addio, regina Elisabetta. Benvenuta, Lady Gaga.»

«Che cosa triste.» Monica rabbrividì. «E spaventosa.»

«Non temere. Troverò un compromesso. Si dà il caso che abbiamo la stessa taglia. Posso provarmi tutto e abbinare gli accessori. Devo solo ricordare che rappresento una donna di una certa età. Orlo al punto giusto e cose del genere.»

«Non ricordavo che 'personal stylist' fosse compreso nelle tue mansioni.»

«Non lo è, ma l'altra sera Daisy ha voluto che le raccontassi dei miei precedenti lavori e le ho parlato della mia breve incursione nel mondo della moda.»

«Ah, sì. Volevi essere la prossima Vera Wang.»

«Fino a quando ho capito di non avere alcun talento per il design. Poi mi è venuta la passione per la fotografia, ma facevo schifo anche in quello.»

«Almeno ci hai provato», commentò Monica. «Molte persone hanno interessi particolari, ma non ci si dedicano. Prendi me, per esempio. Ho sempre voluto suonare il violino, ma ho mai preso una lezione? Tu avresti comprato lo strumento e ti saresti rivolta a un rinomato violinista per prendere lezioni private.»

«Sì, ma se non mi fosse venuto naturale, se si fosse rivelato più stressante che divertente, avrei lasciato perdere.»

«Mi sembra sensato. Perché investire tempo e denaro in qualcosa che non ti dà gioia o, per lo meno, soddisfazione? Quello che voglio dire è che non ti capiterà mai di guardarti indietro e desiderare di non aver perso un'occasione. Ne hai colte parecchie e per questo sei una persona affascinante.»

Chloe sorrise. «Smettila o non riuscirò più a tirare fuori la testa dall'auto.»

«Certo che ci riuscirai. C'è un sacco di spazio.» Monica si guardò attorno nell'auto. «Questa macchina è più che una cavolo di barca. Come riesci a vedere oltre il cofano? Deve sporgere di almeno tre metri.»

Chloe si mise a ridere. «Che tu ci creda o no, ormai mi ci sono abituata.» Aveva portato in giro Daisy in tutta la città e anche oltre. Erano state in diverse botteghe artigiane, da *Oslow's*, in farmacia, in biblioteca, dalla parrucchiera, alla pasticceria *Gemma* e allo *Sugar Shack*. L'unico posto in cui non erano mai state erano i grandi magazzini *J.T.* Chloe non ci era andata per conto proprio perché non voleva che Devlin pensasse che lo stava cercando o che volesse ficcare il naso nei suoi affari. Anche se, doveva ammetterlo, il posto che dominava la sua vita la incuriosiva.

Poi, quella mattina, Daisy aveva presentato a Chloe «la lista», imponendole di acquistare esclusivamente da *J.T.* e di mettere tutto sul suo conto. Chloe si era cambiata tre volte prima di decidersi per un paio di jeans aderenti, stivali con la zeppa, maglietta a girocollo e la giacca di pelle vintage. Aveva dato volume ai capelli, aggiunto risalto alle labbra con il gloss e si era spruzzata il suo profumo preferito. Tutto mentre ricordava a se stessa per quale motivo era sbagliato incoraggiare le attenzioni di Devlin.

Come leggendole nel pensiero, Monica sfoderò un sorrisetto. «Allora, come vanno le cose tra te e Dev?»

«Bene, direi. Non lo vedo da domenica.»

«Da come ti sei fatta bella, deduco che speri di incontrarlo oggi.»

Imbarazzata, Chloe si concentrò sulla strada. «Non mi sono fatta bella.»

«Va bene, lo sai. Essere attratta da quell'uomo. Lui è single. Tu sei single.»

«Da poco single.»

«Hai avuto notizie di Ryan?»

«No.» Era combattuta tra il sollievo e lo sdegno. «Mostra quanto tenesse a me. Non una telefonata, un messaggio o un'e-mail. Potrei essere morta, per quello che ne sa. O che gliene importa.»

«Forse sta male. Forse è troppo imbarazzato per chiedere tue notizie.»

«Non mi interessa.» Più a lungo gli stava lontana, più si chiedeva cosa avesse mai visto in lui. Più stava lontana da Manhattan, più si sentiva una donna intrappolata tra due mondi, senza appartenere completamente né all'uno né all'altro.

«Hai già informato tuo padre della rottura?»

«Me l'hai chiesto ieri.»

«E?»

«Stessa risposta di ieri. No. Anche se ieri sera ho cercato di chiamarlo. C'era la segreteria. Ho lasciato un messaggio, niente di particolare. Sto aspettando che mi richiami.»

«Ti sentirai meglio una volta che glielo avrai detto.»

«Ne dubito.»

Monica sorrise. «Non vuoi andare avanti con la tua vita?»

«Sto andando avanti con la mia vita. Nuovo motto: Scegli l'avventura. Vivi il momento.»

«Perciò se Dev ti chiede di uscire...»

«Non lo farà.»

«Ma se lo fa, sceglierai l'avventura, giusto?»

«È totalmente sbagliato per me.» Probabilmente era per quello che si sentiva così attratta da lui. Un altro dispotico maschio alfa. *Addio tormenti di cuore.*

«Quindi non è Quello Giusto. Ma non significa che non possa essere Quello Giusto per adesso.»

Chloe rise. «Sei proprio una cattiva compagnia!»

«È una cosa che adori.»

«Vero.»

Si scambiarono uno sdolcinato e imbranato sorriso da migliori amiche; poi Monica le indicò il vicino incrocio. «Sempre dritto in Maple Street. Svolta a destra. Ci siamo», disse indicando un palazzo a più piani che occupava metà isolato. «Sembra che non ci sia parcheggio sulla strada. Dovrai provare in quello piccolo qui di fianco.»

«Non è datato come gli altri edifici in città», osservò Chloe mentre seguiva le indicazioni di Monica, «ma neanche molto moderno.» Francamente, considerando le scoppiettanti personalità dei Monroe, i grandi magazzini *J.T.* erano sorprendentemente banali.

«Da quello che ho capito, il padre e il nonno di Devlin, e perfino il suo bisnonno, hanno impiegato gran parte del loro tempo e delle loro energie nella gestione del negozio. Penso che l'ultima volta che questo edificio ha avuto una significativa ristrutturazione esterna sia stato negli anni Cinquanta.»

«Capisco perché Devlin sia ansioso di rinnovare», esclamò Chloe infilandosi in un posto libero. «Non è un granché a vedersi.»

«Forse no, ma *J.T.* vende merce di qualità a prezzi ragionevoli. Il personale è amichevole ed efficiente, e hanno un'eccellente politica di resi e cambi. Come si suol dire, non giudicare il libro dalla copertina.»

Chloe inspirò l'aria fresca e frizzante mentre con Monica facevano il giro dell'edificio. Sentì un brivido di anticipazione quando si avvicinarono a quella che sembrava una delle tre entrate principali. Lesse l'antiquato corsivo bianco sul tendone a strisce verdi e blu: J.T. MONROE'S DAL 1885. Tre anni prima di *Oslow's*. Stringendo nel pugno la lista di Daisy, Chloe spinse le porte a vetri con la stessa emozione di quando per la prima volta era entrata nello storico *Macy's* di Manhattan. Non riusciva a spiegare l'immensa meraviglia e la gioia che provò quando scorse il bancone vecchio stile delle caramelle e l'espositore dei calzini con le alci, le tazze con le alci e le alci di peluche in tre diversi stili e dimensioni. Affascinante!

«Indovina.»

Chloe si girò e vide che Monica leggeva un sms.

«È Leo. Vuole che lo chiami. Esco un momento. Tu va' avanti. Ti raggiungo quando ho finito.»

«Fa' con comodo. Devo mettere insieme cinque completi per la domenica, ricordi? Comprese borse e scarpe.»

«Devi ancora raccontarmi di Big Al», aggiunse Monica, dirigendosi all'ingresso da cui erano entrate.

«Lo cancello dalla lista», mormorò Chloe. «Non ho intenzione di comprare un vibratore.»

«Posso aiutarla?»

Chloe alzò lo sguardo e incrociò gli occhi scintillanti di una zelante addetta alle vendite, una donna non più giovane con la passione per i capelli ipertrattati e il makeup eccessivo. Pregò che non l'avesse sentita bofonchiare. Arrossendo, Chloe si infilò in tasca la lista della spesa e sorrise. «Be', sì... Mitzi», aggiunse dopo aver scorto la targhetta col nome della donna. «Può indicarmi il reparto moda donna?»

Tre secondi dopo, mentre seguiva a ruota Mitzi cercando di non formulare pensieri poco carini sui pantaloni troppo aderenti e lo sfacciato ancheggiare della donna, il telefono di Chloe annunciò l'arrivo di un sms.

«Leo vuole fare pace», lesse a voce alta. «Subito.»

«Come, prego?» domandò Mitzi.

«Niente, mi scusi.» Secondo il messaggio, anche Monica si scusava. Abbandonava lo shopping a favore di una sveltina di riconciliazione col marito.

Cercò di non prendersela per la fortuna dell'amica. Pazienza se le toccava fare spese da sola. Pazienza se si imbatteva in Devlin. Per quanto avesse fantasticato di strappargli i vestiti di dosso e farlo contro un albero o in un armadio o sotto un ponte coperto, era in grado di resistere alla tentazione.

Se la sorte l'assisteva, non l'avrebbe visto affatto. Dentro e fuori. Compra e via. Aveva una lista e buon occhio. Il suo background di esperta di moda tornò prepotentemente alla ribalta mentre attraversavano il reparto calzature e si avvicinavano alle rastrelliere degli abiti. Per essere un piccolo negozio, il *J.T.* aveva una discreta scelta di merce di qualità. Individuò due perfetti abiti formali e mentalmente li abbinò a un paio di décolleté gialle che aveva notato due corsie più indietro. Dentro e fuori. Compra e via. *Scegli l'avventura.*

18

«DOVEVO saperlo che ti avrei trovato incollato al computer.»

Devlin girò la testa mentre Jayce Bello entrava con disinvoltura nel suo ufficio. Come se il suo più vecchio amico avesse colto una crisi personale e fosse apparso per magia. Felice e sorpreso, Devlin si alzò per salutarlo. «Cosa ci fai qui?»

«Te l'avevo detto che ti avrei consegnato questo rapporto per oggi a mezzogiorno.» Lanciò il sottile raccoglitore sulla scrivania di Devlin, gli strinse calorosamente la mano e si lasciò cadere su una sedia.

«Mi aspettavo un fax o un'e-mail», rispose Devlin, tornando al suo posto. «Non una consegna personale.»

«Dovevo comunque tornare quassù. Gli Ashford mi hanno informato che non rinnoveranno l'affitto della casa dei miei genitori. Un'improvvisa opportunità di lavoro in Arkansas.»

«Chi si trasferisce in Arkansas?»

«I miei precedenti inquilini. Sono qui per valutare le condizioni della proprietà. Non so se mi va di affittarla di nuovo. Forse è tempo di vendere.»

«E tagliare tutti i legami con Sugar Creek?»

Jayce alzò le spalle. «A differenza di te, non ho legami.»

«È bello sapere come stanno le cose.» Per Devlin, Jayce era un secondo fratello. Amici intimi sin dalle elementari. Figlio unico, Jayce aveva trascorso innumerevoli ore a casa Monroe e si era unito a loro nelle occasioni di famiglia e perfino per qualche vacanza.

Quando i genitori di Jayce erano rimasti uccisi durante il suo ultimo anno delle superiori, quelli di Devlin erano intervenuti per aiutarlo in quel periodo di transizione. Perfino dopo che si era trasferito a New York, il profondo legame era rimasto. O così Devlin aveva pensato.

«Mi riferivo a legami di sangue.» Jayce fece una smorfia che intendeva essere un ghigno sarcastico. «Da quand'è che sei diventato un melenso sentimentale?»

Da circa mezz'ora. Il precario stato di salute di suo padre non aveva fatto che intensificare la dedizione di Devlin agli amici e alla famiglia. Il bisogno di conservare e proteggere quei legami non era mai stato così pressante.

«Brutta giornata?»

«Ne ho avute di migliori.» Chiuse due programmi di contabilità, si alzò e andò al piccolo buffet installato da suo nonno più di cinquant'anni prima. «Caffè?»

«Sicuro.»

Devlin versò due tazze. Una di caffè nero, l'altra con lo zucchero.

«Quel raccoglitore è sulla tua scrivania da ormai cinque minuti e ancora devi aprirlo. L'ultima volta che abbiamo parlato eri ansioso di conoscere i dettagli sui precedenti arresti di Chloe Madison.»

In quel momento era l'ultima cosa che aveva in mente, ma dato che non poteva accennare alle condizioni di suo padre... «Visto che sei qui», ribatté, chiudendo il raccoglitore in un cassetto con la chiave, «sputa l'osso.»

Jayce bevve il caffè e si sintonizzò sulla modalità Investigatore Privato. «Dal momento che la fedina di Chloe è stata ripulita, non sono riuscito a ottenere i particolari specifici, ma c'era qualcosa nell'archivio pubblico. Ho trovato abbastanza informazioni per rintracciare le parti coinvolte ma anche i loro racconti erano lacunosi, per non dire faziosi.»

«Va' avanti.»

«Il primo arresto risale a dieci anni fa. Taccheggio. È uscita da una boutique sulla Quinta Strada con un cappotto firmato che non aveva pagato.»

«Un cappotto? Non è facile da nascondere. Cos'è, l'aveva infilato in un altro sacchetto?»

«Ce l'aveva addosso.»

«Quindi è semplicemente uscita dal negozio indossando merce rubata.» Devlin scosse la testa. «Non riesco a capire se è un gesto stupido o coraggioso.»

«In realtà non è semplicemente uscita. Lo ha fatto correndo. Era arrivata a metà isolato prima di essere raggiunta dalla commessa e fermata con l'aiuto di un poliziotto. Chloe ha sostenuto che un'amica l'aveva chiamata al cellulare per un'emergenza e si era agitata così tanto da precipitarsi fuori dal negozio senza pensarci. Poiché la commessa si trovava nell'altra stanza alla ricerca di un cappotto simile ma di taglia diversa, non ha sentito la telefonata ma ha solo visto Chloe filarsela.»

«Non potevano verificare la sua versione chiamando l'amica in difficoltà?»

«A quanto pare la storia dell'amica era sospetta ma, sì, alla fine si è dimostrata abbastanza solida da gettare dubbi sulla colpevolezza di Chloe. E no, non conosco i dettagli della cosiddetta emergenza dell'amica. Arresto numero due», procedette Jayce. «Due anni fa. Disturbo della quiete. Chloe ha avuto uno scontro verbale con uno chef che aveva stroncato in una critica per la rivista online di cui ti ho parlato. Il tizio con cui stava cenando è intervenuto. Sono volati pugni, tra il tizio e lo chef, non Chloe, nonostante lei si trovasse nel bel mezzo della lite. Non ho interpellato l'amico perché non volevo che lo riferisse a lei, ma ho parlato con lo chef. Ha addossato la colpa della rissa interamente a Chloe e al suo amico. Se vuoi la versione di Chloe, dovrai chiedergliela.»

Ma Devlin non voleva farle sapere che aveva ficcanasato nel suo passato. «Sarebbe complicato.»

«È proprio necessario? Ovviamente non è una pericolosa criminale, solo una persona con un pessimo tempismo o una pessima capacità di giudizio.»

«Cosa che l'ha fatta finire di nuovo nei guai con la legge qualche giorno fa.» Aveva iniziato a raccontare del disastroso giro in auto quando il telefono sulla scrivania squillò. «Devlin Monroe», rispose.

«Dev, sono Chris. Ho bisogno di te nel mio ufficio. Abbiamo un problema con la donna che lavora per Daisy.»

«Chloe Madison?»

«Ho impedito al caporeparto di chiamare la polizia. Ho pensato che non volessi creare pubblicità inutile.»

«Scendo immediatamente.» Riagganciò, guardò Jayce che, accidenti a lui, stava sogghignando. «Non credere di potermi aspettare qui.»

«Giusto.» Si precipitò fuori dall'ufficio seguendo a ruota Devlin.

«Una cosa è certa: quella ragazza dà colore alla tua vita pallosa.»

«Perché hanno tutti il pregiudizio che la mia vita sia noiosa?»

«Ti vedi con qualcuno? Quand'è stata l'ultima volta che hai scopato? Sei uscito con gli amici di recente? Una partita a football? Una serata a poker? Sei andato in barca sullo Sugar Creek o hai fatto tubing almeno una volta quest'estate?»

Devlin non rispose.

L'amico sbuffò mentre correvano giù per le scale. «Noioso.»

Devlin lo ignorò mentre si dirigevano al primo piano, non particolarmente affollato, ma d'altronde era un martedì pomeriggio di fine stagione. Superati i reparti cosmetici e profumi, regali tipici, borse e accessori, arrivarono finalmente al reparto donna. Entrò nel piccolo ufficio di Chris, trovandosi nel bel mezzo di una tempesta.

«Sta esagerando!» urlava Chloe. «Se solo lei...»

«Sta dandomi della bugiarda?» Mitzi si rivolse oltraggiata a Chris. «Perché non prende le mie difese? Perché...»

«Cosa sta succedendo?» Devlin sentì Jayce scivolargli alle spalle e il cigolio della porta che si chiudeva garantendo loro un po' di privacy. La sua attenzione, tuttavia, si concentrò sulle due donne che si voltarono verso di lui. Mitzi Hall, una dipendente relativamente nuova, vedova da poco e apparentemente ansiosa di sostituire al più presto il marito defunto. Per due volte aveva flirtato con Devlin, che aveva finto di non accorgersene.

Poi c'era Chloe. Il suo dolce viso ardeva di imbarazzo, o forse era rabbia. Dalle esperienze che aveva avuto con lei, probabilmente si trattava di entrambe le cose.

«C'è stato un fraintendimento», spiegò.

«È uscita di corsa dal negozio», spiegò Mitzi a Devlin, «indossando abiti che non aveva pagato. Ho capito che c'era qualcosa di sospetto in lei quando ha detto che stava facendo acquisti per conto di sua nonna.» Indicò Chloe. «Come se sua nonna potesse infilarsi quella roba.»

Eccome se la indosserebbe, rifletté Devlin guardando il vivace abito blu e verde a fiori con scarpe e borsa abbinate. Fino a pochi anni prima, Daisy Monroe era stata conservatrice in molti ambiti. Ma proprio come il suo comportamento era diventato imprevedibile e stravagante, era accaduto lo stesso ai suoi gusti in fatto di abbigliamento. Non che quel vestito in particolare sembrasse stravagante addosso a Chloe, ma sulla settantacinquenne nonna? Ripensandoci, sarebbe potuta andare peggio. Almeno l'orlo era pudico e i tacchi discreti.

Jayce si schiarì la voce e Devlin si costrinse a spostare lo sguardo dagli affusolati polpacci di Chloe ai suoi occhi fiammeggianti. «Immagino che tu possa darci una spiegazione.»

«Certo che posso. Primo, non mi sono messa a correre. Camminavo.»

Mitzi rimase a bocca aperta.

«D'accordo, a passo veloce. Ma solo perché ero agitata. Avevo ricevuto una telefonata.»

Devlin sentì lo sguardo di Jayce bruciargli la schiena. Avvertì il suo divertimento. «Continua.»

«Era una questione importante. Avevo bisogno di sentire bene e non ci riuscivo. Cosa c'è che non va nella ricezione da queste parti? Così mi sono messa a gironzolare, cercando un segnale migliore e all'improvviso mi sono ritrovata fuori.»

«Che storia verosimile», borbottò Mitzi. «Se l'è filata perché non le ho creduto quando mi ha detto di mettere tutto, circa trecento dollari di merce, sul conto di Daisy Monroe. È stato allora che mi sono allontanata per chiamare un supervisore e, *puf!* era sparita.»

«Gliel'ho spiegato, ho ricevuto una telefonata», scattò Chloe. Rivolse la sua attenzione a Devlin: i suoi grandi occhi gridavano innocenza, il linguaggio del corpo era passato da insolente a sincero.

«Ti credo», affermò Devlin.

Mitzi era incredula. «Cosa?»

«Davvero?» L'espressione di Chloe cambiò dallo choc alla riconoscenza e infine alla diffidenza.

Per una volta Devlin era riuscito a decifrarla. Era stata vittima, usando le parole di Jayce, di un pessimo tempismo e una pessima capacità di giudizio. Non si trattava di malizia, solo di sfortuna. E all'improvviso, l'umore cupo di Devlin si schiarì, lasciandolo esposto e vulnerabile nei confronti di un'attrazione che cresceva di pari passo con ogni incidente di Chloe. Invece di allontanarsi dal problema, vi si avvicinò. «La ringrazio per la sua solerzia, signora Hall, ma garantisco io per la signorina Madison. Le sarei grato se seguisse le sue istruzioni circa l'addebito sul conto. Chris, fa' in modo che la merce sia recapitata a casa di Daisy.»

«Sarà fatto.» Chris guidò la boriosa commessa fuori dall'ufficio.

Jayce li seguì, non senza un commento sarcastico. «Un autentico arcobaleno.»

Devlin gli diede una gomitata esortandolo a uscire e poi chiuse la porta. Quando si girò, Chloe incrociò le braccia e raddrizzò le spalle. Lui represse un sorriso, sapendo che la ragazza si aspettava una ramanzina. Invece le rivolse una domanda. «Dov'è Daisy?»

«A un appuntamento.»

«Come, scusa?»

«Il signor Redding l'ha portata a fare un giro panoramico.»

«Vince Redding?»

Il sospettoso brillio negli occhi di Chloe divenne malizioso, proprio come la curva delle sue seducenti labbra rosa. «Non ne sono sicura, ma credo che potrebbe avere una cotta per lei.»

«Vincent Redding», ripeté Devlin. «Il proprietario di *Oslow's*.»

«Non approvi?»

«Non ci credo.»

«Perché sono troppo vecchi per abbandonarsi a slanci romantici?»

«Perché si conoscono da anni e non ho mai assistito a un'infatuazione da nessuna delle due parti.»

«Forse non guardavi nel momento giusto. A ogni modo, sono contenta che lui sia passato a trovarla. Daisy aveva bisogno di una distrazione. L'ultimo fallimento coi cupcake l'aveva buttata giù di morale.»

«Lo shopping poteva essere una distrazione. La nonna ama fare acquisti. È difficile credere che abbia scelto un giro in auto invece dell'opportunità di abbellire il suo sempre più bizzarro guardaroba.»

Chloe lo guardò seria. «Credi che questo vestito sia bizzarro?»

«Non addosso a te.»

«Be', non è per me. È per Daisy. Ti mostrerei la lista che mi ha dato, ma è nella tasca della mia giacca, che è nel camerino insieme con la mia borsa. La mia vera borsa», chiarì, accorgendosi del cartellino del prezzo e del dispositivo antitaccheggio che penzolavano dalla borsa appesa al suo braccio.

«Ti credo.»

Chloe gli rivolse uno sguardo sospettoso. «Se lo sceriffo Stone ti ha parlato della mia fedina penale, probabilmente saprai che una volta sono stata arrestata per taccheggio.»

Devlin non confermò né negò.

«Allora perché mi credi?»

Non lo sapeva.

«È stato uno stupido errore di valutazione da parte mia. Non ci sto molto con la testa quando sono stressata.»

«Chi ti stressa in questo periodo?»

«Mio padre. Lui vuole... Noi non... I rapporti non vanno molto bene.»

Devlin pensò al proprio padre, incerto se, sfidandolo, avesse arrecato un danno o un beneficio al loro legame. Sapendo che, in entrambi i casi, gli doveva delle spiegazioni. «Cerca di porvi rimedio.»

«Ma...»

«È un brav'uomo?»

«Sì, ma...»

«La vita è corta, Chloe.»

Lei lo studiò a lungo, struggendosi per una risposta o chiedendosi come fare un'uscita diplomatica perché, diamine, lui aveva appena fatto virare quella conversazione sul fronte personale. *Intima.* Chloe avrebbe potuto cavarsela con un'osservazione banale o un rapido saluto, invece rimase ferma dov'era e, mentre Devlin agiva d'impulso e le si avvicinava, i suoi occhi si accesero di attesa. *Desiderio.* Un invito o una sfida a cogliere l'attimo di passione.

A parte l'evidente attrazione fisica, Devlin era consapevole del bisogno di entrare in contatto con l'indomito spirito di lei. Di agire sconsideratamente, in barba al destino. La sua vita sociale non era noiosa. Peggio, era morta. In quel momento aveva bisogno di sentirsi vivo. Forte. *Appassionato*.

D'un tratto si rese conto di averla sospinta contro la parete scolorita dell'angusto ufficio di Chris. Rude. Prepotente. Sessuale. La sua parte saggia e professionale urlò: Indietro! Ma lo sguardo implorante di lei e il suo respiro affannoso sollecitavano il maschio che era in lui.

La baciò. Dolcemente. Pienamente. Imprigionandole il viso tra le mani. Succhiandole la lingua. Premendo il suo corpo duro contro quello arrendevole di lei e godendosi la sua avida accettazione e i lievi gemiti. Il fuoco che covava divampò in un incendio e, a sua volta, il bacio divenne impetuoso. Sotto alle palpebre chiuse ci fu un'esplosione di arcobaleni che irraggiarono di elettricità il suo mondo noioso e deformarono le sue capacità razionali e controllate. I bisogni repressi ebbero la meglio sul suo giudizio. Voleva quella donna lì, subito, nuda, fremente sotto le sue mani. Che urlasse il suo nome.

Scioccato, si staccò da lei.

Sesso durante l'orario di lavoro? Nel negozio di famiglia? Niente tra di loro e decine di persone oltre quelle sottili pareti e una porta chiusa?

Be', al diavolo.

Scarmigliata, lo sguardo luminoso, Chloe gli rivolse un sorriso perplesso. «E quello cos'era?»

Anche se non si stavano più toccando, l'incendio divampava, gli arcobaleni non erano scomparsi, facendolo sentire un adolescente infatuato. Incosciente. Vivo.

«Colore.»

Chloe lo guardò confusa, poi si lanciò su di lui. Devlin atterrò su una poltroncina con Chloe a cavalcioni. Lo baciò. Intensamente. Profondamente. Imprigionandogli la faccia tra le mani. Succhiandogli la lingua. Muovendosi sulla sua erezione. Altri arcobaleni. *Dannazione*. Lui le afferrò il sedere attraverso la voluminosa gonna a fiori, morendo dalla voglia di sfilarle il tanga, di toccarle la pelle nuda. Aveva sentito di gente che si eccitava alla possibilità di farsi cogliere in flagrante. Suo cugino Nash era uno di quelli. Devlin no, ma stava immaginandosi una scopata rapida e forsennata.

Come se gli avesse letto nel pensiero o fosse tornata in sé, Chloe, rossa in viso e gli occhi sgranati, si allontanò. Si portò velocemente le mani alle labbra tumide per i baci, con un'espressione a metà tra lo stupore e la mortificazione.

Buttandola sul disinvolto, Devlin la stuzzicò usando le sue stesse parole. «E quello cos'era?»

«Vivere l'attimo.»

«Uh.»

«Probabilmente non la scelta migliore.»

«Io non mi lamento.»

Senza fiato, Chloe cercò i suoi occhi, facendogli battere forte il cuore. O forse era la conseguenza di quel bacio travolgente. Con la stessa rapidità con cui gli era saltata addosso, Chloe si staccò da lui. «Non posso farlo. Qualunque cosa sia. Non adesso.»

«Pessimo tempismo», ammise Devlin. «Luogo pubblico.»

«Non si tratta di questo.» Chloe esitò davanti all'espressione di lui. «Voglio dire che non aiuta. Ma soprattutto è il momento sbagliato in generale.»

La logica squarciò gli arcobaleni e placò l'incendio dei sensi. «È lo stesso per me.» Devlin doveva concentrarsi sul negozio, sulla famiglia.

«Circa due settimane fa, vivevo con qualcuno. Un uomo. Io non...»

«Ci pensi ancora?» le chiese.

«È a me che penso. Se cedessi a questa...»

«Attrazione?»

«Non saprei se è per un desiderio di rivalsa, il bisogno di riaffermare la mia desiderabilità, o un autentico impulso animalesco di incendiare le lenzuola con te.»

«Voto per l'ultima opzione», ribatté Devlin mentre si sistemava la camicia nei calzoni.

«Che sarebbe disastrosa quanto le altre due, perché, senza offesa, sei totalmente sbagliato per me.»

«Neanche tu sei il mio ideale.» La ragazza dei suoi sogni aveva i piedi per terra, era stabile. «Ma eccoci qui.»

Chloe si accostò alla porta. «Per non citare il fatto che non voglio che tu o chiunque altro pensi che mi sono servita del sesso per evitare un'accusa di taccheggio.»

«Abbiamo assodato che non stavi rubando.»

«Lo so. È solo che voglio che non ci sia alcun dubbio.»

«Non ce ne sono.»

«Bene. Fantastico.» Si diede una sistemata ai capelli con una mano mentre con l'altra cercava di aprire la porta.

Devlin le si avvicinò, resistendo all'impulso di baciarla, resistendo a... lei. Fece scattare la serratura. «Quindi non ci sarà un seguito.»

«Non mi sembra saggio.»

Cedendo a una piccola tentazione, le infilò una ciocca di capelli dietro all'orecchio, accarezzandole delicatamente il lobo. Sorrise quando lei rabbrividì. «In tal caso, dovremmo mantenere le distanze.»

«Probabilmente», gracchiò lei, cercando a tentoni la maniglia della porta.

«Ci vediamo alla cena di domenica.»

«Allora, ciao.» Chloe sostenne il suo sguardo un istante più del dovuto. Un istante che tradiva un sincero desiderio, prima di uscire dall'ufficio. «Oh, e grazie per il servizio internet ad alta velocità», disse d'impulso voltandosi. «È stato davvero premuroso da parte tua.»

Devlin la guardò andare via, arrovellandosi sulla sua complessità. Brava ragazza? Ragazzaccia? Confusa? Complice? Nel bene e nel male, quel bacio l'aveva sancito: ormai la Ragazza dei Meloni gli era entrata nel sangue.

19

Chloe chiamò Monica solo dopo aver parcheggiato la Cadillac di Daisy nel garage. Tutta l'ansia e la frustrazione accumulate dopo essere uscita dai grandi magazzini esplosero quando l'amica esordì con un allegro: «Com'è andato lo shopping?»

«Come hai potuto abbandonarmi così?» urlò al telefono.

«Cosa? Mi hai risposto dicendo che capivi. Hai detto di non preoccuparmi.»

«Quello è stato prima che mi accusassero di taccheggio. Prima che Devlin e io ci saltassimo addosso come due cani in calore!» Il sangue e il corpo ancora le bruciavano per l'appassionato e spontaneo interludio. Non si era mai sentita così eccitata, così vicina all'orgasmo, mentre indossava ancora tutti i vestiti!

«*Cosa?* Tu e Dev avete fatto sesso?»

«No! Ma è come se l'avessimo fatto. Cioè, stavamo per farlo. Eravamo l'uno addosso all'altra!»

«Prima o dopo essere stata accusata di taccheggio?»

«Dopo. A ogni modo, un madornale equivoco.»

«La pomiciata o l'accusa?»

«L'accusa.» Chloe ancora non riusciva a credere alla velocità con cui una tranquilla spedizione di shopping era andata a rotoli. Le era piaciuto fare acquisti per Daisy, abbinare la sua precedente formazione nel campo della moda, malgrado breve, ai gusti della sua attuale datrice di lavoro, per quanto stravaganti. Aveva messo insieme l'ultimo dei cinque completi quando il cellulare aveva squillato. Suo padre. Era stato allora che tutto era passato dal paradiso all'inferno. «A ogni modo», continuò, dimenticando la telefonata che l'aveva sconvolta, «prima Devlin mi ha baciata, poi l'ho baciato io.»

«E tu stai dando i numeri per un misero bacio?»

«Non c'era proprio niente di misero. È stato... da orgasmo!»

«Cavoli.»

«Lo so. È stato tremendo.»

«Tremendo?»

«Mi ha solo resa ancora più pazza di lui. Pazza da perderci la testa, da farmi tremare le gambe, da prendimi-adesso-o-muoio».

«Sto cercando di capire perché sia tanto tremendo.»

«Il momento è sbagliato. Noi siamo sbagliati. L'ha perfino ammesso lui. Non sono il suo ideale.»

«Lui è totalmente sbagliato per te. Già, già. Devo confessarlo, Chloe, ma non ci arrivo proprio. Siete tutti e due single. Entrambi adulti. Che fine ha fatto il sano sesso senza sensi di colpa?»

«E se mi innamoro di lui? Se mi innamoro sul serio? È un maniaco del controllo.»

«E tu sei una mina vagante. Forse sareste complementari.»

«Forse ci faremmo impazzire a vicenda.»

«Forse dovresti dargli una chance.»

«Non accadrà. Siamo d'accordo nel mantenere le distanze.»

«Non potrà che peggiorare le cose.» Monica sbuffò. «Svegliati e annusa il profumo della mela, Eva.»

«Cosa?»

«La natura umana. Vogliamo sempre quello che non possiamo o che non dovremmo avere. Negati qualcosa e la desidererai di più. Hai appena trasformato Devlin nel frutto proibito.»

Chloe si lasciò cadere in avanti e batté la testa contro il volante. Riconosceva la saggezza nelle parole di Monica, ma non voleva ammetterlo. Ammettere di aver dato peso all'osservazione. Doveva scrollarsi quella sensazione di dosso come se niente fosse. «Devo andare. Daisy potrebbe essere tornata e... io devo rientrare.»

«Chloe...»

«Sono contenta che tu e Leo abbiate fatto pace. Ti chiamo più tardi.»

Rocky spinse la Jeep a centoquattro chilometri orari, ignorando i limiti di velocità e l'intermittente gemito del motore. Abbassò il finestrino, accogliendo la folata di aria fresca, desiderosa di serenità. Aveva la mente invasa da questioni finanziarie e legali, di pro e di contro. Dopo aver ascoltato l'interessante proposta di Adam davanti a un pancake, era andata in città per parlare con Tommy e Joe, il suo avvocato e il funzionario dei prestiti. Si era informata su un'eventuale società e su cosa avrebbe comportato. Entrambi gli uomini avevano ascoltato ed espresso i loro pareri. Entrambi, pur cercando di mantenersi neutrali, avevano visto il vantaggio di una joint venture. Probabilmente perché sapevano che Rocky era in difficoltà, e quindi temevano che, se avesse continuato così, il suo sogno fosse destinato a fallire. Tuttavia, il desiderio di essere l'unico proprietario e gestore del *Red Clover* era intenso. Aveva paura di cedere anche un solo grammo di potere. O nutriva il dubbio che un'alleanza economica potesse rovinare quella personale con Adam? Perché intromettersi nella perfezione? E la loro casuale relazione sessuale era quasi dannatamente perfetta.

Niente decisioni affrettate, consigliò a se stessa. Anche Adam le aveva detto di prendersi un paio di giorni per abituarsi all'idea prima di dargli una risposta. Un consiglio logico e sensato. «Accidenti a lui.» Era davvero il socio d'affari ideale, se avesse deciso di intraprendere quella strada.

Il panorama boscoso divenne una macchia sfocata quando

Rocky accelerò sulla superstrada. Immersa in un tornado di pensieri, rispose al cellulare senza guardare.

«Cosa fai stasera?»

Grugnì. «Se qualsiasi altro uomo che non fosse mio fratello maggiore mi facesse questa domanda, sarei tentata. Visto che sei tu, sono diffidente. Cosa vuoi, Dev?»

«Ho bisogno di parlarti.»

«Di cosa?»

«Del *Red Clover.*»

Rocky rafforzò la presa sul volante e si armò di coraggio. Dev era sempre informato sugli affari di tutti, soprattutto della famiglia, ma di sicuro non poteva aver saputo delle sue visite a Tommy e a Joe. Si era presentata da loro senza appuntamento. Detto quanto doveva dire, aveva passato meno di un'ora a Sugar Creek e adesso era sulla via del ritorno. Dev non poteva esserne al corrente. A meno che i due professionisti non avessero fatto deliberatamente la spia.

Un po' paranoica? le sembrò di sentire Adam.

Controllandosi, Rocky addebitò quella telefonata all'irritante sesto senso di quel maniaco del controllo che era suo fratello. «Non ho intenzione di vendere...»

«L'hai già messo in chiaro e apprezzo il tuo impegno.»

«Perciò dacci un taglio.»

«Non posso. Ho delle idee...»

«Scordatelo.» Rocky schiacciò l'acceleratore, presa dal bisogno di vedere la locanda. La sua locanda. La proprietà che aveva agognato. La proprietà per la quale aveva risparmiato e, con l'aiuto di suo padre, aveva comprato a un prezzo stracciato. Era conscia del fatto che il padre le avesse dato un contentino, permettendole di avere un hobby. Ma non le interessava perché covava grandi progetti. Enormi progetti basati su un sogno infantile. A dire la verità, aveva preso cantonate e subito delusioni e forse, solo forse, avrebbe dovuto cambiare i suoi piani, ma aveva ancora il suo dannato sogno. «Non dovresti concentrarti sul *J.T.*?»

«Lo sto facendo. Allora, per stasera...»

«Ho da fare.»

«Domani, allora.»

«Mi dispiace. Cosa? Ti sto perdendo», mentì. Finse un'interferenza e chiuse la comunicazione. Lanciò il telefono sul sedile passeggero, maledicendo il benintenzionato fratello, la sfortuna e l'economia. Il motore fece un rumore sordo, e maledisse anche la Jeep. Sentendosi soffocare, abbassò ancora di più il finestrino. Aveva bisogno di aria fresca. Aria e basta. D'un tratto respirare le riusciva faticoso.

Il cellulare squillò di nuovo. «Dannazione, Dev.» Ma poi vide che era Monica. «Ciao, Mon. Cosa bolle in pentola?»

«La mia coscienza.»

«Cosa?»

«Una parte di me si sente in colpa perché sto per tradire il segreto di un'amica, ma l'altra parte urla che è per il suo bene. Ha un'opportunità meravigliosa proprio davanti agli occhi e lei vuole buttare via questa occasione.»

«L'amica sarebbe Chloe e l'opportunità mio fratello Dev?»

«Esatto.»

«Hai promesso di tenere per te qualunque cosa ti abbia detto Chloe?»

«No.»

«Ecco la scappatoia, tesoro. E poi, non giudicarlo un tradimento ma una missione caritatevole.»

«È solo che l'abbiamo notata tutti, la chimica tra quei due.»

«E siamo stati tutti d'accordo che probabilmente sarebbero perfetti l'uno per l'altra. Allora, cosa è successo e come posso essere d'aiuto?»

Monica sospirò. «Tutto è iniziato quando Chloe si è fermata per fare acquisti da *J.T.*»

Rocky ascoltò il racconto dell'amica e scosse la testa. Svoltò nella strada secondaria che portava al *Red Clover*, certa che ci fosse stato un rivolgimento nel cosmo. «Se ho capito bene, hai appena detto che mio fratello, il mio solitamente conservatore, ligio alle regole, compassato fratello, ha perso il controllo in una superbollente pomiciata con Chloe.»

«Hai sentito bene.»

«Da *J.T.*»

«Accidenti.»

«Dove? Nel suo ufficio? Sul pavimento? Davanti alla gente?»

«Non lo so. Non conosco i particolari. So solo che Chloe è sconvolta.»

«Ma è fantastico!»

«La sua definizione è stata 'tremendo'.»

«Baciare Dev è stato tremendo?»

«In realtà, da orgasmo. Così dice.»

«Ed è tremendo per quale motivo?»

«Ha paura di innamorarsi di lui.»

«Edizione straordinaria: Dev è già innamorato di lei.»

«Te l'ha detto lui?»

«Sono state le sue azioni a denunciarlo. Pomiciare nel bel mezzo della giornata lavorativa? Sul posto di lavoro?»

«Capisco cosa intendi.»

«È favoloso!» sbottò Rocky. «Dev è cotto. Adesso ha qualcun altro su cui concentrarsi a parte la famiglia.»

«Solo che hanno deciso di comune accordo di mantenere le distanze.»

«Questo spiegherebbe la sua telefonata.»

«Quale telefonata?»

«Niente... Non preoccuparti. Riuscirò a farli mettere insieme.»

«Come?»

«La famiglia.»

«Non sono sicura di seguirti, ma fai pure. Tienimi informata, va bene?»

«Senz'altro.»

Rocky congedò Monica e chiamò Nash. «Ho bisogno di un favore.»

«Spara.»

«Chiedi a Chloe di uscire.»
«Ma non avevi detto che Dev è interessato a lei?»
«Lo è. Tu fallo e basta.»
«Perché?»
«Per Dev. Per me.»
«È assurdo.»
«Ragazza carina. Nuova in città. Cuoca con i fiocchi.»
«Be', se la metti così.»
«Grazie, Nash.»
«Quando vuoi.»

Riagganciò e chiamò Luke. «Ricordi l'altra sera quando parlavi di una piccola competizione fraterna con Dev?»

«Vuoi che anch'io inviti Chloe a uscire?»
«Cosa intendi con 'anch'io'?»
«Nash mi ha appena mandato un sms.»
«Santo... Ma se ho appena riattaccato con lui!»

«Le notizie bollenti viaggiano in fretta. Quindi immagino che il tuo scopo sia ingelosire Dev!»

«Ho motivo di credere che si sia preso una sbandata per Chloe, fatto che, oltre a una felicità a lungo termine per lui, potrebbe significare libertà alla grande per me e per te. Sfortunatamente, ha intenzione di resistere all'attrazione.»

«Vuoi che gli dia una spintarella?»
«Assolutamente.»
«Sarà un piacere.»

Rocky immaginò lo sfacciato ghigno del fratello quando riagganciò e non poté fare a meno di sentirsi un po' arrogante. Conosceva Dev abbastanza bene da sapere che ogni tentativo di seduzione di Nash avrebbe dato una scossa alla sua determinazione. Il tentativo di Luke l'avrebbe spinto oltre il limite. I due più grandi seduttori di Sugar Creek dietro alla donna che era riuscita a farlo infiammare da *J.T.*? Il suo ego non l'avrebbe sopportato. E se era davvero, profondamente preso da lei, neanche il suo cuore.

Rocky si rifiutò di sentirsi in colpa per quella macchinazione. Anzi, aveva piani extra per gettarli l'uno tra le braccia dell'altra. Le piaceva Chloe e, a differenza delle altre donne da cui Dev era stato attratto, sentiva che era proprio perfetta per lui. Sterzò per evitare una buca e chiamò un altro cugino. «Ehi, Sam.»

«Come va, dolcezza?»

«L'incontro delle Cupcake è a casa tua giovedì?»

«Che io sappia, sì.»

«Inventati una scusa. Tirati indietro. Non del tutto. Dichiara la tua casa off limits e domanda a Dev di prestarti la sua.»

«Perché lo chiederei a Dev? Perché non a un altro membro del club?»

«Perché voglio che ci sia Dev e abbiamo più possibilità se la riunione è a casa sua.»

«Non potremmo semplicemente invitarlo?»

«Fallo e basta, Sam. È per il bene della famiglia. Ti spiego più tardi.»

Chiuse la telefonata, certa di aver messo in moto i meccanismi giusti, quando il motore della Jeep si fermò all'improvviso. «Ma che...»

Accostò al lato della strada. Il *Red Clover* distava circa un chilometro. Frustrata, colpì con forza il volante. «Dannazione!»

Il forno, il frigorifero, il portico, il capanno, il soffitto. E adesso la maledetta auto? Non sapeva se piangere o iniziare a urlare. Resistendo a entrambi gli impulsi, uscì come una furia dall'auto e sferrò due calci a una ruota, prima di aprire il cofano. Si intendeva un po' di motori, ma non molto. Probabilmente doveva chiamare Leo, chiedergli di venire a rimorchiarla. Calcolò il costo e rabbrividì. Forse Adam poteva aiutarla. Non vedendo fumo, né vapore né valvole o cavi palesemente danneggiati, fece per andare a recuperare il cellulare quando sentì un veicolo. Forse era qualcuno col talento della meccanica.

Si fece avanti per fare segno al conducente. La marca e il modello dell'auto non appartenevano a nessuno che conoscesse. La berlina blu scuro rallentò e improvvisamente la pelle di

Rocky prese a formicolare di paura. Vivendo da anni in una zona isolata e accogliendo i turisti nel proprio B&B, non aveva mai avuto problemi nell'incontrare gente sconosciuta. Ma, in quel momento, il cuore le batteva come se avesse fatto cenno al diavolo di fermarsi.

Un attimo dopo, un Adone alto, biondo e robusto scese dall'auto. Nonostante i capelli fossero più lunghi e si fosse lasciato crescere il pizzetto... Nonostante gli occhi fossero nascosti dietro un paio di occhiali da sole da aviatore, la sua mente e il suo corpo lo riconobbero all'istante, reagendo con un familiare uragano di emozioni.

Tra tutte le dannate persone sul dannato pianeta.

Avrebbe preferito Lucifero.

Rocky rimase di sasso quando Jayce Bello avanzò verso di lei con un'enigmatica espressione sul viso assurdamente stupendo. Lo odiava per essere così incredibilmente attraente, così sicuro di sé e carismatico. E odiava se stessa per esserne ancora colpita dopo tanto tempo. Soffocò i desideri traditori ed evocò l'antico risentimento. Indurì il cuore e la volontà e, appoggiandosi alla Jeep, finse un atteggiamento disinvolto.

Anche se non si parlavano da più di cinque anni, Jayce saltò i saluti formali. «Stai bene?»

«Non ti sembra che stia bene?» rispose Rocky con più sarcasmo di quanto intendesse.

Jayce si alzò gli occhiali sulla testa e la scrutò da capo a piedi con gli occhi color whisky.

Lei ignorò la sensazione alla bocca dello stomaco, il sensuale formicolio tra le gambe. Non c'era niente di sexy nel suo abbigliamento: jeans scoloriti, magliette a strati e un logoro paio di Nike. Eppure la silenziosa valutazione di lui tradiva un primitivo apprezzamento. Stava immaginando il corpo sotto ai vestiti? Il seno e i fianchi erano forse diventati più pieni dall'ultima volta che l'aveva vista nuda.

«Problemi con la Jeep?» le chiese, spostando lo sguardo dalle sue curve al cofano aperto.

«Un vero detective.» Era la seconda domanda scontata.

«Cercavo solo di essere gentile, Rocky.»

Dunque le sue capacità deduttive erano ancora intatte. Jayce avvertiva la sua rabbia, sapeva senza chiederglielo che non era tutto dimenticato. Sicuramente non perdonato. Rocky non era certa di potersi comportare civilmente, soprattutto quando il suo secondo più grande impulso era di prenderlo a pugni. Incrociò le braccia e lo guardò accigliata. «Cosa ci fai a Sugar Creek?»

Jayce infilò le mani nelle profonde tasche dei cargo neri e si dondolò sulle spesse suole di gomma. «Questioni personali.»

Rocky ripensò alle indagini sul passato di Chloe e fece una smorfia. «Riguardano Dev?»

«Riguardano la casa dei miei genitori. Sto meditando di vendere.»

«Oh.» Avrebbe dovuto esserne entusiasta. Invece era basita. Conosceva Jayce da una vita. Nonostante fossero ai ferri corti, conservava un album mentale di incredibili ricordi d'infanzia. Era stato come un fratello fino a quando lei non aveva raggiunto l'adolescenza e allora... Distolse lo sguardo e tornò in sé. Non voleva che vivesse a Sugar Creek, ma neanche che se ne andasse per sempre. *Be', al diavolo.*

«A ogni modo», continuò Jayce, «ho in programma delle ristrutturazioni. Sarò in città una settimana o due. Mi serve un posto dove stare. Dev mi ha suggerito il *Red Clover.*»

Rocky non credeva alle sue orecchie. «Cosa?» Era impazzito? «Perché non stai da Dev? Ha due camere per gli ospiti.»

«È complicato.»

Rocky era perplessa. Complicato perché Jayce aveva svolto indagini su Chloe e lei, una volta che avesse saputo che era un detective e che lui e Dev erano migliori amici, avrebbe potuto fare due più due? Inoltre si rese conto che se Jayce fosse rimasto da Dev, avrebbe potuto intralciare lo stile di vita del fratello e mettere in pericolo i progetti che Rocky aveva per i due potenziali amanti. Tuttavia... «Ci sono diverse altre locande e alloggi nella zona, Jayce.»

«Dev sostiene che hai un sacco di spazio; e poi sei ad appena quindici minuti da casa dei miei.»

«Intendi che ti ha fatto capire che avevo bisogno di soldi? O magari vuole che mi aiuti a sistemare il posto? Poco fa mi ha detto che aveva qualche idea.»

«Ho soltanto bisogno di un posto per dormire, Rocky.»

E lei aveva bisogno di Jayce in casa sua come di un buco in testa. Al tempo stesso però... poteva sfruttare la faccenda a proprio vantaggio. «Bene. Solo... non offrire alcun aiuto né consigli, e non sforzarti di essere carino. Ah, e stammi lontano.»

«C'è altro?»

«Sì. Vedi se riesci a rimettere in moto la Jeep.»

«Sicuro, Dash.»

«E non chiamarmi Dash!» gli ordinò mentre lui dava un'occhiata al motore. Il nomignolo infantile rievocò tempi migliori. Prima del loro allontanamento. Se Jayce avesse vissuto sotto il suo tetto, dormendo solo a qualche camera di distanza, Rocky doveva coltivare il risentimento per combattere il desiderio. Con i nervi tesi, infilò la mano nel finestrino aperto e, afferrato il cellulare, chiamò Adam. Il logico, affidabile, generoso e sicuro Adam.

«Sono con un cliente», rispose lui. «Posso richiamarti tra mezz'ora?»

«Non c'è bisogno. Volevo... Ci ho pensato», esclamò a bassa voce. «La faccenda della società.» Si massaggiò il torace, espirò e saltò il fosso. «Ci sto.»

20

ERANO le sei quando Daisy tornò a casa. Un giro panoramico in campagna si era trasformato in un impegno durato tutto il giorno. Chloe si era agitata ma aveva ceduto e telefonato alla donna intorno alle tre del pomeriggio. Daisy le aveva assicurato che stava bene, anche se non sembrava affatto, e che si sarebbe trattenuta ancora un po'.

Tre ore più tardi...

«Mi fa piacere che ti sia divertita», disse Chloe mentre Daisy si toglieva il cappello a tesa larga e lo appendeva all'attaccapanni ingombro di copricapi.

«Vincent è un'eccellente compagnia.»

«Sembra proprio simpatico.»

Daisy si gonfiò i riccioli argentei. «È il migliore degli amici.»

«Solo amici?»

«Ci conosciamo da tanto tempo.» Non era esattamente una risposta. Sfilandosi la giacca di jeans con gli strass, Daisy si lasciò cadere sul divano fiorato del soggiorno.

«Com'è andato lo shopping?» chiese, spostando l'attenzione su Chloe.

«Ho preso tutto quello che c'era sulla tua lista. Quasi.» Non aveva intenzione di sollevare l'argomento Big Al e non sapeva quanto rivelarle del disastro al negozio. «Chris Bane ha fatto recapitare tutto. Ho portato i pacchetti nella tua stanza. Spero ti piacciano i completi che ho scelto.»

«Mi piaceranno senz'altro. Grazie, micetta.»

Normalmente, Daisy si sarebbe affrettata su per le scale, ansiosa di provarsi i vestiti nuovi. Il fatto che restasse sul divano, la testa appoggiata a un cuscino, i piedi calzati nelle sneaker incrociati all'altezza delle caviglie, preoccupò Chloe. Daisy era ancora depressa? Anche dopo aver passato l'intera giornata con il suo «amico»?

«Hai incontrato Devlin?» le chiese dopo aver chiuso gli occhi.

Chloe era sulle spine. «Diciamo così.»

Daisy la guardò con gli occhi socchiusi.

«C'è stato un equivoco. Lui è intervenuto e io l'ho ringraziato. A proposito, *J.T.* è un negozio fantastico.»

«L'ho sempre pensato.» La donna sorrise e richiuse lentamente gli occhi.

Chloe era perplessa. «Ti va di mangiare qualcosa?»

«No, grazie. Vince mi ha offerto un panino al chili e un gelato.»

Conoscendo la propria reazione a una combinazione del genere, Chloe inorridì. «Allora ti ci vuole un antiacido?»

Daisy sorrise. «Non ce n'è bisogno.»

«Un cocktail?»

«No, grazie.»

Forse doveva chiamare Devlin. C'era sicuramente qualcosa che non girava.

«Sai cosa mi piacerebbe davvero fare?»

«No, cosa?»

Daisy si alzò in piedi. «Vorrei fare un altro tentativo con la mia ricetta segreta. Ti va di aiutarmi?»

«Puoi scommetterci!» Non moriva dalla voglia di preparare un dolce, ma quello era un segno che la donna si stava riprendendo, anche se senza il suo consueto vigore ed energia. Forse era solo stanca dopo la lunga giornata.

Mentre Chloe si avviava in cucina, il suo telefono squillò. «Accidenti.»

«Rispondi pure», disse Daisy. «Io preparo gli ingredienti.»

Chloe tornò in soggiorno, pescò il cellulare dalla borsa e uscì sulla veranda sul retro. Era tutto il giorno che aspettava che il padre la richiamasse. Avevano discusso, proprio come sapeva avrebbero fatto, dopo che gli aveva annunciato la rottura con Ryan. Lui era passato da *te l'avevo detto* a *segui il mio consiglio*, ma lei lo aveva interrotto con *non dirmi come vivere la mia vita*. Non avevano risolto niente a causa della pessima ricezione e dell'incidente al negozio. Chloe non era ansiosa di riprendere da dove erano rimasti, ma al tempo stesso era addolorata per quella frattura. Inspirò a fondo la fresca aria della sera. «Pronto?»

«Ciao, Chloe. Sono Nash.»

Rimase interdetta.

«Spero non ti dispiaccia. Ho avuto il tuo numero da Rocky, che l'ha avuto da Daisy in caso di emergenza.»

«È un'emergenza?» Si lasciò cadere su una sedia del patio. «È successo qualcosa a Monica?»

«No. No, scusa. Non volevo allarmarti. In realtà si tratta di una telefonata mondana.»

«Grazie a Dio. Cioè... come mai?»

«Sai che gestisco un servizio di charter. Be', lavoro anche come freelance per una compagnia che organizza giri in mongolfiera. Non c'è niente di meglio che sorvolare a bassa quota il Vermont per farsi un'idea del paesaggio. Visto che sei un'abitante delle Terre Piatte...»

«Una cosa?»

«Una forestiera. È un'espressione locale. Scusa. A ogni modo, visto che ho accumulato un po' di ore di volo, ho pensato che poteva interessarti un tour personale.»

«In mongolfiera?»

«Ci sei mai salita?»

«Mai.»

«È un'esperienza da provare almeno una volta nella vita.»

Pensò a tutte le domande che Daisy le aveva rivolto durante il picnic sul fiume. Aveva mai fatto questo o quello? Ricordò il suo tono malinconico e la sua eccitazione quando avevano fatto tubing. E l'esuberanza quando aveva guidato a tutta velocità la Cadillac scoperta lungo la superstrada. Se c'era qualcosa che accendeva lo sguardo di Daisy e la riempiva di vita erano le emozioni forti. «Facciamolo.»

«Grandioso», esclamò Nash in tono vagamente sorpreso. «Che ne dici di venerdì? Se il tempo non cambia, sarà un giorno perfetto per sfiorare le nuvole.»

Sfiorare le nuvole. Daisy lo avrebbe adorato. «Venerdì va bene.»

«Ottimo. Vestiti pesanti, un cappello e scarpe robuste. Verrò a prenderti verso le nove.»

«A presto.»

«Non vedo l'ora.»

Chloe fece un saltello di felicità. Se un giro in mongolfiera non avesse risollevato l'umore di Daisy, niente poteva riuscirci. Chloe le avrebbe fatto una sorpresa venerdì mattina. Forse doveva avvertire Nash della presenza di un'ospite, ma c'era il rischio che lui si tirasse indietro alla prospettiva. In realtà sicuramente l'intera famiglia, incluso Nash, non avrebbe gradito l'idea della nonna che fluttuava a centinaia di metri dalla terra. Ma da quello che Chloe sapeva, quei palloni erano perfettamente sicuri se guidati da un pilota con il brevetto, cosa che Nash era.

Eccitata per l'opportunità di tirar su il morale a Daisy, si affrettò a tornare in cucina.

«Tutto bene?» le chiese l'altra mentre preparava le ciotole e i misurini.

«Alla grande.» Chloe studiò gli ingredienti allineati sul bancone: c'era tutto ciò che serviva per preparare i cupcake al cocco con la speciale glassa e farcitura di Daisy. I movimenti della donna erano lenti ma metodici, come se si stesse concentrando, determinata a riuscire questa volta. All'improvviso Chloe fu presa dalla smania di impastare. *Ci riusciremo.*

I suoi problemi si dissolsero mentre andava a lavarsi le mani. Imprecò sottovoce quando il telefono squillò una seconda volta.

«Potrebbe essere importante», l'avvertì Daisy quando Chloe lo ignorò.

Con un sospiro, tirò fuori il cellulare dalla tasca della felpa, cercando la porta più vicina nel caso fosse suo padre.

«Ehi, Chloe. Sono Luke.»

«Cosa ci fai qui?»

Dev guardò suo fratello sedersi su uno sgabello del bar. «Che razza di saluto è questo?»

«È solo che quando prima hai chiamato ti avevo avvisato che questa non era la serata giusta per parlare di affari.»

«Non sono qui per discutere di affari. Sono qui per bere.» Aveva lavorato fino a tardi, destreggiandosi tra gli investimenti e prendendo appunti riguardanti l'incontro del lunedì con il personale. Tornato a casa, aveva cotto al microonde una cena surgelata e piluccato il polpettone di carne e l'insipido purè di patate mentre cercava su internet informazioni sul cancro alla prostata. Incupitosi, aveva gettato via la cena e preso una birra, sostituendo la televisione al computer. Facendo zapping, si era imbattuto in Food Network, che l'aveva spinto a pensare a Chloe. Una birra e mezzo dopo, si era reso conto di essere solo, depresso e che stava ubriacandosi in solitudine. Un livello al quale non aveva mai voluto abbassarsi.

«Whisky?»

«Birra.»

Luke gli versò un bicchiere, servì tre clienti e poi tornò a riempire il proprio. «Qual è il problema?»

«Perché credi che ci sia un problema?»

«Sono le nove di un giorno infrasettimanale. Seduto al bar,

a bere una birra dopo l'altra. Anche se fosse sabato sera, non sarebbe da te.»

«È stata una giornata diversa dalle altre.»

«Ho saputo che Jayce è in città. Sono sorpreso che non sia qui con te.»

«Aveva altri progetti, e poi si sta sistemando.»

«Da Rocky. Lo so. Mi ha chiamato un paio d'ore fa per sfogarsi dell'ospite non troppo gradito.» Scosse la testa. «Sai che tra quei due c'è cattivo sangue, Dev. Cosa ti ha indotto a convincere Jayce a stare da lei?»

«Il cattivo sangue.» Bevve un sorso di birra. «Qualunque cosa sia successa, tanti anni fa, devono superarla. Siamo una famiglia, dannazione.»

«Io ci andrei con i piedi di piombo.»

«Sai qualcosa che non so?»

«No, ma ho dei sospetti.»

«E cioè?»

«Idee mie.» Sogghignò mentre versava a Dev un'altra birra. «Ho saputo dell'incidente al negozio.»

«Da chi?» Chris aveva contenuto l'accaduto e Devlin aveva raccolto i cocci. Era seccante che un fidato dipendente avesse trasformato un equivoco in materiale su cui spettegolare. Poi capì. «Ah, diamine. Mitzi Hall.»

«Era qui per l'happy hour. Era mezza sbronza e stava palesemente esagerando. L'ho bloccata e l'ho mandata a casa in taxi.» Luke gli offrì una ciotola di salatini. «Cos'è successo veramente?»

Devlin rifiutò lo snack e gli raccontò tutto, tranne la parte in cui lui e Chloe si erano letteralmente gettati l'uno addosso all'altra nell'ufficio di Chris.

«Che problemi ha con suo padre?»

«Non lo so.» Non glielo aveva chiesto. Era troppo preoccupato per il loro, di padre. Troppo preso da un urgente bisogno di affogare la sua infelicità in Chloe.

Luke gli fece scivolare un menu sotto il naso. «Dovresti mangiare qualcosa.»

Devlin spostò lo sguardo dal bicchiere ghiacciato al generoso fratello. Il carattere premuroso di Luke era la sua migliore qualità e il suo peggior nemico. Se avesse saputo cosa stava affrontando loro padre... «Stai cercando di mantenermi sobrio?»

«Sto cercando di capire perché vuoi ubriacarti.»

Se avesse guardato suo fratello negli occhi, avrebbe ceduto e spifferato la condizione del padre. Quando Devlin aveva promesso alla madre di non rivelare la diagnosi, non si era reso conto che si sarebbe sentito un traditore nei confronti del fratello e della sorella. E se lei si fosse sbagliata o se avesse esagerato i progressi del marito? Se Devlin in quel modo avesse sottratto a Luke e Rocky del tempo da passare con il genitore? Se l'avesse sottratto a se stesso? D'un tratto non poté più convivere con quella promessa. O, per lo meno, con una parte di essa. «Questo fine settimana vado in Florida.»

«Cosa? Perché? Oh, aspetta.» Luke indicò il bicchiere di birra. «Si tratta di questo, allora? Papà che si oppone alla ristrutturazione?»

«Ho bisogno di parlargli a faccia a faccia.» *Ho bisogno di verificare le sue condizioni.*

«Penso che al posto tuo mi metterei a bere anch'io. Quando il vecchio si fissa su qualcosa... o contro qualcosa...»

«Scenderemo a patti.»

«Questo fine settimana, eh?»

«Da venerdì a domenica dovrebbe bastare. È un problema?»

Luke negò. «Mi sorprende solo che tu sia disposto a lasciare Chloe senza sorveglianza così a lungo. Pensavo che non ti fidassi di lei. Ma non dovrai preoccuparti neanche un po' per venerdì e sabato. Domenica c'è la cena di famiglia, perciò siamo a posto. A rifletterci bene, il tuo tempismo è perfetto. Va' pure. Discuti con papà. Abbraccia la mamma.»

«Cosa succede venerdì e sabato?»

«Rocky voleva passare un po' di tempo da sola con la nonna questo fine settimana.»

«E?»

«Questo significa del tempo libero per Chloe.»

«Quindi?»

«Quindi Nash l'ha invitata per un giro in mongolfiera e io mi sono offerto di accompagnarla alla fiera gastronomica di Burlington.»

Devlin represse una fitta di gelosia. «Quando è successo tutto questo?»

«Un paio d'ore fa.»

Dopo il loro infuocato incontro. Dopo che lei si era rifiutata di cedere alla loro attrazione sentendosi vulnerabile per via della sua recente rottura. Eppure era disposta a passare del tempo da sola con Nash e Luke? I più noti cacciatori di Sugar Creek? Devlin si sforzò di concederle il beneficio del dubbio, di non cercare significati nascosti. *Santo cielo.* Non avevano neanche una relazione e lei teneva già in pugno i suoi sentimenti.

Luke gli rivolse uno sguardo ironico. «Sei stato tu a dirci di tenerla d'occhio, ricordi?»

«Non intendevo uscirci insieme.»

«Chi ha parlato di uscirci insieme? Si tratta solo di accoglierla nella comunità e tenerla fuori dai guai. Devi ammettere che è parecchio portata per gli incidenti.»

«Proprio come Janna.» Nei due anni di tira e molla alle superiori e perfino durante i sei mesi del loro breve matrimonio, aveva sempre avuto l'impressione di doverla di continuo salvare dai guai.

Luke tolse di mezzo il bicchiere del fratello e lo sostituì con una tazza di caffè nero bollente.

«Hai intenzione di fermarmi dopo solo due birre?»

«Hai appena nominato Janna», osservò a bassa voce. «Una persona cui non accenni da anni. E», continuò sbigottito, «l'hai paragonata a Chloe. Devi essere sbronzo. Non si somigliano per niente, Dev.»

«Non conosci il suo passato.»

«E tu? Senza offesa, ma non mi è sembrato che voi due foste tanto amici. Quando e perché si sarebbe confidata... Oh, diamine. Jayce?»

«Ho il diritto di proteggere la mia famiglia.»

«Lei ha diritto alla sua privacy. Dannazione, Dev.»

«Non lo saprà mai. Tra due mesi se ne andrà. Probabilmente prima. Come hai commentato tu stesso, c'è stato un incidente dopo l'altro, e poi la nonna ne ha più di uno al giorno. Chloe non è tipo da restare quando il gioco si fa duro.»

«Come Janna.»

Quel nome fu come sale su una ferita aperta. «Dimentica le mie parole.»

«Vorrei poterlo fare.»

Devlin scese dallo sgabello. «Non fare quella faccia depressa. Sto bene. Va tutto okay.»

«Vorrei crederti.» Luke gridò ad Anna di coprire il suo turno, poi si precipitò dietro al bancone e strappò le chiavi dalle mani del fratello. «Guido io.»

«Ti accompagno alla porta.»

«Sto bene.»

«No, non è vero. Sei ubriaca.»

«Sei pazzo.» Rocky si liberò della stretta di Adam e ricadde contro il SUV di lui. «Oops.»

«Proprio come dicevo.» Le cinse la vita con un braccio, facendole praticamente attraversare di peso il prato. «Dovevi restare a dormire da me.»

«Contro le regole.» Incapace di tenere su la testa, l'appoggiò sull'accogliente spalla di Adam e guardò il cielo notturno strizzando gli occhi. «La luna si muove. Forte.»

Adam gemette. «Ti porto dritta a letto.»

«Non puoi entrare. C'è Jayce.»

«Alloggerà qui per una settimana. Me l'hai già detto. E allora?»

«Non approverebbe.»

«Che mi occupi di te?»

«In queste condii... Condi-ss...» Si pizzicò la lingua. «Insensibile.»

«Domattina, piccola, vorrai che tutto il tuo corpo sia insensibile.»

Non appena riuscì a farle salire le scale del portico, la porta d'ingresso si spalancò.

Beccati.

Rocky si sentì un'adolescente che aveva infranto il coprifuoco. Un'adolescente beccata a rientrare di nascosto. «Oh-oh», esclamò per poi scoppiare a ridere. Cercò di smettere, non ci riuscì e alla fine si arrese. Non si sentiva così bene da tanto, tantissimo tempo.

«Tutto bene?» chiese Jayce.

Rocky sbuffò. «E dice di essere un detective.»

Adam rafforzò la stretta quando le gambe di lei cedettero. «Non so cos'è successo», si giustificò con Jayce. «L'ho vista bere tre birre senza ubriacarsi. Due bicchieri di champagne e... questo.»

«È allergica.»

«Cosa?»

«Vino bianco, champagne. Sono i solfiti.»

«Non lo sapevo.»

«Lei sì.»

Rocky avvertì il tono di biasimo nella voce di Jayce e fece una smorfia. «Fottiti.» Poi si girò tra le braccia di Adam, *il forte, affidabile Adam*, e gli sorrise. «Grazie per la bella serata.»

Lui ricambiò il sorriso. «Ti porto di sopra.»

«Ci penso io.» Prima che se ne rendesse conto, si ritrovò tra le braccia di Jayce, l'onorevole bastardo che aveva distrutto il suo giovane cuore sciocco. «Buonanotte, Adam», lo congedò Jayce.

«Assicurati che beva molta acqua e dalle qualche antinfiammatorio.»

«So cosa fare.»

Rocky si mise a scimmiottarlo e poi mandò un bacio a Adam. «Ci vediamo mattina... cioè domattina... socio.»

Il buon umore scomparve nell'istante in cui Jayce la portò dentro e chiuse la porta. Aveva incontrato Adam per un appuntamento dell'ultimo minuto, avvertendo il bisogno di evadere, sentendosi soffocare dalla presenza di Jayce, bombardata da ricordi e sentimenti che si rifiutavano di morire. Anche ora, nonostante non fosse in sé, il suo corpo reagiva a quell'uomo con una chiarezza che la scuoteva nel profondo. «Ho bisogno di bere.»

«Hai già bevuto abbastanza.» Sollevò il corpo senza forze di lei e iniziò a salire le scale. «Da quanto ti vedi con Adam Brody?»

Rocky alzò gli occhi al cielo. «Non ci vediamo. Andiamo solo a letto insieme.»

«Dev non mi ha accennato...»

«Dev non lo sa. Non lo sa nessuno.»

«Solo io. Uh.»

«Geloso?»

«Era quello che speravi?»

«V-v-veramente», farfugliò Rocky con la testa che le girava. «mi è s-s-solamente sfu-sfuggito.»

Le sorrise, facendole battere forte il cuore. *Dannazione a lui!* «Champagne? Ma a cosa pensavi, Dash?»

Rocky stava pensando che non voleva pensare... o sentire. Riappropriarsi di un sogno e trovarsi di fronte a un sogno infranto nello stesso giorno era stato pesante. «Stavamo festeggiando.»

«Festeggiavate cosa?» Lui aprì la porta della camera da letto con una spalla.

Rocky avrebbe voluto che la gettasse sul letto, che facesse

l'amore con lei dolcemente, intensamente. Quel desiderio, a sua volta, la spinse a volerlo cacciare via. «La nostra società.»

«Nozze in arrivo?»

Rocky sbuffò. «Era quello che speravi?» Se avesse sposato qualcun altro, lui avrebbe saputo che era guarita e sarebbe andato avanti, alleviando il proprio senso di colpa.

La depose sul letto. «Mi hai tenuto lontano per quasi tredici anni. Non ho intenzione di parlarne adesso.»

«Perché?»

«Domani non ti ricorderesti di questa discussione.»

«Che t'importa?»

«Mi importa.»

Lei lo fissò, i battiti del suo cuore si erano fatti lenti e sordi. Un rumore mostruoso le rimbombava nelle orecchie, le si stava annebbiando la vista. «Non mi sento molto bene.»

«Lo so.» Le strinse forte la mano. «Tieni duro, tesoro. Vado a prendere acqua e aspirine.»

Rocky si sentiva scivolare, cadere in un buio e caotico oblio. Si afferrò alla sua maglietta e lo attirò a sé. «Jayce?»

«Sì?»

«Ti odio.»

Lui le sfiorò le labbra con le proprie. Se solo lei avesse potuto sentirlo. «Ti odio anch'io, Dash.»

21

Il mercoledì era trascorso in un baleno, seguito da gran parte di giovedì. Erano arrivati freddo e pioggia, che costrinsero in casa Chloe e Daisy e tennero lontane le visite improvvise, sebbene in tanti si facessero sentire al telefono. Mentre qualcuno si era lamentato per gli inattesi temporali, le Sorelle dell'Anima (come avevano iniziato a definirsi) avevano accolto l'isolamento per esplorare i propri comuni interessi culinari. Avevano cercato ricette su internet e sulle riviste. Chloe aveva contagiato Daisy con la mania per i blog culinari e, a sua volta, Daisy l'aveva fatta appassionare al programma televisivo *La guerra delle torte*.

Chiacchierarono di cose che avevano fatto nella vita e di cose che avrebbero voluto fare.

Impastarono.

Pane. Biscotti. Focaccine. Cupcake. Daisy le mostrò perfino come fare in casa il fondente al marshmallow, che aveva un sapore di gran lunga migliore di quello acquistato in negozio. Con grande stupore di Chloe, dedicarsi ai dolci non le aveva rovinato l'umore. Si era aspettata di provare rabbia o depressione quando aveva dovuto preparare un'infornata di cupcake Devil's food. Era pronta a rivedere un replay mentale di quando aveva mostrato a Ryan la torta celebrativa solo per ricevere la notizia del suo tradimento. Invece si era concentrata sulla musica rock che si diffondeva a tutto volume dalla radio e le istruzioni di Daisy circa la glassa meringata al gusto espresso. Una parte di Chloe si sentiva come se fosse tornata alla scuola di cucina, a esplorare, a imparare. Gli insegnamenti di Daisy le instillavano la stessa euforia di quelli di chef Avery. Ogni lezione era sotto forma di aneddoto che contribuiva a imprimerle la ricetta nella memoria. Un'altra parte di lei, invece, si abbandonava a ipotesi malinconiche: se non avesse perso sua madre, se avesse conosciuto nonna Vine o se nonna Madison fosse stata più espansiva, forse avrebbe diviso con loro momenti simili. Conoscere Daisy, ascoltare i suoi racconti nostalgici, condividere l'amore per la cucina, tutto ciò colmò un vuoto nella vita di Chloe. Tanto quanto l'attesa di uscire con Nash e Luke quel fine settimana, di partecipare con Rocky e Monica alla riunione di quella sera e, la domenica, di preparare una cena per tutti, con l'aggiunta di Sam e dei suoi due figli e di Jayce, l'amico di Devlin. Per quanto fosse ai ferri corti con il padre, malgrado Ryan l'avesse mollata, e nonostante bruciasse dal desiderio del tocco di Devlin, non era mai stata più felice. Dentro di sé, aveva adottato una famiglia.

Seduta a gambe incrociate sul divano con il suo laptop, Chloe navigava sul web, scorrendo diversi libri di ricette, in particolare quelli che si occupavano di cupcake. Non aveva intenzione di offrire suggerimenti o consigli durante il suo primo incontro con le Cupcake Lovers, ma voleva essere preparata nell'eventualità di qualche domanda. Dato il suo breve periodo nel mondo delle pubbliche relazioni, l'infarinatura di fotografia e l'esperienza alla scuola di cucina, aveva senza dubbio delle idee.

«Come quel ragazzo non ci abbia pensato è un mistero per me», esclamò Daisy raggiungendola in soggiorno.

«Quale ragazzo?»

«Il mio pronipote Sam. Ho appena finito di parlare al telefono con lui», le spiegò mentre si sedeva accanto a lei. «Ha iniziato la rifinitura dei suoi pavimenti di legno due giorni fa, la stessa settimana in cui doveva ospitare la riunione del club. È un mobiliere. Lavora tutto il tempo con smerigliatrice e mordente. Come poteva non sapere che i pavimenti non sarebbero stati completamente asciutti per stasera? E l'odore tossico? Per l'amor del cielo!»

«Dunque l'incontro è annullato?» chiese Chloe delusa.

«No, no. Solo spostato. Ho detto a Sam che potevamo farlo qui ma l'aveva già chiesto a Devlin. Sono due settimane di fila. Di questo passo, mio nipote diventerà membro onorario in virtù del prestito della sua casa.»

«Perché Sam l'avrebbe chiesto a Devlin? Perché non a un altro membro del club?»

«Infatti, perché?» Daisy ci rifletté, poi si sporse verso Chloe come se volesse rivelarle un segreto. «Ecco come la penso: Devlin non ha una grande vita sociale. Quel ragazzo è drogato di lavoro.»

«L'ho sentito dire.»

«Serio, anche.»

«L'ho notato.»

«Forse Sam vuole convincerlo a unirsi al club.»

Chloe storse la bocca. «Non riesco a immaginare Devlin che prepara cupcake. Non sono neanche sicura che sappia cucinare. L'ho visto fare la spesa. Solo cibi pratici e già pronti.»

«Questo è perché, come la maggior parte degli uomini, non ha mai preso l'iniziativa per imparare a stare in cucina. Normalmente va bene così, perché di solito sono le mogli a gestire quella parte del ménage, solo che Devlin ha sposato una ragazza che non distingueva una casseruola da una padella. Poi se n'è andata e...» Daisy non finì la frase e distolse lo sguardo. «Forse potresti dargli qualche lezione di cucina.»

Chloe a stento sentì quell'ultima parte. Era troppo presa da quella riguardante la moglie. «Devlin era sposato?»

«Non badarci. Anzi, toglitelo dalla testa. E, ti raccomando, non accennarne mai. Con nessuno. Mai.» Si alzò di scatto dal divano e andò dritta alle scale.

Chloe era sconcertata. Evidentemente, il matrimonio di Devlin, lungo o corto che fosse stato, era un argomento delicato e Daisy aveva parlato a sproposito. Era divorziato? Vedovo? Da quanto tempo e perché l'argomento era tabù? Doveva essere successo da un bel po', prima che Monica si trasferisse a Sugar Creek. Tabù o no, se Monica avesse saputo di una moglie di Devlin Monroe, l'avrebbe informata.

Avviato Kindle sul suo pc, rimase lì a fissare la pagina del *Dolce Libriccino dei Cupcake*, senza realmente leggere dal momento che la sua mente ruotava attorno a un unico pensiero.

Devlin era stato sposato.

Non si sentì gelosa né tradita perché lui non gliel'aveva detto. Perché avrebbe dovuto, visto che si conoscevano a malapena? Era solo un po' scioccata e molto curiosa. Voleva saperne di più, ma Daisy l'aveva avvertita di non fare domande. «Dannazione.»

La pioggia batteva forte sui vetri, i lampi rischiararono il cielo e due minuti divennero dieci. Colta da un'irrazionale paura, Chloe abbandonò il computer e corse di sopra a controllare Daisy. Negli ultimi due giorni era stata di umore loquace; continuava a cambiare idea a metà frase, ma non dimenticava quasi più le cose. Però adesso si era lasciata sfuggire un segreto e, dal modo in cui era scappata di sopra, si capiva che ne era sconvolta. D'un tratto Chloe fu presa dall'urgente bisogno di rassicurare la donna che il suo segreto era al sicuro. L'ultima cosa che voleva era causarle un altro attacco di depressione. Certo, a volte l'incessante chiacchiericcio di Daisy era stancante, ma almeno era allegro.

Chloe salì l'ultimo gradino e notò che la porta del bagno era chiusa. Bussò. «Tutto okay Daisy?» La donna uscì, con lo sguardo luminoso e le guance rosse, come se Chloe l'avesse sorpresa a fare qualcosa di sbagliato. «Sto benone, micetta.» Si sistemò gli occhiali rosa sul naso e si diresse rapidamente in camera da letto. «Vieni ad aiutarmi a scegliere il completo per stasera. Voglio apparire al meglio quando presenterò la ricetta segreta al club.»

«Arrivo subito. Devo solo fare pipì.» Chloe entrò nel bagno e chiuse la porta. Notò il rubinetto che gocciolava, il bicchiere di carta nel cestino e lo sportello socchiuso dell'armadietto dei medicinali. Incuriosita, diede una sbirciatina. Usava sempre quel bagno ma non aveva mai fatto granché caso all'armadietto dei medicinali, visto che teneva tutti i suoi prodotti in un beauty case. Esaminò i ripiani, ingombri come ogni altro ripiano in quella casa. Dentifricio, filo interdentale, collutorio, talco, smalto per unghie, liquido per pulire gli occhiali... e un assortimento di flaconi di pillole. In gran parte farmaci da banco – analgesici, rimedi per l'allergia, spray nasali – ma c'erano anche diverse confezioni da vendersi con la ricetta. Non c'era niente di insolito. Essendo una donna anziana, probabilmente era alle prese con la pressione alta, l'artrite o qualsiasi altra patologia dovuta all'età. Il fatto era che beveva anche un sacco di cocktail. Non era rischioso mescolare quelle sostanze con l'alcol? Quante pillole prendeva al giorno? Quali erano, se c'erano, gli effetti collaterali? Avevano conseguenze sul suo umore? Sulla memoria? Sulla capacità di giudizio? E se avesse dimenticato una dose? E se ne avesse assunte due?

Preoccupata, passò in rassegna alcune prescrizioni. Provenivano da due medici diversi. Uno era di Pixley. Chiuse l'armadietto, tirò lo scarico e si lavò le mani.

Mentre si affrettava verso la stanza di Daisy, era tutta in subbuglio per le recenti rivelazioni: Devlin aveva un'ex moglie; Daisy aveva problemi di salute *forse* complicati dai farmaci. A ogni passo, le veniva in mente qualcosa che aveva sentito durante le ultime due settimane: i problemi di Rocky con Tasha; l'eterna lotta tra i Monroe e i Burke; le discutibili capacità di gestione di Luke; gli sforzi di Sam come genitore single; la lotta di Devlin con suo padre; i guai finanziari di Rocky; il debole di Nash per il gioco d'azzardo.

L'elenco continuava.

Se avesse avuto un briciolo di buon senso, avrebbe badato agli affari propri, si sarebbe concentrata sulla risoluzione dei propri grattacapi. Dopotutto, anche se incarnavano la sua famiglia ideale, lei non faceva davvero parte di quel nucleo. Era solo una dipendente della loro nonna. Erano un gruppo molto unito e probabilmente avrebbero rifiutato le intromissioni di un'estranea. Tuttavia... l'unica cosa a cui riusciva a pensare entrando nell'affollata camera di Daisy e trovandola a rovistare in un guardaroba degno di Cher era: Come posso essere d'aiuto?

22

Con le maniche arrotolate, Devlin stava scrostando l'interno del microonde quando suo cugino Sam fece irruzione dalla porta di servizio scuotendosi di dosso l'acqua piovana come un cane e lasciando impronte fangose.

«Maledizione... ho appena lavato per terra.»

«Davvero?» Con le braccia cariche di contenitori di plastica e una sacca di tela, Sam si guardò attorno. «Sì, hai ragione. Hai scrostato anche fornelli e lavello. È Lysol quello che sento? Sono colpito.»

Devlin gli rivolse il dito medio e tornò a sfregare i resti di uova e salsiccia.

«Cos'è esploso?»

«Il burrito della mia colazione.»

«Quando?»

«All'ora di colazione.»

«E stai pulendo solo adesso?»

«Avevo fretta e non mi aspettavo di certo un'invasione di donne.»

«E me.»

Devlin guardò il portacupcake a tre piani che suo cugino posò sul bancone. «Per l'appunto.» Andò al lavello e sciacquò la spugna incrostata. «Non potevi avvertirmi prima?» Avrebbe potuto dire di no ma era l'occasione perfetta per vedere Chloe prima di partire per la Florida senza doverla cercare. Acconsentire a mantenere le distanze era stata una decisione stupida. Evitarsi non faceva che aumentare l'attrazione.

«Pensavo che la rifinitura in poliuretano si sarebbe asciugata», rispose Sam, sfilandosi l'impermeabile fradicio. «Ho fatto male i miei calcoli.»

«Così hai detto.»

«E per quanto riguarda la tua frecciata sull'invasione di donne...»

«Lo so. Ti sei iscritto al club per conoscere delle donne. Solo che, dopo, quanti? sei, sette mesi, non hai fatto ancora la prima mossa per quanto Rachel ti piaccia.»

«Non c'è stata l'occasione giusta.»

Ci sarebbe mai stata? Sam era stato pazzamente innamorato di quella che era stata sua moglie per dieci anni e la sua morte l'aveva devastato. Nonostante Sam affermasse di voler andare avanti con la propria vita, Dev avvertiva una profonda resistenza in campo amoroso. Ne fu dispiaciuto e perciò cambiò argomento. «Ho un sacco di lavoro da fare, quindi me ne starò al sicuro nella mia tana. Fammi un favore», scherzò, «non lasciare che le donne mi devastino la casa. So come si scalda l'atmosfera dopo qualche cupcake e un sorso di tè.»

Sam sogghignò. «Avanti. Scherza pure. Ma, primo, le cose si sono fatte davvero animate ultimamente e, secondo, la bevanda che ho scelto per la serata non è il tè.» Aprì il sacchetto di tela e tirò fuori due bottiglie.

Devlin restò sorpreso. «Vino rosso?»

«Vino da dessert. Più dolce, come raccomandato, del dessert.» Sganciò il coperchio del contenitore rivelando una decina di cupcake bianchi ricoperti di glassa bianca. «Cupcake alla mandorla e vaniglia con crema di burro al caramello salato.» Mosse su e giù le sopracciglia. «La combinazione perfetta.»

Sam McCloud, artigiano mobiliere. Militare in congedo.

Tenero esperto di cupcake. Devlin scosse la testa, poi sorrise. «Cugino, sei un enigma.»

«Sto solo esplorando nuovi orizzonti. Lo devo a me stesso quanto ai miei figli. Sentiti libero di seguire il mio esempio e dà una scossa al tuo banale mondo.» Allargò le mani. «Bicchieri da vino? Piattini?»

«Li prendo io. Tu ripulisci il pavimento. Lo straccio è lì dentro.»

Si misero entrambi all'opera e, anche se Sam lavorava in silenzio, Devlin non poté trattenersi dal commentare: «Se fossi una persona sospettosa, penserei che la famiglia stia complottando contro di me».

«Cioè?»

«Ogni volta che mi giro, uno di voi fa commenti sulla mia pallosa, parole di Jayce, vita sociale.»

«Non so perché ci preoccupiamo», replicò ironicamente Sam.

«Neanche io. E non ho intenzione di iscrivermi alle Cupcake Lovers. Come piace far notare alla nonna, non distinguo la merda dal grasso alimentare.»

«Mi risulta difficile crederlo», scherzò Sam mentre risciacquava e riportava nello sgabuzzino lo straccio che aveva pulito sotto l'acqua. «Tuttavia sei un esperto di finanza e affari. Questa faccenda del libro è una causa meritevole ma, visti gli ambiziosi obiettivi di Tasha, se la questione diventasse più grande di noi? È decisa a procurarsi un importante editore. E se riesce a ottenere un contratto? Dobbiamo costituire una società? Come facciamo a essere sicuri che i proventi vadano all'ente benefico di nostra scelta?»

«Dovete rivolgervi a un avvocato.»

«Oppure a qualcuno con una laurea in economia. Andiamo, Dev», proseguì mentre disponeva artisticamente i cupcake. «Tre dei tuoi famigliari sono membri attivi del club. Calcola gli amici, i conoscenti, gli antenati e la tua fiducia nella nostra causa. Hai già un interesse legittimo.»

«Avresti dovuto fare l'avvocato. O il piazzista.» Scuotendo

la testa, Devlin portò diversi bicchieri da vino in soggiorno mentre rifletteva sulle parole del cugino. Anche se Devlin aveva svariate responsabilità, impegnarsi in un'altra sfida destava il suo interesse. Forse perché più si teneva occupato, meno tempo aveva per angosciarsi per suo padre. O forse perché quel progetto, in particolare, gli avrebbe fornito la scusa per passare del tempo con Chloe. C'era anche la riluttanza a vedere una buona organizzazione bruciarsi in seguito a decisioni sbagliate. Tornò in cucina, prese le forchette e indicò a Sam i tovaglioli. «Parteciperò alla riunione di stasera. Ma oltre a questo...»

«Niente promesse. Capito.»

Il boato di un tuono, la porta si spalancò e Rocky entrò come una furia, fradicia e imbronciata. «Potrebbe essere più orribile là fuori?»

«Immaginavo fossi a letto con un virus intestinale», commentò Devlin.

«Ha fatto il suo corso», rispose lei facendo una smorfia nel vedere le bottiglie sul bancone. «Berremo vino?»

«Vino da dessert», spiegò Sam. «Non per te. Il vino ti sballa. Se avessi saputo che venivi...»

«Sono certa che Dev ha del caffè. Praticamente vive di quella roba.»

«Ti preparerò del tè», offrì Sam, prendendole la giacca zuppa e appendendola accanto alla sua. «Sei tutta rossa.»

«Dovevi restare a casa», la rimbrottò suo fratello.

«Non ho la febbre, se è quello che pensate. Sono incavolata perché ho dovuto chiedere a Jayce un passaggio. Leo è pienissimo di lavoro al garage. Chissà quando metterà mano alla mia Jeep!»

«Se può farti stare meglio», propose Devlin, «puoi usare la mia questo fine settimana mentre sarò in Florida.» Si sentiva un po' in colpa per aver convinto Jayce ad alloggiare al *Red Clover*. Invece di riallacciare i rapporti, sembrava che il suo migliore amico e sua sorella ne stessero bruciando i resti. Si era ammalata a causa della tensione?

«Sai cosa mi farebbe sentire ancora meglio?» disse mentre si strizzava i capelli bagnati di pioggia. «Venire in Florida con te. Sole. Sabbia e surf. Mamma e papà.»

Colto di sorpresa, Devlin temporeggiò, dando l'impressione di rifletterci mentre si tirava giù le maniche e si abbottonava i polsini. In realtà si stava arrovellando per una bugia credibile perché, secondo la madre, bisognava tacere la verità. Poi si ricordò. «Non puoi venire con me. Tu e la nonna avete dei progetti per questo fine settimana, rammenti? Non puoi filartela e lasciarla in chissà quale guaio.»

«Ma non ci sarà Chloe?» domandò Sam mentre stappava il vino.

«Grazie a Luke e Nash», ribatté Dev, cercando di non sembrare bisbetico, «avrà altri impegni venerdì e sabato.»

Sam fece un sorrisetto beffardo. «Battuto sul tempo, eh?»

Rocky sogghignò mentre riempiva la teiera. «Non era nemmeno in gara.»

Prima che Devlin potesse commentare, dei forti colpi alla porta annunciarono l'arrivo di un altro membro del club. Non volendo parlare della propria attrazione per Chloe o del mostro con gli occhi verdi che gli divorava lo stomaco, fu felice dell'interruzione. «Qualunque cosa accada», avvisò, andando ad aprire, «non lasciate che Tasha si sieda accanto a me.»

«Rimani nei paraggi?» domandò Rocky con un sorriso nella voce.

«A quanto pare sì.»

Quando con Daisy arrivò a casa di Devlin, i nervi di Chloe erano a pezzi. Guidare l'antiquata Cadillac sotto il diluvio era stato un incubo. I fanali sembravano troppo deboli, i tergicristalli troppo lenti. Aveva anche fatto acquaplaning una volta, nonostante andasse molto piano. Un'altra volta le era toccato accostare perché non vedeva nulla sotto quella pioggia torrenziale. Per tutto il tempo, Daisy non aveva fatto che parlare delle ricette che aveva in mente per il libro, incerta su quali fossero le migliori e lamentandosi di Tasha, Testa di Rapa. A Chloe balenarono una decina di modi per trattare quella tiranna dei cupcake, subito accantonati per concentrarsi sulla strada. Quando Daisy si lamentò della sua guida prudente e del ritardo di dieci minuti già accumulato, Chloe ignorò anche lei.

Si rilassò solo quando parcheggiò senza danni nel vialetto di Devlin. Ma, cinque secondi dopo, mentre era ferma sotto il portico e bussava alla sua porta, l'ansia tornò decuplicata. Non lo vedeva dall'incandescente episodio dei baci. Lui aveva riflettuto su come si erano gettati l'uno addosso all'altra? Aveva fantasticato sull'intrico delle loro mani e delle loro lingue? Su cosa poteva succedere se non fossero tornati in sé?

Lei lo aveva fatto.

Così tanto che si era chiesta perché mai aveva rovinato tutto respingendolo. Monica aveva ragione. La tentazione era un potentissimo afrodisiaco.

La porta si aprì e il diavolo la invitò a entrare. «Eravamo in pensiero.»

«Si direbbe che non ha mai guidato sotto la pioggia», esclamò Daisy. Sbarazzandosi dell'ombrello, la donna alleggerì Chloe dei preziosi campioni della sua ricetta segreta per poi scomparire nell'altra stanza.

Devlin si accostò all'orecchio di Chloe. «Sono contento che tu abbia guidato piano.»

Lei non rispose. Era ammutolita dal suo carisma e dalla sua sicurezza. Ipnotizzata dal suo bell'aspetto e da quel corpo che lo stregava. Luke, per quanto grande seduttore, era niente in confronto al fratello maggiore.

«Stai bene?»

«Sono solo felice di essere qui.» *Tutta intera. Con te.* Fece un profondo respiro, *controllati, Madison*, e sorrise. I suoi occhi si posarono oltre le sue spalle, sulla sua casa. Pareti riccamente dipinte, pavimenti in legno d'acero, tappeti intrecciati vecchio stile. Calda e accogliente, come l'uomo che la stava aiutando a togliersi la giacca di pelle bagnata. «È stato carino da parte tua ospitare la riunione», gli disse. «Di nuovo.»

«Avevo un secondo fine.»

Chloe fece l'errore di guardare in quegli occhi blu. Il cuore le si fermò per un istante e poi riprese a battere all'impazzata. Spostò il proprio peso, una sorta di controllo della realtà, poiché le sembrava di fluttuare nell'aria.

«Domani parto per la Florida.»

«Daisy me l'ha riferito. So che abbiamo deciso di mantenere le distanze, ma è una cosa un po' estrema, non credi?»

Le labbra di Devlin furono percorse da un tremito. «Quando torno...»

«Allora *tu* devi essere Chloe.» Un'esplosione di energia invase l'ingresso, dirottando la conversazione. «Sam e Rocky non hanno fatto che tessere le tue lodi negli ultimi dieci minuti. Uno chef professionista. Non siamo fortunati ad averti come ospite stasera?» La donna slanciata e procace col caschetto nero e un trucco da modella fece scivolare un braccio attorno a Devlin, un gesto di possesso che intendeva escludere Chloe. Senza successo, però, perché lui sembrò seccato. «E, a proposito di fortuna», continuò imperterrita, «non so cosa avremmo fatto se stasera quest'uomo generoso non ci avesse aperto le porte di casa sua.»

«Vi sareste incontrate a casa di un altro membro», rispose Devlin, evitando il contatto con lei e infilandosi le mani in tasca.

Ignorando lo sgarbo, lo inchiodò con un sorriso da mille dollari. «Modesto come sempre.» Distogliendo a fatica lo sguardo dal padrone di casa, Tasha porse una mano curata a Chloe. «Tasha Burke, moglie del sindaco di Sugar Creek, presidentessa delle Cupcake Lovers.»

Anche se non si fosse presentata, Chloe avrebbe saputo chi era. La famiglia era stata molto precisa nella descrizione. E poi era una di quelle persone che esigeva attenzione. Certamente ci teneva a sottolineare i propri titoli. Tutto in lei era pretenzioso e falso, dalla quarta di seno e le unghie acriliche al sorriso a base di iniezioni di collagene. Chloe aveva incontrato centinaia di Tasha Burke nella sua vita. Non ne era impressionata né intimidita.

«Anch'io ho tanto sentito parlare di te», replicò Chloe con un sorriso gradevole. «Come delle iniziative benefiche delle Cupcake Lovers. Non mi meraviglia la tua ispirazione a condividere le loro ricette e buona volontà con il mondo.» Abbassò la voce per ottenere un effetto teatrale e si sporse verso di lei, fingendo complicità. «Non so se qualcuno te ne ha parlato ma, oltre al mio diploma in arte culinaria, ho anche lavorato per una società di PR di Madison Avenue e scritto articoli e critiche gastronomiche per una nota rivista online di New York.» Incredibile quanto sembrasse importante quando in realtà non lo era affatto. «Con le mie esperienze e i miei contatti, se posso fare qualcosa per aiutarvi...»

«È molto generoso da parte tua.» Nonostante il sorriso di Tasha fosse intatto, i suoi occhi innaturalmente verde mela sputavano veleno. «Dovremmo raggiungere gli altri. Soprattutto visto l'inizio ritardato.» *Grazie e te* aleggiò tacitamente nell'aria mentre girava i tacchi firmati e si avviava verso il suono delle loro voci.

Devlin strizzò il gomito di Chloe mentre la guidava nella propria casa. «Sappi che ti sei appena fatta un nemico.»

«Che sollievo. Chi vorrebbe essere suo amico?» Chloe sapeva di esserci andata giù duro, ma conosceva i tipi come Tasha e odiava il loro modo di manipolare la gente e le situazioni a proprio beneficio, di solito senza curarsi dei sentimenti altrui. Sapere come la sua stroncatura dei cupcake di Daisy l'avesse abbattuta era stato sufficiente a farle sguainare la spada verbale.

«Hai fatto in fretta a vedere al di là della facciata. Rimarresti sorpresa dal numero di persone a cui la dà a bere.»

Chloe non fece commenti ma si chiese parecchie cose. Tasha era riuscita a prendere in giro Devlin per un certo periodo di tempo? Lo aveva stregato? Ammaliato con le sue attrattive? Chloe era quasi sicura, dalle frasi dette e dalle vibrazioni di gelosia che emanava la donna, che fossero stati una coppia. Non che gliene importasse, ma di certo aumentava la sua curiosità. Dev era una di quelle persone che eccellevano in ambito professionale ma lasciavano a desiderare nelle relazioni personali? Ciò lo rendeva meno perfetto e assolutamente più affascinante.

Si fermarono e a Chloe bastò una sola occhiata per classificare la stanza. Caminetto di pietra, divano in pelle color borgogna, grande tv al plasma. Ordinata, sobria, intima. Una piccola stanza resa ancora più intima dalle sette persone che vi si affollavano.

«Grazie per aver portato la nonna in auto con questo tempo del cavolo, Chloe.»

Chloe vide Rocky e le rivolse un sorriso che andava da un orecchio all'altro. «Non mi aspettavo di trovarti qui.»

«Mi sento molto meglio. E anche se così non fosse, avrei trascinato qui le mie dolenti chiappe. Non mi sarei persa questa riunione per niente al mondo.»

«Sfortunatamente non tutti hanno la tua fedele dedizione», disse Tasha a Rocky. «Tra tutte le riunioni che uno si poteva perdere... Ho delle notizie eccitanti!»

«Ethel, Helen e Judy sono dedite quanto ciascuna di noi», aggiunse Monica, ignorando le «notizie eccitanti», «ma sono anche più anziane e non altrettanto disposte e in grado di guidare con questo tempo inclemente.»

Tasha fece una smorfia. «Daisy è qui.»

«Avevo occhi giovani», intervenne Daisy in difesa delle anziane amiche. «E perfino lei ha avuto difficoltà a guidare sotto questo diluvio.» Poi tirò sprezzantemente su col naso e poi sorrise a Chloe. «Prendi posto, micetta.»

Sentendosi come la ragazza nuova della classe, sensazione che aveva provato parecchie volte, Chloe si sedette sul divano tra Daisy e Monica, mentre Sam le presentava Rachel Lacey, maestra di asilo nido, e Casey Monahan, creatrice di gioielli. Rachel sembrava sulla ventina e Casey più anziana di circa una decina d'anni. Da quello che Daisy aveva detto, Chloe sapeva che entrambe avevano fratelli nell'esercito. Era al corrente anche che Sam, prossimo alla quarantina, aveva una cotta per la dolce, se non semplice, Rachel.

«Adesso che tutti conoscono tutti», proseguì con noncuranza Tasha, «richiamo ufficialmente questo incontro all'ordine.»

«Vi dispiace se partecipo?» domandò Devlin.

Tasha sembrò sorpresa ma anche compiaciuta. «È casa tua.» Gli fece segno di sedersi accanto a lei sul divanetto.

Contemporaneamente, Monica si fece più in là e il cuore di Chloe fece un balzo quando Dev andò invece a sedersi accanto a lei.

«Sono curioso di sentire le tue novità», si rivolse a Tasha. «E muoio anche dalla voglia di assaggiare uno dei cupcake di Sam.»

«Ha sentito il profumo quando sono arrivato», spiegò lui. «Mandorla e vaniglia con crema di burro al caramello salato.»

«Ho portato dei cupcake anch'io», intervenne Daisy.

«Per tradizione», precisò Tasha, «presentiamo una sola ricetta per incontro.»

«Sì, ma non è inciso nella pietra», ribatté Rocky.

«Stasera mi sento avventurosa», annunciò Casey.

«Anch'io», fu la volta di Rachel. «Altrimenti non sarei qui. A qualcun altro è capitato di pattinare sull'acqua con la macchina nel venire qui?»

«A me», disse Chloe.

«Forse è meglio che ti riaccompagni io a casa», propose Sam a Rachel.

Il silenzio cadde sul gruppo mentre la ragazza bionda con gli occhi marroni, a disagio, guardava ovunque fuorché Sam. Chloe ritenne che tutti i presenti, a eccezione forse di Rachel, sapessero del debole di Sam. Si chiese se qualcun altro fosse sulle spine quanto lei perché, diamine, quella sembrava proprio un'avance. *Di' di sì!* urlò la sua mente a Rachel. *È carino e attraente e incredibilmente bravo con le mani. E poi gli piace fare i dolci!*

«Sei molto caro, Sam», gli rispose. «Ma me la caverò.»

Dannazione, pensò Chloe.

«Certo che te la caverai», ribatté lui con un rapido sorriso. «Vado a prendere i cupcake.»

«Anch'io», disse Daisy seguendolo in quella che Chloe immaginò fosse la cucina.

Ci fu una pausa imbarazzata, una del tipo: Oh, merda, il mio amico ha appena mandato tutto all'aria.

Devlin ruppe la tensione. «Parlando di avventure, Sam ha portato un vino da dessert.»

«Che buffo», commentò Monica.

«Mi chiedevo a cosa servissero», s'inserì Casey indicando i calici a stelo lungo sul tavolino in mogano.

«Verso da bere», propose Devlin.

«Per me solo metà», anticipò Chloe. Lo fermò allo stesso punto quando si trattò di riempire il bicchiere di Daisy. Quando lui la guardò perplesso, lei gli lanciò un'occhiata con la quale prometteva di spiegargli poi. Non poteva fare a meno di preoccuparsi del fatto che Daisy mescolava i medicinali con l'alcol, soprattutto poiché non aveva idea di quale combinazione di pillole avesse assunto quel giorno o quante. Forse Devlin sapeva delle sue medicine. Forse lui poteva tranquillizzarla.

Sam e Daisy tornarono nella stanza con i loro cupcake e li servirono, fianco a fianco, sui piatti da dessert blu cobalto di Devlin. Quasi tutti esplosero in *aaah* e *oooh* nell'assaggiare la duplice creazione. I cupcake di Sam non erano molto eleganti, glassa bianca su cupcake bianchi, ma la combinazione di dolce e salato era particolarmente unica ed eccezionalmente piacevole insieme con il vino da dessert.

Quattro Forchette, pensò Chloe.

Anche Daisy aveva utilizzato una glassa al caramello ma, dopo averla distribuita con un movimento circolare, aveva passato i cupcake glassati in una ciotola di cocco tostato. Ciò che costituì per tutti una felicissima sorpresa fu il ripieno alla ganache di cioccolata. «Ho usato uno scavino per le mele», spiegò quando Rachel si informò sul suo metodo. «Ho estratto il centro del cupcake e usato una sacca da pasticciere per riempirlo di ganache.»

«Sono deliziosi, nonna», esclamò Rocky con un sorriso e Chloe capì che stava pensando alla disastrosa infornata di qualche giorno prima.

«Cioccolato semifondente», disse Tasha. «Giusto?»

Daisy si limitò a un rigido cenno di assenso.

«Ma c'è qualcos'altro. Qualcos'altro a parte la cioccolata e il cocco.»

«Il mio ingrediente segreto.»

«E cioè?»

Daisy sorrise. «È un segreto.»

Tutti tranne Tasha ridacchiarono mentre continuavano ad assaggiare i gustosi dolci. «Quindi non hai intenzione di rivelarcelo?»

«Dipende.»

«Da cosa?»

«Se la mia speciale ricetta segreta è buona abbastanza per il libro di ricette delle Cupcake Lovers.»

Tutti si fermarono con il boccone a metà e guardarono l'agguerrita anziana donna e la pretenziosa presidentessa, e viceversa.

Chloe preparò mentalmente la sua difesa, nonostante fosse difficile ragionare con lucidità con Devlin seduto così vicino – gambe che si toccavano, braccia che si sfioravano – mentre mangiavano e bevevano. Se non le avesse conosciute bene, avrebbe pensato che Monica e Daisy, sedute alle due estremità del divano, li stessero spingendo apposta l'uno verso l'altra. Tutto ciò che sapeva era che lui aveva un profumo meraviglioso, emanava sensazioni fantastiche e non voleva fare altro che metterglisi a cavalcioni e baciarlo fino a svenire. Imbarazzata, si concentrò sulle parole di Tasha.

«Non posso parlare a nome di tutti», intervenne la donna,

«e naturalmente dovremo votare, ma credo che la tua creazione sia divina, Daisy.»

«Davvero?» fece in coro il gruppo. Evidentemente, al pari di Chloe, si erano aspettati un pollice verso da parte di Tasha.

«Anche la tua, Sam», continuò con un sorriso di un bianco accecante. «Entrambe sarebbero un incredibile contributo a *Le deliziose delizie delle Cupcake Lovers - Fare la differenza con un cupcake per volta.*»

Rocky sembrava incredula. «A cosa?»

«È solo un titolo che funziona», precisò Tasha. «Dovevo pur chiamare in qualche modo la nostra raccolta di ricette mentre la promuovevo a quell'editore di New York.»

«Quale editore?» domandò Sam.

«È questa la mia eccitante novità!» Tasha mise da parte il piattino e tirò fuori dalla borsa un'agenda di pelle. «Di recente Randall ha accennato la mia idea ad amici influenti. Dopotutto, se ci pubblicano e abbiamo successo, il libro di ricette attirebbe l'attenzione non solo sulle Cupcake Lovers ma anche su Sugar Creek. Potrebbe avere un effetto positivo sul turismo. A ogni modo, qualcuno conosceva qualcuno che conosceva qualcuno – sapete come vanno queste cose – e a farla breve mi ritrovo in teleconferenza con Brett Pearson, redattore capo presso una casa editrice specializzata nel settore!»

«E questo quando è successo?» volle sapere Casey.

«Lunedì.»

«E ce lo dici solo ora?» disse Daisy, cupa.

«Volevo prima fare delle ricerche sulla società. A proposito, tutto legale. E volevo anche assicurarmi di avere tutti i miei appunti in ordine. Come sapete, in questo momento i cupcake sono l'ultima moda, perciò ogni pasticciere da qui alla California sta promuovendo un libro. Brett è rimasto affascinato dalla storia del club, da quello che facciamo per i soldati e dalle iniziative benefiche. Ha detto che era quella la nostra piattaforma.»

«La nostra cosa?» chiese Rachel.

«L'orientamento», spiegò Chloe. Lanciò un'occhiata a Devlin e vide che, come lei, era incuriosito. Per quanto non le piacesse Tasha, Chloe apprezzava l'idea di condividere con il mondo il concetto delle Cupcake Lovers. La loro storia era interessante e i loro sforzi nel corso dei decenni lodevoli. Immaginare l'emozione di Daisy nel vedere le proprie ricette stampate, nelle librerie e online le gonfiò il cuore.

«Allora qual è la prossima mossa?» chiese Monica. Era chiaro che avessero tutti quella stessa domanda in mente.

Quasi sul punto di scoppiare per l'eccitazione, Tasha aprì l'agenda e iniziò a leggere un elenco di elementi necessari a stendere una proposta: «La storia del club e un elenco parziale dei membri attraverso i decenni. La storia personale di qualche membro, del passato e del presente, inclusi i legami con l'esercito e magari l'evento benefico che più le ha commosse. Almeno dieci ricette, foto del prodotto finito e scatti estemporanei di eventi passati, oltre a qualche nostra foto professionale».

«Farmi fotografare mi mette a disagio», anticipò Rachel.

«Non preoccuparti», replicò Tasha. «Ti daremo una sistemata. Un po' di trucco fa miracoli.»

Come se Rachel avesse bisogno di chissà quale aiuto. Chloe si meravigliò per tanta insensibilità.

Rocky fece per intervenire, ma Sam la batté sul tempo. «Nessuno tira fuori la bellezza da un vasetto», si rivolse a Tasha. «Alcune persone ce l'hanno naturalmente.» Guardò Rachel. «Non hai bisogno di truccarti.»

Lei arrossì. «Grazie. Ma non è... è solo che mi sento a disagio.»

Casey distolse l'attenzione dall'amica timida. «Questa tua lista», si girò verso Tasha, «è particolarmente complicata.»

«Sembra più una biografia che un libro di ricette», osservò Monica. «Chi trasformerà tutte quelle informazioni in prosa interessante?»

«Se riusciamo a coinvolgere la casa editrice, Brett sostiene che si serviranno di un ghost writer.»

«Non mi piace l'idea di mettere la nostra storia in mano a uno sconosciuto», si oppose Daisy.

«Forse potrebbe farlo Chloe», propose Rocky. «È stata una scrittrice e critica professionista.»

Chloe si irrigidì nel sentire gli occhi di tutti su di sé. Non era esattamente quello che aveva in mente quando era venuta lì quella sera. Non aveva mai scritto un libro. Inoltre era una faccenda lunga e chissà se sarebbe rimasta a Sugar Creek dopo i tre mesi di prova con Daisy?

«Non precipitiamo gli eventi», disse Tasha, evitando a Chloe di rispondere.

«Dieci ricette per iniziare», disse Sam. «Quaranta se otteniamo il contratto. Fino a stasera solo otto hanno superato la selezione», concluse dubbioso.

«Lo so», ammise Tasha, «e, riflettendoci, penso di essere stata forse un po' troppo severa nei miei giudizi.» Alzò le spalle e fece una risatina come per scusarsi. «Ero talmente preoccupata di raccogliere le ricette più uniche e incredibili, pensando che era quello che avrebbe potuto distinguerci, ma adesso, grazie a Brett, so che abbiamo da offrire molto di più del cupcake in sé.»

Devlin urtò impercettibilmente il ginocchio di Chloe con il proprio, come per dire: Eccole, le balle. Neanche Chloe si era fatta ingannare dall'improvviso cambio di rotta di Tasha, ma chiaramente qualcuno degli altri sì. Non poteva biasimarli. Tasha era brava a vendere fumo e, a dire la verità, quello era davvero un progetto eccitante. L'unica ragione per cui Chloe si tratteneva dall'intervenire era il fatto di non essere un membro del club. Era venuta con l'intenzione di difendere le creazioni di Daisy, ma Tasha le aveva fatto lo sgambetto applaudendo la speciale ricetta segreta di Daisy e cambiando idea riguardo a un'altra recente proposta. Invece di una vendicatrice, Chloe si sentiva una ribelle senza causa.

Il suo cellulare squillò per l'arrivo di un sms proprio mentre il club iniziava a discutere su come dividersi i compiti nella preparazione del materiale in vista della proposta. «Scusate.»

Prese il telefono dalla borsa con l'intenzione di spegnerlo, ma poi vide che il messaggio era da parte di Ryan. Sconcertata, si alzò dal divano con le guance in fiamme. «Devo rispondere.»

Uscì dalla stanza evitando di guardare chiunque, soprattutto Devlin. Fino a due settimane prima, viveva con un altro uomo, un uomo che pensava l'avrebbe sposata, e adesso l'unico uomo con cui moriva dal desiderio di fare l'amore era un perfetto sconosciuto. Sopraffatta dalle emozioni, vagò alla ricerca di un po' di privacy. Negli ultimi giorni, era riuscita a mettere sempre più da parte Ryan e il dolore che le aveva inflitto. Stava guarendo, ci si era impegnata. La sua nuova vita si fermò bruscamente con quell'intrusione da parte della vecchia. Finì in cucina, tra tutti i posti quello che riaccese i ricordi di quell'orribile momento in cui Ryan aveva calpestato il suo cuore e il suo orgoglio. Con le gambe che le tremavano, si lasciò cadere su uno sgabello e aprì l'applicazione MESSAGGI del suo smartphone.

Trattenuto oltreoceano. Parlato con l'amministratore del condominio. Dice che ti sei trasferita. Dove sei? Tutto bene?

Chloe fissò il testo con il cuore che le batteva forte. Digitò: *Bene.*

Ti sei trovata un lavoro?

Ma che diavolo? pensò, però scrisse: *Chef personale.*

È fantastico.

Lo so.

Respirò a fondo più volte. Dentro e fuori. Dentro e fuori.

Volevo solo quello che era meglio per te.

Fanculo. Fanculo. Fanculo, moriva dalla voglia di scrivere. *Com'è la Francia?*

Non avercela con me.

Fanculo. Fanculo. Fanculo, pensò. *Non ce l'ho con te. Ti sono riconoscente.*

Chiuse il telefono prima che lui potesse rispondere. Si rese conto che la sua gamba saltellava istericamente. Si impose di smetterla, di rilassarsi.

Non ci riuscì.

Volevo solo quello che era meglio per te. Cosa significava? E perché le aveva mandato un sms invece di chiamarla? Sembrava così impersonale. Così distaccato. La sua sgualdrina parigina era nella stessa stanza? Le mandava un messaggio perché non voleva che origliasse? E perché farlo adesso, tre settimane dopo averla lasciata, rovinando una serata altrimenti perfetta? Ancora una volta la sua tempistica non poteva essere peggiore. Tutta la rabbia che Chloe aveva represso sgorgò e ribollì. Si strinse le braccia attorno al corpo, soffocando istinti omicidi.

«Va tutto bene?»

Aveva voglia di vomitare. Guardò Devlin, combattuta tra mettersi a piangere sulla sua spalla e sputare fuori il suo veleno. «Considerando che ci sono utensili pericolosi a portata di mano, ti converrebbe andartene.»

Devlin era confuso.

«Scusa.» Chloe fece un grosso sospiro. «Non è per te. È...»

«Lui?»

O Devlin era molto perspicace oppure lei era estremamente trasparente. Probabilmente entrambe le cose.

«Ti va di parlarne?»

«Anche se fosse», rispose Chloe indicando con la testa il soggiorno e la riunione in corso, «adesso non è il momento.» La sua rabbia si placò nel vedere l'autentica preoccupazione negli occhi di lui. Le si avvicinò e cancellò ogni pensiero relativo a Ryan, il bastardo traditore. La sua presenza la calmava e la eccitava, un mix inebriante. «Scusa se sono corsa via in quel modo.»

«Mi dispiace che ti abbia sconvolta.» Devlin le infilò una ciocca di capelli dietro l'orecchio, un gesto intimo che le provocò un tuffo allo stomaco. «Lo ami?»

La domanda la colse di sorpresa, ma non quanto la sua risposta istintiva. «No.» Si premette un palmo contro la fronte.

Quando era successo? Si era disinnamorata poco per volta o il tradimento di Ryan aveva cancellato i suoi sentimenti in una volta sola? Era mai stata veramente innamorata di lui?

Una cosa era certa: non le aveva mai incendiato i sensi come aveva fatto Devlin anche con un semplicissimo tocco. Come sarebbe stato se l'avesse toccata intimamente? L'eventualità le provocò un brivido. Incrociò il suo sguardo e il suo battito accelerò. Devlin voleva baciarla. Lei voleva che lo facesse. Aveva bisogno che lo facesse. *Fammi bruciare.*

Voci che discutevano interruppero l'incanto dei sensi, ricordandole che non erano soli.

Devlin si allontanò. Nei suoi occhi era evidente la frustrazione. «Quando torno dalla Florida...»

«Parleremo.» Chloe si rimise in tasca il telefono e gli passò accanto. Voleva fare molto più che parlare. Voleva buttarsi a letto con lui, esplorare qualunque cosa ardesse tra loro. Una sola notte con lui ne avrebbe cancellato un migliaio con Ryan. Non si sarebbe permessa di pensare al poi, al dopo aver ceduto alla tentazione. Voleva andare avanti, riscoprire la passione in tutte le sue forme. Trattenersi è roba per femminucce, avrebbe detto Daisy.

«Aspetta.» Fermò Devlin prima che oltrepassassero la soglia della cucina. «Devo chiederti qualcosa a proposito di Daisy. Riguardo alle medicine che prende.»

L'espressione di lui si indurì. «Quali medicine?»

23

ROCKY aprì con forza lo sportello del frigo sferragliante, prese una bottiglia d'acqua e buttò giù due compresse di paracetamolo. Nelle ultime tre ore non aveva fatto altro che rigirarsi nel letto. Le due del mattino e Jayce non era ancora tornato al *Red Clover.* Quando l'aveva accompagnata da Dev, le aveva detto di avere progetti per la serata e che sarebbe tornato tardi, al che lei aveva risposto: «Come ti pare».

Odiava il fatto che l'avesse vista ubriaca due notti prima e ancora di più che le avesse tenuto i capelli lontani dalla faccia mentre vomitava l'anima in bagno la mattina dopo. Il peggio era non riuscire a ricordare chiaramente quella notte. Tutto quanto era accaduto – tra Adam che la riaccompagnava a casa e la sveglia il mattino seguente con un mostruoso mal di testa – era una macchia sfocata. Sapeva che Jayce l'aveva messa a letto perché glielo aveva detto lui, sapeva di aver parlato a vanvera e di avergli detto che andava a letto con Adam per via di una sua allusione non troppo sottile. A parte questo, non avevano parlato di altro riguardo a quella notte. Non si erano rivolti che poche parole in due giorni. Jayce aveva passato gran parte del tempo a casa dei suoi genitori, impegnato a consultare una ditta di appalti per i lavori di ristrutturazione. Lei aveva sprecato un'intera giornata a riprendersi dalla sbornia e dedicato una bella fetta di quel giorno all'incontro con Adam per coordinare i loro progetti di fusione. Poiché la sua Jeep era ancora in riparazione, aveva contato su Adam perché l'accompagnasse alla riunione del club, ma lui era stato chiamato da un cliente.

Rimaneva Jayce. Considerando che erano ai ferri corti, avrebbe dovuto mostrargli un po' di riconoscenza quando si era offerto di portarla a casa di Dev. Invece Rocky era stata scostante e risentita. Il senso di colpa le ribollì dentro al pensiero che quello poteva essere stato il loro ultimo dialogo. *Di sempre.*

Il boato di un tuono fece tremare i vetri della cucina, amplificando i suoi già nefasti pensieri. Due giorni di forti temporali. Si parlava di allagamenti. Le strade erano viscide di pioggia e fango. E se Jayce avesse avuto un testacoda e fosse andato a sbattere contro un albero? Se una macchina che veniva in senso contrario avesse perso il controllo e si fosse scontrata con la sua?

Sentì la porta d'ingresso aprirsi e chiudersi e, suo malgrado, per poco non inciampò mentre dalla cucina correva verso il salotto esterno. «Dove sei stato?» Imbarazzata per il tono lievemente isterico, si asciugò le mani umidicce sui larghi boxer a strisce.

«Te l'avevo detto che avrei fatto tardi.»

«Sono le due del mattino, accidenti!» Era combattuta tra abbracciarlo o prenderlo a schiaffi. Accese una lampada da tavolo e lo osservò alla ricerca di ferite o ossa rotte, ma non vide che un bellissimo uomo in splendida forma che le faceva ardere e ribollire il sangue.

Jayce si scostò i capelli umidi dalla faccia e piegò la testa. «Preoccupata o gelosa?»

Rocky si accorse che odorava di profumo. Mentre lei si tormentava al pensiero che potesse essere morto in una scarpata, lui se la stava spassando con una donna. Non se lo aspettava. Con la gola serrata per il risentimento, fece dietro front sui piedi scalzi e tornò in cucina a prendere l'acqua. Sfortunatamente, lui la seguì. «Com'è andato il tuo *appuntamento*?» gli chiese a denti stretti.

«Alla grande. E la tua riunione?»

«Interessante.»

«Ti va di parlarne?»

«Della riunione o del tuo appuntamento?»

«Del perché non riesci a mettere da parte il passato.»

Lui si riferiva al loro allontanamento di quasi tredici anni prima. Quella notte le esplose nella mente come se fosse stato solo il giorno prima. Rabbia e dolore si fusero e crebbero, facendole rivoltare lo stomaco e tremare le mani. Le richiuse a pugno lungo i fianchi.

«Odiarmi per aver fatto la cosa giusta è perverso, Dash.»

La cosa giusta le aveva mandato in frantumi il cuore. «Non chiamarmi così.»

Fu sullo sfondo di tuoni e fulmini che si affrontarono in cucina; un'antica tempesta fermentava tra di loro. «Sei cocciuta e irragionevole tanto quanto allora. Forse anche di più. Dio aiuti Adam se dovesse innamorarsi di te.»

Prima che Rocky potesse inveire, il crepitio di un fulmine la abbagliò e un forte schianto scosse la casa. Agendo d'istinto, corse verso il suono, precipitandosi fuori sul traballante portico sul retro. La luce dei sensori di movimento si accese, illuminando il terreno e gettandola nel panico. «Oh, no!»

«Aspetta», le ordinò Jayce, ma lei stava già correndo verso il capanno danneggiato.

I piedi nudi scivolarono sull'erba fradicia e cadde pesantemente sulle ginocchia. Il dolore le saettò lungo la coscia, ma lo ignorò e cercò di rialzarsi.

Jayce l'afferrò per un braccio e la trattenne. «Che cazzo fai?»

Il fulmine aveva colpito un grosso acero alla base del tronco, spezzandolo. L'albero era crollato abbattendosi sul tetto del capanno che ospitava le attrezzature ricreative che Rocky affittava agli ospiti. Biciclette, sci da neve, set da croquet, equipaggiamento per il tennis, due scooter, il gatto delle nevi... L'intero capanno era in pericolo.

«Devo portare le mie cose via di lì!» urlò Rocky al di sopra dei tuoni e della pioggia.

«Sei pazza? Il tetto e le pareti potrebbero cedere in qualunque momento!»

«È per questo che devo mettere in salvo le attrezzature. Almeno quelle più costose. Non posso permettermi di sostituire tutto!»

Cercò di liberarsi dalla stretta, ma lui la tenne ferma. «Non vale la pena rischiare la tua incolumità, Rocky.»

«E invece sì!» Non capiva. Nessuno, a parte Adam, capiva. Quella non era solo la sua casa, la sua attività, il suo mezzo di sostentamento. Era il suo *sogno*. Udì un minaccioso schiocco di legno. Col cuore che batteva all'impazzata, si girò bruscamente e colpì Jayce alla mascella.

«Figlio di...»

Un altro colpo lo prese agli occhi. Rocky si liberò e scattò in avanti, urlando quando lui con un balzo la gettò a terra. In quel momento il tetto cedette e le pareti vennero giù sotto l'enorme acero... le sue attrezzature rimasero schiacciate sotto il peso del legno, del metallo, della massa di foglie e grossi rami.

Le lacrime che aveva trattenuto per settimane esplosero insieme con la rabbia, vecchia e nuova. Si contorse sotto il corpo di Jayce e, quando lui allentò la presa, lo scaraventò a terra sulla schiena sull'erba scivolosa e prese a tempestarlo di pugni. Lo incolpava di averle rubato e infranto il cuore e l'innocenza. Per la sua visione contorta dell'amore, per il capanno crollato e le attrezzature perdute. Lo odiava per aver fatto «la cosa giusta» adesso e allora.

Se aveva pensato anche solo per un attimo che Jayce sarebbe rimasto lì a terra a sopportare la sua furia, si sbagliava. Con un rapido movimento che le fece girare la testa, Jayce schivò i suoi colpi, balzò in piedi e la imprigionò tra le sue braccia. La tempesta infuriava attorno e dentro di loro mentre lui la riportava in cucina e spingeva il suo corpo fradicio e dolorante su una sedia.

«Non farmi prendere mai più uno spavento del genere», la avvertì con un tono di voce minacciosamente basso. La guardò dalla testa ai piedi col respiro affannoso. Un muscolo gli guizzò nella mascella mentre le asciugava con il pollice una lacrima dalla guancia. Aprì la bocca, poi la richiuse. Si allontanò, poi si girò bruscamente. «*Cazzo!*»

Rocky aveva male al petto, travolta dalle ondate soffocanti dell'ira di lui. Era arrabbiato perché aveva agito da incosciente o perché lo aveva colpito? Era troppo affranta per curarsene.

Strinse i denti per evitare che battessero; i boxer e la canotta erano zuppi e le si erano incollati al corpo. L'ultima cosa che voleva era una polmonite. L'ultima cosa che voleva era che Jayce notasse che stava gelando e facesse la *cosa giusta* cercando di scaldarla. Non l'avrebbe sopportato se l'avesse presa tra le braccia o, peggio, se l'avesse depositata in una vasca di acqua calda. Era stata una tortura sufficiente quando l'aveva inchiodata sotto il suo corpo forte. Anche in quello stato, non era rimasta insensibile alla sua attrazione sessuale. Desiderare fisicamente un uomo che per principio si era rassegnato al matrimonio le faceva venir voglia di sbattere la testa contro il muro.

Disgustata da se stessa e consapevole che non c'era niente da fare riguardo al capanno e al suo contenuto fino al mattino seguente, si asciugò le lacrime, cercò di controllarsi e si diresse in camera da letto. «Ti voglio fuori da questa casa», gli disse con voce pacata, non curandosi di essere irrazionale o ingiusta. La vita era dannatamente ingiusta. «Prima sarà, meglio è.»

Devlin rinunciò al sonno intorno alle due del mattino. Era troppo dannatamente su di giri, la mente affollata da mille problemi, possibili soluzioni e risultati. Per la maggior parte delle questioni aveva le mani legate fino all'indomani. Altre, come la possibile crisi impiegatizia ai grandi magazzini, non poteva essere affrontata prima del lunedì.

L'indomani avrebbe toccato con mano l'attuale stato di salute di suo padre. L'indomani si sarebbe messo anche in contatto con il secondo medico di Daisy, quello di cui non sapeva niente, per informarsi sugli eventuali problemi di salute di sua nonna, di cui lui era all'oscuro. Aveva fatto delle ricerche sulle poche prescrizioni che Chloe ricordava e con sollievo aveva appurato che si trattava di disturbi comuni come l'ipertensione o l'artrite. Tuttavia, il fatto che Daisy consultasse un dottore di nascosto era inquietante. Preoccupante anche il fatto che Devlin avesse una questione in sospeso con Chloe. Aveva pensato di poter aspettare fino al suo ritorno dalla Florida, ma in realtà si rese conto che era l'unica cosa che poteva fare quella notte. Lottò contro quell'impulso per quasi venti minuti.

«Roba da matti.»

Capitolando, si rotolò fuori dal letto e si infilò un paio di jeans e una maglietta sgualcita.

Dieci minuti dopo, aveva attraversato Sugar Creek e stava entrando nel vialetto di Daisy. Servendosi di una chiave di riserva, entrò e, senza accendere le luci, andò silenziosamente in cucina, sul lato opposto della casa, lontano dalle scale che conducevano alle camere da letto. Gli sembrava di essere tornato alle superiori, quando rincasava tardi di nascosto e cercava di rubare una birra dal frigo per coronare la sua impresa. Solo che adesso non si trovava lì per la birra.

Scostandosi i capelli bagnati dalla faccia, ruotò all'indietro le spalle rigide per la tensione, poi prese il cellulare e chiamò il contatto più recente.

«Pronto?»

La voce di lei, bassa e roca, gli accese i sensi. «Scusa se ti ho svegliata, Chloe.»

«Non stavo dormendo. Troppe cose per la mente.»

«Conosco la sensazione.»

«Cosa c'è che non va? È per Daisy?» gli chiese in un sussurro preoccupato. «Le medicine?»

«No. Si tratta di me.» *Sono pazzo di te.* «Ho bisogno di parlarti.»

«Va bene.»

«Di persona. Scendi. Ci vediamo in cucina.»

«Nella cucina di Daisy?»

«Cerca di non svegliarla.» Devlin chiuse la comunicazione, inserì la vibrazione e si rimise il telefono in tasca. Tutte le riserve che aveva nutrito nei confronti di Chloe erano svanite negli ultimi giorni. Il desiderio l'aveva avuta vinta sul sospetto e, apparentemente, anche sul raziocinio. Altrimenti sarebbe riuscito a stemperare quella brama incessante con una doccia fredda o una bella bevuta, invece di attraversare la città nel mezzo della notte come un folle in preda a un'ossessione.

Prima che potesse avere un ripensamento, Chloe entrò nella cucina illuminata dalla luna: una visione di innocente bellezza con la corta vestaglia rosa e i calzoncini di seta rosa, i capelli neri legati in una coda lenta e sghemba che le lasciava libero il viso dolce.

Oh, sì. Erezione istantanea.

«Cosa c'è?» bisbigliò Chloe, guardandolo dalla testa ai piedi come se si aspettasse delle ossa rotte o una ferita sanguinante. «Cos'è successo?»

«Non può aspettare fino a quando torno dalla Florida.»

«Cosa non può aspettare?»

La afferrò per un polso e la attirò a sé.

I loro sguardi si incrociarono e una frazione di secondo più tardi si lanciarono in un bacio appassionato. Un intreccio di membra che lottavano per il controllo. Una scossa di sensazioni dopo ogni carezza, dopo ogni pretesa, dopo ogni assaggio.

Il fervore di Chloe era pari al suo, faceva scivolare le mani su e giù sotto la sua maglietta bagnata, accarezzandogli i pettorali e poi la schiena.

Lui le aprì la vestaglia e le tastò il fondoschiena attraverso la seta del pigiama. La sollevò e subito le gambe di lei lo avvolsero, strofinandosi contro la sua erezione, mentre continuavano a baciarsi fino allo stordimento.

Un bacio. Era venuto per un bacio. Un bacio incandescente che gli avrebbe marchiato a fuoco i sensi, restandogli impresso per i successivi due giorni, quel tanto che bastava fino al suo ritorno, quando l'avrebbe avuta davvero. Solo che nella frenesia di quel bacio bollente non riusciva a pensare, dominato dai sensi. Capì che lei gli aveva mandato in corto circuito il buon senso quando la distese sul tavolo della cucina, mentre con le dita cercava di allentarle la cintura del pigiama.

Col respiro mozzo, lei gli mise le mani sulle spalle. «Non qui.»

«La stanza degli ospiti.» Dall'altro lato della casa ma al piano di sotto. Con la porta chiusa a chiave.

«E se il pavimento scricchiola? Se il letto cigola?»

Per lo meno erano sulla stessa lunghezza d'onda. La fece scendere dal tavolo e il cervello gli andò in tilt quando lei gli mise le braccia attorno al collo e lo inchiodò con un altro bacio da capogiro. Più gliene dava, più lui ne voleva.

Si ritrovò a varcare la porta che dalla cucina conduceva al garage. «In vena di avventure?»

«Vivo l'attimo.»

Al buio, tra le varie scatole impilate, Devlin riuscì ad arrivare alla Cadillac senza cadere.

Fuori rimbombavano i tuoni e la pioggia tempestava il portellone metallico del garage – non esattamente un jazz appassionato ma altrettanto d'atmosfera. Intenso. Primordiale. Aprì la portiera posteriore senza far sbattere la testa di Chloe contro la macchina e si ritrovarono sul sedile a pomiciare come due adolescenti arrapati.

«È così sbagliato», ansimò lei mentre gli faceva passare la maglietta sulla testa.

«Non quanto il tavolo della cucina.»

«Giusto.»

Le tirò su la casacca di seta e le sfiorò con le labbra il ventre teso mentre le metteva le mani a coppa sui seni sodi. I suoi gemiti sommessi lo stavano portando al limite della beatitudine. Stringendole e pizzicandole i capezzoli turgidi, iniziò a baciarle e a leccarle la liscia pelle cremosa. Il membro gli pulsava quando arrivò a sentire con la lingua e a succhiare quelle sue punte rosee.

Era a metà strada verso il paradiso quando una luce forte illuminò l'interno dell'auto, colpendolo come una secchiata di acqua gelida. Imprecando sottovoce, si spostò per coprire Chloe, certo che non fossero più soli.

«Uscite o sparo!»

La fronte di Devlin crollò su quella di Chloe. «Nonna.»

«Possiede una pistola?»

«Non che io sappia. Ma per essere sicuri...» Si tirò su quel tanto che bastava per guardare dal finestrino la donna dai capelli d'argento con indosso un pigiama con gli alci e in mano una mazza da baseball. «Sono io, nonna.»

La donna marciò verso di lui e sbirciò all'interno dell'auto.

Chloe, che era riuscita a tirarsi giù la casacca, arrossì e sorrise. «Ciao.»

«Dovresti vergognarti, Devlin Monroe!» inveì Daisy. «Non potevi portarla in un bell'albergo?» Detto questo se ne andò, spense la luce e sbatté la porta.

Dopo un momento di sbigottimento, scoppiarono a ridere.

«Addio atmosfera», commentò Chloe.

«Non è una brutta cosa», ribatté lui. Le passò un pollice sulla guancia, ancora eccitato ma pensieroso. «Ha ragione. Meriti di meglio.» E poi la baciò. Fu un bacio dolce, pieno di sentimento. Avrebbe portato quello con sé in Florida. «Quando tornerò», promise, «continueremo.»

«D'accordo.»

«Niente in contrario?»

Lei gli sorrise e il suo dannato cuore smise di battere per un istante. «Niente in contrario.»

24

Chloe si svegliò al suono della voce di Devlin. Non importava che fosse solo al telefono. Era ancora a letto, a crogiolarsi nel ricordo del loro incontro notturno. Gioiosamente e meravigliosamente sotto il suo incantesimo. Il fatto che l'avesse chiamata dall'aeroporto era la prova che non si era trattato di un sogno.

«Sei riuscita a dormire?» le chiese.

«Non molto. E tu?»

«Difficile dormire quando ho la mente così piena di te.»

Lei chiuse gli occhi, beandosi di quella sensuale dichiarazione, anche se dubitava della sua sincerità. «La usi un sacco questa battuta, vero?»

«Mai.»

Un'incandescente ondata di desiderio le esplose in tutto il corpo. La sua voce era così sexy. Le sue parole così romantiche. Si rannicchiò profondamente sotto le coperte, resistendo all'impulso di toccarsi. Mai fatto sesso al telefono? avrebbe voluto chiedergli. Represse una risatina imbarazzata. «Roba da matti.»

«Cosa?»

«Mi sembra di essere...»

«Parla.»

«Mi sembra di essere alle superiori. Un'adolescente alle prese con la sua prima cotta importante. Tutte quelle meravigliose, intense e folli sensazioni. Razionalmente, so che si tratta di un caso di infatuazione da manuale. Battito cardiaco accelerato. Adorazione e gambe molli.»

«Sembra un articolo di *Cosmopolitan.*»

«L'ho letto di sicuro da qualche parte. Desideri intensi», continuò Chloe. «Fantasie sessuali ossessive.»

«Se non stessi per imbarcarmi, ti chiederei di spiegarmi meglio questa storia delle fantasie.»

«A ogni modo, hai capito cosa intendo.»

«In realtà, sì.»

«Frustrante.»

«Ma anche stimolante.»

«Possiamo non parlare di stimolazione?»

Devlin rise, scombussolandola ancora di più prima di riportarla alla realtà. «Hai già visto Daisy stamattina?»

«Non ancora. Temo un po' quel momento. Conoscendola, vorrà sapere i dettagli delle nostre acrobazie sul sedile posteriore.»

«Fortunatamente, oppure no, a seconda del punto di vista, i dettagli sono banali.»

«Sì. Ma se le dico che non siamo andati oltre, ehm, la seconda base, ho paura che mi terrà una lezione su come arrivare in casa base.»

«Mia nonna parla in modo così esplicito di sesso con te?»

«Più o meno.»

«Che cosa imbarazzante.»

«Come minimo.»

«Mi dispiace per aver perso il controllo stanotte, Chloe.»

«A me no. È stato eccitante. *Tu* sei eccitante.»

«Dillo ai miei amici e alla mia famiglia. Pensano che sia di una noia mortale.»

«Noioso non lo so, ma di sicuro rigido.» Sogghignò al pensiero di quando Monica l'aveva descritto come uno con una scopa nel culo. «Sei stato affettuosamente descritto come lavoro-dipendente e maniaco del controllo.»

«Affettuosamente, eh?»

«Notevole, se vuoi saperlo. Le persone ti adorano anche se le fai incavolare.»

«È un dono», scherzò lui.

Ma Chloe sentì che non stava ridendo davvero. Si raggomitolò sotto le coperte, col telefono premuto contro un orecchio, desiderando che Devlin fosse lì accanto a lei. Era sorprendente il modo in cui la loro relazione era cambiata nel giro di un giorno.

«Buona fortuna con tuo padre», gli augurò. «Magari è più ragionevole del mio e una volta che gli parlerai a faccia a faccia dei progetti di ristrutturazione, asseconderà i tuoi desideri.»

«Per lo meno raggiungeremo un compromesso. Forse dovresti provarci anche tu con il tuo.»

«Dovrebbe almeno parlarmi per poter raggiungere un compromesso», replicò, cercando invano di non sembrare amareggiata. «Gli ho lasciato due messaggi dalla nostra ultima discussione e deve ancora richiamarmi.»

«Potresti fare come me. Prendi un aereo e risolvi la faccenda di persona.»

«Non conosci mio padre. Una volta a casa, farebbe tutto quanto in suo potere per decidere il mio futuro. È convinto che io non sia capace di prendermi cura di me stessa e adesso che Ryan è uscito di scena...»

«Quindi è un brav'uomo ma autoritario.»

Come Ryan. Come te. Quel pensiero fece sgonfiare di botto la bolla rosa da cui si sentiva avvolta. «Possiamo evitare l'argomento?»

«Allora, cosa pensi di fare oggi?»

Chloe si tirò sui gomiti e guardò fuori dalla finestra. Niente pioggia ma neanche cielo azzurro. «Stamattina dovevo andare con Nash a fare un giro in mongolfiera, cosa che probabilmente sai, ma ieri sera ha chiamato subito dopo la riunione delle Cupcake Lovers per annullare a causa del cattivo tempo.»

«Non posso dire che mi dispiaccia.»

Qualcosa nella sua voce. «Perché sei geloso del fatto che tuo cugino mi faccia compagnia o sei preoccupato per il cattivo tempo?»

«Entrambe le cose.»

L'onestà di Devlin risollevò l'umore sognante di Chloe. Sorridendo, decise di non rivelargli il progetto di portare anche Daisy. L'avrebbe solo innervosito. Egoisticamente, Chloe voleva continuare a flirtare il più possibile, era una sensazione così inebriante. «Per quello che vale, non sono attratta da Nash. Né da Luke», aggiunse dando per scontato, visto che quella famiglia parlava di tutto, che Devlin sapesse che l'indomani sarebbe uscita con suo fratello.

«Buono a sapersi», esclamò lui con un sorriso nella voce. «Anche se stenteranno a crederlo.»

Chloe rise. «Hanno sicuramente molta fiducia... nel proprio fascino.»

«Questo sì che è un modo carino per dire le cose come stanno.» Fu interrotto da una voce di donna all'altoparlante.

Chloe sospirò. «Il tuo volo?»

«Avviso d'imbarco», confermò lui. «Ti chiamo se scopro qualcosa sulle medicine della nonna.»

«Te ne sono grata.»

«Passa un bel weekend, Chloe.»

Lei chiuse gli occhi e immaginò il suo viso attraente, i suoi baci mozzafiato. «Fa' buon viaggio, e che sia fruttuoso.» *E torna presto.*

Aveva appena riattaccato quando un forte colpo alla porta la costrinse a tirarsi su. «Sì?»

Daisy entrò in camera con indosso un pullover grigio a maniche lunghe e una tuta di jeans infilata in stivali rosa da pioggia. «Vestiti, micetta. Emergenza di famiglia.»

Il cuore prese a batterle forte mentre si liberava delle coperte. Non poteva essere Devlin. Allora... «Chi? Cosa?»

«Rocky. Un albero si è abbattuto sul capanno degli attrezzi.

Il capanno è crollato, seppellendo tutte le attrezzature sportive. Luke ha radunato le truppe. Ci vediamo al *Red Clover.* È bagnato e pieno di fango là fuori. Metti degli indumenti adatti. Anche se non saremo noi a fare il lavoro pesante.»

Chloe si precipitò giù dal letto e rovistò nei suoi cassetti. «Devlin lo sa?» Di sicuro no, altrimenti le avrebbe detto qualcosa.

«Quel ragazzo ha abbastanza cose per la testa. E poi», Daisy guardò l'orologio, «ormai è in volo.»

O quasi. Chloe si chiese se fosse il caso di mandargli un sms, ma ci ripensò. Daisy aveva ragione. Aveva altro a cui pensare e, poiché era già a Burlington in partenza per la Florida, non c'era molto che potesse fare a parte preoccuparsi. Lei invece poteva dare una mano e fare tutto il possibile al posto suo.

Daisy si girò sulle suole rosa fluo. «Ci vediamo giù tra dieci minuti.»

Chloe si infilò un paio di jeans, una maglietta vecchia e scarpe da ginnastica alte. Si lavò faccia e denti, legò i capelli in una coda alta e, due minuti dopo, era seduta accanto a Daisy nella Cadillac. Cancellati dalla mente i ricordi erotici dell'incontro della notte, azionò il telecomando del portellone del garage e mise in moto.

Daisy si allacciò la cintura e, dopo uno sguardo canzonatorio al sedile posteriore, sogghignò e fece una risatina. *Be', dopotutto, Big Al non mi servirà.*

Rocky ignorò il sordo martellare del suo cervello, si tirò il cuscino sulla testa e desiderò che il giorno sparisse. A un certo punto avrebbe dovuto occuparsi del capanno crollato. Non volendo pesare sulla famiglia, avrebbe dovuto assumere qualcuno che l'aiutasse, e in seguito anche procurarsi un nuovo capanno. Ma in quel momento non sopportava di considerare l'inevitabile esborso, così preferì ignorare tutto. Ci avrebbe pensato tra un'ora, più o meno. Era sfinita dopo gli effetti stordenti della medicina assunta la notte, troppo poco sonno e troppe preoccupazioni.

Sfortunatamente, qualcuno le strappò via il cuscino. Con le tempie che le pulsavano, strizzò gli occhi nell'odiosa luce del giorno e vide l'ospite indesiderato. «Credevo di averti detto di andartene», gracchiò con la voce roca per la mancanza di sonno.

«È ora di alzarsi», la ignorò Jayce, con un aspetto odiosamente fresco. «Luke ha organizzato una squadra di soccorso di parenti e amici. Stanno arrivando.»

Le ci volle un secondo per assorbire le sue parole. A quel punto, balzò fuori dal letto e si precipitò nel bagno. Altrimenti l'avrebbe preso a pugni. «Immagino che tu abbia chiamato anche Dev!» esplose mentre si spruzzava acqua fredda sul viso. «È per questo che ti ha costretto a stare qui, giusto? Per tenermi d'occhio e assumere il controllo qualora fosse andato male. Come se io non fossi in grado di prendermi cura di me! Cosa farà quando te ne tornerai a Brooklyn? Assumerà una babysitter?»

«Io non ho chiamato nessuno», ribatté Jayce, fermandosi sulla soglia. «È stato il tuo fidanzato.»

«Cosa?»

«Adam è venuto questa mattina presto per vedere come stavate tu e la proprietà. Era preoccupato per il temporale della notte scorsa. A quanto pare il vento ha fatto danni allo *Spruce Lake Lodge*.»

Molto vicino a dove abitava Adam. «Lui sta bene?»

«Vestiti e potrai vederlo da te. Sta esaminando la zona alla ricerca di altri danni oltre al capanno.»

E probabilmente rimpiangendo la proposta di investire nel suo iellato B&B. Doveva offrirgli una via d'uscita. Non si meritava di essere trascinato nelle sue sventure finanziarie.

Si rese conto tutt'a un tratto che Jayce la stava fissando e capì cosa aveva inteso quando le aveva detto di vestirsi. La notte prima si era tolta i boxer e la canotta bagnati e aveva indossato della biancheria asciutta e pulita, shorts bordati di pizzo e un pagliaccetto di cotone trasparente. Era praticamente nuda. Si impose di non arrossire né di coprirsi con l'accappatoio appeso alla porta. Decise di lasciargli godere la vista delle sue gambe lunghe e toniche, della pancia soda e del seno pieno. Lavorava parecchio per tenersi in forma, soprattutto perché aveva la fortuna (o la sfortuna, a seconda del suo stato d'animo) di essere dotata di seno e fondoschiena generosi. Ecco cosa ti stai perdendo, urlò la sua mente. Un messaggio contorto, visto che era stata lei a mandarlo via.

«E comunque non è il mio fidanzato», sbottò mentre spremeva il dentifricio sullo spazzolino. «Solo un *buon* amico.»

«Con benefici.»

Era geloso? La giudicava? Non lo sapeva. Ma più la fissava, più Rocky lo desiderava. Intimamente. Spaventata, si sciacquò la bocca e poi, evitando di guardarlo, si pettinò con le dita le scarmigliate onde bionde. «Se non hai intenzione di andartene», scattò, «renditi utile e prepara il caffè.»

In un batter d'occhio, Jayce le afferrò una mano e la attirò rudemente a sé.

Rocky per poco non morì nel sentire i suoi muscoli duri, la vicinanza del suo viso. Quando la sua bocca le sfiorò l'orecchio, soffocò un gemito di desiderio.

«Continua a tirare la corda, Dash», le disse in tono basso e minaccioso, «e te ne pentirai.»

«Problemi?» domandò un'altra voce maschile.

Adam.

«Nessun problema», rispose Jayce in tono neutro. Poi, si fece indietro e senza aggiungere altro uscì dalla stanza passando accanto a Adam.

Adesso sì che Rocky era arrossita. Dalla testa ai piedi, quasi nuda com'era.

Adam le si avvicinò e le rivolse uno sguardo ferito. Il primo segno che nutriva dei sentimenti per lei. «Tu e Jayce...»

«No. Non è come sembra...»

«Non mi devi una spiegazione, Rocky. Siamo solo amici di letto, giusto? Nessun legame.»

Le si annodò lo stomaco. Tutto stava cadendo a pezzi. I suoi sogni. La sua proprietà. E ora la sua segreta ma stabile relazione con quel ragazzo generoso e fantastico che era sempre stato gentile, che l'aveva sempre sostenuta.

«Adam...»

«Mi trovi fuori. Il capanno. C'è un mucchio di gente che sta venendo qui ad aiutare.» Lo sguardo deluso del giovane si posò sul suo sommario abbigliamento e Rocky capì che stava immaginandosi tra le braccia di Jayce e ne traeva le peggiori conclusioni. «Dovresti andare a vestirti.»

Invece di sfiorare le nuvole, Chloe passò la mattinata a guidare tra le pozzanghere. Prima in città, quando si erano fermate da *Oslow's*, poi quando aveva attraversato una lussureggiante vallata per arrivare al B&B di Rocky. I temporali erano cessati ma i segni lasciati dalle piogge torrenziali e dai forti venti erano visibili ovunque: rami abbattuti, mobili da giardino rovesciati, strade parzialmente allagate. A quanto pareva anche i fulmini avevano causato danni. Nel caso specifico, colpendo l'albero caduto sul capanno di Rocky.

A Chloe dispiaceva terribilmente, come se quella donna non avesse già altri problemi. Il fatto che la famiglia e gli amici si stringessero attorno a lei le scaldava il cuore. Nonostante fosse venerdì, un comune giorno lavorativo, parecchie persone avevano deciso di dedicarsi a dare una ripulita, compresi Luke, Nash, l'amico di Devlin, Jayce, e un amico di Rocky di nome Adam. Anche Leo stava arrivando con Monica. Si erano fermate a dare una mano anche delle persone che Chloe non aveva ancora conosciuto: due cugine e tre membri anziani delle Cupcake Lovers.

Daisy aveva chiesto a Chloe di fermarsi alla drogheria per fare provvista di cibo in modo da contribuire al buffet al quale tutti avrebbero attinto nel corso della giornata. Sembrava che, oltre a tagliare l'albero e salvare il salvabile tra le attrezzature, avessero in mente di erigere un nuovo capanno. Originaria del Midwest, Chloe paragonò la faccenda alle occasioni in cui si costruiva un nuovo fienile. Vi aveva partecipato una sola volta e ricordava ancora il travolgente senso della comunità.

Giorno dopo giorno, più restava a Sugar Creek, più abbracciava lo stile di vita della piccola città. Ma non si trattava soltanto di questo. Erano i Monroe e la loro famiglia allargata. Era partecipare a una missione di salvataggio e poter incontrare Monica ogni volta lo desiderasse. Ora, non solo vedeva di più la sua migliore amica, ma parlavano più spesso al telefono. Si trattava inoltre di essere invitata a partecipare al progetto del libro di ricette delle Cupcake Lovers, nonostante Tasha avesse messo in chiaro che non sarebbe stata un membro ufficiale a meno di non frequentare per un mese le riunioni e fornire il proprio contributo ad almeno due eventi benefici. Fino ad allora sarebbe stata una *consulente ospite* incaricata di concretizzare la loro proposta. Le andava bene così.

Infine, era sentirsi attratta da un uomo che, sebbene ossessionato dal lavoro, metteva al primo posto la famiglia, tanto da andare in un altro Stato per ricomporre una frattura con il padre. Benché ci fossero personalità contrastanti e svariate crisi, entrare nell'orbita di quell'antiquata ma così poco convenzionale famiglia riempiva Chloe di un senso di gioia e meraviglia.

«Darei qualsiasi cosa per fare parte di una famiglia grande e incredibile come la vostra», disse, pensando a voce alta mentre notava una segnalazione: RED CLOVER BED&BREAKFAST - A 3 KM. Come quasi tutto in quella regione, il cartello sembrava un residuo dell'Ottocento.

«Resta da queste parti abbastanza a lungo», esclamò Daisy, «e il tuo desiderio potrebbe avverarsi.»

Chloe spostò lo sguardo dal paesaggio – fattorie, frutteti – alla donna che indossava una salopette e costosi occhiali da gatta. «Ho paura di fare domande.»

«È ovvio che Devlin è pazzo di te. Se con lui non funziona, forse potremmo farti fare coppia con Sam. È un brav'uomo e anche se è deciso a fare la corte a Rachel, hai visto come sta andando.»

«Sto cercando di decidere a quale di queste bizzarre osservazioni rispondere per prima.»

«Non concordi che mio nipote sia pazzo di te? Allora perché voi due mi stavate appannando i finestrini della macchina?»

Chloe si concentrò sulla strada stretta e le colline che la circondavano. «Non tocchiamo quest'argomento.»

«Va bene. Allora parliamo di Sam.»

«Non sono attratta da Sam e lui non è attratto da me. Una ragazza sente queste cose. Fidati. Neanche un briciolo di scintilla.»

«Ma con Devlin ci sono scintille?»

Abbastanza da illuminare il cielo di Manhattan. «Ti sarei grata se evitassi di parlare della notte scorsa con la famiglia», pregò Chloe. «Voglio dire, è stato piuttosto... imbarazzante.»

Daisy sbuffò. «Solo perché siete stati beccati.»

Chloe sorrise. «Solo perché siamo stati beccati.»

«Non ne parlerò. Non di proposito, a ogni modo.» L'anziana donna si agitò sul sedile. «A volte le cose saltano fuori e basta.»

Chloe colse un'apertura per indagare nello stato d'animo e di salute di Daisy e, cautamente, la sfruttò. «Perché credi che sia così?»

«Fa parte del diventare vecchi», replicò la donna. «Perdita della memoria. Di concentrazione. La mente inizia a vaneggiare. Tra le altre cose.»

Chloe era sicura che si trattasse di una generalizzazione ampia e non del tutto esatta. Aveva conosciuto persone anziane dalle facoltà mentali acutissime e che, con l'esercizio quotidiano, restavano in perfetta forma fisica. Uno dei suoi insegnanti preferiti alla scuola di cucina aveva da poco passato i settant'anni ed era vivace e sveglio come un ragazzino. «Da qualche parte ho letto che i cruciverba e altri rompicapi aiutano a tenere il cervello in esercizio», proseguì Chloe. «Ritengo che anche gli integratori vitaminici servano a qualcosa. Anche se dovrei fare delle ricerche...»

«Ginkgo biloba. Sono anni che lo prendo.»

«Qualcos'altro? Medicinali, intendo?»

«Un sacco di medicine. Per diversi e sporadici acciacchi», entrò nel dettaglio Daisy, ma non abbastanza. «Parte integrante della vecchiaia. Non che tu debba iniziare ad agitarti.»

«Forse no. Ma è per te che mi preoccupo.»

Daisy le diede un buffetto sul braccio. «È carino da parte tua, ma non devi. Credi a me, mi sto godendo quel che resta della mia vita.» Prima che Chloe potesse esprimere un commento, la donna indicò qualcosa davanti a loro. «Guarda tutte quelle auto. Siamo in ritardo per la festa. Dai gas, micetta.»

Chloe vide il *Red Clover*, una casa vittoriana di considerevoli dimensioni con un portico che girava tutt'intorno e una magnifica vista sulle non troppo lontane montagne coperte di alberi. Il suo primo pensiero fu: Bellissima, isolata e bisognosa di una mano di vernice. Ma, a parte quello, anche mentre si preparava a lavorare e socializzare con le persone già sul posto, le parole di Daisy monopolizzarono la sua mente.

Mi sto godendo quel che resta della mia vita.

Come se sapesse che la fine era vicina.

Chloe pregò con tutta se stessa che Daisy si sbagliasse.

25

UNA volta portate tutte le provviste all'interno del *Red Clover*, Daisy si riunì in cucina con le sue amiche Ethel ed Helen, dicendo a Monica di mostrare a Chloe la casa, visto che Rocky era fuori con i «ragazzi».

«È davvero incredibile quello che è riuscita a fare a questo posto», commentò Monica mentre con Chloe si dirigeva verso il salotto principale.

Sentendo provenire uno scoppio di risate dalla cucina, Chloe si rilassò e accantonò le sue preoccupazioni riguardo all'enigmatica affermazione di Daisy sull'esistenza. Probabilmente l'aveva intesa per quello che era, ovvero un cliché. La vita è troppo breve. Vivi la vita al massimo e cose del genere. Forse, anzi, molto probabilmente, era per questo che aveva messo da parte ogni cautela e si spingeva alla continua ricerca di emozioni. L'età non importava, non sapevi mai quando tutto poteva finire. La mamma di Chloe era morta a trentacinque anni. Così tanti sogni irrealizzati. Una delle ragioni per cui Chloe aveva sempre seguito le sue passioni senza curarsi di dove la conducessero, di quanto fosse breve l'esperienza. Niente opportunità mancate. Niente rimpianti.

Sebbene, in retrospettiva, adesso capiva come avesse fatto alcune delle sue scelte spinta dalla paura. *E se questa occasione non si presentasse mai più? E se aspetto o rifiuto, e domani muoio?*

Chloe scosse la testa. Non ci aveva mai riflettuto prima. Perché farlo adesso?

«Terra chiama Chloe.»

«Cosa?»

«Stavo cercando di anticiparti la situazione là fuori, ma avevi la testa da un'altra parte», sospirò. «Che disastro.» E spinse Chloe nella suite per gli ospiti al piano di sotto.

Tornata bruscamente alla realtà, Chloe osservò l'arredamento eclettico, alquanto sorpresa dall'elemento romantico, dato il carattere tosto di Rocky. «Sono sicura che gli uomini toglieranno di mezzo quell'albero in un attimo», disse, mentre ammirava un armadio dipinto a mano che doveva essere opera di Sam.

Monica scosse la testa. «Non mi riferivo a quello. Intendo Rocky. Questo disastro l'ha davvero sconvolta. In genere è una roccia. Ma oggi? È assolutamente a pezzi. Giuro che le tremavano le mani.»

«Probabilmente la preoccupa il costo della sostituzione del capanno e dell'attrezzatura danneggiata. L'hai sentita a cena la scorsa settimana. Gli affari vanno male. Già da un po'. I guadagni sono in calo ma deve sborsare denaro per riparare e sostituire gli elettrodomestici.»

«E adesso la sua Jeep è in officina», aggiunse Monica. «Leo sta mettendo insieme i pezzi al prezzo più basso così potrà rifarle il motore. Non può lavorare gratis ma sta cercando di darle un po' di respiro.»

Chloe sorrise all'amica. «Ti sei trovata un brav'uomo.»

Monica ricambiò il sorriso. «Sì, è così. Con la speranza di poter affermare altrettanto di te al più presto.»

Chloe fece per rispondere ma cambiò idea.

«Cosa c'è?»

«Non dovrei...» mormorò mentre i suoi pensieri si concentravano sulla propria situazione. «Adesso non è il momento.

Mi sento in colpa a essere così...» si sforzò di trovare una parola che non sembrasse immatura, «felice quando Rocky è invece così... disperata.»

Monica chiuse la porta della stanza e vi si appoggiò, facendo in modo che Chloe non potesse sfuggirle. Sprizzava curiosità. «Sputa.»

Sola con la sua migliore amica, l'unica persona che sapeva tutto di lei – nel bene e nel male – Chloe non poté fare altro che mettersi a ballare come una sciocca. «Devlin mi ha baciata.»

Monica sembrò delusa. «Lo so. È stato da *J.T.* È stato orrendo in un senso orgasmico.»

«No. Stanotte. Sul sedile posteriore della Cadillac, ed è stato... incredibile.» L'aggiornò sull'incontro notturno tralasciando i dettagli più intimi, perciò le raccontò più o meno tutto. «Ha detto che quando sarebbe tornato avremmo continuato il discorso e io gli ho risposto: 'D'accordo'.»

«Davvero?» Monica si allontanò dalla porta e si infilò una mano tra i capelli da elfo, facendone drizzare le punte più corte. «Cavoli.»

«Lo so, lo so. Sono in via di guarigione e questa è probabilmente una pessima idea per diversi motivi. Ma ho intenzione di vivere il presente e seguire la storia di Quello Giusto.»

«Non ti sto giudicando, Chloe. Lo trovo fantastico. Sono solo... sorpresa.»

«Dal primo momento, quando gli sono piombata addosso da *Oslow's* c'è stata questa... scintilla. E poi un prurito. Per quanto ci grattassimo o resistessimo, non voleva andare via. Poi quando stamattina mi ha chiamata dall'aeroporto...» La sua voce si affievolì. Si sentiva un'idiota per quello sproloquio.

«Oh... mio... Dio.» Monica la guardò a bocca aperta come se fosse un'aliena. «Sei *innamorata*?»

Chloe si portò la mano al cuore che batteva forte e strabuzzò gli occhi. «Cosa? *No.*» Rise ma sembrò una risata nervosa perfino a se stessa. «Come potrei... lo conosco a malapena.

Non siamo neanche usciti insieme. È solo un'infatuazione. Una cotta.»

«Sembra amore a prima vista.»

«È una follia.»

«Perché? Leo e io ci siamo innamorati la prima volta che si siamo messi gli occhi addosso e guardaci adesso. Sposati e decisi ad avere un bambino.»

Confusa, Chloe si sforzò di sorridere. «A proposito, come sta andando?»

«Non cambiare discorso.»

«Allora lo chiudo.» Aveva appena accettato il fatto di essere disperatamente infatuata di Devlin. *Amore?* Non era certa di riconoscere il vero amore se lo avesse incontrato. Ma questo non lo era. Non poteva esserlo. Devlin era tutto sbagliato nello schema a lungo termine delle cose. Turbata, oltrepassò Monica e uscì nel corridoio, dove per poco non travolse Daisy.

«Cercavo proprio voi», disse. «Abbiamo preparato del tè freddo. Se a voi ragazze non dispiace portare la caraffa e i bicchieri agli uomini...»

«Sarà un piacere», rispose Chloe, grata per la distrazione. Si affrettò a tornare in cucina con Monica alle calcagna, cercando di ignorare l'ironica canzoncina d'amore che l'amica cantava sottovoce. «Ma insomma», sbuffò.

Monica si limitò a ridere.

Cinque secondi dopo, stavano attraversando un precario portico sul retro con le vivande al seguito. «Malgrado sia bello quanto l'interno», osservò Chloe, «all'esterno servirebbe qualche lavoretto.»

«So per certo che Devlin ha offerto di investire del denaro in questo posto, ma Rocky ha rifiutato il suo aiuto.»

«Orgoglio. La capisco.» Chloe guardò gli uomini che lavoravano di buona lena. Alcuni con la motosega. Altri due gettavano i detriti nel retro di un pick-up insieme con Leo. «Quello è Jayce, vero?»

Monica annuì. «L'ho conosciuto questa mattina. Amico

intimo della famiglia. So che è cresciuto qui e possiede ancora una casa da queste parti, ma non credo ci venga spesso. Sembra abbastanza simpatico. Tipo silenzioso. Intenso. Bello se ti piace il genere ragazzaccio.»

Chloe indicò l'unico uomo che non conosceva. «Lui chi è?»

«Adam Brody. Anche lui di Sugar Creek, ma credo che per qualche anno abbia vissuto altrove. Lo definirei un istruttore sportivo freelance. Lavora per diversi rifugi e dà lezioni di tutto, dall'equitazione alla guida del gatto delle nevi. Pensavo che lui e Rocky fossero solo amici, ma...»

«Ma cosa?»

«Non lo so. Quando siamo arrivati qui, ho notato che si lanciavano degli sguardi furtivi e ho avvertito... tensione.»

«Forse hanno avuto una discussione.»

«Ho colto anche altri sguardi. Tra Jayce e Adam, e Rocky e Jayce.»

«Cosa vuoi dire?»

«Non ne sono sicura.»

Chloe le indicò qualcosa. «Pare che adesso se la stia prendendo con Luke.»

Raggiunsero l'area del disastro in silenzio, proprio mentre Nash e Sam spegnevano i motori delle motoseghe, permettendo alle parole di Luke di risuonare chiare e forti. «Datti una calmata, Rocky! È tutto sotto controllo. Va' a fare una passeggiata, qualsiasi cosa. *Dannazione.*»

Lei se ne andò come una furia, le trecce bionde che dondolavano e i jeans imbrattati di fango.

Monica si schiarì la voce per distogliere l'attenzione dall'amica stressata. «Nel caso voi ragazzi abbiate sete», disse sollevando una caraffa di tè.

«Sta bene?» domandò a Leo quando le raggiunse.

Il marito si limitò a inarcare un sopracciglio e prese la caraffa dalle mani di Monica. «Forse voi ragazze dovreste andare da lei.»

Sam prese i bicchieri di plastica da Chloe. «All'inizio ho

pensato che si trattasse di orgoglio.» Guardò serio in direzione di Adam. «Adesso non ne sono così sicuro.»

«Ci pensiamo noi», intervenne Monica. Prese Chloe per un gomito e si affrettò a seguire Rocky, che stava dirigendosi verso un gruppetto di alberi poco lontano. «Te l'avevo detto. C'è qualcosa tra Rocky e Adam.»

«E Adam e Jayce», bisbigliò Chloe. «Non appena Rocky si è allontanata, li ho sorpresi a scambiarsi un'occhiata.»

«Ostile?»

«Non era certo amichevole.»

«Oh, cielo. Oh, be', Rocky è parecchio riservata per quanto riguarda la sua vita privata e ha problemi a controllarsi, perciò qualunque cosa fai, non esagerare.»

«Io? Sei tu quella invadente.»

«Vero.»

Seguirono la donna più giovane tra gli alberi e la trovarono che camminava su e giù lungo uno stretto sentiero. «Non riesco a respirare», sbottò, come se stesse aspettando il loro arrivo.

«Iperventilazione?» domandò Chloe.

«Forse dovresti sederti», suggerì Monica. «Metti la testa tra le ginocchia.»

«No. Ho bisogno di muovermi.»

«Ti va di parlarne?»

Chloe lanciò un'occhiataccia a Monica e formò con le labbra la parola *invadente*.

«Non lo so. Io non...»

«Non devi dire niente», intervenne con dolcezza Chloe, spingendo Monica a sedersi accanto a lei su un sasso piatto. Pensò a quanto era stata fuori di sé quando Ryan aveva mandato in frantumi il suo mondo. Quanto si era sentita sola con l'amica più cara lontana centinaia di chilometri, anche se a portata di telefono. Non era lo stesso che trovarsi l'una di fronte all'altra, per potersi toccare e abbracciare, se era ciò di cui si aveva bisogno. «Sappi che siamo qui per te», continuò. «Tutto qui.»

Le due donne rimasero sedute in silenzio mentre Rocky continuava a fare su e giù e, dopo un paio di minuti, iniziò a sfogarsi. «È solo... Mi sento come se la mia vita stesse schizzando via fuori controllo. Niente va secondo i piani e, come se ciò non bastasse, credo... so di aver ferito Adam.»

«C'entra Jayce?» domandò Monica.

Chloe le diede un colpo col ginocchio proprio mentre Rocky si fermava di colpo. «Perché dici così?» le chiese strabuzzando gli occhi.

Chloe deglutì a fatica, colpita dall'infelicità nello sguardo della giovane donna. «È che noi... noi li abbiamo visti scambiarsi degli sguardi e sembravi essere tu la causa.»

Rocky si accasciò su un tronco di fronte a loro, sebbene continuasse ad agitare nervosamente una gamba mentre si mangiucchiava un'unghia. «Secondo voi i ragazzi se ne sono accorti?»

Chloe e Monica si guardarono. Sam e Leo avevano intuito qualcosa. Le due donne scossero la testa.

«Ne dubito», mentì Monica.

«Erano troppo impegnati a segare il legno e a gettare via i residui», confermò Chloe.

«E poi, sai come sono fatti gli uomini», aggiunse Monica. «Non si accorgono di niente.»

Rocky sospirò e fissò a terra. «Ormai è qualche mese che Adam e io ci vediamo. In realtà, andiamo solo a letto insieme. E non per tutta la notte. È solo sesso.»

«Amici con qualche benefit?» azzardò Monica.

«'Amici di letto'. È lo stesso.»

«Wow», fischiò Monica.

«Era perfetto», continuò Rocky. «L'accordo perfetto. Niente promesse. Niente aspettative. Nessuna seccatura da parte di nessuno, soprattutto dei miei fratelli, dato che tenevamo la cosa segreta.»

«Cos'è successo?» chiese Chloe. *Addio tatto.*

«Adam si è offerto di investire nel *Red Clover*. Di formare una società. Il che era perfetto, visti i suoi interessi e le sue capacità.»

«Ma questo ha complicato la relazione personale», azzardò Monica.

«Dal mio punto di vista», disse Rocky, «c'era quell'eventualità. Ma, soprattutto, non ero disposta a cedere tutta la proprietà. Mi faceva sentire un fallimento e minacciava il mio sogno.»

«Ti capisco», disse Chloe. «Perciò hai rifiutato e adesso lui si sente ferito.»

«Ho accettato la sua offerta, ma lui stamattina mi ha sorpresa tra le braccia di Jayce. Con addosso solo la biancheria intima», aggiunse. «È questo che lo ha ferito.»

Chloe e Monica si guardarono nuovamente. *Per la miseria!*

«C'è qualcosa tra te e Jayce?» le chiese Chloe. Solo perché sentiva che Rocky voleva o aveva bisogno di vuotare il sacco. Questo non significa che non fosse curiosa. Al pari di Monica. Quella era roba piccante.

«No», rispose Rocky, continuando a far saltellare la gamba. «Sì. Un tempo. Tanto tempo fa.»

«Quanto?»

«Avevo diciassette anni. Appena.»

«Dodici, tredici anni fa», calcolò Monica. «Jayce ha la stessa età di Devlin, per cui...» Fece il calcolo. «Aveva... ventun anni? Ventidue? *Maledizione.*»

«La tua prima volta?» tirò a indovinare Chloe, sorvolando la questione della minore età.

Rocky si nascose la faccia tra le mani. «Ero così assurdamente innamorata! Lo ero da anni.»

Amore adolescenziale. Primo amore. Per lo meno da parte di lei. Ma da parte di Jayce? Amore proibito? A proposito di roba forte. Tuttavia...

«Avrebbe dovuto pensarci meglio», intervenne Chloe. «Per non parlare del fatto che è il migliore amico di tuo fratello e, da quello che ho sentito, adorato dall'intera famiglia.»

«Non fu colpa di Jayce», ribatté Rocky. «Non per quell'aspetto. Fui io a sedurlo.»

Monica era incredula. «Sapevi come sedurre un ragazzo a diciassette anni?»

«Avevo due fratelli più grandi e un sacco di cugini maschi», proseguì Rocky. «E occhi per vedere.»

«Capisco.»

Chloe cercò di capirci qualcosa. «Ami Adam?»

«No. Ma gli voglio bene. Credo. Solo non nel modo in cui amo Jayce.»

«Quindi ami Jayce», concluse Monica.

«Cosa? No!» Rocky scattò di nuovo in piedi e riprese a camminare su e giù.

Chloe insisté. «Ma hai detto *amo*. Tempo presente.»

«Amavo», puntualizzò Rocky. «Tempo passato.»

«Ma lui ora è qui e si sta mettendo tra te e Adam», osservò Chloe. «Lui ti ama?»

Rocky sbuffò. «Già, proprio così. Se fosse vero, l'avrei sposato quando me lo chiese.»

Monica si guardò indietro con gli occhi sgranati per accertarsi che fossero ancora sole. Poi, tutto d'un fiato disse: «Jayce ti chiese di *sposarlo*?»

«Quando?» domandò Chloe.

«Il giorno dopo che... lo facemmo. Credo che mi amasse», continuò Rocky con voce rotta. «Il modo in cui... fu così dolce. Era stato perfetto. Poi la mattina dopo rovinò tutto dicendo che dovevamo sposarci.»

«*Dovevate*», sottolineò Chloe, iniziando a capire.

«Perché era la *cosa giusta da fare*», proseguì Rocky indispettita, adesso più arrabbiata che sconvolta.

«Quindi te l'ha chiesto più per un senso del dovere che per amore», dedusse Monica. «Ahi.»

«Eppure», osservò Chloe, «c'è dell'onore in questo.» Cercò disperatamente di non giudicare. Non conosceva Jayce. Non conosceva la sua versione della vicenda. E Rocky si basava sulle emozioni ingenue e melodrammatiche di un'adolescente.

«Devlin si è sposato per onore», sbottò Rocky, «e guarda cosa ne ha ricavato.»

L'occhiata che Monica lanciò a Chloe era la prova che ignorava il precedente matrimonio di Devlin. Chloe fece finta di niente perché aveva promesso a Daisy che non ne avrebbe parlato. *Mai.*

Che momento imbarazzante.

«Non voglio ficcanasare», chiarì Chloe, riportando l'attenzione su Rocky, «ma sei sicura che non ci sia niente tra te e Jayce?»

«Solo anni di rancore.»

«Ce l'hai con lui per averti proposto il matrimonio per dovere», ragionò Monica.

«E lui ce l'ha con te per aver rifiutato la sua proposta», concluse Chloe. «Non per sminuire quello che deve essere stato un periodo assolutamente intenso della vostra vita, ma...» *vacci piano, Madison...* «dopo tutto questo tempo, non siete riusciti a... andare oltre?»

«Non abbiamo mai veramente affrontato la questione.»

«Cosa?» fece Monica.

«Gli dissi di andare a fanculo e lui mi ha fatto un favore mantenendo le distanze.»

«Ma è il migliore amico di tuo fratello», obiettò Chloe. «Ha una casa qui. Di sicuro le vostre strade si saranno incrociate prima di adesso. Non ha mai cercato di appianare i rapporti?»

«Ha sollevato l'argomento.» Stringendosi le braccia attorno al corpo per via del freddo e dell'umidità, Rocky girò loro le spalle e fissò le sue Nike incrostate di fango. «Non gliel'ho permesso.»

«Oh, tesoro», esclamò Monica in un tono materno che Chloe conosceva bene, «devi risolvere questa faccenda con Jayce. Dimentica. Va' avanti.»

«Non so se ci riesco.»

Chloe era addolorata per lei. Lo negava ma si vedeva benissimo che era ancora innamorata di lui. Un amore idealizzato nato dalla gioventù e nutrito dalla repressione. Per dirla con le parole di Monica, *che disastro*. «Cos'hai intenzione di fare con Adam?»

«Non lo so.» Rocky si voltò di scatto e le fissò con uno sguardo disperato. «Nessuno sa di Jayce e di... quello che è successo tra noi. *Nessuno*», sottolineò. «Promettetemi che non ne farete parola. Se mai dovesse saperlo Dev... non lo perdonerebbe mai per essere venuto a letto con me, per essere stato la mia prima volta, per averlo tenuto segreto...» Ricacciò indietro le lacrime. «Considera Jayce un fratello. Io non posso, *non voglio*, mettermi tra di loro. Non posso convivere anche con questo. Promettete.»

«Certo», disse Monica.

Chloe era a disagio. Le sembrava di sabotare la relazione con Devlin prima ancora che decollasse. Al tempo stesso, comprendeva Rocky e ne rispettava il desiderio di proteggere l'amicizia di una vita di suo fratello. Con lo stomaco annodato per via di un altro segreto di famiglia, Chloe si sforzò di sorridere e annuì. «Lo prometto.»

26

Chloe fissava il computer. Aveva letto lo stesso blog di Food Network due volte e ancora non sapeva cosa dicesse. Non riusciva a concentrarsi. Non con tutte le preoccupazioni che le frullavano in mente. Le medicine di Daisy. Il dilemma di Rocky. La proposta del club. Il ritorno di Devlin.

Il weekend era passato senza che lei se ne fosse accorta.

Devlin aveva chiamato il venerdì sera. I suoi tentativi di ottenere informazioni dal misterioso secondo dottore di sua nonna non avevano avuto fortuna. Una questione di etica professionale. In generale, Devlin era sembrato distratto e, a dire la verità, Chloe si era sentita a disagio per via del segreto di Rocky. Per lo meno era al corrente del capanno, grazie a Luke, e anche se Devlin era frustrato per non poter assumere il controllo della situazione, era certo che suo fratello e i cugini potessero gestirla al meglio. «Grazie a Dio c'era Jayce quando è successo», aveva commentato. «Sapevo che avevo fatto bene a seguire il mio istinto quando le ho chiesto di andare a stare da lei.» Chloe avrebbe voluto ribattere ma tacque. Non poteva. Grazie alla sua *promessa*. La loro telefonata era stata breve e priva di passione, contribuendo a peggiorare il suo stato d'animo.

Poiché i lavori e l'installazione del nuovo capanno si erano prolungati fino a sabato, Luke aveva chiesto a Chloe di rimandare la loro visita al Burlington Food Festival.

A lei andava benissimo così.

Da quando Rocky si era alleggerita di quel peso, Chloe aveva temuto di passare del tempo da sola con qualunque membro della famiglia, soprattutto con i fratelli della ragazza. Sapendo quanto fosse protettivo Devlin nei confronti dei suoi famigliari, poteva solo immaginare come avrebbe reagito al tradimento del suo migliore amico. Anche Luke avrebbe difeso l'onore della sorella? Probabilmente. Un confronto sarebbe finito semplicemente a male parole e con un'amicizia spezzata? O ci sarebbe stato qualcosa sul piano fisico? Sarebbe stato meglio se Rocky e Jayce avessero confessato tutto anni prima. Meglio per loro. Meglio per tutti. Adesso era uno scomodo segreto che metteva chiunque ne fosse a conoscenza in una posizione imbarazzante. Anche se, da un lato, Chloe era lusingata dal fatto che Rocky si fosse confidata con lei, dall'altro era infastidita. Monica non aveva fatto una piega ma, d'altronde, lei non era coinvolta in una relazione intima con la persona che più di tutte doveva restare all'oscuro.

«Hanno appena chiamato le ragazze», riferì Daisy, trotterellando nel soggiorno. «Saranno qui tra cinque minuti. Come sto?»

Chloe posò il laptop sul tavolino e fece finta di controllare il vestito della domenica di Daisy. Ironia della sorte, la donna aveva scelto l'abito blu e verde che indossava Chloe quando era stata accusata di taccheggio. Questo la riportò a Devlin e al bacio che si erano dati nell'ufficio. Si sentì euforica e malinconica al tempo stesso. Quella promessa fatta a Rocky incombeva nella sua mente come una nuvola minacciosa. «Stai benissimo.»

Daisy abbassò sul naso gli occhiali blu e fece schioccare i lucenti tacchi verde mela. «Grazie a te.»

«Sono contenta che ti piaccia.»

«Sicura che non vuoi unirti a noi?»

«Noi» erano Daisy e gli altri membri anziani delle Cupcake Lovers. Tasha aveva assegnato loro il compito di scovare tra i ricordi tre eventi benefici particolarmente riusciti e con più valore sentimentale; storie che avrebbero passato a Chloe, la quale a sua volta le avrebbe trasformate in un documento Word. Quanti meravigliosi ricordi, aveva detto Daisy. Le signore avevano deciso di discutere le loro scelte davanti a un brunch domenicale. Subito dopo la chiesa.

Chloe esitò. Il brunch poteva essere divertente, ma la chiesa le ricordava i suoi genitori. «Non è che non mi piaccia la compagnia», rispose.

«Ma preferiresti passare un po' di tempo da sola.»

«Fino a ieri sera ho ricevuto e-mail da quasi tutti i membri del club riguardanti i compiti che Tasha ha assegnato loro. Una volta in possesso delle storie che raccoglierete oggi, avrò tutto ciò che mi serve. A eccezione delle fotografie.»

«Che arriveranno entro martedì», proseguì Daisy.

«Esatto.»

Tasha aveva prenotato per il lunedì una sessione con un fotografo locale e si era servita della propria influenza per far sì che già il giorno dopo fossero pronte le stampe digitali. Uno scatto pubblicitario al quale tutto il club, a parte Tasha, aveva insistito che partecipasse anche Chloe.

«Conosce il cibo e i media», aveva spiegato Rocky.

«E le pubbliche relazioni e la fotografia», aveva aggiunto Devlin con un sorrisetto furbo.

Daisy aveva incrociato le braccia sul petto ossuto, con un'espressione di sfida negli occhi. *È in grado di fornirci un valido punto di vista. E poi, in quanto mia autista, sarà lì comunque.*

Tasha aveva ceduto ma solo perché voleva proseguire con la riunione, non perché fosse d'accordo. L'aveva reso chiaro a Chloe con uno sguardo seccato.

«A ogni modo», riassunse Chloe, scacciando quel momento di imbarazzo, «dal momento che Tasha vuole tutto pronto per la spedizione di giovedì, mi servirà questa mattina per iniziare. Poi c'è da preparare la cena della domenica e...»

Daisy alzò una mano per interromperla. «Non dire altro.»

Un clacson annunciò l'arrivo di Ethel, Judy e Helen. Chloe non vedeva davvero l'ora di avere un po' di tempo libero e non doversi preoccupare che la sua sorella dell'anima si cimentasse in qualche bravata. Chloe aveva incontrato le amiche di Daisy durante il weekend e, per quanto divertenti, non le erano sembrate affatto tipi alla Errol Flynn. E poi in quali guai potevano imbattersi alla *Pine and Periwinkle Inn*? «Divertitevi», la salutò Chloe con un sorriso.

Daisy agitò le dita. «Uno di questi giorni dovrai dirmi cos'hai contro la chiesa», le lanciò mentre andava via.

«Uno di questi giorni dovrai rivelarmi cosa c'è davvero tra te e il signor Redding!»

Daisy scosse la testa mentre attraversava la soglia. «Ci sto!»

Rocky di solito partecipava con sua nonna e una parte della famiglia alla funzione mattutina, ma quel giorno non riusciva a pensare ad altro che alle sue colpe, ai suoi peccati e ai torti inflitti ad alcune brave persone. Chiedere perdono al Signore e poi non muovere un dito per rimediare sarebbe stata un'ipocrisia, così decise di tenersi in disparte finché non avesse fatto ammenda.

Scusarsi con la famiglia per il suo comportamento irrazionale e sgarbato degli ultimi due giorni sarebbe stato una passeggiata in confronto a un colloquio sincero con Adam. Per quanto concerneva Jayce, non era certa di come «perdonare e andare avanti», ma sapeva di dover fare qualcosa. L'unica mossa che non poteva azzardare era confessare ai fratelli e ai genitori la ragione dei pessimi rapporti con Jayce durante tutti quegli anni. Più ci rifletteva, più entrava in agitazione. Non era esattamente priva di colpe in quella storia e lui, dopotutto, le aveva chiesto di sposarlo. I suoi parenti e Dev erano fanatici della cosa giusta. Luke probabilmente sarebbe stato più tollerante ma non era neanche sicura di poterlo rivelare a lui. Il fatto principale era che, tenendo segreta la propria avventura adolescenziale, aveva mentito alla famiglia per anni. E riguardo Adam? Aveva taciuto anche la loro relazione. La loro relazione puramente sessuale. Quante volte si era inventata una storia o aveva evitato domande per tenere gli altri all'oscuro del suo amico di letto? Forse la sua famiglia avrebbe sorvolato sulle relazioni, ma sulle bugie?

Sapeva solo di dover parlare del futuro con Adam e risolvere il passato con Jayce. Se almeno fosse riuscita a fare quello, forse avrebbe potuto respirare. Da quando Adam si era offerto di investire nel *Red Clover* e da quando Jayce era tornato in città, le sembrava di soffocare.

Con un senso di costrizione al petto, si massaggiò il cuore dolorante e bevve del caffè. Non appena avesse assunto caffeina a sufficienza, si sarebbe tolta quel logoro pigiama, infilata dei vestiti decenti e messa all'opera. Guardò la tazza mezza vuota. Erano necessarie almeno due caraffe.

Sentendosi triste e orribilmente sola, si chinò in avanti abbandonando la testa sul tavolo della cucina.

Contemporaneamente la porta sul retro si aprì e Luke entrò a grandi passi.

«Avevo intenzione di farmi gli affari miei, ma non ci riesco. Perciò», le disse quando gli rivolse un'occhiata patetica, «quale culo devo prendere a calci? Quello di Jayce o quello di Adam?»

Non essendoci voli diretti da Miami, il volo mattutino di Devlin atterrò all'aeroporto di Burlington poco prima delle due del pomeriggio. Normalmente la sosta a Washington l'avrebbe irritato ma, date le circostanze, fu lieto dell'ulteriore tempo di attesa per potersi rilassare. Incontrare il padre era stata dura. Non solo perché il vecchio l'aveva rimproverato per essere andato là o per aver insistito sull'aggiornamento dei benefit sanitari, ma perché si era rifiutato di parlare della sua lotta contro il cancro.

«Sto bene», aveva detto.

Dal momento che sua madre era stata disponibile e l'oncologo si era mostrato un uomo serio e compassionevole, Devlin aveva creduto che il padre stesse davvero guadagnando terreno su quel male bastardo.

Ma non stava bene. A causa della chemio, aveva perso peso e gran parte dei capelli. C'era voluta tutta la determinazione di Devlin per non reagire verbalmente né fisicamente all'aspetto di suo padre. *Non mostrare pietà. Comportati come se niente fosse.* Cosa che richiedeva un'espressione che gridava a gran voce: Ce la farai!

Dopo due giorni in trincea, Devlin era esausto. Dove trovava sua madre la forza, la determinazione? Da cosa traeva suo padre quella fede incrollabile e il coraggio? Nessuno aveva espresso mai una parola di dubbio. Mai un lamento. In un solo fine settimana l'ammirazione di Devlin per i suoi genitori era triplicata.

Ripartire non era stato facile, ma era stato anche un sollievo. Per tutto il tempo che aveva passato con loro, si era sentito soffocare dalla paura. E se le cose fossero peggiorate? Se suo padre avesse sofferto? Poiché l'uomo si rifiutava di accennare alla malattia, Devlin si era sentito inutile. Aveva bisogno di tornare dove avrebbe potuto fare la differenza.

Gettato il leggero bagaglio sul sedile posteriore dell'auto a noleggio, si appoggiò al cofano, aspirò l'aria fresca e frizzante e raccolse i pensieri. Una volta a casa si sarebbe dato da fare con entusiasmo. Prese il cellulare con l'intenzione di chiamare Jayce, un passo che lo avrebbe aiutato a decidere su quale priorità concentrarsi: Rocky o sua nonna. Invece chiamò Chloe.

«Sei tornato!»

Il suo saluto entusiasta lo scaldò più di due giorni di intenso sole della Florida. «Quasi», rispose. «Sto per partire dall'aeroporto. Volevo avvisarti che ce la farò per la cena di oggi.»

«Allora saremo in tre.»

«Cosa intendi?»

«È tutto il giorno che arrivano telefonate. Rocky è stata la prima ad annullare, con il pretesto che non sarebbe stata di compagnia. Poi Luke si è tirato indietro per via di un impegno precedente che aveva dimenticato. Sam ha chiamato un'ora fa: sua figlia si è presa un virus intestinale.»

«Mi dispiace.»

«Oh, e non ci sarà neanche Jayce», aggiunse in fretta Chloe. «Ma non ha fornito spiegazioni.»

«Uh.» Poiché Devlin aveva passato solo pochissimo tempo con l'amico, era dispiaciuto anche per quello. D'altra parte, una cenetta tranquilla con Chloe e la nonna poteva essere l'occasione perfetta per tentare di entrare nella mente di Daisy. *Perché stai andando da un medico di Pixley? Cosa c'è dietro il tuo improvviso bisogno di emozioni forti?* «Come sta Daisy?»

«Da quello che vedo, alla grande. È stata fonte d'ispirazione per tutti questo fine settimana da Rocky, un fulgido esempio di instancabile direttrice dei lavori. E poi è tutta presa dal progetto delle Cupcake Lovers. Passerà la giornata con Ethel, Helen e Judy a raccogliere storie per il libro di ricette.»

«Sembra incoraggiante.» Sapere che, durante la sua assenza, la nonna non aveva fatto niente di avventato, che il morale era buono e la mente concentrata, lo liberò da una fonte di tensione. Voleva ancora sapere il perché del secondo dottore, ma forse non c'era davvero bisogno di preoccuparsi. Forse la spiegazione risaliva alle recenti eccentricità di Daisy. Sforzandosi di incanalare l'ottimismo dei suoi genitori, Devlin scelse di pensare positivo, rilassandosi a sufficienza per concentrarsi su Chloe. «Perciò adesso sei sola?»

«Sì», confermò lei con un sorriso seducente nella voce.

«Forse arriverò un po' prima.»

«Non vedo l'ora.» Fece una pausa e lui capì che stavano entrambi pensando al loro ultimo bollente incontro. «Com'è andata con tuo padre?» chiese.

«Abbiamo raggiunto un compromesso.»

«Quindi la situazione sta migliorando.»

«Sì. Ci vediamo tra un paio d'ore, Chloe.»

«A dopo, allora.»

Con l'umore più leggero di quanto non fosse stato negli ultimi due giorni, Devlin si mise al volante e accese il motore.

Guidava da venti minuti quando Luke chiamò. «Ho appena sentito Ethel Larsen», lo informò suo fratello in tono agitato. «C'è stato un incidente. Stanno portando la nonna in ospedale a Pixley.»

Rocky entrò con l'Escalade di Devlin, in prestito per il fine settimana, nel vialetto di Adam e parcheggiò. Rimase seduta in auto per un momento, fissando il bilocale in affitto, per riprendersi e chiamare a raccolta il coraggio.

Non aveva avuto intenzione di sfogarsi con Luke, ma non ne era pentita. Lui l'aveva ascoltata pazientemente senza giudicarla, nonostante non fosse stato contento di sapere che aveva perso la verginità con Jayce il giorno del suo diciassettesimo compleanno.

Qualcosa mi diceva che a un certo punto voi due eravate stati insieme, ma non immaginavo che tu l'avessi fatto a quell'età. Almeno adesso so quale culo prendere a calci.

Ti prego, non farlo.

Richiesta presa in considerazione.

Rocky era riuscita a sviare la conversazione su Adam. Se Luke era rimasto scioccato nell'apprendere di quella relazione tra «amici di letto», l'aveva tenuto per sé, limitandosi a commentare: «Almeno Adam è un tipo onesto».

E quella era parte della ragione per cui Rocky stava così male. Era per quello che aveva accettato di buon grado il consiglio di Luke riguardo alla loro relazione personale e professionale.

La conversazione si era conclusa con un confortante abbraccio e la richiesta di Luke riguardo al confessare a Devlin di Adam. Rocky aveva risposto sì.

E Jayce?

Non posso. E dopo avergli spiegato il motivo, gli aveva chiesto di mantenere il segreto.

Sì, ma la cosa non mi piace.

Perciò adesso era seduta lì, cercando di raccogliere il coraggio per comportarsi nel modo giusto con Adam. Si trattava soprattutto di trovare le parole giuste. Non voleva ferire i suoi sentimenti. Ma, in parte, era perché non poteva fare a meno di preoccuparsi. *E se stessi facendo un errore?*

In quel momento la portiera dal lato passeggero si aprì e Adam entrò nell'auto. «Dato che lo trovi così difficile, ho deciso di risparmiarti l'ansia di bussare alla mia porta.»

Sentendosi soffocare, lo guardò con gli occhi pieni di lacrime. «Mi sono comportata male, Adam.»

«Se si tratta di Jayce... Non avevo alcun diritto di fare l'idiota geloso. Ci siamo chiariti. Per quello che vale, la mia reazione ha sorpreso me tanto quanto te.»

«Volevo solo dirti che non sono stata con nessuno da quando abbiamo iniziato a vederci.»

«Non mi devi...»

«E invece sì. Come amico. Come persona a cui tengo. Come persona... come persona che mi mancherà.»

Adam espirò rumorosamente. «Quindi vuoi rompere con me?»

«In questo momento non ci sto con la testa, Adam. Ho bisogno di fare un passo indietro e capirci qualcosa.»

«Da sola?»

Lei annuì. «Da sola.»

«E il *Red Clover*?»

Rocky deglutì a fatica, sentendosi una stronza che si rimangiava la parola. «Ho bisogno di fare anche quello da sola. Cioè senza un socio. Ho accettato la tua offerta in un momento di panico. Apprezzo quello che hai fatto», disse tutto d'un fiato, «soprattutto il modo in cui hai organizzato la mia famiglia e costruito il nuovo capanno...»

«È tutto a posto.»

«No, non lo è. Ma si tratta del mio sogno e...»

«Io non ne faccio parte. Lo capisco, Rocky. Sul serio, conoscendoti, non avrei mai dovuto superare quel limite.»

«Adam...»

«È okay.» Le prese la mano e ne baciò il palmo. «Nessun legame.» Poi se ne andò.

Col cuore a pezzi e gli occhi che le bruciavano, strinse forte il volante. Aveva appena cancellato l'unica cosa bella della sua vita? Cercò a tentoni il cellulare che squillava e vide che era Luke. Forse aveva qualche altro saggio consiglio fraterno da darle prima del faccia a faccia con Jayce. «Cosa c'è?» gracchiò.

«È la nonna.»

27

QUANDO Devlin oltrepassò le porte d'ingresso del Pixley General Hospital, la sala d'attesa era affollata di famigliari e amici. Luke e Rocky, due sorelle di Daisy e i loro mariti, le amiche del club Ethel, Judy e Helen, e Chloe – che sembrava terribilmente in ansia, seduta in disparte, con la gamba che si agitava nervosamente mentre leggeva qualcosa sul cellulare. Alzò gli occhi e incontrò lo sguardo di Devlin; lui capì che si sentiva in colpa per l'incidente.

Poi Luke entrò nel suo campo visivo. «La nonna sta riposando tranquilla, calmata dagli analgesici. Ho chiamato il resto della famiglia e li ho avvisati che il medico sconsiglia le visite fino a domani.» Indicò le prozie e i loro mariti. «Qualcuno non vuole proprio darmi retta. Per quanto riguarda Ethel, Judy e Helen, si sentono responsabili. Si sono rifiutate di andarsene prima di aver parlato con te.»

Devlin fu preso infatti d'assalto dalle amiche della nonna.

Ethel fu la prima a parlare. «Ci dispiace così tanto, Devlin. È stato incredibile. Un minuto stava pedalando accanto a noi su un sentiero largo e dritto e quello dopo ha cambiato direzione.»

«'Le piste ciclabili sono per i bambini e i vecchi'», ansimò Helen. «Sono le sue parole. 'Noi siamo vecchie', le ho ricordato.»

«È stato questo a provocarla, credo», intervenne Judy.

«No», ribatté Helen, «è stato ricordare i nostri tempi nelle Cupcake Lovers a farla esplodere. Parlare di tutte le cose che facevamo o che volevamo fare e non avevamo mai fatto. È stato allora che si è innervosita.»

«Non avremmo dovuto lasciarci convincere a fare un giro in bici dopo il brunch», proseguì Judy. «Due di noi avevano la gonna, per l'amore del cielo. Per non parlare del fatto che non salivamo su una bicicletta da almeno vent'anni.»

Ethel sospirò. «'Ragione di più per mettere da parte la prudenza e divertirsi', ha detto.»

«Ed è stato divertente», confermò Judy. «Finché Daisy non è uscita dalla pista.»

Luke aveva raccontato l'intera vicenda a Devlin per telefono. Daisy aveva preso un sentiero che andava in discesa, guadagnando velocità e riuscendo a mantenere il controllo fino a che la ruota anteriore non aveva preso una buca mandandola a slittare sull'erba per diversi metri fino a sbattere contro un albero. Simile all'incidente col gatto delle nevi l'inverno prima, ma peggiore. Stavolta non era stata in grado di camminare.

«Avresti dovuto sentirla», continuò Judy. «Urlava come una ragazzina mentre scendeva giù dalla collina.»

«Noi siamo tornate indietro e abbiamo visto tutta la scena. Era al colmo della felicità», raccontò Ethel, «e, lo ammetto, per un minuto l'ho invidiata.»

«Finché non è caduta.»

«È stato orribile.»

«Abbiamo chiamato immediatamente il soccorso.»

Adesso la nonna era immobilizzata con una caviglia rotta, una costola fratturata, sbucciature, ecchimosi e un taglio sulla fronte.

«È fortunata a essere viva», commentò Ethel.

«Il dottore ha detto che è stato un bene che avesse bevuto», intervenne Luke. «Incredibile.»

«Vino», spiegò Ethel. «Solo un bicchiere.»

«Ma abbastanza perché avesse le membra sciolte. Sarebbe potuta andare peggio se fosse stata rigida. Invece è rotolata. La buona notizia è che scivolare sull'erba alta le ha fatto perdere gran parte della velocità prima di andarsi a schiantare contro l'albero.»

«Avresti dovuto vedere il sangue», aggiunse Judy.

«Shh», la zittì Helen. «Spaventerai le sorelle.»

A Devlin sembravano già al massimo della preoccupazione. Come Rocky e Chloe. Prima che potesse tranquillizzare qualcuno, il suo telefono squillò. Guardò il display e si allontanò. «Ciao, papà.»

«L'hai già vista?»

«Sono appena arrivato.» L'aveva chiamato lungo la strada. Devlin non voleva aggiungere preoccupazioni ma al tempo stesso l'uomo meritava di sapere che sua madre era in ospedale. «Luke dice che riposa tranquilla.»

«Lo so. Ho parlato con lui. Mi ha passato il dottore che mi ha assicurato che, salvo complicazioni, starà bene. Maledizione, ma cosa le è passato per la testa?»

«Non lo so, papà, ma ho intenzione di scoprirlo.»

«Dovrei venire lassù, ma ho paura che se... se mi vede in queste condizioni... Non voglio peggiorare il tutto.»

«Capisco.»

«Ma la famiglia si chiederà...»

«Me ne occupo io.»

«In che modo?»

«Escogiterò qualcosa e ti informerò.»

«D'accordo.» Fece una pausa seguita da un sospirò. «Qualcuno ha chiamato Kelly?»

La sorella di suo padre. La madre di Nash. La pecora nera della famiglia che viveva da anni a Las Vegas. «Ci siamo sentiti brevemente», rispose Devlin. «Non verrà.»

«Certo che no.»

«Ha chiesto però di essere aggiornata.»

«È già qualcosa, suppongo.» Sospirò, frustrato. «Ti lascio. Grazie per aver preso in mano la situazione, figliolo.»

Devlin nascose un'ondata di emozione proprio mentre qualcuno gli toccava il braccio. L'istinto gli suggerì che non era Rocky né una delle sue prozie e, infatti, quando si girò c'era Chloe.

«Avrei dovuto essere lì. Mi aveva invitata ad andare con loro e...»

«Ma poi lei ti avrebbe costretta ad andare in bici e, a differenza delle sue amiche, l'avresti seguita giù per quella collina.» Le strinse forte la mano. «Andiamo.»

Certo che Luke avesse gli altri sotto controllo, la guidò lungo il corridoio. «So che i dottori hanno raccomandato niente visite, ma cerchiamo di darle almeno una sbirciatina.»

«Guarda», esclamò Chloe, indicandogli qualcuno con un cenno del capo. «Vincent Redding.»

Devlin scorse il proprietario di *Oslow's* avanzare verso di loro più in fretta che poteva, vista la notevole pancia e le gambe corte e tozze. Si ricordò che Chloe gli aveva accennato alla possibilità che Vince e Daisy uscissero insieme. Dall'espressione sul volto dell'anziano, Devlin capì che quella visita era dovuta a ben più che alla preoccupazione di un semplice amico.

Be', per la miseria.

«Sono arrivato non appena ho potuto», spiegò Vince ansando per riprendere fiato. «Sta bene?»

«Malconcia», rispose Devlin, «ma sopravvivrà. Stavolta.»

Continuando a tenere la mano di Chloe, studiò l'uomo che riteneva potesse chiarire qualche mistero sulla fin troppo misteriosa Daisy Monroe. Indicò con la testa una sala d'attesa esterna. «Ho bisogno di parlarle.»

«È iniziata con la malattia di Jessup», iniziò Vince. «Sì, Daisy aveva il cuore a pezzi quando morì, ma quello che le dava gli incubi, ciò che le tormentava l'anima, era vederlo deperire.»

Chloe sentì le dita di Devlin stringersi attorno alle sue. Fu una sensazione quasi impercettibile ma sufficiente a farle capire che effetto avevano avuto su di lui quelle parole. Aveva saputo da Monica che Jessup era morto di cancro ai polmoni. Ma quello era successo dieci anni prima.

«Poco tempo dopo ha perso un fratello. Nei successivi cinque anni sono mancati alcuni amici, una sorella e un cognato. Due anni fa...»

«La moglie di Sam», finì per lui Devlin. «Cancro alle ovaie.»

Chloe lo ignorava. Quanto era durata? Aveva sofferto? Che tragedia per Sam e i suoi figli. Guardò Devlin ma lui era concentrato su Vince.

«L'ha straziata», continuò Vince. «La morte. La sofferenza. Ha cominciato a farsi domande sulla propria mortalità. Sull'aldilà.»

«Non ne avevo idea», ribatté Devlin.

«Nessuno ce l'ha. Non ne parla mai.»

«Tranne che con lei.»

Vince alzò le spalle. «Daisy fa la spesa da *Oslow's* da sempre. Un giorno, non molto dopo la morte di Jessup, è passata in cerca degli ingredienti per fare dei cupcake al cioccolato... Non me lo scorderò mai perché il giorno dopo me ne portò un assaggio e... accidenti! A ogni modo...» Fece un sospirone e allargò le grosse mani. «Ci siamo messi a parlare e parliamo fin da allora.»

«Parlate e basta?» domandò Chloe.

«Io volevo di più. Lei no. Mi sta bene così.»

Devlin scosse la testa. «Perciò lei sostiene che mia nonna flirta con la morte perché ne ha paura?»

«Approfitta di ogni occasione», disse Chloe. «Di ogni avventura. Perché non sai mai quando chiameranno il tuo numero.»

Vince fece schioccare la lingua e le puntò un dito grassoccio. «Bingo.»

«Lo capisco.»

Devlin la guardò incredulo. «Sì?»

«Già.» Aveva fatto la stessa cosa negli ultimi diciassette anni, anche se il suo approccio era stato leggermente diverso.

«Va bene», proseguì Devlin, «ma fino all'inverno scorso non si era ancora data alle forti emozioni.»

«L'incidente con il gatto delle nevi. Mmm... Be'.» Vince si schiarì la voce e distolse lo sguardo. «Qui la faccenda si fa un po' spinosa perché probabilmente avrei dovuto riferirlo a qualcuno della famiglia, ma Daisy mi aveva fatto giurare di mantenere il segreto e...»

«Sputi il rospo, Vince.»

«Daisy capirà», aggiunse Chloe con un sorriso dolce.

«Ne dubito», ribatté l'uomo, «ma è andata troppo oltre questa stronzata delle bravate.» Si grattò la barba, annuì e ristabilì il contatto visivo. «Lo scorso novembre ho accompagnato Daisy a Pixley per vedere l'illuminazione del grande albero di Natale. È un'abitudine che abbiamo da tanti anni.»

Dall'espressione di Devlin, Chloe capì che si trattava di un altro elemento di cui era all'oscuro.

«Daisy ha iniziato a sentirsi, be', non proprio bene. Respiro mozzo, sudore, vertigini. L'ho portata dritta al pronto soccorso, qui in questo ospedale. Un leggero attacco cardiaco.»

Devlin sobbalzò. «Cosa?»

«È stato così leggero e preso tanto tempestivamente che l'hanno curato con dei farmaci. Sottolineando il fatto che ha la pressione alta, le hanno detto di cambiare stile di vita e diminuire i fattori di stress. E di consultare immediatamente il suo medico curante. Solo che lei non voleva che Doc Worton ne fosse al corrente, per timore che avvertisse la famiglia.»

«Dannazione...» Devlin si passò con rabbia una mano tra i capelli. «Perché non voleva che lo sapessimo?»

«Perché avreste cercato di assumere il controllo sulla sua vita», spiegò Vince. «Ne aveva avuto abbastanza con Jessup e poi tuo padre aveva cominciato a imporre la sua volontà. Aveva assunto quell'impresa di pulizie che le invadeva la casa ogni settimana. Le faceva la paternale per le spese sconsiderate.

Poi sei intervenuto tu, Devlin. La tormentavi per il modo di guidare. Insistevi perché assumesse una persona che si occupasse della cucina.»

Chloe deglutì. «Mi sento in colpa.»

«Sbagli», disse Vince. «L'unico punto su cui ha avuto potere è stato scegliere te, Chloe. Era...» Scosse la testa. «È felice di questo. Di te.»

«Mi fa piacere.»

Vince lanciò un'occhiata severa a Devlin. «Per quanto riguarda te...»

«Mi sono intromesso», si giustificò Devlin, «perché ero preoccupato. Aveva troppi incidenti.»

«Perdita della memoria a breve termine», spiegò Redding. «Pensieri confusi, incapacità di concentrarsi. Effetti collaterali dei medicinali che Doc Worton le ha indicato per l'ansia. Solo che non sapeva delle medicine che stava prendendo per il cuore. Daisy si rifiutava di dirglielo, così l'ho convinta a raccontare tutto al dottor Beane, il medico che la segue qui a Pixley. L'ho portata qui la settimana scorsa e il dottor Beane l'ha rimproverata per aver mischiato i medicinali e le ha prescritto una nuova cura. Pensavo che andasse tutto bene. Ma immagino che abbia ancora dei... problemi.»

Dopo un po', Chloe cercò di rompere il silenzio carico di tensione. «Almeno adesso sappiamo con cosa abbiamo a che fare.»

Devlin annuì e porse la mano all'uomo più anziano. «Grazie per le informazioni.»

«Desidero solo quel che è meglio per Daisy.»

Chloe strinse il braccio di Vince e rivolse un sorriso comprensivo a Devlin. «Lo vogliamo tutti.»

Proprio in quel momento Luke fece capolino dalla porta. «La nonna si è svegliata. Il dottore dice che possiamo entrare quattro per volta. Non più di dieci minuti.» Guardò Vince e Chloe. «Spiacente. Solo i famigliari.»

Chloe si chiese se Vince ci fosse rimasto male quanto lei.

La sua espressione mortificata rivelava che stava molto peggio. «Torno domattina.»

Chloe era venuta insieme con Luke ma forse Vince poteva darle un passaggio a casa.

Casa.

Era lì da meno di un mese e già pensava a Sugar Creek come casa sua. Proprio come considerava i Monroe la sua famiglia. Solo che non lo erano.

«Vado a parlare con il dottore», le sussurrò Devlin all'orecchio mentre la riaccompagnava dentro. «Gli farò fare un'eccezione.»

«Cosa? No», si oppose, rendendosi conto che lui aveva frainteso la sua espressione. «Cioè, vorrei tanto vedere Daisy, ma non intendo rubare tempo alla famiglia. Se hai in mente di fare uno strappo alle regole, dovresti farlo per Vince.»

«In questo momento non mi sento particolarmente generoso nei confronti di Vince.»

«Venire meno alla promessa fatta a Daisy non deve essere stato facile.»

«Non avrebbe dovuto fare affatto quella promessa. Se avessimo conosciuto i timori della nonna, il suo infarto...»

«Le sue intenzioni erano buone», ribatté Chloe, con la testa che le pulsava per la propria discutibile promessa. «Cosa faresti se qualcuno cui tieni ti chiedesse di mantenere un segreto per quelli che ritiene dei buoni motivi?»

Devlin distolse lo sguardo e annuì. «Sarò fuori tra pochi minuti. Poi ti riporto a casa.»

Eccola di nuovo. Quella parola. Quel sentimento. Come se appartenesse a Sugar Creek. «Mi sembrerà strano, deprimente anzi, stare in quella grande casa senza Daisy.»

Devlin la baciò sulla fronte prima di seguire Luke e Rocky. «Allora verrai da me.»

28

Avrebbe dovuto dirgli di no. Rifiutare con gentilezza. Trovare una scusa. Invece, Chloe preparò in fretta una borsa con l'occorrente per la notte, infilò il laptop nella sua custodia e, dopo aver chiuso a chiave la porta d'ingresso di Daisy, corse da Devlin nella sua auto a noleggio.

«Che velocità.»

«Sì, be'...» Si mise ad armeggiare con la cintura di sicurezza. Poteva essere più ansiosa di passare la notte con quell'uomo?

Al tempo stesso la prospettiva del sesso la rendeva nervosa. Non era stata con nessun altro a parte Ryan per quasi tre anni e il sesso con lui non era stato un granché. Facile incolpare lui, ma se fosse dipeso da lei? E se si fosse rivelata una delusione a letto? Se le fosse mancato il coraggio? Cosa era peggio? Essere considerata una pessima amante o una provocatrice?

«So di averlo già detto, ma non pensare di dovermi intrattenere stasera.» Diede un colpetto al suo computer. «Ho un sacco di lavoro da fare per il club.»

«E io devo prepararmi per la riunione di domani.» Le rivolse uno sguardo ammiccante. «Non sei costretta a dormire con me stanotte, Chloe. Ho una camera per gli ospiti. Nessuna pressione. Detto questo, spero proprio che tu mi salti addosso.»

Chloe rise, grata per il calo nella tensione. «Almeno so come la pensi.»

Sorridendo, Devlin partì.

Ansiosa di trovare un terreno neutro e per niente sessuale, Chloe spostò la conversazione, affrontando la questione dello stato mentale di Daisy. Devlin aveva glissato sulla sua visita – *è rimasta vigile solo per cinque minuti prima di riaddormentarsi* – concentrandosi più sulle rivelazioni di Vince e sulla prognosi del medico. «Trovo ancora difficile credere che Daisy abbia acconsentito ad avere una badante.»

«Temporaneamente», puntualizzò lui. «Non l'ho costretta, se è quello che stai pensando, anche se avrei potuto farlo se non fosse stata ragionevole. Il dottore è stato chiaro. Avrà bisogno di sostegno per un po'. Qualcuno che la aiuti a lavarsi e a vestirsi. A monitorare le medicine.»

«Avrei potuto farlo io.»

«Non voleva che lo facessi tu. Sostiene che sei una cuoca non una badante.»

«Forse a parlare sono stati gli effetti degli antidolorifici. Hai detto che era intontita. Forse domani cambierà idea, quando avrà la mente più lucida.»

«Io non ci scommetterei. Afferma di aver bisogno di te sul campo.»

«E cosa significa?»

«Non lo so. Gliel'ho chiesto ma lei si è rivolta a Rocky, offrendole di presentarle Big Al, visto che tu non avresti più avuto bisogno di lui. Lei però ha rifiutato.» La guardò. «Chi è Big Al?»

«Non chi. Cosa. E preferisco non dirtelo.»

«Bene», la stuzzicò. «Lo chiederò domani alla nonna. Anche Rocky è curiosa.»

«Un vibratore.»

«Cosa?»

«Immagino che avresti preferito sentirlo da me piuttosto che da Daisy.»

Devlin, dapprima incredulo, scoppiò a ridere. «La nonna ha cercato di appiopparti un vibratore?» Scosse la testa. «Che idiozia. Non tu e il vibratore. Ma nonna...»

«Ho capito.» Chloe era palesemente imbarazzata.

«Perché...»

«Pensava che fossi... sai, sessualmente frustrata.»

«E adesso ritiene che lo sia anche Rocky?»

«Credi davvero che voglia parlare della vita sessuale di tua sorella?»

Per favore, non farmi fingere di non sapere niente di Adam e, per l'amore del cielo, di Jayce. Devlin era arrabbiato per il fatto che Vince avesse mantenuto il segreto di Daisy. Come si sarebbe sentito se anche Chloe fosse stata al corrente di un segreto riguardante la sua famiglia?

«Ricevuto», ribatté. Chloe per poco non si afflosciò per il sollievo. «Anche se a volte mi chiedo se ce l'abbia una vita sessuale.»

Chloe a stento trattenne un grugnito.

«Ma perché la nonna lo chiama Big Al?»

«Non vorrai sul serio affrontare l'argomento?»

Lui rise. «Probabilmente no. Allora, cosa vorresti per cena?»

«Oh, mio Dio, la *cena*. L'avevo totalmente scordata. Avrei potuto portare le costolette di maiale che avevo messo a marinare...»

«Lascia perdere. Ordineremo qualcosa.»

«Mi accontenterei di preparare qualcosa al volo.»

«Solo che non troverai granché nel mio frigorifero e nella dispensa.»

«Oh, giusto.» Chloe ricordò il loro primo incontro e sospirò. «Non ti stanchi mai dei cibi precotti?»

«Certo. Ma sono facili e veloci.»

«E privi di elementi nutritivi.»

«Per questo a volte ordino qualcosa o mangio fuori.»

«Non è sano neanche questo. Anche se devo riconoscere che

il menu dello *Sugar Shack* offre una grande scelta di pietanze a basso contenuto di grassi e salutari per il cuore.»

«È un'idea di Luke. Voleva offrire ai clienti qualcosa di più di hamburger unti e ali di pollo fritte. Ho proposto di assumere uno chef alla nostra portata.»

«Ma cos'è che ti ha spinto a entrare nel campo della ristorazione?»

«Luke. Ha sempre voluto un suo bar e un suo ristorante. È portato per i rapporti sociali. Gli piace la gente, stare in mezzo alla gente e farla divertire. Ha fatto il barista allo *Sugar Shack*, che prima si chiamava *Don's Bar and Grill*, per quasi cinque anni. Poi quando è stato messo in vendita...»

«Ha fatto il salto.»

«Occorrevano un sacco di lavori. Lui aveva grandi idee e pochi fondi.»

«E così sei intervenuto tu. Coproprietario. Ma non mi sembra che ci passi molto tempo.»

«Non voglio pestargli i piedi. È il suo sogno. Anche se mi occupo della contabilità. Luke ha idee e iniziativa ma, per citare nostra madre, gestisce lo *Shack* col cuore, non con la testa.»

Chloe sorrise.

«Cosa c'è?»

«Ti dà soddisfazione proteggere gli interessi di tuo fratello minore.»

«Se solo Rocky mi permettesse di fare altrettanto.» In quel momento il suo telefono squillò. Data un'occhiata allo schermo, si scusò per dover rispondere. «Scusa se prima ti ho messo fretta, Jayce.»

Non volendo origliare, Chloe si concentrò sul paesaggio che sfilava – un miscuglio di case coloniali e di legno dai prati curati, chiusi da staccionate, e ricchi di alberi. Giorno dopo giorno le foglie assumevano colori più accesi, tonalità di rosso, arancione e giallo. Secondo Daisy, nel giro di due settimane, Chloe avrebbe assistito allo spettacolo in grande stile dell'autunno. Non vedeva l'ora. Ma anche mentre cercava di immaginarne la bellezza, non riusciva a distogliere la mente dalla conversazione univoca tra Devlin e l'uomo che aveva spezzato il cuore di Rocky.

«Malconcia ma in buone mani», stava dicendo Devlin. «Assolutamente. So che la nonna sarebbe felice di vederti, ma aspetta fino a domani... Cosa?... Quando? ... Be', maledizione. No, io... Certo, ne parliamo dopo.»

«Tutto bene?» non poté fare a meno di domandare Chloe.

«Jayce torna a New York. Ha spiegato che è saltato fuori qualcosa riguardo a un vecchio caso e deve occuparsene oggi.»

Davvero? si domandò Chloe. O voleva solo allontanarsi da quel posto, nella speranza di mantenere il «segreto» per altri tredici anni? «Non era nel bel mezzo di qualcosa riguardo alla sua casa?»

«Ha interpellato una ditta d'appalti per i lavori di ristrutturazione. Sostiene di non aver ancora stabilito se vendere o affittare.»

«Ti seccherebbe se vendesse?» Rocky probabilmente sarebbe impazzita. Jayce Bello fuori dalla sua vita per sempre.

Devlin rifletté sulla domanda. «Sì. Jayce e io ci conosciamo da tantissimo tempo», raccontò mentre erano arrivati in prossimità di casa sua, «siamo ancora legati, ma...»

Normalmente Chloe l'avrebbe esortato a finire la frase, ma era certa che sarebbe stato come andare in cerca di guai.

Devlin svoltò nel vialetto, spense il motore e si girò per guardarla.

Chloe si preparò a... *qualcosa.*

«Questo weekend hai passato parecchio tempo da Rocky. Com'erano i rapporti tra lei e Jayce?»

Oh, no. «Non ne ho idea, davvero.» *Poteva andare come risposta?* «Cioè, c'era un sacco di gente e in generale gli uomini erano presi dallo sgombero del vecchio capanno e dalla costruzione di quello nuovo. Non credo di averla mai vista sola con Jayce.» *Vero.* «Adesso che ci penso, non ho passato cinque minuti con lui neanch'io.» *Vero anche questo.* Sapendo quello che sapeva a proposito di lui e di Rocky, se ne era tenuta alla larga.

Invece di insistere sull'argomento, per fortuna Devlin fece un passo indietro. «Ti sto opprimendo con questa storia? Abbastanza drammi per oggi, giusto?» Le strinse la mano e uscì dall'auto. «Se ho imparato qualcosa in questi giorni, è che esistono problemi che non posso risolvere e basta.»

Quelle parole la fecero sorridere. «Oh, ma ti piacerebbe provarci.»

«Tutti abbiamo dei difetti.»

Non è la verità? rifletté Chloe mentre Devlin prendeva le loro borse e le faceva strada verso il portico. *Come innamorarsi di uomini dispotici.*

Mentre oltrepassava la soglia, Chloe si preparò a un'ondata di emozioni. Era stata in quell'intima casa coloniale una volta sola, ma se chiudeva gli occhi poteva vedere la cucina, la sala da pranzo e il soggiorno in dettaglio. Sapeva perfino dove lui teneva la sua tazza preferita e il telecomando della tv. Quando Devlin mise da parte i bagagli e le posò una mano in fondo alla schiena, Chloe ebbe l'impressione che le stesse dando il benvenuto non solo in casa sua ma nella sua vita.

Per la seconda volta in una settimana provò la sensazione di fluttuare, ma adesso si sentiva la testa tra le nuvole. Era presa dalla fondamentale bontà e dal sensuale carisma di quell'uomo. Anche respirare divenne difficile e l'eccitazione che emanava il suo cuore diffondendosi in tutto il corpo era così confortante, e al tempo stesso inebriante, che le vennero le vertigini per la meraviglia.

La voce di Monica le risuonò nelle orecchie. *Sei innamorata?*

Sorpresa da quella rivelazione, cercò di individuare il quando e il perché.

Forse era successo quando lui non l'aveva fatta sentire in colpa per l'incidente di Daisy. O forse quando si era offerto di infrangere le regole per farla stare meglio o quando aveva tranquillizzato le sorelle e le amiche di Daisy. O forse Monica aveva indovinato e si era trattato davvero di amore a prima vista, soltanto che Chloe non se ne era resa conto fino a quel momento. L'unica certezza era che il suo cuore aveva fatto un serio capitombolo.

Il che aggiunse una nuova, spaventosa dimensione alla faccenda del *saltargli addosso*.

«Fa' come se fossi a casa tua», la invitò Devlin. «Porto di sopra le tue cose e torno subito.»

Lo prese per la maglietta prima che si girasse. «Voglio che tu sappia...» Lo guardò negli occhi più blu del blu e gli svelò la sua più grande paura. «È passato tanto tempo dall'ultima volta che sono stata con qualcuno che non fosse... be', lo sai. E non eravamo così... Non era così... spettacolare.» E se a letto sono una frana? rimase in sospeso nell'aria. Dare voce a quell'insicurezza sarebbe stato patetico. Soprattutto quando le statistiche riportavano che la maggior parte degli uomini trovavano eccitanti le donne sicure di sé. Per non parlare del fatto che aveva nominato un vecchio amante. *Ben fatto, Madison.*

Ma invece di allontanarsi, Dev la prese tra le braccia e cercò la sua bocca. *Beatitudine.* La baciò a lungo e profondamente, fino a farle rimbombare il cuore nelle orecchie e a farle tremare le gambe. Il calore le invase le parti intime e immagini erotiche di loro due a letto insieme, nudi, le provocarono un gemito di pura estasi. Quando si staccò da lei, i pensieri di Chloe erano annebbiati e il suo equilibrio incerto.

Sorridendo, Devlin le mise le mani sulle natiche e le premette la sua erezione contro il basso ventre, prova del desiderio di lui e del sex appeal di lei.

Anche Chloe sorrise, con i sensi in fiamme. «O forse sconvolgerò il tuo mondo.»

«Voto per questo.»

Rocky entrò nel vialetto di Jayce proprio mentre lui stava uscendo. Come Dev, guidava una macchina a noleggio. Dal momento che gli aveva bloccato la strada, non poteva fare altro che spegnere il motore. Rocky si avviò verso la sua auto mentre lui ne stava scendendo. Osservò i suoi pantaloni cargo, la maglietta aderente e la camicia di cotone sbottonata e fuori dai pantaloni. Sexy casual. I capelli erano arruffati e i suoi occhi assassini nascosti da un paio di occhiali da sole stile aviatore. Malgrado tutto, Rocky si sentì arrossire sotto il suo sguardo. Tra l'incidente della nonna e l'imminente confronto, si sentiva esausta e a disagio.

«Stai bene?» le chiese Jayce.

La prima reazione di Rocky fu di nervosismo – *ti sembra che stia bene?* – ma preferì dire la verità. «No.»

«Si tratta di Daisy? C'è stato un peggioramento?»

«La nonna è okay. Be'... si sta riprendendo. No, si tratta dello scorso fine settimana.»

Lui controllò l'ora. «Se hai intenzione di darmi il tormento per qualcosa, fa' in fretta. Ho un aereo da prendere.»

Rocky ebbe un tuffo al cuore. «Stavi andando via senza salutare?»

Si tolse gli occhiali e la guardò con sospetto. «Mi hai buttato fuori dalla tua proprietà e adesso te la prendi perché non sono passato da te prima di tornare alla mia vita?» Si passò una mano sulla barba incolta. «Sei un bel tipo, Dash.»

Rocky cercò di resistere alle emozioni che quel soprannome le suscitava. «È solo che... abbiamo una faccenda in sospeso.»

«Davvero?»

Il coraggio che aveva chiamato a raccolta durante il tragitto iniziò a svanire. Gli indicò con un cenno del capo la casa dei suoi genitori. Era buffo, ma Jayce non l'aveva mai definita casa *sua* malgrado vi fosse cresciuto. Nonostante gli appartenesse. Si ricordò di essersi intrufolata in camera sua quella notte e...

«Possiamo parlarne dentro?» Non aveva intenzione di suscitare ricordi, ma proprio non voleva discutere una questione così personale all'aperto dove poteva passare chiunque.

Jayce si massaggiò la mascella e poi fece una telefonata.

«Pronto, Nash?... Jayce... No, non sto annullando, ma farò tardi.» Scoccò a Rocky uno sguardo seccato. «Dieci, quindici minuti... Esatto.»

«Voli con Nash?»

«È un problema anche questo?»

Rocky si morse la lingua e controllò l'energia. Quando ebbero attraversato il cortile e furono arrivati alla porta d'ingresso, era passata dal nervosismo alla rabbia. Era venuta lì per fare la pace e lui cercava lo scontro. Si ritrovarono nel soggiorno totalmente spoglio, privo di tutto, compresi moquette e battiscopa. Sapeva che i suoi inquilini avevano traslocato. Sapeva che aveva cominciato i lavori di ristrutturazione, ma era sorpresa da come quella casa non avesse niente in comune con quell'uomo potente e carismatico che torreggiava di fronte a lei.

Jayce incrociò le braccia sul petto. «Volevi parlare. Coraggio.»

Rocky trattenne l'impulso di prenderlo a cazzotti e si attenne al consiglio di Luke: accetta le sue buone intenzioni e passa oltre. «Ti perdono.»

All'inizio lui non disse nulla. Si limitò a spostarsi e a piegare la testa da un lato. «Per cosa diavolo mi perdoni?»

«Per aver rovinato tutto facendo la cosa giusta.» E va bene. Non era proprio come si era preparata a reagire. Ma, per la miseria, quello era il suo stato d'animo.

Jayce trattenne una risata e scosse la testa. «È così che vuoi mettere una pietra sul passato?»

Lei tirò su la schiena. «Almeno ci sto tentando.»

«Lascia che ti faccia una domanda, Dash. Cosa senti per Adam?»

La colse di sorpresa. Avvertì la propria pelle ardere perché, in quel momento, stava malissimo per Adam. O, piuttosto, per come lo aveva ferito. «Mi piace. È un brav'uomo. Senz'altro merita qualcuno meglio di me, perciò... ho rotto con lui. Ho un sacco di cose in ballo. Questioni che devo risolvere. Problemi che devo affrontare. Il *Red Clover*...»

«Cosa provi per me?»

«Io... io...»

«Mettiamola in un altro modo.»

L'istante successivo si ritrovò tra le sue braccia, sotto il suo incantesimo, catturata nel vortice di un bacio profondo e intenso. Bruciò. Come quella vergine di diciassette anni che si scioglieva sotto le carezze esperte dell'uomo per il quale spasimava da quando ne aveva tredici.

Roba da andare fuori di testa.

Quando lui si staccò, per poco Rocky non perse l'equilibrio. Nella testa aveva un guazzabuglio di pensieri ed emozioni.

«Addio, Dash.» Jayce andò via a grandi passi senza guardarla. «Per adesso.»

Devlin non riusciva a ricordare l'ultima volta in cui si era sentito così felice. Sì, era sessualmente frustrato, ma era comunque una dolce sofferenza. Il bacio che si erano scambiati prima era sembrato anticipare fuochi d'artificio in camera da letto, se mai ci fossero arrivati. Avrebbe potuto forzare la situazione, ma anche dopo averle assicurato che non doveva preoccuparsi di fare fiasco, aveva continuato a cogliere una certa tensione. Non credeva che fosse a causa del suo ex ma non poteva esserne sicuro. Così si era tirato indietro, lasciando che Chloe si abituasse alla sua casa e al pensiero di loro due insieme. Quando sarebbe giunto il momento di provarci, l'avrebbe riconosciuto. Sì, era arrugginito in fatto di romanticismo, ma affatto incapace. Poteva non succedere quella sera, ma sarebbe successo, e allora...

Devlin spostò il laptop per nascondere un'erezione insistente. Frustrato ma soddisfatto.

Guardò Chloe, seduta all'altra estremità del divanetto di pelle. Una montagna di materiale di ricerca li separava. Il suo. Quello di lei. Dopo essersi rimpinzati di un po' di tutto da *Chang Li*, l'unico ristorante cinese di Sugar Creek, si erano infilati tuta e maglietta e messi all'opera sui loro rispettivi progetti. Avevano lavorato in complice silenzio per più di un'ora, anche se di tanto in tanto lei gli chiedeva qualcosa a proposito dei membri delle Cupcake Lovers o chiarimenti su un evento benefico. A un tratto lo sorprese con uno sfogo rabbioso.

«Ma sta scherzando?!»

«Qualcuno che conosco?»

«Tasha.»

«Ah.» Sfortunatamente conosceva la *signora Burke* meglio di quanto volesse. «Che ha combinato adesso?»

«Le ho mandato un'e-mail per chiederle se aveva saputo dell'incidente di Daisy e se era possibile posticipare il servizio fotografico almeno fino alla fine della settimana. Mi sono espressa in termini cordiali e sono stata attenta al suo ego concludendo con: 'Sono certa che all'editore non darà fastidio un lieve ritardo, dal momento che riguarda un membro anziano'. E che risposta ottengo al mio ponderato messaggio di una pagina e mezzo? Quattro parole: 'Non si può fare'. Niente saluti. Niente firma. Ma ci ha almeno pensato? Ci ha provato? Ma quanto è maleducata?»

«Ha un programma da rispettare.»

«Be', chi se ne frega.»

«Sei carina quando ti arrabbi.» Dev le rivolse un sorrisetto. «Soprattutto in difesa della mia famiglia.»

«È inconcepibile. Daisy è in ospedale! Cosa sarà qualche giorno in più? Che importa se ha una gamba ingessata e una benda sulla fronte? Esistono artifici come le pose creative e l'aerografo. Daisy è il membro più anziano delle Cupcake Lovers, anche di Ethel.»

«Lo so.»

«Merita di essere fotografata nel libro di ricette.»

«Lo so. Ma ricorda», disse nel tentativo di calmare la tensione, «che questa è solo una proposta. Un campione.» Riandò con la mente a tutte le informazioni fornite da Tasha quella sera. «Ci sarà un altro servizio se il libro dovesse ottenere un contratto.»

«Non ha importanza. Daisy ne sarà distrutta. Una grossa delusione come questa è l'ultima cosa di cui ha bisogno in questo momento.»

Non poteva non essere d'accordo. «Vuoi che chiami Tasha?»

«Sì. No. E, comunque, cosa ci hai visto in lei?»

Devlin inarcò un sopracciglio.

«Scusa. Non sono affari miei.»

«È tutto a posto. È risaputo che Tasha e io ci siamo frequentati per un paio di mesi circa un anno fa. Stavo uscendo da una brutta relazione e lei... mi fece stare bene. Per un po'.»

«Il sesso è diventato noioso, eh?» domandò Chloe con un sorriso canzonatorio.

«Diciamo solo che era interessata più ai miei soldi che a me.»

Chloe lo studiò per un momento e sospirò. «L'ho detto prima e lo dirò di nuovo: Tasha è una superficiale testa di rapa.»

Lui rise, affascinato da come Chloe aveva sorvolato su una relazione passata e lusingato dal fatto che non gli avesse chiesto del suo conto in banca. «Malgrado tutto, pensa ancora di potersi infilare nuovamente nel mio letto.»

«Anche se è sposata?»

«Irritante. Ma mi fornisce un briciolo di controllo. Se le chiedessi di disdire il servizio...»

«In modo che possa aspettarsi qualcosa da te in cambio? Uh, no. E poi non voglio che tu combatta le mie battaglie per me.»

«Come non volevi che intervenissi in tua difesa contro il vice di Burke.»

«Avevo come dimenticato quell'incidente», disse lei pensierosa.

«Io no.» Ma aveva mantenuto la promessa di non andare a cercare Billy. Anche se ciò non implicava che non l'avrebbe fatto in futuro, situazione permettendo. Devlin incrociò le braccia e osservò quella bella donna seduta così vicino, eppure così lontano, la cui attenzione era di nuovo rivolta allo schermo del computer. «Ma perché, a ogni modo?»

«Perché cosa?»

«Per quale motivo non vuoi il mio aiuto?»

«Per il fatto che ho bisogno di agire da me, per conto mio. Prima era mio padre a gestire la mia vita, poi Ryan. Non che mi sia veramente opposta. D'accordo, non l'ho proprio fatto», continuò senza guardarlo. «Ripensandoci, immagino che considerassi entrambi la mia rete di salvataggio mentre affrontavo la vita tra rischi e pericoli e correvo ovunque le mie passioni mi portassero.»

Grazie a Jayce, Devlin sapeva quante scuole e quanti lavori aveva cambiato. L'aveva attribuito alla pigrizia oppure alla volubilità. All'incapacità di finire quello che aveva cominciato. Adesso era confuso. Gli venne in mente una frase che aveva pronunciato in ospedale. «Approfittare di ogni occasione perché non sai mai quando chiameranno il tuo numero.»

«Esattamente.»

«Ti va di raccontarmi perché ti identifichi con la paura della morte di Daisy? È per via dell'incidente in Florida quando eri piccola?»

«Te l'ha riferito Daisy?» Chloe scosse la testa e poi guardò verso di lui. «Quello riguarda solo la mia paura di annegare. Il mio generale bisogno di riempirmi la vita il più possibile è legato a mia madre. È morta quando avevo quattordici anni. Lei ne aveva solo trentacinque. Investita da un automobilista ubriaco. Stava facendo compere in città, era ferma sul marciapiede in attesa di attraversare. L'autista ha perso il controllo e... Un minuto c'era, quello dopo non c'era più.»

«Mi dispiace, tesoro.»

«Ogni volta che penso a lei, mi ricordo i suoi sogni e i suoi interessi, grandi e piccoli, molti dei quali irrealizzati. Aveva messo tutto all'ultimo posto e dedicato la sua vita a papà e a me. Diceva sempre: 'Ho un sacco di tempo'. Solo che non era così.»

Ritornò al proprio lavoro e Devlin ritenne che gli avesse detto quello che sentiva di dirgli in quel momento riguardo al suo stile di vita. Non gli serviva sapere di più. Insieme con le informazioni ricevute da Jayce, adesso aveva le idee chiare su Chloe Madison. Il problema era, si sarebbe finalmente data una calmata e dedicata a un'unica passione? A un unico lavoro? A un unico uomo?

Il fatto che stesse pensando in termini di impegno a lunga scadenza era preoccupante. La conosceva da quasi un mese, ma non è che gli fosse andata meglio con donne che conosceva da più tempo. Tuttavia, a meno che Chloe non risolvesse il problema della paura della morte, insieme con la nonna, Devlin correva il rischio di perderle entrambe, sebbene in modi diversi. Un pensiero che faceva riflettere.

«Cosa stai facendo?» le chiese, incuriosito dall'assorta espressione di Chloe e dalle sue dita che volavano sulla tastiera.

«Mando una mail a tutti i membri del club, be'... a quelli dotati di un indirizzo e-mail. Visto che è già tardi, dovrò chiamare Ethel, Judy e Helen domani mattina.»

«Riguardo a cosa?»

«Sto radunando le truppe. Immagino che se tutti si coalizzano e si rifiutano di partecipare al servizio fotografico di domani, Tasha sarà costretta a posticipare.»

Devlin spense il proprio computer. «Non sottovalutare l'influenza di Tasha.»

«Non abbandoneranno Daisy.» Lo guardò mentre spostava il suo laptop. «Hai finito?»

Devlin era infatti più pronto che mai alla riunione dell'indomani. Aveva controllato i suoi investimenti e sistemato qualche aspetto finanziario mentre lei organizzava e dava una forma alla proposta. «È stata una lunga giornata. È ora di staccare la spina. Cosa ne dici di una bottiglia di vino e un film?»

Chloe sorrise. «Mi sembra grandioso. Devo solo cliccare INVIA.»

Dopo la giornata densa di colpi di scena e il triste racconto su sua madre, Devlin immaginava che Chloe sarebbe stata contenta di un po' di leggerezza. Anche lui aveva bisogno di una pausa. Aveva la testa ingombra di crisi famigliari – la nonna, suo padre, Rocky – la riunione con il personale e i pensieri erotici riguardanti Chloe. «Non ho una grande collezione di DVD ma dai un'occhiata a quella guida. Forse danno qualcosa di interessante alla tv via cavo o alla pay-per-view.»

«Dovresti farti Netflix.»

«Non guardo molti film.» Rilassarsi era quasi un concetto sconosciuto. Tornato dalla cucina con una bottiglia di vino rosso e due bicchieri, notò che Chloe aveva messo via il lavoro e stava sfogliando la guida tv. Abbassò le luci, poi si sedette accanto a lei e riempì i bicchieri. «Trovato qualcosa?»

«Sì.» Lei gli indicò sorridendo il film che aveva scelto.

«*A spasso con Daisy.*» Un vecchio film su un'anziana donna e il suo autista. Devlin sorrise. «Speravo in un thriller sexy, ma, al diavolo.» Le porse un bicchiere e propose un brindisi. «Alla veloce guarigione della nonna.»

Chloe fece tintinnare il bicchiere contro il suo. «A vivere il presente.»

29

Chloe si svegliò col torcicollo, un cattivo sapore in bocca e decine di preoccupazioni che si affollavano nella sua mente arrugginita. Le ferite di Daisy, il segreto di Rocky, l'ostinazione di Tasha. L'unica cosa bella era essere avvolta dalle braccia di Devlin. Era mezza addormentata, ma sentiva il suo profumo, il suo corpo caldo. Si rese conto della carezza della sua mano, del peso della sua coscia. L'erezione mattutina che le premeva contro il fondoschiena. Sfortunatamente, più prendeva coscienza di quell'intima posizione, più aumentava il nauseante martellare nella testa.

«È tempo di alzarsi, bellissima», le disse lui all'orecchio. «Sto facendo tardi al lavoro.»

Devlin ci mise un minuto a formulare la frase, tanto quanto ci impiegarono gli occhi offuscati di lei a mettere a fuoco. Erano ancora nel soggiorno, ma la tv era spenta e il tappeto intrecciato screziato di luce. «Ci siamo addormentati sul divano?»

«Non so chi sia crollato per primo, ma lo attribuisco all'ora tarda e al troppo vino, piuttosto che alla compagnia.»

Chloe guardò la bottiglia attraverso le palpebre socchiuse e si toccò la testa dolorante. «Non mi capita mai di eccedere così.»

«È facile con un ottimo vino d'annata dopo una giornata stressante.»

Doveva ancora girarsi e incontrare il suo sguardo. Anche se non c'era biasimo nella sua voce, Chloe era mortificata. L'obiettivo era stato rilassarsi, ma per tutta la durata del film non aveva fatto altro che rimuginare sugli eventi della giornata e le potenzialità della notte. Innamorarsi aveva intensificato le sue aspettative. Più pensava al sesso, più aveva bevuto per calmare i nervi. Be', si era calmata del tutto. «Mi sento un'idiota.»

«Come credi che mi senta io? Solo per tutta la notte con una tipa sexy», scherzò, «e cosa faccio? Mi perdo.»

Riuscì a farla sorridere. «Qualcosa mi dice che tu eri assolutamente sobrio.»

Le sfiorò l'orecchio con le labbra. «Un gentiluomo non rivela mai indiscrezioni amorose.»

«Suona come una gentilezza di altri tempi», rispose altrettanto scherzosamente Chloe, ma in realtà era affascinata. Il panorama degli appuntamenti a New York era stato meno cavalleresco. Andare a letto con un uomo ritenuto eccitante era la norma e la sera prima era stata, in un certo senso, un appuntamento. Ricordò le coccole, le carezze appassionate e un unico, lunghissimo bacio sensuale. Devlin avrebbe potuto approfittarne. Invece era stato sensibile nei confronti della sua ansia e condizione. Si voltò verso di lui e incrociò il suo sguardo ipnotico. «Mi dispiace non esserti saltata addosso. Non è che non volessi farlo. È solo che ieri notte...»

«Non era quella giusta.» Devlin le scostò i capelli dal viso. «Ma non è andata sprecata.»

Chloe si perse in quegli occhi blu. «Dici cose romanticissime.»

«Non di proposito, fidati. Non è il mio stile.»

«Non sei un dongiovanni. Lo so. Questo rende le tue azioni e i tuoi sentimenti ancora più affascinanti.» Chloe si rese conto che le stava fissando la bocca. Per quanto volesse che la baciasse, non riusciva a non pensare all'alito mattutino – il proprio, non quello di lui. E poi le sembrava come se qualcuno le stesse infilando uno spiedo nel cervello. Nel vero senso della parola.

«Se non fossi così in ritardo, ti porterei su nel mio letto e farei l'amore con te, Chloe.»

Che fosse per come aveva pronunciato il suo nome o per il tono sexy nella voce, malgrado i postumi della sbornia, Chloe avvertì un formicolio in tutti i posti giusti. «Rimandiamo?»

Lui sigillò il patto con un bacio che fuse quanto restava dei suoi neuroni. Poi si alzò, con quell'aspetto sgualcito e sexy da morire. «Potresti raggiungermi sotto la doccia», le propose con un sorriso malizioso.

«Magari un'altra volta», rispose lei, timida e a disagio, ma affatto intenzionata ad ammetterlo. «Stai facendo tardi al lavoro, ricordi? Gran giorno. Riunione importante.»

«Voglio anche passare in ospedale, vedere la nonna e informarmi sugli orari di visita.»

«Vorrei poterci andare immediatamente», disse Chloe. «Ma so che ha bisogno di riposo.»

«Non sono sicuro di come affrontare i suoi problemi.»

«Magari comprendendo la sua voglia di vivere invece di parlare della paura della morte?»

«Sottolineare il positivo.»

«Qualcosa del genere.»

«Aiuterebbe se facessi quel passo con te?»

Chloe batté le palpebre, poi si rese conto di aver confessato la propria paura della morte la sera prima. «Non ne sono sicura.»

Devlin si chinò per scostarle una ciocca di capelli dietro all'orecchio. «Quando lo sarai, fammelo sapere.»

Questo significava che aveva capito e accettato il suo bisogno di combattere le proprie battaglie. Il suo cuore innamorato prese a battere forte, tanto quanto il martellante mal di testa.

Lo sguardo di Dev indugiò – un silenzioso saluto carico di rispetto e affetto, prima di dirigersi verso le scale. «C'è un secondo bagno al piano di sotto se...»

«Me lo ricordo. Grazie.» Chloe aveva lo stomaco in subbuglio, una combinazione tra l'essere meravigliosamente innamorata e in preda agli orribili postumi della sbornia. *Controllati,*

Madison. Quando Devlin se ne fu andato, si trascinò giù dal divano, prese il piccolo beauty case che teneva nella borsa e si precipitò nel bagno al piano di sotto. Evitò di proposito lo specchio, si lavò mani e faccia con l'acqua fredda e si spazzolò i denti. «Non vomitare. Non vomitare.» La sera prima si era preoccupata di poter deludere Devlin a letto. Adesso la sua maggiore ansia era resistere all'impulso di correre al gabinetto. Ispirando grosse boccate d'aria, si tenne i polsi e guardò il proprio riflesso allo specchio. «Sei patetica.»

Non era, tuttavia, sconfitta. Nonostante il pessimo aspetto, Devlin aveva iniziato un bacio che continuava a vibrarle in tutto il corpo. Riuscì a fare un sorriso impertinente. «Gli piaci», disse a se stessa. «Un sacco.»

Non si trattava solo di sesso. La tenerezza nel suo sguardo e nelle sue carezze suggerivano una più profonda intimità. Le si gonfiò il cuore al pensiero di come lui aveva ceduto al suo desiderio di assaggiare diversi piatti dal menu del take-away così come alla scelta di un film sentimentale. Il modo in cui avevano lavorato ciascuno al proprio progetto a fianco a fianco. La sua espressione dolce quando gli aveva parlato di sua madre e del proprio approccio incosciente alla vita – particolare di cui non si era accorta fino a quando non aveva conosciuto Daisy. Sotto la natura autoritaria di Devlin covava un animo sensibile. La sera prima erano entrati in relazione come amici. Quella mattina come coppia.

Pensò a lui nella doccia, nudo, con l'acqua bollente che gli scorreva sui muscoli tonici e lottò contro l'impellente bisogno di raggiungerlo. Per quanto volesse saltargli addosso, non voleva interferire con quell'importante giornata al lavoro. Sapendo che l'incontro di quella mattina con il personale aveva molta importanza per lui e che era già in ritardo, si trascinò stancamente fuori dal bagno e andò in cucina.

Il meno che posso fare, ragionò mentre prendeva caffè e uova dal frigorifero, è farlo uscire con una sostanziosa colazione.

Dopo avrebbe controllato le e-mail dei membri del club e

affrontato il dilemma Tasha e servizio fotografico. All'improvviso Chloe capì perché Daisy la voleva «sul campo». Aveva bisogno di un paladino. Qualcuno che le assicurasse il posto nel libro di ricette. Contemporaneamente, comprese la talora eccessiva determinazione di Devlin nel proteggere la propria famiglia e la sua disponibilità verso i compromessi. La famiglia, grande o piccola che fosse, era preziosa. La famiglia era una questione complessa. In cerca della perfezione, lei aveva abbandonato il proprio sangue. Invece di sanare le fratture e riallacciare i rapporti, era fuggita.

Il senso di colpa la aggredì allo stomaco peggio della sbornia.

Accesa la macchinetta del caffè e abbassata la fiamma sotto alla padella, corse nel soggiorno e tirò fuori il cellulare dalla borsa. Ebbe una piccola delusione quando rispose la segreteria telefonica però, malgrado tutto, lasciò un messaggio affettuoso. «Ciao, papà. Chiamami appena senti questo messaggio. Dobbiamo parlare.»

Devlin arrivò al *J.T.* alle 9.30, mezz'ora dopo l'apertura al pubblico, due ore e mezzo dopo il suo consueto orario di arrivo. Normalmente la cosa lo avrebbe reso nervoso, incavolato per non avere il tempo di accumulare cifre e visionare rapporti. Invece si sentiva rilassato, ottimista e pazzo di Chloe Madison. Luke aveva ragione. Non era Janna.

Sì, entrambe erano incoscienti spiriti liberi che facevano la corte ai guai e possedevano un irresistibile sex appeal, ma le somiglianze finivano lì. A Janna mancavano profondità e altruismo.

Chloe aveva una personalità complessa, ma sensibile ai sentimenti e alle difficoltà altrui. Si trovava a Sugar Creek da poco tempo e già aveva dimostrato più interesse sincero per la sua famiglia di quanto non avesse fatto Janna durante i due anni di altalenante rapporto e i sei mesi del loro matrimonio. Mentre Janna si era limitata a promesse senza seguito, Chloe agiva. La dedizione nei confronti di Daisy era solo uno degli aspetti che avevano sedotto la sua anima cinica. Il fatto che Chloe cucinasse come Cat Cora di Food Network era un bonus. Non sapeva cosa gli fosse rimasto più impresso, la vista di Chloe, quella mattina, a proprio agio nella sua cucina o l'incredibile sapore della colazione completa che gli aveva preparato utilizzando quel poco che aveva trovato in frigo.

Distribuendo cenni e sorrisi ai dipendenti che lo salutavano, Devlin attraversò il primo piano quasi deserto dei grandi magazzini enumerando le fortune che aveva, comprese le incoraggianti telefonate mattutine con sua nonna (*Il dottore dice che mi libera tra due giorni!*) e con suo padre (*Di questo passo, sarò a casa per Natale.*) Neanche il temporale, il quarto in una settimana, o la cupa espressione sul volto del suo vice riuscirono a fargli passare il buon umore. «Buongiorno, Chris.»

«Non so se sarà buono», rispose l'uomo affiancando Devlin. «Ma potrebbe essere peggiore.»

«Qual è il problema?»

«Primo, i bagni delle signore sono allagati. Ho messo sulla porta un cartello, ci ho mandato il custode di turno e ho chiamato l'idraulico.»

«Perfetto. Poi?»

«La pasticceria *Gemma* ha annullato il catering per la riunione con il personale di stasera.»

«Perché?»

«Chiuso.»

«Da quando?»

«Da questa mattina.»

«Senza preavviso?»

Chris scosse la testa. «Non so cosa stia succedendo.»

Curioso ma non stupito, Dev salì le scale che portavano al suo ufficio al secondo piano. «Non preoccuparti. Chiamerò Luke, farò mandare dolci e caffè dallo *Shack*. C'è altro?»

«Sì.»

Devlin mise la valigetta sulla scrivania, si tolse la giacca fradicia e accese il computer. Nel frattempo, il suo comandante in seconda rimase sulla soglia soppesando le parole. «Sputa il rospo, Chris.»

«Il soffitto perde, terzo piano, reparto uomini.»

«Danno idraulico?»

«Moderato. Ho già messo una squadra al lavoro.»

Il primo impulso di Devlin fu di correre sulla scena e valutare il danno. Invece si sedette e aprì la valigetta. «Sembra che tu abbia tutto sotto controllo.»

«Sì, ma...»

«Cosa?»

«Non vuoi dirigere i lavori?»

Devlin alzò lo sguardo. «C'è bisogno che lo faccia?»

«In realtà no, ma questo non ti ha mai fermato prima.»

«Vero», rise lui.

Con le mani sui fianchi, Chris cambiò posizione e piegò la testa. «Sei terribilmente... rilassato. Hai scopato stanotte o qualcosa del genere?»

«No, ma ho trovato di meglio da fare.»

«E cioè?»

«Mi fido della tua capacità di giudizio e delle tue abilità.» Non gli aveva di certo mostrato quella fiducia negli ultimi mesi. Anzi, proprio come suo padre, Devlin controllava meticolosamente anche le persone più capaci. Abitudine irritante, secondo amici e famiglia, e parte del motivo per cui non aveva una vita sociale. Chi ne aveva il tempo? Se nell'ultima settimana aveva imparato qualcosa, era che la vita era troppo breve. «Grazie per aver risolto i problemi di stamattina, Chris.»

L'uomo si rilassò e sorrise. «Ho solo fatto il mio lavoro.» Fece per andarsene, poi guardò di nuovo Devlin. «Ma più tardi verrai a verificare. A vedere se tutto è sotto controllo.»

«Se così non fosse, non farei il mio lavoro.»

Chris annuì. «Volevo solo assicurarmi che trovarti di meglio da fare non comprendesse lasciare il *J.T.* So che sei ai ferri corti con tuo padre.»

«Non vado da nessuna parte.» Almeno fino a che suo padre non fosse tornato per riprendere le redini dell'attività. Quel giorno Devlin si sarebbe volentieri fatto in là. Prima era, tanto meglio. Soprattutto perché significava che suo padre aveva riacquistato la salute. In parte perché avrebbe dato a Devlin la possibilità di dedicarsi ad altre opportunità e forse un paio di avventure. Preferibilmente con Chloe.

Ma... non avrebbe fatto niente né sarebbe andato da nessuna parte se prima non si fosse assicurato la lealtà degli addetti alla vendita e del personale impiegatizio del *J.T.* Aveva riesaminato il file che elencava i diversi pacchetti sanitari e salutistici offerti dalla VT Med e aveva convinto suo padre a offrire ai dipendenti la possibilità di personalizzare il proprio pacchetto di benefit – con il minimo costo da parte del *J.T.*

Quello che non era riuscito a fare era stato ottenerne l'approvazione riguardo agli incentivi: secondo suo padre l'azienda non poteva permetterselo.

Ma Devlin sì. Aveva messo in moto quegli ingranaggi giorni prima. Curioso dell'attuale stato della sua linea strategica, cliccò l'accesso a internet e al proprio portfolio di azioni.

In quel momento la porta si aprì ed entrò Rocky. «Ho bisogno di parlare con te.»

Una faccenda personale, ritenne lui, dato che si era chiusa la porta alle spalle. E preoccupante perché, invece di sedersi si era messa a camminare su e giù.

«Se si tratta di Jayce...»

Rocky si fermò bruscamente, con le mani strette a pugno lungo i fianchi. «Perché pensi questo? Cosa ti ha detto di me?»

«Niente. A parte che gestisci una locanda dannatamente carina. Sei tu quella con la luna storta da quando è venuto in città. Non lui.» Nel notare il rossore della sorella e il suo tono ansioso, un sospetto prese forma in un angolino della sua mente. Si spogliò per un istante dei panni del fratello e considerò Rocky come donna, ricordando il modo in cui Jayce aveva descritto Chloe in base a una vecchia fotografia

– capelli biondi, curve mozzafiato. Il suo tipo. Rocky fatta e finita. Era mai possibile? Jayce le aveva rivolto qualche sgradita avance? Un commento colorito? O forse era stato il contrario. Forse Rocky aveva espresso interesse e Jayce l'aveva respinta. Quell'ipotesi sembrava più verosimile, dal momento che Devlin non riusciva a immaginare il suo migliore amico approfittarsi della sua sorellina. Non sapeva bene perché, ma qualcosa gli suggeriva che il disagio di Rocky era dovuto al sesso. Fingendo nonchalance, si appoggiò comodamente allo schienale. «C'è qualcosa che vuoi dirmi?»

«Ho avuto una relazione con Adam Brody.»

Be', che mi prenda un colpo.

«D'accordo, non proprio una relazione. Più un'avventura. Anche se suona troppo passionale. Non eravamo innamorati o roba del genere; si è trattato, sai, solo di sesso occasionale.»

Il primo pensiero di Devlin fu: Grazie a Dio non si tratta di Jayce. Poi si concentrò sull'aspetto «occasionale». Avrebbe preferito una relazione passionale. Sì, sua sorella era una donna adulta. Sì, era single e disponibile. Ma pensare che si dedicava al *sesso occasionale*, che aveva un amico di letto, nientemeno un compagno di scuola di Luke, gli diede il mal di testa. «E quindi? Jayce vi ha beccati insieme e vi ha fatto la paternale sul sesso responsabile?»

«Cosa? *No!*» I suoi occhi mandavano lampi quando riprese a camminare forsennatamente su e giù. «Ti dispiace lasciar perdere Jayce? Questo riguarda me e Adam. Te ne sto parlando solo perché le cose hanno preso una piega strana, non in senso negativo, ma ho finito col rompere con lui.»

«Perché era un idiota?»

«Perché era un bravo ragazzo.»

Devlin frugò nel cassetto alla ricerca di un qualche analgesico.

«Non ti avrei detto niente, ma qualche giorno fa ho parlato con il mio avvocato e un funzionario prestiti riguardo all'eventuale costituzione di una società con Adam, anche se non credo di aver citato il suo nome. Ma dato che questa è una piccola città con grandi orecchie, ho immaginato che saresti venuto a saperlo e mi avresti fatto il terzo grado, perciò ho deciso di venire allo scoperto e farla finita.»

Aveva respirato durante quella lunghissima frase?

«Succo del discorso: il *Red Clover* è il mio sogno. Non voglio dividerlo con Adam né con nessun altro, ma ho bisogno di una mano.» Finalmente si fermò e guardò Devlin negli occhi. «Della tua.»

Proprio quando Dev si era assunto l'impegno di non interferire con la vita dei suoi famigliari e dei suoi amici.

Ironia della sorte.

La sua mente ribolliva di idee su come dirottare Rocky verso un futuro più redditizio e stabile. Invece la invitò a sedersi e si preparò a sostenerne lo spirito indomito ma ferito.

«Come posso aiutarti?»

30

ESSERE convocata a casa di Tasha Burke aveva colto Chloe alla sprovvista, ma aveva accettato ben volentieri, determinata a difendere Daisy sul campo di battaglia. Quello che Chloe non aveva previsto era un tragitto di trenta minuti in aperta campagna, attraverso l'ennesimo rovescio d'acqua.

Con le dita indolenzite per la guida apprensiva, si infilò nel lungo e tortuoso vialetto privato dell'enorme e maestosa tenuta Burke, alquanto sollevata per aver raggiunto la destinazione.

Sciogliendo le spalle irrigidite, strizzò gli occhi per vedere attraverso il velo di pioggia argentea la distesa di prati, le spettacolari montagne e quello che sembrava un frutteto di meli. Al di là di un laghetto increspato e un elegante gazebo bianco, vide stalle ben curate e pascoli recintati. Immaginò subito cavalli purosangue nelle scuderie, al riparo dal temporale. La casa in sé era una dimora tentacolare – una fattoria ammodernata circondata da mura di pietra irregolari. Era chiaro che Burke Farm, fondata nel 1891, come indicava il cartello all'ingresso del vialetto, valesse milioni.

Adesso Chloe capiva perché Tasha avesse insistito per incontrarsi di persona invece che discutere del servizio fotografico per telefono o tramite sms o e-mail. Sperava di intimidire Chloe. Il fatto era che l'opulenza o il prestigio non avevano mai avuto effetto su di lei. Era figlia di un uomo ricco e influente. E poiché sua madre era stata una persona semplice, Chloe non si era mai considerata superiore nei confronti di chi aveva meno. Le persone erano persone, secondo il suo modo di vedere, e Tasha Burke era solo un altro personaggio nella sua movimentata vita.

Tuttavia, le ci volle un minuto per riprendersi, riflettere sulla vorticosa mattinata e prepararsi all'ignoto.

La colazione con Devlin era stata veloce ma corroborante, carica di occhiate significative e silenzi sensuali, ed era terminata con l'accordo di cenare insieme allo *Sugar Shack* quella sera. Un vero e proprio appuntamento. Il gusto dell'attesa aveva fatto miracoli contro i postumi della sbornia e ancora adesso le vibrava nelle vene.

Dopo che l'aveva riaccompagnata a casa di Daisy, Chloe aveva fatto una doccia e indossato un abito allegro in reazione al tempo deprimente. Neanche quattro giorni consecutivi di pioggia erano in grado di farle passare il buon umore. Fresca e pronta per la battaglia, aveva controllato sms, segreteria telefonica e posta. Con sua grande delusione, il padre non l'aveva ancora richiamata, ma molti membri del club avevano risposto e quella mattina aveva anche aggiornato Ethel, Judy e Helen. Tutte concordavano sul fatto di non voler spedire la proposta senza uno scatto di Daisy. Sfortunatamente, Tasha era passata al contrattacco con un'e-mail che precisava un'urgenza da parte dell'editore, la necessità di approfittare del momento buono. Tasha aveva spiegato anche di non preoccuparsi: aveva un piano per includere Daisy nello scatto della presentazione. Poi aveva inviato un'e-mail personale a Chloe che aveva condotto a quel momento.

Diffidente, Chloe osservò la casa. *Cos'hai in mente, signora presidentessa?* L'acquazzone si era trasformato in pioggerella e lei colse il momento buono. Mise in tasca le chiavi dell'auto, si chiuse l'impermeabile preso in prestito dal guardaroba di Daisy e, alzato il cappuccio, si diresse all'ingresso.

Si era quasi aspettata una domestica o un maggiordomo ad accoglierla, invece fu Tasha ad aprire la porta. I capelli dalla piega perfetta, jeans aderenti, camicia bianca ben stirata e scarpe alte rosse, commentò la tenuta zuppa e colorata di Chloe con un sorrisetto divertito. «Bel completo.»

Chloe si limitò a sorridere. «Grazie.» Oltre all'impermeabile a pois gialli e blu, aveva preso in prestito dalla sua sorella dell'anima gli stivali di gomma rosa. Daisy non poteva essere lì, così aveva portato un po' di Daisy con sé.

Tasha aprì un po' di più la porta e la invitò a entrare.

Chloe si abbassò il cappuccio, pulì gli stivali infangati sullo zerbino e varcò la soglia dell'ampia fattoria. In aggiunta al prestigio guadagnatasi sposando un uomo potente e ricco, aveva anche ereditato quella casa strabiliante. Chloe cercò di non sembrare troppo colpita dall'interno. Si era aspettata che fosse incredibile, ma l'aspetto accogliente l'aveva sorpresa, dal momento che Tasha era un'asociale. Forse la casa era stata arredata dalla precedente signora Burke. Forse Randall Burke, di trent'anni più vecchio dell'attuale moglie e all'antica, si era opposto a qualunque tentativo di rinnovamento. Altrimenti per quale altro motivo Tasha non avrebbe lasciato il proprio segno?

«Ti chiederei di lasciarmi l'impermeabile, ma non ti tratterrai a lungo.»

La sua maleducazione la sconcertò.

«Il tempo è fondamentale», continuò.

«Come hai detto nella tua e-mail.»

«Eri una fotografa di moda, giusto?»

«Chi ti ha informato?»

«Dev.»

Chloe fu seccata dal tono intimo in cui Tasha pronunciò il nome. Seccata perché non ricordava di avergli detto della breve esperienza come fotografa di moda. Forse l'aveva saputo da Monica o da Daisy?

«Sei o non sei in grado di usare una macchina digitale?» le chiese Tasha.

«Dipende dalla macchina.»

Tasha andò nella stanza accanto e tornò qualche secondo dopo con un apparecchio professionale. «Randall me l'ha comprata per Natale. Non romperla. Io vado a prendere i cupcake.»

Cosa? «Aspetta...» Ma la donna era già scomparsa. Presa alla sprovvista e intirizzita, Chloe rimase nell'ingresso, a pochi centimetri da un'invitante e intimo soggiorno, gocciolante di pioggia e con in mano la macchina fotografica di un'asociale.

«Nessuna scorribanda di recente?»

Le si accapponò la pelle. «Vicesceriffo Burke.»

Era comparso dal nulla e adesso era appoggiato allo stipite della sala da pranzo. Con indosso l'uniforme, l'espressione viscida e baldanzosa, innescò una reazione violenta nell'animo di Chloe. Quell'uomo l'aveva umiliata, *violata*. Era stato facile seppellire i propri sentimenti quando non l'aveva più avuto davanti agli occhi. Ma in quel momento moriva dalla voglia di esprimere tutto il suo sdegno.

Invece, respirò e rifletté.

Voleva davvero fare una scenata in presenza di Tasha? Una donna che avrebbe senza dubbio distorto la situazione a proprio vantaggio? Per non parlare del fatto che Burke aveva ancora il potere di rendere la vita difficile a Daisy e Devlin.

Inghiottendo l'orgoglio, sostenne il suo sguardo. «Che belle giornate.»

Lui corrugò la fronte, irritato o sorpreso dal sarcasmo di Chloe. Il suo QI, per quanto la riguardava, era davvero basso.

Tasha tornò reggendo un piccolo portacupcake e la custodia dell'apparecchio fotografico. «Vedo che hai conosciuto il mio figliastro Billy.»

Chloe si limitò ad annuire, meravigliata che Tasha si fosse riferita a un uomo che aveva all'incirca la sua età come «figlio», anche se tecnicamente era vero. Come se l'aspetto pruriginoso non bastasse, Billy lanciò un'occhiata lasciva alla moglie di suo padre. Ma non si vergognava? Peggio ancora, a Tasha non sembrò neanche dispiacere. Chloe non sapeva in che situazione si fosse cacciata, ma non vedeva l'ora di tirarsene fuori.

A quanto pareva, Tasha era altrettanto ansiosa di mostrarle la porta. Disse a Billy di occuparsi della macchina fotografica e poi mise in mano a Chloe il contenitore con i dolci. «Cupcake al limone e mirtilli con glassa alla crema di formaggio e limone e copertura a sorpresa.»

«Ma non era la ricetta presentata a *La guerra delle torte* la settimana scorsa?» O forse era quella prima. Ultimamente Chloe ne aveva visti più episodi online con Daisy.

Tasha tirò su col naso. «È una variazione. La mia è migliore.»

Chloe sollevò il coperchio e sorrise. «Fragole e liquirizia rossa.» Ne immaginò il sapore e ammirò la presentazione. «Creativo.»

«C'è un motivo per cui sono la presidentessa delle Cupcake Lovers», si vantò l'altra a mo' di ringraziamento. «Prendi questi, la macchina fotografica e scatta qualche foto artistica di Daisy con in mano un cupcake. Poi riportami immediatamente l'apparecchio. Larry...»

«Chi?»

«Il fotografo locale che ho assunto per il servizio. Ha una versione avanzata di Photoshop. Farà miracoli con le foto che scatterai a Daisy e le inseriremo nella presentazione.»

«Perché non possiamo semplicemente allegare l'immagine di un precedente evento benefico? Sono certa che qualcuno del club...»

«Ci ho già pensato. E poi ci serve un servizio fotografico attuale, uno che si intoni alle foto professionali del gruppo. Non devi fare altro che scattare qualche foto a Daisy con questi cupcake e Larry si occuperà del resto.»

«Sembra più complicato del necessario.»

«Solo perché sei tu a renderlo tale.» Tasha la guardò con aria di sfida. «Potremmo benissimo andare avanti senza Daisy e aggiungerla in seguito.»

«Scordatelo.»

«Allora devi darti una mossa. Se vai dritta all'ospedale...»

«Non so come arrivarci da qui... a meno di non dover tornare indietro.»

«Perché accollarti trenta minuti in più quando puoi tagliare attraverso le montagne?»

Tasha iniziò a vomitare indicazioni mentre Billy gironzolava, dando sui nervi a Chloe col suo odioso sorriso e facendole ribollire il sangue. Se non se ne fosse andata via subito sarebbe esplosa.

«Una volta sulla statale, vai dritto a sud», concluse Tasha mentre la guidava verso il portico.

«Chiama se hai problemi», disse Billy.

Come se volesse il suo aiuto. Se si fosse persa, si sarebbe affidata al GPS del cellulare. O avrebbe chiamato Devlin o Monica oppure Rocky. Esitante, Chloe uscì con la macchina fotografica e i cupcake in mano e una sgradevole sensazione alla bocca dello stomaco. Avrebbe giurato che erano stati i dieci minuti più strani della sua vita, solo che, data la sua movimentata esistenza, non era così. Impaziente com'era di allontanarsi dai Burke e di vedere Daisy, si affrettò a tornare alla Cadillac e a dirigersi verso Pixley.

Per fortuna la pioggia era diventata una sottile nebbiolina. La visibilità era buona nonostante il cielo grigio. Posò i dolci e la macchina fotografica sul sedile del passeggero accanto alla borsa, poi si sfilò l'impermeabile che gettò sul sedile posteriore. Ripeté le indicazioni di Tasha e le appuntò su un foglietto che aveva trovato nel vano portaoggetti. Erano piuttosto chiare e non pensava di poterle dimenticare, ma era meglio andare sul sicuro. Da quando si era trasferita in città, si era cimentata con l'ignoto in modo da poter raggiungere praticamente ogni posto. Guardò i pendii boscosi in lontananza e si disse che se era in grado di affrontare la rete metropolitana di Manhattan, cosa poteva rappresentare qualche strada tortuosa?

Le venne in mente, tuttavia, che poteva perdere il già debole segnale telefonico una volta entrata nel folto dei boschi e visto che aveva promesso di passare da Monica... Chloe le telefonò, perplessa quando entrò in azione la segreteria telefonica. «Ciao, Mon. Sono Chloe. Sto andando via da casa di Tasha. Vado a Pixley per fare degli scatti a Daisy. Ti spiegherò poi. Per favore, chiama tutti i membri del club e di' loro di non preoccuparsi. Daisy ci sarà nella foto della presentazione. In base al tempo, potrei fare un po' tardi per il servizio allo studio, ma ci sarò. Ci vediamo dopo. Ciao.»

Poi chiamò Daisy.

«Pronto?»

«Non riesco a credere che abbia risposto tu», esordì Chloe mentre si immetteva con la Cadillac sulla strada principale. «Che sollievo.»

«Qual è il problema, micetta?»

«Nessuno. Va tutto alla grande. Sto venendo lì con cupcake e macchina fotografica. Chiedi a qualche infermiera di aiutarti a farti bella. Parteciperai alla presentazione fotografica per la proposta editoriale.»

«Sapevo di poter contare su di te!»

«Come ti senti?»

«Acciaccata ma fotogenica.»

Chloe sorrise. «Dovrei essere lì per le dodici e trenta. Prendo una scorciatoia attraverso Thrush Mountain.»

«Cosa vuol dire, una scorciatoia?»

«Sono già a mezz'ora dal lato opposto di Sugar Creek. Tasha ha detto che se prendevo...»

«Preso cosa? Ti sto perdendo... Io... Chloe?»

«Pronto?» *Silenzio.* Guardò il display. Nessun segnale. «Maledizione.» Normalmente un inconveniente così l'avrebbe sconvolta ma da quando era arrivata in Vermont la ricezione era scarsa. Dopo pochi chilometri poteva avere quattro tacche. Poi due, poi nessuna, poi quattro. Si disse di non preoccuparsi. Più si avvicinava a Pixley, più forte sarebbe stato il segnale.

31

Rocky si pulì le sneaker infangate sullo zerbino prima di calpestare il lucido pavimento di legno dello *Sugar Shack*. Nonostante il ristorante servisse il pranzo dalle undici del mattino alle quattro del pomeriggio, la sala era praticamente deserta, senza dubbio a causa del tempo. Le strade e i parcheggi erano allagati e, anche se aveva smesso di piovere, le previsioni annunciavano un altro temporale in arrivo. La maggior parte della gente era rintanata a casa propria, preferendo starsene al sicuro, al caldo e all'asciutto, ma Rocky non era la maggior parte della gente. Aveva questioni da sbrigare e problemi da risolvere. Se adesso fosse andata a casa, avrebbe potuto non farcela per il servizio fotografico e mai e poi mai se lo sarebbe perso. La raffica di e-mail innescata da Chloe circa l'esclusione di Daisy l'aveva messa in guardia. Sentiva che Tasha stava manipolando la situazione ma non riusciva a capire dove volesse andare a parare. Forse era l'unica ma ne aveva fin sopra i capelli di quel dannato progetto del libro di ricette. Sì, quel mese avevano spedito pacchi di viveri a due diversi reggimenti ma ogni discussione riguardante la successiva opera benefica del club era passata inosservata. Anche se Tasha obiettava che era il libro la loro prossima iniziativa benefica, Rocky non era d'accordo. Secondo lei, quella ricerca della notorietà sminuiva lo scopo principale dell'associazione.

«Direi che hai bisogno di un drink», l'accolse Luke quando si lasciò cadere pesantemente su uno sgabello.

«Direi che hai bisogno di qualche cliente.» Anche il bar era deserto, tranne due tizi all'altra estremità del bancone che bevevano birra e guardavano la tv al plasma installata in un angolo.

«Il lunedì è sempre così fino all'happy hour», ribatté lui, versandole una tazza di caffè. «Per non parlare di questo schifo di tempo. Nash è bloccato a New York a causa del peggioramento.»

«Sono sicura che Jayce saprà come intrattenerlo.» Odiava sembrare così amareggiata ma, dannazione, quel bacio di addio la mandava fuori dei gangheri. Cosa aveva voluto intendere? *Per adesso*. Ma che cavolo?

«Non volevo chiedertelo», proseguì Luke, versandone una tazza anche per sé, «ma visto che Jayce se n'è andato in fretta e furia, immagino che la vostra chiacchierata non sia andata troppo bene.»

Con il sangue in subbuglio, Rocky continuò a mettere zucchero nel suo caffè. «Posso solo dire che ho fatto la mia parte. Non è colpa mia se lui è uno spregevole idiota.»

«Mmm.»

«Sarebbe?»

«Niente. E con Adam?»

«Ha scelto la retta via, il che mi ha fatto sentire una merda totale.»

«Ah.»

«*Cosa?*»

«Niente. Stamattina hai visto Dev, giusto? È stata dura?»

«Meglio del previsto.» Si era immaginata un *te l'avevo detto* o un *ho cercato di avvertirti* quando gli aveva confessato l'entità delle ristrutturazioni di cui aveva bisogno la locanda e l'abisso in cui erano cadute le sue finanze. Si era aspettata che Dev dominasse la conversazione e che le consigliasse di tagliare le perdite e vendere. Invece l'aveva ascoltata pazientemente mentre lei spiegava il suo problema, concludendo con: «Vediamo cosa possiamo fare per far avverare il tuo sogno».

«In pratica ha acconsentito a rilassarsi», continuò Rocky, «e a fare un passo indietro. Sta elaborando le condizioni per un prestito personale – ho insistito per restituirgli tutto – e la proposta per un piano d'affari.»

«Gli lasci gestire le tue finanze?» Luke era incredulo.

«A condizione che mi insegni il mestiere. Non voglio frequentare un corso di economia come ha fatto lui, ma voglio arrivare a essere autosufficiente. Alla fine. Mi sorprende che tu non gli abbia chiesto di metterti a parte di qualche trucchetto invece di lasciare che si occupasse dei conti dello *Shack*.»

«Siamo soci, ricordi? Dovevo dargli qualcosa da fare per evitare che si intromettesse nel mio modo di gestire il locale. E poi, i numeri mi annoiano.»

«Mmm.»

«Cosa significa?»

Rocky sogghignò. «Niente.» In quel momento squillò il suo cellulare. Dopo uno sguardo al display, rispose. «Ciao, Monica.»

«Hai sentito Chloe?»

«Non da ieri. Tranne che per le e-mail sul servizio fotografico. Perché?»

«Mi ha mandato un messaggio. Sta raggiungendo l'ospedale per scattare delle foto a Daisy. Qualcosa a che fare con la presentazione del libro. Ha detto che stava lasciando la casa di Tasha, perciò immagino che sia una sua idea. Non lo so. È solo che... le strade sono in pessime condizioni e lei è una guidatrice nervosa. Ho provato a contattarla ma continua a rispondere la segreteria telefonica.»

«Sono sicura che sta bene», la rassicurò Rocky. «Sarà anche nervosa al volante, ma è una persona in gamba. È sopravvissuta a New York tutti questi anni, no?»

«Questo non mi fa sentire meglio.»

«Me ne rendo conto.» Ma Rocky non era tanto preoccupata che Chloe perdesse il controllo dell'auto quanto che imboccasse una direzione sbagliata. Se con quel tempo fosse finita in una delle strade per il trasporto degli alberi, c'erano grosse possibilità che rimanesse bloccata nel fango. «Hai un riferimento temporale?»

«Mi ha lasciato il messaggio poco prima delle dodici. L'ho appena sentito.»

Rocky controllò l'ora. Le dodici e quaranta.

«Ho chiamato Daisy in ospedale per vedere se era arrivata. Non c'era.»

«Probabilmente sta procedendo con cautela per via del tempo. Non sai che strada ha preso?»

«Non esattamente. Ma Daisy ha detto che ha parlato di Thrush Mountain.»

Una zona fatta di strade tortuose e soggette ad allagamenti. D'un tratto la preoccupazione di Rocky raggiunse il culmine. «Devo fare qualche telefonata. Ti richiamo.»

«Qual è il problema?» le chiese Luke quando chiuse la comunicazione.

«Nessuno», rispose lei in tono serio. «Spero.»

Devlin si arrischiò a salire al terzo piano del negozio intorno alle 12.45. Avrebbe voluto controllare prima quella perdita nel soffitto, ma era deciso a dimostrare fiducia a Chris e al personale. I dipendenti che si sentivano apprezzati, invece che criticati o dominati, erano più propensi a restare fedeli piuttosto che saltare sul carro di un concorrente.

Era inoltre caduto vittima dell'imboscata di Rocky. Considerato l'orgoglio di sua sorella, sapeva quanto le fosse costato chiedere il suo aiuto finanziario e la sua guida. Consapevole, grazie a Chloe, degli inconvenienti della propria natura dispotica, era stato diplomatico e le aveva offerto consigli. L'istinto gli suggeriva ancora di vendere quella macchina mangiasoldi, ma alla fine aveva accettato un aspetto dell'ostinata determinazione di sua sorella. Era ben più che aggrapparsi a un sogno infantile. Si trattava di farsi strada nella vita, di lasciare un segno nel mondo. Un concetto che comprendeva bene.

Il suo unico rimpianto era che Rocky non aveva lasciato l'ufficio più sollevata. Sospettava che fosse per via della rottura con Adam ma, quando Devlin aveva cercato di indagare, lei lo aveva fermato. Proprio come faceva ogni volta che tirava in ballo Jayce. La prossima volta che avesse visto Luke, avrebbe sondato lui. Aveva una teoria riguardo alla frattura tra la loro sorella e Jayce. Devlin voleva conoscerla.

«Come puoi vedere, abbiamo delimitato la zona interessata», spiegò Chris. «Spostato gli espositori e coperto la merce con la plastica. Abbiamo perso circa cinquanta camicie sportive, a causa dell'acqua, e le tegole del soffitto devono essere sostituite.»

«Poteva andare peggio.»

«Il giorno è ancora giovane. Ho prenotato Cal Perkins per localizzare e riparare la perdita, ma è occupato con altri due clienti. Ci sono stati un sacco di danni a causa del forte vento e della pioggia.»

«Ed è in previsione un altro temporale nel pomeriggio», aggiunse Devlin.

«Se arriva prima che Cal faccia la sua magia, potremmo vedercela brutta qui dentro.»

«Chiamerò mio cugino Sam. Ha riparato il tetto di casa sua l'estate scorsa. Forse può venire qui e aggiustare momentaneamente il danno.»

Ma proprio quando stava per digitare il numero, il suo telefono segnalò una chiamata in arrivo.

«Dev, sono preoccupata per Chloe.»

«Nonna?»

«Ha detto che sarebbe stata qui prima delle dodici e mezzo e non c'è ancora. Ho fiutato guai non appena ha nominato Thrush Mountain.»

«Aspetta un attimo.» Alzò una mano per scusarsi con Chris e si allontanò. «Chloe ti ha detto che aveva intenzione di venire da te passando per Thrush Mountain? Ma non è di strada.»

«Soprattutto se vieni da casa di Tasha e Randall Burke.»

Devlin si massaggiò la tempia. «Cosa ci faceva laggiù?»

«Qualcosa a che fare con il servizio fotografico.»

Dannazione.

«È tutto il giorno che piove qui a Pixley. Chloe è nervosa anche quando guida col bel tempo. E se si perdesse? Se uscisse di strada?»

Dev guardò l'ora. Quasi l'una. *Merda.* «Probabilmente sta andando piano.» Per quanto quel ritardo di mezz'ora non fosse normale, non voleva che Daisy si facesse prendere dal panico.

«È un'ora che provo a chiamarla.»

«Non ha molto campo quassù.» Aveva avuto intenzione di consigliarle di passare a un altro gestore. Soprattutto se avesse prolungato la sua permanenza a Sugar Creek. *Voleva* che restasse.

«Questo lo so, Devlin», scattò Daisy. «Peggio ancora. Se è nei guai, non potrà chiamare nessuno. E non è che ci sarà un gran traffico per poter fermare qualcuno. La maggior parte della gente si tiene alla larga da quelle strade quando il tempo è brutto. La colpa è di quella testa di rapa di Tasha!»

Lo pensava anche lui. Indirizzare qualcuno, soprattutto una persona che veniva dalla città, su quella strada con quel tempo inclemente era stato un gesto sconsiderato.

O deliberato.

«Sono sicuro che è tutto a posto, nonna», mentì.

«Ho un brutto presentimento.»

Ce l'aveva anche lui, maledizione. Semplicemente perché Chloe si era dimostrata una calamita per i guai. Pensò alle delicate condizioni di sua nonna, al suo infarto. «Voglio che ti tranquillizzi. Ci penso io.»

«Ma cosa aveva idea di fare Tasha?»

«Non lo so.» Ma l'avrebbe scoperto. «Ti chiamo per aggiornarti. Fatti viva se Chloe arriva.»

«D'accordo.»

Chiuse la comunicazione e aprì la rubrica ma, prima che potesse comporre il numero di Tasha, chiamò Rocky.

«Ho parlato con Monica qualche minuto fa. Ha ricevuto un messaggio vocale da Chloe. Diceva che avrebbe tagliato per Thrush...»

«Lo so. Ho appena finito di parlare con la nonna.»

«Allora è per questo che non riuscivo a mettermi in contatto con lei. Chloe è lì?»

«Non ancora.»

«Ha mezz'ora di ritardo, Dev.»

«Lo so.»

«Ho controllato il servizio meteo e ci sono delle strade chiuse a causa degli allagamenti. Forse ha scelto un percorso alternativo o è tornata indietro. Mi sentirei più tranquilla se, tanto per cominciare, sapessi che strada ha preso. Ho provato a chiamare Tasha ma continua a rispondermi la segreteria telefonica. La stronza sta probabilmente ignorando le mie telefonate.»

«Non ignorerà le mie. Rilassati, sorella. Ci penso io.» Riattaccò e chiamò la donna che si era insinuata nella sua vita per ben due mesi prima che lui riuscisse a vedere oltre la sua calcolata seduzione. Come prevedibile, rispose al primo squillo. «Hai mandato Chloe a Pixley attraverso Thrush?»

«Be', buon pomeriggio anche a te, Dev», rispose in tono rauco e strascicato.

«Birch Road oppure la 201?»

«Birch Road, naturalmente. È la più diretta.»

Era anche la più isolata delle due. Sperando che Chloe avesse calcolato male l'ora prevista di arrivo, insisté per avere maggiori dettagli. «A che ora è andata via?»

«Non so perché sei così sgarbato, Dev. È stata Chloe a insistere perché Daisy fosse inclusa nella presentazione fotografica. Io ho proposto una soluzione. Le ho perfino prestato la mia costosa macchina fotografica e preparato una speciale informata di cupcake.»

«Oltre a indicarle la strada più pericolosa per Pixley.»

«È ridicolo.»

«Quand'è l'ultima volta che hai preso quella strada durante un temporale o una nevicata?»

«Se stai insinuando...»

«A che cazzo di ora se n'è andata?»

«Attorno a mezzogiorno», scattò lei.

Devlin chiuse la comunicazione prima di dirgliene quattro. Non valeva né il tempo né l'energia. Per lo meno non in quel momento. Si girò e vide il suo scrupoloso braccio destro spostare un secchio sotto un nuovo e costante sgocciolio. *Maledizione.* «Fammi un favore, Chris. Chiama Sam. Vedi cosa può fare per il tetto. Poi contatta Cal e digli di muovere le chiappe.»

Chris gli rivolse uno sguardo interrogativo. «Problemi altrove?»

«Forse.» Valutò rapidamente le opzioni. Chloe non mancava da abbastanza tempo per avvertire la polizia. Né lui aveva le prove che ci fosse davvero un problema serio. Eppure non riusciva a scrollarsi di dosso una brutta sensazione, inoltre aspettare e preoccuparsi non era nel suo stile. «Ho bisogno di allontanarmi per un po' e potremmo dover rimandare l'incontro con i dipendenti.»

«Considerando tutta l'organizzazione per la riunione di stasera, deve essere una faccenda urgente. Si tratta di Daisy?»

«No. Ma riguarda la famiglia.» Al pari dei sentimenti per Jayce, Devlin si sentiva legato a Chloe in un modo che andava oltre il sangue. Con la testa che gli martellava, pensò alle condizioni della strada e alla berlina a noleggio che guidava, dal momento che la Jeep di Rocky era ancora in officina e lei aveva il suo SUV.

Chiamò Leo. «Ho un disperato bisogno di una quattro per quattro. Cos'hai?»

32

In qualunque altro giorno... Nessun problema. In una limpida giornata di sole, Chloe si sarebbe goduta il tragitto panoramico attraverso i pendii di Thrush Mountain. L'area boschiva era un trionfo di colori autunnali. O meglio, sarebbe stato così in un asciutto giorno di sole. Ma adesso le foglie vivaci erano offuscate da una nebbiolina argentea. Tra le opprimenti nuvole nere e la calotta frondosa, la luce era praticamente inesistente. Immaginava che la temperatura non superasse i dieci gradi e aveva perfino acceso il vecchio riscaldamento della Cadillac. Non sapeva se era intirizzita per via del tempo o della guida stressante. Nonostante fosse una strada asfaltata, c'erano diverse curve a gomito e, poiché il terreno era saturo dopo i tanti giorni di pioggia, gli avvallamenti e le buche erano allagati. Procedeva pianissimo per il timore di far spegnere il motore ogni volta che attraversava quelle pozze d'acqua.

Poi c'erano gli animali: aveva scorto diversi cervi pascolare tra gli alberi. E se uno le fosse schizzato davanti? Il pensiero di investire un animale la faceva stare male e neanche impazziva dalla voglia di fare un bozzo all'auto di Daisy.

A un certo punto, Chloe aveva preso in considerazione l'idea di ritornare a Sugar Creek, ma la strada a ritroso era brutta quanto quella che le si prospettava e ormai era più vicina a

Pixley, perciò si rassegnò e proseguì. Inoltre era impaziente di incontrare Daisy. Non solo perché doveva scattarle la foto ma anche per assicurarsi che stesse davvero bene. Anche se si erano parlate al telefono, Chloe non la vedeva dall'incidente.

Pensando al telefono, Chloe diede un'occhiata al suo e, per la centesima volta nell'ultima ora, controllò il segnale. Una tacca. Meglio di niente, ma non voleva dire che riuscisse a chiamare. Ci aveva provato almeno cinque volte. Ma ritentò ancora. Daisy era sicuramente preoccupata a causa del suo ritardo. La chiamata fallì. Chloe emise un sospiro frustrato, aspettò qualche altro minuto e riprovò. Ma stavolta con Devlin. Per qualche motivo, desiderava sentire la sua voce profonda e sicura. Squillò una volta, due... «Andiamo, andiamo», gorgheggiò, poi silenzio. «Dannazione.»

Gettò il cellulare sul sedile e risistemò il cuscino sotto il sedere per riuscire a guardare meglio oltre il cruscotto. Non per la prima volta, si chiese se Daisy avesse mai pensato di comprare un'auto nuova, magari più piccola, con i sedili regolabili elettricamente e un cofano più corto. Quello era il tipo di auto che avrebbe scelto se fosse rimasta a Sugar Creek. Per non parlare di un gestore telefonico diverso con una migliore ricezione.

Ruotando le spalle per alleviare la tensione, Chloe si sforzò di allontanare la sinistra sensazione di isolamento. Era l'unica persona coraggiosa o abbastanza stupida ad aver preso quella strada? Erano venti minuti che non incrociava un'altra auto. Sintonizzò l'antiquata autoradio. Almeno c'era la musica a tenerle compagnia, anche se era stanca del rock melodico. Girò la manopola tra scariche di elettricità statica, heavy metal, disco, nella speranza di trovare nuovi canali oltre a un bollettino meteo. Il vento era diventato più forte e scommetteva che quelle nuvole nere fossero sul punto di scoppiare. *Ancora.*

Poi vide qualcosa. Uno scoiattolo? Una tamia? Una creaturina dalla coda vaporosa sfrecciò fino a metà carreggiata, tornò indietro per poi cambiare nuovamente idea.

Chloe urlò e sterzò al tempo stesso, perdendo il controllo

mentre gli pneumatici slittavano sull'asfalto viscido di fango e pioggia. Ci fu un testa coda e nel momento in cui cercava di ricordare in quale direzione girare il volante, la parte anteriore dell'automobile scivolò in un piccolo pendio finendo contro un albero.

Anche Chloe fu sbalzata in avanti e, nonostante la cintura di sicurezza, petto e spalle urtarono contro il volante. Niente airbag. Poi rimbalzò all'indietro, a sinistra, colpendo con la testa il finestrino.

Intontita, chiuse gli occhi e resisté all'impulso di vomitare. Aveva il battito accelerato e i polmoni le bruciavano. Dopo quella che sembrò un'eternità, si calmò e, lentamente, valutò la situazione. Niente sangue né ossa rotte. Non sapeva cosa ne fosse stato dello scoiattolo.

Il cofano dell'auto era deformato e dal motore usciva sibilando il vapore. Affranta, innestò la retromarcia e cercò di ritornare sulla strada; le ruote slittarono e il motore stridette. Si fermò e poi riprovò. Stesso risultato.

Con la testa che le pulsava, aprì la portiera e scese dall'auto. Gli stivali rosa sguazzarono nel fango e una violenta folata di vento le sferzò via i capelli dalla faccia sudaticcia. Strofinandosi le braccia intirizzite, esaminò il danno. Il parafango anteriore era spezzato e il cofano mezzo distrutto. Tutti e quattro gli pneumatici erano impantanati nel denso fango.

L'auto era bloccata e anche lei. Nel dannato mezzo di chissà dove. Dolorante, risalì sulla strada e guardò in entrambe le direzioni. Niente macchine. Niente case.

Niente panico.

Sperando nell'impossibile, tornò alla Cadillac e prese il telefono. Una tacca. Avanzò nel fango, un po' a sinistra, poi due passi verso nord.

Due tacche!

Guardando l'auto danneggiata, l'unica cosa che le veniva in mente era: Devlin mi ucciderà. Eppure l'istinto le suggeriva di chiamarlo. Il cuore prese a batterle forte mentre il cellulare squillava... una volta... poi...

Silenzio.

«Mi stai prendendo in giro?» Arrancò ancora nel fango, sperando di ritrovare il segnale; all'improvviso il terreno cedette e Chloe si ritrovò, schiena a terra, a scivolare lungo un pendio fangoso. Senza fiato, si aggrappò agli arbusti per rallentare la discesa. Non arrivò lontano, ma la forza fu tale che il piede sinistro le rimase incastrato sotto un albero caduto. Per quanto tirasse, non riusciva a liberare la caviglia.

Ricadde all'indietro nella poltiglia fangosa, cercando di riprendere fiato e di raccogliere le idee. Nel ruzzolone aveva perso il telefono. *Grandioso.* E il piede era bloccato. *In trappola.*

Le si offuscò la mente e i cattivi pensieri la assalirono. E se fosse stato davvero così? Sola in mezzo alla natura selvaggia, in balìa degli elementi, degli animali. Oltre a cervi e scoiattoli, quali altre creature abitavano quei boschi?

E se avessero chiamato il mio numero?

Aveva perseguito tutte le sue passioni e i suoi capricci, aveva inseguito tutti i suoi sogni. Aveva infilato esperienze di tutta una vita in soli trentun anni. Non c'era altro da fare.

Sentendosi assalire dalla nausea, Chloe si tirò su e spinse il tronco, che però non si spostò. Cominciò a scavare nel tentativo di sfilare il piede, ma il fango denso e appiccicoso continuava a penetrare rallentando i suoi sforzi.

Presa dal panico, si aggrappò a qualcosa che ancora restava da fare.

Sistemare le cose con suo padre.

Matrimonio. Bambini.

Devlin.

La sua mente disorientata si fermò su un'immagine. Mentre quella mattina attraversava Sugar Creek, la grossa insegna nella vetrina di *Gemma*: CHIUSO. Ebbe una fugace visione e si aggrappò a un altro sogno.

Obiettivi!

Un'ondata di vertigine sopraffece i suoi sforzi per liberarsi. Con la testa leggera, si lasciò cadere a terra. Stesa sulla schiena, aspirando i pungenti odori della natura, valutò la situazione. Aveva battuto la testa due volte. Commozione cerebrale? Si sforzò di restare vigile.

Fu allora che le sentì. Grosse, fredde gocce di pioggia.

E lo udì. Il poderoso rombo di un altro temporale.

E lo avvertì. Qualcuno che la osservava.

Con la vista annebbiata, allungò il collo verso sinistra. *Santa...*

Lo riconobbe dalla speciale esposizione da *J.T.* Le tazze. I berretti e le calze.

Un alce.

Solo che non sembrava carino. Piuttosto era minaccioso.

Più di cinquecento chili di peloso animale selvatico. E andava dritto verso di lei. Chloe non sapeva se ridere o piangere. Almeno la sua morte, pensò mentre perdeva conoscenza, non sarebbe stata noiosa.

Quando Devlin vide la Cadillac erano quasi le tre, anche se sembrava molto più tardi. La visibilità era pessima.

Alla guida dell'Hummer preso in prestito dal parco personale di Leo, aveva proceduto a gran velocità fino a Birch Road; poi aveva rallentato per due motivi. Primo, doveva controllare ogni sentiero, ogni piazzola e centimetro di Thrush, nella speranza di individuare la Cadillac. Poi pioveva a dirotto e c'erano diverse zone allagate. Che aveva superato a fatica.

Fino a quel momento aveva mantenuto la calma, concentrato sulla guida e sulla ricerca di Chloe. Vedere l'auto in quelle condizioni l'aveva messo in agitazione. Accostato l'Hummer sul bordo della strada, controllò il danno, dicendosi che non era poi così grave. Chloe probabilmente era scossa, al sicuro nell'auto in attesa che un altro automobilista passasse di là. Imponendo al cuore di rallentare il suo battito, si tirò su la zip della giacca a vento felpata e uscì dal fuoristrada, affondando nel fango fino alle caviglie degli scarponi impermeabili.

Strizzando gli occhi per cercare di vedere attraverso la pioggia sferzante, corse alla Cadillac e aprì lo sportello. Nessuna traccia di Chloe. *Che diavolo?* La sua borsa era a terra, sul tappetino del sedile anteriore, insieme con la custodia della macchina fotografica e al contenitore dei cupcake. Probabilmente erano scivolati a terra quando aveva colpito l'albero. L'impermeabile era sul sedile posteriore. O stava vagando sotto il temporale senza giacca oppure qualcuno l'aveva raccolta. Il pensiero di lei sola con uno sconosciuto, magari qualcuno senza scrupoli, gli fece perdere la calma. Afferrò l'impermeabile a pois e richiuse con violenza lo sportello. «Chloe!»

Dannazione.

Cercò in tutte le direzioni, maledicendo la pioggia e la situazione. *Tasha.* «Chloe! Dove sei?»

«Qui! Quaggiù!»

La sua voce era tremante e smorzata dai tuoni, ma alta abbastanza da riuscire a guidarlo. Devlin si fece strada lungo un pendio, afferrandosi ai rami per non perdere l'equilibrio. Quando la vide, provò una stretta al cuore.

Era seduta a terra, rannicchiata, le braccia strette attorno alle ginocchia per cercare di darsi calore. Non c'era da meravigliarsi. Addosso aveva solo un leggero vestitino a fiori e un maglione corto, entrambi fradici e aderenti al corpo tremante. Lei alzò la testa e incrociò il suo sguardo, ma il suo sorriso di sollievo svanì ben presto. «Mi dispiace, ho distrutto l'auto.»

«Non mi importa dell'auto, tesoro.» Si inginocchiò accanto a lei e le avvolse l'impermeabile attorno alle spalle curve. Poi le scostò i capelli zuppi dal viso. Moriva dal desiderio di baciarla ma si trattenne, mettendo da parte i propri istinti. «Stai bene?»

Con i denti che le battevano, Chloe annuì. «Non riesco a muovermi.»

Devlin si accorse che portava gli stivali rosa acceso della

nonna e quello sinistro era mezzo nascosto sotto un albero caduto. «Ti fa male?»

«Solo quando lo tiro o lo giro troppo forte», rispose Chloe mentre infilava le braccia nell'impermeabile.

I suoi movimenti erano fiacchi, la voce debole. Devlin tirò fuori dalla tasca una torcia compatta ad alta intensità per esaminare la situazione.

«Ho provato a scavare, ma mi girava la testa. Credo di essere svenuta. Non so per quanto.»

Devlin le illuminò il viso. Poi lo vide, un bernoccolo sulla tempia sinistra. «Sei ferita.»

Chloe si tastò delicatamente il bozzo. «Deve essere successo quando ho sbattuto contro il finestrino. O forse quando sono caduta qui. È solo un'ammaccatura. Sto bene. Be', tranne per il piede.»

Ansioso di liberarla, si accovacciò con la schiena contro il tronco. «Quando te lo dico, tirati indietro.» Chloe annuì e lui spinse con tutto il suo peso. Tra l'adrenalina e la spinta, non ci volle molto. «Adesso.»

Chloe fece come gli diceva e, appena scorse il rosa della parte anteriore dello stivale, Devlin mollò la presa. Poi le sfilò lo stivale e la spessa calza per esaminarle piede e caviglia. Tastò delicatamente e ruotò. Chloe si asciugò la pioggia dagli occhi. «Sto bene», esclamò sopra il crepitio di un tuono. «Solo un formicolio. Mi si è addormentato il piede.»

Aveva le gambe escoriate e un notevole bernoccolo sulla fronte, ma a parte quello e il fatto che fosse intirizzita e fradicia, sembrava in buone condizioni.

Devlin si alzò e la aiutò a tirarsi su. «Appoggiati a me», le disse e la portò quasi di peso su per la collina. Tornati sulla strada, la prese tra le braccia e l'adagiò sul sedile posteriore dell'Hummer. Prese una pesante coperta e gliela avvolse attorno.

Chloe si rintanò nel caldo asciutto. «La Cadillac...»

«Manderò qualcuno più tardi.»

«Borsa e m-m-macchina fotografica», balbettò battendo i denti.

Devlin chiuse la portiera, recuperò il necessario – borsa, apparecchio fotografico, cupcake e cuscino – e tornò all'Hummer. Infilatosi al posto di guida, chiuse fuori il temporale e posò la roba sul sedile posteriore, osservando attentamente Chloe. Consapevole dei suoi brividi, mise in moto e accese il riscaldamento. Fermo sul ciglio della strada, usò l'applicazione meteo dello smartphone per controllare l'ultimo bollettino. Sfortunatamente sembrava che la tempesta sarebbe durata almeno un'altra ora. Ciò significava che le strade potevano peggiorare.

Chiamò prima Daisy. «Tranquilla, nonna. L'ho trovata.»

«Sta bene?»

«Scossa, ma illesa. Le strade sono in cattive condizioni. Non so quando riusciremo ad arrivare da te.»

«Non preoccuparti per questo. Pensa solo a fare attenzione. E di' a Chloe di non preoccuparsi per il servizio fotografico. Non me ne importa un fico secco.»

Devlin sorrise. «Glielo dirò.» Chiuse la comunicazione e riferì il messaggio di Daisy a Chloe, che replicò: «Mente. C-c-ci tiene».

«Forse. Ma sa che hai fatto del tuo meglio. Molto più di quanto avrebbero fatto altri», aggiunse.

«Ma non abbastanza.» Si prese la fronte tra le mani. «C'era un alce.»

«Hai sbandato per evitare un alce?» Da quelle parti non era insolito che gli alci attraversassero la strada e, con più di mezza tonnellata, potevano fare un bel po' di danni a un'auto che sopraggiungeva.

«No. Uno scoiattolo. O forse era una tamia. È sbucato fuori dal nulla.»

Devlin non aveva capito che parte avesse l'alce. Poi, di nuovo, ebbe l'impressione che Chloe non pensasse razionalmente. Le tolse i capelli arruffati dal viso e sospirò. «Tesoro, non mettere mai a rischio la tua sicurezza...»

«Non posso sopportare di ferire qualsiasi essere...»

«Questo lo capisco, ma...» Scosse la testa e chiamò Rocky. «L'hai trovata?»

«Sì.»

«Sta bene?»

Si girò a guardarla. «L'auto è andata fuori strada. Qualche graffio e un bernoccolo ma, a parte questo, sta bene. Fammi un favore. Avverti Monica e Leo.»

«Sono qui. Ci siamo riuniti allo *Shack*. C'è anche Sam. È venuto dopo aver sistemato la perdita da *J.T.* Aspettavamo notizie tue o di Chloe. Sembra una scena di *La tempesta perfetta*. Hai presente? Quel film in cui le donne si riuniscono nel bar del posto in attesa di avere notizie dei loro mariti marinai dispersi in mare.»

Devlin non lo aveva visto ma comprendeva lo stato d'animo. Rifletté che non era l'unico a considerare Chloe parte della famiglia. Il fatto che si fosse conquistata un posto nelle loro vite in così breve tempo spiegava parecchio sul suo carattere. E pensare che, dopo aver sentito il rapporto di Jayce, era immediatamente saltato alle conclusioni peggiori. Cosa rivelava questo di *lui*?

«Raccomandale di non preoccuparsi del servizio fotografico», esclamò Rocky. «Ho contattato tutti i membri del club. Siamo assolutamente sicuri che Tasha le abbia affidato quel compito sapendo che il tempo l'avrebbe messa in difficoltà. Sam è stato molto chiaro: si sente minacciata da Chloe e non voleva la sua consulenza professionale durante il servizio.»

«Ha senso.» Pensare che Tasha avesse solo voluto sbarazzarsi di Chloe era più accettabile del fatto che intendesse farle del male. Ma, d'altronde, l'aveva già ingannato in precedenza.

«Di' a Chloe che boicottiamo il servizio. Questo dovrebbe farla sentire meglio.»

«Lo farò. Luke è vicino a te?»

«Aspetta.»

«Lo sapevo che stava bene», disse al telefono il fratello minore di Devlin. «Chloe sarà anche diventata una dolce fanciulla di città, ma in fondo è una tosta ragazza di campagna. Che mi dici?»

«Le strade sono pessime e ho bisogno di portare Chloe al caldo e all'asciutto. Quali sono le ultime notizie meteo? Meglio tornare a Sugar Creek o andare avanti?»

«Dove ti trovi esattamente?»

Gli comunicò la loro posizione.

«Le strade più avanti sono chiuse, Dev, e saresti un folle a usare una di quelle piste per il legname. Ti consiglierei di tornare indietro, ma il bollettino di qualche minuto fa parla di esondazione dello Sugar Creek. Quando arriveresti lì, la strada potrebbe essere impraticabile. La mossa migliore è accamparsi per la notte.»

Si arrovellò pensando al più vicino alloggio, a una residenza estiva. «Qualche suggerimento?»

«Il posto più vicino e più sicuro? Torna indietro di circa ottocento metri, svolta a destra al cartello PRIVATO e risali il vialetto di ghiaia. Arriverai a un bungalow di proprietà dei fratelli Brody. Lo usano soprattutto d'inverno, per le escursioni sulla neve. Ma penso che Kane abbia detto di essere stato lassù appena una settimana fa.»

«Elettricità? Acqua calda?»

«Non dovreste avere problemi. Ci sono stato un paio di volte. Piccolo ma confortevole. Tengono una chiave sotto lo zerbino. Li avverto che vi riparerete lì per stanotte. Se questa tempesta si allontana, per domani le strade dovrebbero essere sgombre.»

Devlin diede un'occhiata a Chloe, che pareva stesse appisolandosi. «Mi sembra perfetto, Luke. Grazie.» Rimise in tasca il cellulare e poi le passò le dita sulla guancia gelida e incrostata di fango. «Cosa te ne pare di un bagno caldo?»

Chloe riuscì a fargli un sorriso tremante. «Paradisiaco.»

33

Ci vollero pochi minuti per raggiungere il bungalow. Ormai Chloe aveva ripreso a pensare chiaramente, ma i muscoli le dolevano e non riusciva a scrollarsi di dosso il gelo che le era penetrato sotto la pelle. Non sapeva quanto tempo fosse rimasta nel fango e sotto la pioggia prima di riprendere i sensi. E non aveva idea di cosa ne fosse stato di quell'alce. Forse si era trattato solo di un'allucinazione. Lo choc dell'incidente, il bernoccolo in testa. Per non parlare della caduta a rompicollo lungo la collina. Si era risvegliata qualche minuto prima dell'arrivo di Devlin. Vederlo lì, come un supereroe salvatore, era stato uno dei momenti più felici della sua vita. Ma un istante dopo si era sentita un'idiota e forse anche un po' risentita.

«Come mai sei venuto a cercarmi?» gli domandò quando lui spense il motore.

«Rocky, Monica e la nonna mi hanno chiamato preoccupate. E poi l'istinto mi diceva che c'era qualcosa che non andava.»

«È la seconda volta che mi salvi dal pericolo. Prima al fiume. Adesso qui.»

Lui la guardò negli occhi. «Diciamo che mi piace essere il tuo eroe.»

«A me no. Voglio dire, ti sono grata. Naturalmente. Però non voglio che tu mi ritenga indifesa. Alla fine sarei riuscita a liberarmi. Sarei sopravvissuta benissimo anche restando sola tutta la notte.»

«Ti credo.»

«Sul serio?» Si leccò le labbra secche, alla ricerca delle parole giuste, e finì per dire quello che pensava. «Voglio che tu sappia che sono in grado di badare a me stessa. Che non ho bisogno di te emotivamente o finanziariamente.» Mettersi di nuovo in quella posizione sarebbe stato disastroso e, con una persona capace e maniaca del controllo come Devlin, fin troppo facile da fare.

Lui la osservò attentamente. «Ho piena fiducia nelle tue capacità, Chloe. Sbandare, finire giù per quella scarpata fangosa poteva accadere a chiunque con questo tempo.»

«Non parlo solo di...»

«Lo so. Ho capito. Ti capisco.»

Il cuore le batteva sordamente contro il petto dolorante. Gli rivolse un piccolo sorriso. «Rieccoti con i discorsi romantici.»

Devlin le sorrise. «Mettiti quel cappuccio in testa. Dobbiamo sfidare la tempesta.» Detto questo, uscì dall'auto e girò attorno al cofano.

Quando aprì lo sportello, Chloe aveva messo ordine tra i suoi pensieri. «Mi è appena venuto in mente che ti perderai l'incontro con i dipendenti.»

«Ho avvisato Chris di spostarlo.»

«Ma era importante.»

«Lo sei anche tu.»

«Ma...»

«Sono esattamente dove voglio essere, Chloe.» Le mise un braccio attorno alla vita e insieme si avviarono nel fango sotto il diluvio, riparandosi sotto il portico del bungalow. «Sento le tue rotelline girare. Smettila di pensarci. È tutto sotto controllo.»

Certo che lo era. Devlin era una di quelle persone bravissime a destreggiarsi con più situazioni contemporaneamente. Non poteva che ammirarlo e non era troppo orgogliosa da ammettere che la sua presenza la rendeva felice. Sì, sarebbe sopravvissuta una notte da sola, ma così era molto meglio.

Devlin prese una chiave da sotto lo zerbino.

Lei si mostrò critica nei confronti di quel nascondiglio tanto ovvio. «Tanto valeva lasciare la porta aperta.»

«Benvenuta in Vermont.» La invitò all'interno che, pur non essendo caldo, almeno era asciutto.

«Sei sicuro che ai proprietari non seccherà se stiamo qui?»

«I Brody sono bravi ragazzi», rispose Devlin, tastando il muro alla ricerca dell'interruttore. «Soprattutto Adam. Basta chiedere a Rocky.»

«Ti ha detto di loro due?» le sfuggì.

Devlin accese una lampada da tavolo e la guardò. «Lo sapevi?»

«Solo da poco. Era preoccupata...» Era al corrente anche di Jayce? Poi Chloe ricordò quanto fosse stata categorica Rocky a volere che la faccenda restasse segreta. *Oh, sì, quel dannato segreto.*

«Di cosa?»

«Di confondere i confini della loro relazione. Lui le aveva offerto di investire nella locanda.»

«Rocky ha deciso di non intraprendere quella strada. Anzi, ha rotto del tutto con lui.»

«Questo non lo sapevo.» Ma non la sorprendeva. Qualunque cosa dicesse, credeva che Rocky fosse ancora innamorata di Jayce.

«Credi che Adam l'abbia mai portata quassù?» chiese Devlin guardandosi attorno.

Quel tono da fratello maggiore la fece sorridere. «Rocky è una donna adulta.»

«Giusto.» Sospirò e tornò a concentrarsi su Chloe.

«Cosa c'è?»

«Come ti senti?»

Lei strinse la coperta che ancora la avvolgeva e pensò a quanto era fortunata. Daisy aveva subito danni ben peggiori con quell'incidente in bicicletta. «Dolorante. Infreddolita. Ma, tutto sommato, a posto.»

«Bene.» Le si avvicinò, intrappolandola tra il suo corpo muscoloso e fradicio e la porta di pino. «C'è una cosa che voglio fare da quando ti ho trovata nei boschi.»

Chloe sentì il suo bacio ardente fino alla punta dei piedi, prima ancora che la bocca di lui la sfiorasse. Quegli espressivi occhi blu mirtillo indicavano chiaramente il suo desiderio. Il tenero tocco, quando le prese il viso tra le mani, le appiccò un incendio nel ventre. Quando le loro labbra si toccarono, ogni pensiero razionale divenne cenere.

Chloe lasciò cadere la coperta e avvolse le braccia attorno a Devlin, abbandonandosi alla magia di quel bacio. Bollente ma tenero. Possessivo. *Sexy*. Deliziose sensazioni le percorsero il corpo, facendola rabbrividire di piacere.

Devlin si staccò da lei e le rivolse uno sguardo preoccupato. «Dobbiamo riscaldarti.»

Lei gli accarezzò il viso, seguendo col pollice il profilo del suo labbro inferiore. «Ci stavo arrivando.»

«Ti ho preceduta», le disse in tono scherzoso, premendo l'inguine contro quello di lei.

Sentendosi audace, gli toccò l'erezione e strofinò l'unghia del pollice contro la cerniera. «Ci sono dei vantaggi nell'essere bloccata nel mezzo del nulla con te.»

«Un sacco di vantaggi», le rispose sfilandole l'impermeabile. «Ma prima, un bagno caldo.»

Consapevole del fango sui vestiti e sulle gambe e dei propri muscoli doloranti, Chloe non fece storie.

Devlin la prese per mano e insieme esplorarono il bungalow. Piccolo, rustico ma pulito e confortevole. Un accenno di soggiorno – un divano e una stufa a legna. Videro un secchio pieno di ciocchi. *Grazie a Dio*. Una piccola cucina e due camere da letto, una con un grande letto matrimoniale, l'altra con due letti singoli. E infine il bagno.

Devlin accese una fioca lampada e andò ad aprire i rubinetti dell'antiquata vasca da bagno. «Potrebbero volerci un paio di minuti prima che si scaldi.»

Chloe si strinse le braccia attorno al corpo, sentendo la mancanza del calore di lui. «La mia borsa. Ho una trousse da viaggio. Dentifricio e deodorante.»

«Vado a prendertela. Appena l'acqua diventa calda, infilati nella vasca.» Si girò a guardarla prima di andare via. «Stai bene?»

Chloe resisté all'impulso di portarsi la mano alla testa dolorante. Il bernoccolo aveva iniziato a pulsare. «Sì.»

Non sembrò crederle ma si allontanò lo stesso.

All'improvviso si sentì stanca, si tolse gli stivali infangati e le calze ed esaminò i vestiti sporchi e fradici. Chiuse i rubinetti ed andò alla cabina doccia, aprendo l'acqua al massimo. Appena vide le nuvolette di vapore, vi si infilò. Puntellandosi con le mani contro la parete piastrellata, piegò la testa e lasciò che l'acqua le si riversasse sul corpo e sui vestiti. Guardò, metà esausta e metà ipnotizzata, lo sporco ricadere sulle piastrelle e mulinare giù per lo scarico.

Rimase un bel po' sotto l'acqua calda; sapeva di doversi muovere ma non trovava la forza. Un colpo alla porta riuscì a farle almeno alzare la testa. «Entra.»

«Ecco la tua borsa», disse Devlin entrando. «Ho acceso il fuoco nel... Che stai facendo?»

Chloe avvertì fisicamente il momento in cui lui la vide attraverso la cabina trasparente. Il suo corpo fremette per l'intensità di quello sguardo. I suoi sensi compromessi danzarono. «I vestiti erano sporchi e domani mi toccherà rimetterli.»

«Potevamo lavarli nel lavandino.»

«Mi sembrava più facile così.»

«C'è una logica contorta in questo.» Devlin aprì la porta di vetro. «Sembrano puliti adesso, tesoro.»

«Lo so, ma... l'acqua è così rilassante. Ho paura che se lascio la parete, mi affloscerò.»

Lui entrò nella doccia, completamente vestito. Più o meno. Si era tolto giacca a vento e scarpe.

«I tuoi vestiti non sono sporchi», osservò Chloe, mentre Devlin si premeva contro di lei e le prendeva le mani.

«Forse no», le sussurrò in un orecchio. «Ma i miei pensieri lo sono. Vale lo stesso?»

Chloe rise. Una risata debole e un po' nervosa, ma ugualmente bella.

«Lascia che ti aiuti.» Le allontanò le mani dalla parete e sostenne il suo peso.

Le sfilò prima il maglione, appoggiandolo sul bordo della parete di vetro. Poi le sbottonò il davanti del vestito, liberandole piano le braccia dalle maniche e abbassandole il corpetto sulla vita. Ancora un altro strattone e il vestito cadde in un mucchietto insaponato ai suoi piedi. Chloe trovò la forza per allontanare l'abito con un calcio. Rimase in mutandine e reggiseno.

«Ho passato diverse notti insonni a immaginarti in biancheria intima. Ho avuto il primo assaggio da *Oslow's*. Il giorno in cui ci siamo conosciuti. Rosa.»

Lei gemette di imbarazzo.

«Poi quel giorno al fiume. Reggiseno a fiori rosa e rosso. Tanga abbinato. Mi ha quasi distratto dal tuo corpo perfetto.»

Chloe si scioglieva sempre più a ogni sua parola.

«Adesso», le disse, sganciandole il reggiseno di pizzo nero, «mi ucciderai.»

Sentì le spalline scivolarle sulle spalle e il reggiseno cadere, lasciandole il seno nudo. Anche se l'acqua era bollente e l'aria piena di vapore, i capezzoli le si inturgidirono e un brivido erotico le attraversò il corpo. Chiuse gli occhi e gemette, rilassandosi contro Devlin mentre lui le accarezzava le braccia e con la bocca le sfiorava un orecchio.

«Come ti senti?» le chiese dolcemente.

«Potrei morire se non mi tocchi.» Sentì il suo sorriso e trattenne il respiro quando le sue mani le accarezzarono i seni.

«Così?»

«Di più», gemette.

Le dita di lui le sfiorarono i capezzoli, per poi stringerli con più forza. Contemporaneamente, le mordicchiò e le succhiò un lobo, innescando una tempesta di desiderio.

Chloe non riusciva quasi a respirare. «Di più.»

Il ventre le si annodò mentre una mano continuava ad accarezzarle il seno e l'altra scivolava più in basso, stuzzicandole con le dita l'elastico del tanga, per poi immergersi e toccarla intimamente.

L'acqua calda scrosciava ed eccitava. Le dita di Devlin sondavano e giocavano.

Chloe tremava di desiderio, di attesa. Aveva fantasticato su Devlin che la toccava in quel modo. La realtà batté le sue fantasie più sfrenate quando sentì l'orgasmo montare... montare... «Morire qui.»

«Non posso permetterlo.» Aumentando la pressione, l'intensità del suo tocco, Devlin scatenò una vertiginosa ondata di sensazioni, annebbiandole la mente e spazzando via perfino il più potente, zampillante bulbo della doccia con cui si era masturbata.

Il dirompente orgasmo le strappò un urlo. *Il paradiso.* Dietro alle palpebre chiuse ci fu un'esplosione di stelle. Il suo corpo tremò e poi si accasciò. «Oh, mio Dio.»

«Va tutto bene?» le chiese con un sorriso nella voce.

«Sì. Voglio dire, wow.» Chloe rise mentre una sensazione di pura felicità e sollievo le scorreva nel sangue. «Ho solo bisogno di riprendere fiato.»

«Ho un po' di vertigini anch'io», scherzò Devlin mentre la sorreggeva. «Darti piacere è un incredibile afrodisiaco.»

Chloe impose alle proprie gambe di stare ferme mentre lui le scostava da un lato i lunghi capelli bagnati per poi baciarle la nuca. Il suo battito si rifiutò di calmarsi mentre Dev la baciava e le leccava la pelle fin giù sulla schiena, facendo scorrere le mani sulle sue curve bagnate e agganciando le dita all'elastico del tanga di pizzo. Le sfilò l'impalpabile indumento e le mordicchiò le natiche e poi, in un batter d'occhio, si rialzò e prese a insaponarle il corpo.

«Aspetta.» Chloe sapeva che era preoccupato per le sue ferite, ma in quel momento un indolenzimento sensuale sovrastò tutti gli altri. Si rigirò tra le sue braccia e gli sbottonò la camicia bagnata che aderiva a ogni muscolo del suo torso tonico. «Ho avuto anch'io delle fantasie su di te.»

Ripensò a quel momento al fiume. Quanto era sembrato incredibile con indosso quegli abiti bagnati. L'intensità del brivido erotico di quando si era sfilato la camicia. Ma, prima di allora, la cosa più eccitante era stata quando si era tuffato per salvarla. Be', sì, si stava comportando da ipocrita. Non voleva essere salvata eppure, con Devlin, era stato un vero e proprio afrodisiaco. Non riusciva a immaginarsi Ryan completamente vestito che si tuffava in un fiume o che affrontava le rapide per salvarla. Non riusciva affatto a immaginarsi Ryan.

Gli sfilò la camicia dalle spalle larghe e si beò della sua pelle calda e nuda, ma solo per un momento prima di abbassargli la lampo dei pantaloni...

«Chloe...»

«Quando ero bloccata nel bosco, mi sono passati per la mente tutti i pensieri più folli. Ma mi sono concentrata soprattutto sulle cose lasciate a metà. Cose che volevo davvero tanto.» Gli abbassò i pantaloni lungo le gambe. «Ti voglio.»

Lui la prese per gli avambracci e la tirò su, faccia a faccia. «Sei... pericolosa.»

Gli sorrise mentre avvolgeva la mano insaponata attorno alla sua erezione e lo accarezzava. «Che te ne pare di questo?»

Gemendo di piacere, Devlin incrociò il suo sguardo voglioso. «Continua.»

Fare l'amore con Devlin fu per Chloe l'esperienza che più si avvicinava alla perfezione. Nessun momento affrettato. Nessuna sensazione risparmiata. Si era sentita preziosa, sia sotto la doccia sia quando lui l'aveva asciugata e poi portata a letto. Si era sentita calda, bagnata e pronta; sapeva di averlo portato al limite qualche minuto prima con la sua mano ma, invece di penetrarla subito, l'aveva rigirata sulla pancia e le aveva fatto scorrere le dita lungo le spalle e la schiena, i fianchi e le anche, un tocco leggero come una piuma che la solleticava e la eccitava. Le natiche e l'interno delle cosce. I polpacci. I piedi.

Un delirio dei sensi.

Poi la girò nuovamente sulla schiena e fece come prima. Si poteva morire di desiderio? «Devlin», ansimò. «Ti prego.»

«Assapora il momento», le disse con voce roca.

«Ma...»

Lui zittì le sue proteste con un bacio profondo e continuò il suo assalto fatto di carezze leggere, sfiorandola con le dita e la bocca il collo e la clavicola. Il seno e la pancia. Poi...

«Oh, Dio.» Chloe si inarcò e gemette mentre lui le dava piacere con la bocca. Così eccitante. Così intimo. All'improvviso era lì, le mani sulle sue cosce, la lingua che guizzava nei suoi recessi più sensibili, e non fu in grado di resistere. Due volte fu sul punto di venire, ma ogni volta Devlin si allontanò, prolungando una deliziosa agonia. Adesso... adesso il suo corpo fremeva sotto il tocco di lui, dei suoi denti, della sua lingua mentre la portava sempre più vicina... più vicina... I polmoni le bruciavano. Il cuore batteva all'impazzata. I muscoli tremavano. Chloe urlò il suo secondo orgasmo, certa di essere morta e volata in paradiso.

Solo che divenne ancora meglio.

Devlin scivolò su di lei, le prese il viso tra le mani e, guardandola intensamente negli occhi, la penetrò. La frizione, il ritmo, le sensazioni erotiche e irresistibilmente tenere... Chloe venne nel giro di pochi secondi. Senza fiato, imbarazzata, sussurrò: «Wow. Scusa».

«Ehi. Fortunato io. Sei sempre così...»

«Veloce?»

«Ricettiva.»

Gli posò le mani sul viso e poi gliele passò tra i capelli. «È la mia prima volta. La parte multiorgasmica, intendo.»

Devlin le sorrise e il cuore di Chloe fece un folle balletto di felicità. *Questo è amore. Questo è amore.*

«Continuiamo», le disse, riprendendo a fare l'amore a un ritmo ancora più lento.

Con stupore, nonostante credesse di essere esausta, sazia, il suo corpo reagì, riprendendo vigore, ancora desideroso. «Non so se sopravvivrò a questo.»

«Stavo pensando la stessa cosa.»

Le sfiorò le curve nude e, a sua volta, lei esplorò le sue spalle, la schiena, afferrandolo per le natiche e spingendolo più a fondo. Era il massimo dell'aggressività che si era concessa da quando lo aveva spogliato sotto la doccia. Una volta che lui aveva preso il controllo, Chloe era crollata sotto il peso dei propri desideri e bisogni.

«Normalmente non sono così passiva», gli confessò dolcemente mentre lui la dominava e le dava piacere. «Egoista.»

«Sexy.»

Chloe non riusciva a immaginare perché. Poi, di nuovo, il suo cervello andò in corto circuito. *Più forte. Ancora.* Si irrigidì, tremò.

«Vieni per me, piccola.»

Le sue parole seducevano; il suo corpo era una tentazione. *Brucia. Ancora di più.* Chloe si crogiolò nella sua intensità fisica. Si perse in un bacio che capovolse il mondo. Pazza di desiderio, sentì lo stomaco che si contorceva per l'arrivo di un altro orgasmo. Sorpresa dalle sensazioni erotiche che sfrecciavano nel suo corpo, gli affondò le unghie nei bicipiti, stringendo forte mentre un travolgente orgasmo le scuoteva i sensi e il corpo.

Urlò, seguita da lui, tremante per l'intensa sensazione di sollievo. Il bacio appassionato continuò per diventare poi più tenero quando Devlin si allontanò delicatamente dal fremente corpo di lei e la attirò a sé, tenendola stretta.

Chloe sentiva i sordi battiti del proprio cuore contro il petto, nelle orecchie, tanto forte da sovrastare quasi le parole scherzose di Dev. «Normalmente non sono così veloce.»

«Quello era veloce?» Sorrise contro il suo collo, pensando che, anche al massimo della sua passività, non era stata una frana a letto. Non con quell'uomo. Sapere di avergli dato piacere senza neanche provarci era una sensazione incredibile. E per quanto riguardava i suoi orgasmi multipli, aveva visto giusto: Devlin Monroe era un campione del sesso.

Lui le sfiorò la fronte con le labbra e si alzò per andare in bagno. Tornò qualche minuto dopo e la attirò in un abbraccio che la scaldò molto più di una trapunta.

La pioggia batteva sul tetto e sulle finestre, facendo quasi addormentare Chloe. Sazia e felice, si rannicchiò contro di lui, mentre nel suo corpo sfinito riecheggiavano le sensazioni dell'amore. La prossima volta avrebbe dato anche lei. «La prossima volta non te la renderò così facile», gli promise con voce sonnacchiosa.

Lui la avvolse con il suo corpo, accarezzandole la schiena. «Se quello era facile, allora sono nei guai.»

34

DEVLIN non ricordava di essersi addormentato. Ricordava Chloe nuda. Chloe che lo faceva impazzire, i suoi baci, il suo tocco, i suoi suoni gutturali di piacere. Ricordava un sesso incredibile.

Non che il sesso soddisfacente fosse una novità per lui, ma oltre alla ricettività travolgente di Chloe c'era stato un ulteriore elemento. Un legame emotivo che lo aveva colto di sorpresa.

Amore.

Era abbastanza acuto da riconoscerlo. Per dar voce ai propri sentimenti, tuttavia, ci sarebbe voluto tempo. A differenza di Luke, che si era innamorato svariate volte, o così affermava, per Devlin perdere il cuore non comportava perdere anche il buon senso. La logica gli diceva che lui e Chloe si conoscevano a malapena. La logica gli diceva che lei era in via di guarigione e che lui doveva ancora riuscire a mantenere una relazione romantica per più di qualche mese. Oltre a ciò, era teso per via della salute precaria di suo padre. Per via delle crisi personali e fisiche di Daisy.

In un momento in cui desiderava abbracciare la vita, sperimentare e provare, riempirla di colore, cosa sarebbe successo se avesse fatto fuggire Chloe dichiarandole il suo amore?

Oppure, se avesse investito tutto ciò che aveva in quella relazione solo per venire a sapere che in capo a due mesi lei sarebbe tornata a New York? O a casa da suo padre? O che la sua passione per lui – *Ti voglio* – fosse fugace quanto quella per la fotografia? O la recitazione? O la pubblicità? Più restava steso lì, in quella stanza buia, ascoltando il silenzio, più metteva in dubbio la capacità di Chloe di impegnarsi a lungo termine. Quanto ci avrebbe impiegato a stancarsi di Sugar Creek? Della sua onnipresente e complicata famiglia? Di cucinare e guidare per Daisy? Quanto ci sarebbe voluto perché si stancasse della sua natura di maniaco del lavoro e del controllo?

Gli sembrò di sentire la voce di Jayce. *Da quand'è che sei diventato una checca isterica?*

Devlin si rese d'un tratto conto che stava allontanando Chloe prima ancora che lei potesse fuggire – *come Janna.* Preso dal bisogno di cacciare via quello stato d'animo, si districò delicatamente da quel groviglio di braccia e gambe della donna che gli aveva sedotto il cuore con il suo spirito unico, ricordando a se stesso che non era la sua ex moglie. E lui, di sicuro, non era una checca.

«Siete per caso *impazziti*?»

Rocky si girò sullo sgabello e vide Tasha avanzare a grandi passi nel bar, godendo malignamente nel notare i suoi stivali e la giacca firmati inzaccherati di fango. L'ipotesi migliore: un'auto aveva attraversato una pozzanghera e l'aveva schizzata dalla testa ai piedi. Rocky sorrise. «Vuoi unirti a noi per un drink?»

«Happy hour», disse Monica.

«Due al prezzo di uno», aggiunse Sam.

Rachel sollevò un margarita con ghiaccio. «Puoi prenderne uno dei miei se ti va.»

Paonazza, Tasha rivolse uno sguardo furibondo a ognuna delle persone sedute attorno ai due tavolini che avevano unito. Lo zoccolo duro delle Cupcake Lovers, a eccezione di Daisy. «Dovevamo vederci allo studio fotografico più di mezz'ora fa. E invece siete allo *Shack* a sbronzarvi.»

«Per quanto mi riguarda», disse Ethel, dopo un sorso di vino bianco, «sono solo all'inizio.»

«Se non ti va di bere, forse gradiresti uno stuzzichino», suggerì Helen. «Abbiamo appena ordinato. Siediti.»

«Io non...»

«Siediti», la invitò Sam, tirando la sedia vuota accanto a sé.

«Non è come se ti avessimo dato buca», spiegò assennatamente Rocky. «Ti ho avvertita con un sms che non saremmo venuti. Ti ho anche detto dove trovarci.»

Tasha sbuffò spazientita. «Non ci credo. Perché avreste mandato all'aria la possibilità di firmare per un editore di New York?»

«Siediti», ripeté Casey, chiamando con un cenno una cameriera, «e te lo diremo.»

Serrando le labbra, Tasha obbedì.

«Cosa prende?» chiese Nell, la più recente acquisizione sul libro paga di Luke.

«Una spiegazione.»

«Non è sulla lista», le rispose con un sorriso mite.

Tasha le rivolse un'occhiataccia. «Un Melatini. Adesso sparisci.»

«È quello che speravi sarebbe accaduto a Chloe?» le domandò Rocky, andando dritta al punto.

«Non so di cosa parli», ribatté la donna mentre si sfilava il cappotto rovinato ripiegandolo sullo schienale della sedia.

Sam intervenne; il suo grosso corpo sovrastava Tasha con implicita minaccia. Di rado perdeva le staffe. Non ne aveva bisogno. Rocky attribuiva le sue capacità di intimidazione agli anni passati nell'esercito. Suo malgrado, dovette riconoscere che Tasha non batté ciglio.

«Andiamo dritti al sodo», l'aggredì Sam. «Non volevi Chloe al servizio e quindi hai trovato un modo per impedirglielo. No, non disturbarti», la interruppe quando la donna aprì la bocca per mentire.

«Temevi che avremmo voluto includerla nelle foto?» domandò Judy.

«Sarebbe stata terribilmente carina in copertina», aggiunse Rachel. «Poteva aiutare a incrementare le vendite.»

«L'hai ingannata mandandola a scattare le foto a Daisy», la accusò Monica.

Tasha le incenerì con lo sguardo. «*Siete voi* quelle che non volevate spedire la proposta senza una foto di Daisy! Se Miss Grande Città So Tutto Io si è persa su una semplice strada di Thrush, la colpa è *vostra.*»

«Non si è persa», precisò Rocky. «È uscita di strada. È andata a sbattere contro un albero. Sta bene, non che la cosa ti importi, ma il progetto del libro di ricette salta. Questo è quanto.»

L'acconciatura perfetta di Tasha fu sul punto di esplodere. «Cosa?»

«A meno che...» iniziò Casey, fermandosi per bere un sorso dalla sua bottiglia.

«A meno che cosa?»

«A meno che non ti dimetta da presidentessa», completò Monica, sorseggiando il suo drink.

Ne avevano discusso prima dell'arrivo di Tasha, giungendo a una decisione unanime. Rocky osservò la faccia di Tasha mentre l'ultimatum veniva recepito. Nella lunga storia del club, a nessun presidente era mai stato chiesto di rassegnare le dimissioni.

Judy si schiarì la voce e adottò un approccio un po' più gentile. Per lo meno così fu il suo tono. «Tanto per cominciare, l'unico motivo per cui sei presidentessa è per via del desiderio di tua madre in punto di morte e Della Harper, pace all'anima sua, era una brava donna che meritava un po' di serenità mentale.»

«Sono sicura che pensava», aggiunse Helen, «come tutti noi, che tra lo choc della sua morte e il tuo matrimonio con un uomo più grande e stabile saresti diventata una persona più assennata e, sì, generosa.»

«Invece», disse Ethel, «tutto quel potere ti ha dato alla testa.»

«E da quel tipo dinamico che sei», disse Rachel, «ci hai risucchiati tutti nei tuoi grandi progetti che, sul momento, sembravano nobili.»

«Adesso siamo rinsaviti», esclamò Sam.

Rocky si godette un maligno momento di soddisfazione mentre Tasha digrignava i suoi denti assurdamente bianchi. Erano ai ferri corti da anni e per la maggior parte del tempo Tasha aveva avuto la meglio. Soprattutto perché era subdola. Rocky non giocava sporco. Non di solito, a ogni modo.

Prima che Nell potesse posare i due drink sul tavolo, Tasha le strappò di mano uno dei bicchieri e lo vuotò in un unico sorso. Guardò torva Rocky. «Questa è opera tua.»

«No, hai fatto tutto tu.»

«Quindi mi state buttando fuori dal club?»

«Ti stiamo solo chiedendo di dimetterti da presidentessa.»

«Immagino che sarai *tu* a subentrare.»

Monica parlò per lei. «Abbiamo votato tutti.»

Continuando a guardare Rocky in cagnesco, Tasha inveì: «Non riesci neanche a far funzionare una misera locanda e credi di poter gestire i negoziati con una grossa casa editrice?»

L'insulto andò a segno ma Rocky si limitò a serrare i pugni sotto il tavolo. A causa della voce alta di Rocky, tutti gli avventori che adesso affollavano il bar guardavano nella loro direzione.

«Non c'è bisogno di diventare sgradevoli», intervenne Ethel a voce bassa. «Resterai tu il tramite con quell'editore», disse a Tasha, «ma Rocky diventerà il capo ufficiale del club. Abbiamo bisogno di tornare a concentrarci sui nostri veri obiettivi.»

Ignorando la donna più anziana, Tasha vuotò il secondo Melatini e picchiò il bicchiere sul tavolo. «Sei gelosa di me. Sei *sempre* stata gelosa di me! Prenditi la dannata presidenza, Rocky. Sei e sarai sempre una patetica perdente!»

Quest'ultima offesa fece perdere il controllo a Rocky e le

mise le ali ai piedi. Si alzò di scatto, scavalcando Monica, e scaraventò Tasha, sedia e tutto, a terra.

«Basta, smettetela!» sentì gridare Luke mentre il resto dei clienti era a bocca aperta o fischiava.

A cavalcioni sull'eterna nemica, Rocky schiaffeggiò con forza Tasha per rifarsi di quindici anni di insulti. Solo che con la mano stretta, fu più come un pugno.

«Puttana!» reagì Tasha, afferrandole una delle trecce e tirando con tanta violenza che Rocky strillò e perse l'equilibrio.

Caduta da un lato, batté la testa imprecando e scalciò proprio quando Tasha si tuffò su di lei. Iniziarono a darsele di santa ragione, rotolandosi a terra e finendo contro un tavolo. I bicchieri volarono via e i piatti caddero sul pavimento di legno. I clienti in delirio si tennero alla larga.

Con la coda dell'occhio, Rocky vide Luke venire verso di loro. «Piantatela, maledizione!» Ma inciampò nel piedone di Sam (*Grazie, Sam!*), permettendole di mandare a segno un altro colpo.

Contemporaneamente Tasha sbatté la faccia di Rocky in una pozza di zuppa di carciofi.

Rocky non ci vide più: un rumore assordante le rombò nelle orecchie quando la matta cercò di infilarle un'oliva su per il naso. Mentre reagiva, l'ultima cosa che sentì prima di raccogliere una manciata di torta alla crema d'acero fu: «Dieci dollari su Rocky!»

Chloe spalancò gli occhi. Guardò nel buio, il cuore che batteva forte, confusa dall'ambiente e dall'inquietante silenzio. Poi il suo cervello entrò in funzione e si rese conto che la tempesta si era calmata. Niente pioggia. Niente tuoni. Allungò una mano. Niente Devlin.

Un odore acre, familiare le fece fremere le narici.

Qualcosa bruciava in cucina.

Avvolgendosi la trapunta attorno al corpo, si trascinò giù

dal letto e fece una smorfia quando il suo piede toccò terra. La caviglia le pulsava così come testa. Ignorò il dolore e andò zoppicando verso la puzza. Vide Devlin che toglieva una pentola fumante dal fornello e la portava al lavandino, e lo sentì imprecare sottovoce. Sicura che lui avesse la situazione sotto controllo, represse un sorriso. Devlin sembrava patetico e incapace in cucina, ma il fatto che ci provasse le sembrò stranamente dolce. Agitandosi una mano davanti al naso, gli chiese: «Tutto bene?»

«Meglio di questi fagioli», brontolò lui, versandovi sopra dell'acqua e innescando un nuovo sfrigolio di vapore. «Mi sono girato solo per un paio di minuti.»

Chloe si avvicinò per dare un'occhiata al fornello. «Hai alzato troppo la fiamma.»

«Sono abituato a cuocere tutto al microonde», rispose girandosi verso di lei.

Per un istante, il tempo si fermò mentre la osservava tutta scarmigliata. Il cuore di Chloe batteva lento e voglioso. Un flusso di desiderio e sentimento le scaldava le guance e il cuore. Aprì la bocca e la richiuse quando Devlin piegò la testa da un lato e sorrise.

«Avevo pensato di portarti la cena a letto», confessò, «ma tu hai portato il letto qui.»

Chloe abbassò lo sguardo e si accorse che non solo si era avvolta nella trapunta, ma si stava anche trascinando dietro il lenzuolo. Rise, felice del tono spensierato di Devlin. Poi vide che indossava un pantalone di tuta asciutto e pulito e una T-shirt. «Ehi, dove hai preso quella roba?»

Lui indicò con la testa la camera da letto. «Dall'armadio.»

«Torno subito.»

«Ti aspetto», le disse, gettando i fagioli bruciati in un secchio.

Chloe tornò zoppicando in camera, entusiasta che la situazione non fosse diventata imbarazzante dopo che avevano fatto sesso. A volte il sesso cambiava ogni cosa e non sempre in meglio. Quando lui aveva distolto a fatica lo sguardo, Chloe aveva avvertito il medesimo crudo desiderio, un'attenzione più profonda. Persa nel proprio incendio di emozioni, era stata tentata di dare voce al proprio cuore. Proprio lì, in cucina. Con una padella di fagioli bruciati in mezzo a loro. Ma un istante dopo aveva messo in dubbio la scelta del momento.

Devlin sapeva che aveva convissuto con Ryan per due anni. Era indice di una relazione seria. E se non avesse creduto che se lo era ormai lasciato alle spalle? E se avesse pensato che in quella fase delicata non poteva essere sicura dei suoi sentimenti? O che era una tipa volubile che si innamorava per un nonnulla?

Troppo presto, pensò mentre accendeva una piccola lampada da notte. Vacci piano. Per una volta nella sua vita non si sarebbe lanciata a capofitto in qualcosa, solo per rovinare tutto. Ammucchiò le coperte sul letto e iniziò a rovistare nei cassetti. Non si sentiva a suo agio a mettersi le mutande di uno dei due fratelli Brody, ma si infilò un paio di spessi calzettoni. Infreddolita, prese una camicia di flanella. Adatta a un uomo alto, aveva le maniche troppo lunghe e le arrivava fino a metà coscia. Lunga abbastanza da non doversi preoccupare di essere senza mutande. Si annodò i capelli umidi e puliti e tornò in cucina, dove trovò Dev che guardava nella piccola dispensa. «Allora, che scelta abbiamo?»

«Fagioli, fagioli e ancora fagioli. Una lattina di passata di pomodoro, sacchetti di popcorn. Zuppa scozzese...»

«Fammi dare un'occhiata.»

Le passò la lattina continuando a rovistare nell'armadietto.

«Una tradizionale zuppa d'orzo pronta», lesse l'etichetta. «Mi piace come suona. Cos'altro?»

«Cereali per la colazione, pane integrale in lattina...»

«Cosa?»

Le passò anche quello. «Un tuffo nel vecchio New England», le disse, passando a un altro armadietto. «Mai provato?»

«No.» Chloe lesse la descrizione. «Umido e corposo. Ingredienti naturali. Ricco sapore di melassa. Consumare direttamente dal barattolo, tostato, al forno o al microonde. Vista l'ultima cosa, immagino che tu invece l'abbia provato.»

«Già», rise Devlin.

«Buono?»

«Sorprendentemente, sì.»

Chloe andò al frigorifero. «Non c'è granché. Birra, sottaceti e... oh, no. Davvero?»

«Cosa?»

«Una confezione chiusa di salsiccia affumicata del Vermont.»

Nel girare la testa, capì dallo scintillio negli occhi di Devlin che anche lui stava pensando al loro primo incontro ad alta tensione sessuale da *Oslow's*. «Data di scadenza?» le chiese.

Chloe controllò e sorrise. «Direi che è il momento.»

«So che per me lo è.»

Confusa dal suo sguardo intenso, arrossì. «Cosa?»

«Stavo solo pensando a quanto sei sexy con quella camicia. Vorrei tanto che fosse mia.»

Lei sospirò. «Frase romantica numero... Ho perso il conto.»

«Fidati», le disse divorandola con occhi famelici. «Il romanticismo è l'ultima cosa che ho in mente in questo momento.»

Notando l'esplicito rigonfiamento nei suoi calzoni, le parti intime di Chloe presero a formicolare e una decina di scene spinte le passarono per la testa. Farlo sul divano, piegata sul divano, sul tappeto davanti alla stufa a legna, in piedi contro il muro. Per quanto volesse saltargli addosso senza indugio, la caviglia indolenzita e vari doloretti in tutto il corpo rappresentavano un'irritante distrazione. Iniziare una cosa che non poteva finire non era un'opzione. Si chiese se i Brody avessero qualche antidolorifico in casa.

Con la mente in subbuglio, Chloe alleggerì quel momento carico di tensione sessuale. «Sì, be', prima mettiamoci in corpo un po' di cibo, mister, perché la prossima volta che... balleremo il tango», scherzò, «ti servirà tutta la forza possibile.»

«Promesse, promesse.»

«Sono una donna dai mille talenti», replicò Chloe battendo allusivamente le sopracciglia mentre andava verso la stufa.

«Stai anche zoppicando.» In un attimo l'atmosfera scherzosa si dissolse.

«Non è niente.»

«Fammi vedere.»

«Devlin...» Si interruppe quando lui si inginocchiò, le prese il piede e tirò giù la calza.

«È solo un po' gonfia», minimizzò Chloe.

«E livida.»

A causa della forza dell'impatto con il tronco. Un incidente assurdo che ancora la turbava. «Ce la farò.» A proposito di assurdità... «Cosa ne sai di animali immaginari?»

«Cosa?»

«Quando ero nel bosco, ho creduto di vedere un alce; ma può essersi trattato di un'allucinazione.»

«Molti alci vivono su Thrush Mountain e nelle zone limitrofe», rispose mentre le tirava nuovamente su il calzettone.

«Allora forse era vero. Ma mi ha ispirato delle... visioni.»

Devlin la guardò perplesso.

Dal momento che non era pronta a parlare di matrimonio, bambini e dei suoi progetti per la pasticceria *Gemma*, pose fine con una risata a quei discorsi come se li considerasse bizzarri. «Conseguenze di una botta in testa. Fammi un favore, apri quella zuppa.»

«Come sta la tua testa?» le chiese scostandole i capelli da un lato ed esaminandole il bernoccolo.

«Ma insomma!»

«Chloe.»

«E va bene. Mi pulsa un po'. E il torace...»

«Cosa?»

«Penso che sia perché ho battuto forte contro il volante quando sono andata a schiantarmi. Niente airbag.»

Lui le sbottonò i primi tre bottoni della camicia e ne aprì i lembi. «Gesù.»

«Cosa c'è?» Chloe abbassò lo sguardo senza riuscire a vedere niente.

«Sei tutta ammaccata.»

«Tutto qui?»

«Quando domani andremo in ospedale farai un checkup dalla testa ai piedi.»

«Bene. Adesso possiamo cenare? Muoio di fame.»

Lui scosse la testa e le riabbottonò la camicia. «Luke aveva ragione su di te. Sarà anche diventata una dolce ragazza di città, ma in fondo è una tosta ragazza di campagna.»

Chloe sapeva che Luke era un dongiovanni; eppure... «Che cosa dolce da dire.»

«Nel caso tu non l'abbia notato, mio fratello è innamorato di te.»

«A sentire Daisy, Luke è innamorato della maggior parte delle donne.»

«Nel tuo caso», replicò Devlin, deponendole un bacio leggero sulle labbra, «il suo apprezzamento è giustificato.»

Chloe si sentì sopraffare dall'emozione quando Devlin si allontanò per aprire il barattolo di zuppa e il pane. Con il cuore che le sfarfallava di gioia e contentezza, regolò il calore del fornello e del forno. Versò la zuppa in una pentola e gli chiese di cercare in dispensa delle spezie. Lavorarono in tandem e la smorfia esagerata di lui mentre affettava la salsiccia le strappò un sorriso. Dopo aver disposto su un piatto il loro antipasto, Dev aprì due birre e ne passò una a lei.

Chloe ne bevve un sorso e mescolò la zuppa aromatizzata.

Lui le si mise alle spalle e le circondò con un braccio la vita. «Potrei abituarmi a tutto questo», sussurrò stuzzicandole l'orecchio.

Approfittandone per confessare almeno una piccola parte dei suoi veri sentimenti, si rannicchiò contro di lui. «Anch'io.»

35

Seta. No, *piume*.

E velluto.

Devlin si riscosse da un sonno pesante.

Chloe.

Era a cavalcioni su di lui e gli ricopriva il petto di leggerissimi baci. I lunghi e morbidi capelli gli facevano il solletico mentre andava sempre più giù. Dolce tortura.

«Buongiorno», lo salutò tra un bacio e l'altro.

«Direi proprio di sì.»

Chloe continuò il suo viaggio a sud con labbra, lingua, denti.

Se lo avesse preso nella sua bocca sexy, sarebbe venuto prima ancora di iniziare. Muovendosi, le imprigionò le braccia e abilmente riuscì a spostarla sotto di sé. Adesso era lui a stare sopra. Le sfiorò teneramente con la bocca la clavicola contusa, le succhiò i seni. Chloe gemette e inarcò la schiena mentre lui scendeva sempre più, deciso a farla venire con la bocca. Amava il suo odore, il suo sapore, l'appassionata reazione al suo tocco. Il bisogno di spazzare via il ricordo dei suoi vecchi amanti, di possedere il suo corpo e la sua anima, risuonava con prepotente intensità.

«Aspetta», sussurrò Chloe. «Volevo... voglio...»

Le sue parole si affievolirono quando lui indugiò, aumentando la pressione e il ritmo della sua lingua finché lei non esplose, scossa da un travolgente orgasmo che investì il suo animo di onde di desiderio. Si mise su di lei e prese dal comodino un pacchetto.

«Non ancora.» Chloe gli afferrò il polso e lo costrinse nuovamente sulla schiena. Notevole. Eccitante. «Te l'avevo detto che avrei fatto a modo mio.»

Be', per la miseria.

Devlin chiamò a raccolta calma e resistenza mentre lei gli si metteva a cavalcioni e iniziava a scendere più in basso continuando a baciarlo. *Cazzo.*

«È il mio turno di assaporare.»

Le sue dita gli bruciarono la pelle quando gli sfiorarono i muscoli tesi, quando lo massaggiarono, lo solleticarono, lo tentarono. La sua bocca, così morbida, così esigente. Quando gli chiuse le labbra attorno al membro, si sentì attraversare da una sensazione di erotica euforia. Nonostante lei fosse uno spirito avventuroso e appassionato, gli sembrava anche dolce e all'antica. Il risultato fu che il sopravvento di Chloe aumentò l'intensità dell'eccitazione. Sul punto di venire, la prese per gli avambracci e la tirò sul suo corpo. «Voglio scoparti fino a farti svenire.»

Invece di farsi intimidire da quella rozza dichiarazione, Chloe sorrise insolente, facendo aumentare il suo desiderio. «Spiacente», disse roca. «È il mio turno.» Prese il preservativo dal comodino.

La guardò srotolarlo – nessuna mossa né sguardo civettuoli, ma un fare deciso che fu in un certo senso dannatamente sexy. Devlin ammirò le sue forme, la sua pelle perfetta e quel dolce viso. «Sei bellissima, Chloe.»

«Anche con i bernoccoli e i lividi?»

«Medaglie al valore», ansimò lui mentre lei si abbassava sul suo corpo. «Per una nobile missione.»

«Sono in missione anche adesso», lo canzonò. «Anche se non la definirei nobile.»

«E come la chiameresti?»

Chloe prese a muovere le anche, cavalcandolo lentamente, facendolo impazzire. Devlin gemette e lei sorrise. «La chiamerei egoista.» Con le mani contro le sue spalle, continuò il suo assalto sensuale.

La lasciò fare a modo suo, secondo il suo ritmo, anche se lo stava uccidendo. Si rifiutava di raggiungere l'orgasmo prima di lei che, dannazione, a differenza della sera prima, aveva un controllo incredibile. Chloe accelerò il ritmo, il viso arrossato dalla passione e dallo sforzo. Lui le strinse i fianchi e si godette il suo dominio. «Andiamo, piccola.»

«Vieni per me», pretese lei.

«Prima tu.»

Quando gli afferrò i polsi e glieli spinse sulla testa, tenendolo prigioniero, Devlin per poco non venne. Il cuore gli batteva nelle orecchie come un martello pneumatico. Poi sentì il suo nome, solo che non era Chloe.

Chloe si immobilizzò.

Devlin rimase in ascolto. I colpi risuonarono ancora.

Non era il suo cuore.

La porta.

Chiuse gli occhi e imprecò. «Luke.»

In preda all'agitazione, Chloe si staccò da lui e si rintanò sotto le coperte. «Cosa ci fa qui?»

«Che ore sono?» Devlin cercò il telefono. «La batteria è morta.» Cercò allora l'orologio da polso. «Merda», disse incredulo.

«Cosa c'è?»

«È quasi mezzogiorno.»

«Stai scherzando!»

Non è che la sera prima avessero affrontato una maratona del sesso, ma avevano fatto le ore piccole stuzzicandosi. Un sacco. Tuttavia, non poteva essere stato *così* stanco. Soddisfatto, magari. Cacciando dalla mente una raffica di pensieri, scese dal letto. «Chissà da quanto tempo il mio cellulare è morto e da quanto stanno cercando di chiamarmi.» Si infilò nel bagno e gettò nello scarico il preservativo. «Ci aspettavano in ospedale questa mattina.»

«E io ho perso il mio cellulare nel bosco. Merda.»

Chloe si precipitò in bagno appena ne uscì Devlin, che si infilò boxer e pantaloni. Si diede un'occhiata alle spalle e vedendo Chloe agganciarsi il reggiseno rimpianse il loro perduto orgasmo. Luke batté di nuovo alla porta e, uscendo dalla camera da letto, Devlin pensò seriamente di uccidere suo fratello.

La mattinata era andata a farsi benedire. Le cose andarono di male in peggio quando Devlin spalancò la porta proprio mentre Chloe entrava zoppicando nella stanza tirandosi giù il vestito e chiedendogli: «Dove hai messo i miei slip?»

Non fu l'espressione di Luke a dare più fastidio a Devlin quanto la faccia chiazzata dello sconosciuto che stava dietro di lui.

«Che situazione imbarazzante», esclamò Luke, il re dell'eufemismo.

L'altro uomo lo spostò da una parte e Chloe rimase a bocca aperta. «Papà.»

Diavolo. «Posso spiegare, signore.» Anche se Devlin non sapeva esattamente come spiegare l'ovvio.

L'uomo lo guardò torvo. «Preferirei sentirlo da mia figlia.»

Luke si schiarì la voce e guardò i due uomini, prima uno poi l'altro. «Dev, ti presento il signor Madison. Signor Madison, mio fratello... uh... giusto.» Rivolse a suo fratello uno sguardo esplicito. «Potremmo andare di fuori a parlare, Dev?»

Devlin guardò Chloe – il vestito sgualcito, senza biancheria, i capelli scarmigliati acconciati alla meno peggio – e si maledisse mille volte per aver peggiorato le cose tra lei e suo padre.

«Va tutto bene», lo rassicurò lei mentre l'uomo dal viso arcigno si faceva strada nel bungalow. Quando Chloe raddrizzò le spalle e si preparò per affrontare il contrariato genitore, Devlin desiderò ardentemente essere il suo paladino, che le piacesse o meno.

Luke lo spinse fuori e chiuse la porta. *E che cazzo?* disse solo con le labbra, mentre lo allontanava a forza dal bungalow.

«Perché l'hai portato qui?»

«Perché non hai risposto alle mie telefonate? O a quelle di Rocky? O della nonna, di Chris o di Monica? È dalle nove di questa mattina che stiamo cercando di chiamarvi.»

«Il mio telefono è morto», spiegò Devlin abbottonandosi la camicia. «Niente caricabatterie. E Chloe ha perso il suo nei boschi.»

«Ragione di più per andare subito a Pixley stamattina. Dovevate immaginare che eravamo preoccupati.»

«Ci siamo appena svegliati.»

«È mezzogiorno.»

«Lo so.»

Con le mani sui fianchi, Luke fissò suo fratello. «Ti svegli all'alba ogni mattina da quando eravamo ragazzi.»

«Lo so.»

Luke si infilò una mano nei capelli disordinati. «E allora? Hai dormito troppo, poi hai deciso di concederti una cavalcata prima di un tranquillo viaggetto a Pixley? Chi sei e cosa hai fatto al mio rompiballe e ultraresponsabile fratello?»

«Non è andata così e pulisciti la mente e la bocca quando parli di Chloe.» Non aveva avuto intenzione di essere brusco ma, che cavolo.

«Per la miseria.» Luke reagì a scoppio ritardato. «Dici sul serio?»

Devlin si girò per guardare in direzione del bungalow. Cosa stava succedendo lì dentro?

Luke entrò nel suo campo visivo. «Sapevo che ti piaceva Chloe. Abbiamo visto tutti le scintille ma... Sei innamorato?»

Devlin non rispose.

Luke scosse la testa e fischiò piano. «Non so se festeggiare o preoccuparmi.»

«Di cosa stai parlando?»

«Cioè, l'amore a prima vista o al primo... uh, incontro, be', è una bella cosa. Ma trattandosi di te... Non ti metterai a fare qualche sciocchezza?...»

«Del tipo?»

«Del tipo chiederle di sposarti solo perché suo padre vi ha beccati, be'...» Agitò una mano in aria. «Lo sai. Prima di tutto, è una cosa assolutamente antiquata. Secondo, la conosci a malapena.»

Devlin tenne a bada la rabbia. «Non credo che tu sia la persona più adatta a elargire consigli a proposito di relazioni serie.»

Se l'insulto andò a segno, Luke non lo diede a vedere. «È solo che non voglio vederti commettere lo stesso errore due volte.»

«Sei tu quello che mi ha ricordato che Chloe non è affatto come Janna.»

«Sto parlando di un matrimonio affrettato a causa del tuo ipersviluppato senso del dovere.»

Con lo stomaco annodato dalla furia e dal dolore, Dev si sporse verso suo fratello e abbassò la voce. «Era incinta di mio figlio. Tu cosa avresti fatto?»

«Dal momento che me lo chiedi, prima mi sarei assicurato che il bambino fosse il mio.»

Devlin sferrò un pugno al fratello minore.

Luke indietreggiò barcollando, ritrovò l'equilibrio e si massaggiò la mandibola. «Dannazione.»

«Scusa.» Era sincero. Suo fratello aveva semplicemente espresso quello che un sacco di gente aveva pensato. Sì, Devlin e Janna si erano frequentati per un anno o due e sì, lei aveva visto altri ragazzi nel frattempo, ma quando era andata da lui in lacrime, quando gli aveva detto di essere incinta... sapere che molto probabilmente il bambino era suo e che i genitori di lei l'avrebbero cacciata di casa... quello gli era bastato per rimandare il college e mettere su famiglia.

Luke si intromise nei suoi pensieri. «È stato inopportuno», commentò. «Quello che ho detto, intendo. Scusa. È solo... Voglio che tu sia felice, Dev.»

Invece di un abbraccio o una stretta di mano o, Dio non voglia, una discussione filosofica, Devlin passò oltre limitandosi a sollevare un sopracciglio. Sapeva che suo fratello avrebbe capito. «Devo chiamare la nonna e Rocky.»

Luke gli lanciò il BlackBerry; poi si appoggiò al suo SUV e incrociò le braccia. «Ottima idea.»

Appena la porta si chiuse, appena Chloe e suo padre furono soli, lei crollò e corse tra le sue braccia. Tre anni. Non lo vedeva da tre anni. Non era sembrato tanto fino a quel momento. Il tempo era trascorso velocemente e la distanza aveva smorzato l'intensità del loro distacco. Quando lo vide e lo toccò, tutti i conflitti, il risentimento e la delusione si dissolsero. Sopraffatta, le lacrime le rigarono le guance mentre tornava a essere la bambina che adorava il suo papà. Niente aveva più importanza, lui era il suo sangue. Se c'era qualcosa che aveva imparato dai Monroe, era che la famiglia è una faccenda complicata. Ma con l'amore e il rispetto ogni cosa si sistemava. Abbracciò suo padre con tutta la forza che aveva e le si spezzò il cuore quando lui non ricambiò.

«So che le apparenze sono brutte.»

«Sembreranno leggermente migliori quando sarai completamente vestita.»

Niente biancheria intima. Giusto. Mortificata, tornò in camera da letto e poi in bagno. Cercò meglio e trovò il tanga pulito e asciutto appeso nella doccia. Se lo infilò e, guardando il pietoso riflesso nello specchio, si ricompose. Non è mai stato un tipo sentimentale, ricordò a se stessa. Anche se fosse stata decentemente vestita, si sarebbe irrigidito in quell'abbraccio lacrimoso.

Si asciugò gli occhi e sciolse i capelli, in modo che nascondessero il pallido bernoccolo che aveva sulla tempia. Fatto un respiro profondo, si infilò i collant verdi e gli stivali rosa di Daisy, si lisciò il vivace vestito e, con calma, si avviò nel soggiorno. Suo padre si era messo sul bordo del divano. Guardinga, non si sedette accanto a lui, ma di fronte, in una spaiata poltrona. «Io...»

«Lasciami parlare.»

Ma rimase in silenzio per più di due minuti. Chloe immaginò che stesse soppesando le parole. Studiò il suo aspetto: un uomo d'affari all'antica, indossava sempre camicia e cravatta, come in quel momento, solo che la camicia era sgualcita e la cravatta storta. Sembrava trasandato, stanco. E più vecchio. Le fece rimpiangere il tempo perduto.

Alla fine, l'uomo abbassò la testa ingrigita. «Non so da dove cominciare.»

«Io sì», disse Chloe. «Mi dispiace che la mia paura della morte ci abbia allontanati.»

Suo padre rialzò la testa di scatto.

Chloe deglutì. «Voglio parlare della mamma.»

Devlin aveva appena riattaccato con Rocky quando Chloe e suo padre uscirono dal bungalow. Restituì a Luke il telefono e osservò padre e figlia scambiarsi un breve e rigido abbraccio. Secondo il rapporto di Jayce, Roger Madison era un apprezzato concessionario di auto che possedeva una piccola catena di franchising. Data la sua occupazione, Devlin se l'era immaginato carismatico e socievole – un animale sociale. Anche ammettendo che si trattava di una situazione particolare, quell'uomo non mostrava un grammo di calore. Conservatore, rigido, moralista e, secondo Chloe, dispotico. Non c'era da meravigliarsi che se ne fosse allontanata.

«Tieniti pronto», mormorò Luke mentre i Madison lasciavano il portico e si dirigevano verso di loro.

Devlin si preparò, anche se non sapeva per cosa. Una ramanzina? Una scazzottata? Un pugno nello stomaco?

«Posso approfittare di lei per tornare a Sugar Creek?» domandò Roger Madison a Luke.

Luke era a disagio. «In realtà speravo...» Sospirò e si passò una mano tra i capelli. «Certo.» Guardò Devlin. «Di' alla nonna che passerò a trovarla più tardi.» Rivolse un cenno di saluto a Chloe e uno sguardo sconcertato al fratello, e tornò al suo SUV. «Quando vuole, signor Madison.»

«Falle del male», minacciò l'uomo, «e troverò il modo per farne a te.»

La minaccia avrebbe dovuto farlo arrabbiare. Invece gli diede la speranza che Madison amasse davvero sua figlia.

Devlin l'amava senz'altro. Nonostante le sue fissazioni. Nonostante le sue esperienze con le donne. Aveva accettato il fatto la sera prima, quando lei mescolava le spezie nella loro zuppa in scatola. Non esattamente il classico momento romantico, ma era riuscito a sedurgli cuore e anima.

Adesso Chloe sembrava contemporaneamente vulnerabile e forte. Un miscuglio inebriante. Aspettò che Luke ripartisse prima di avvicinarsi a lei. «Stai bene?»

Chloe rivolse il viso al sole, chiuse gli occhi e respirò a fondo. «Vivo il momento.»

36

«Vuoi che ne parliamo?»

Chloe si mosse a disagio sul sedile dell'Hummer. Si era chiesta quando Devlin avrebbe iniziato a indagare. Mentre riordinava il bungalow, si era aspettata che le facesse domande su suo padre, ma era rimasto in silenzio, probabilmente in attesa che fosse lei a toccare l'argomento.

Non è che non volesse parlarne. Aveva soltanto bisogno di tempo per mettere in prospettiva pensieri e sentimenti. Adesso che erano sulla strada per Pixley e la sincera conversazione con suo padre risaliva a venti minuti prima, si sentiva calma abbastanza per condividere i propri pensieri senza trasformarsi in un patetico caso umano.

«So che la sua prima impressione non è stata delle migliori», esordì Chloe, «ma considerando la situazione...»

«Fidati. Quello lo capisco benissimo.»

Chloe spostò lo sguardo dal paesaggio – totalmente diverso in un giorno di sole – all'uomo che affrontava con disinvoltura la strada piena di curve. Sicuro e premuroso. L'amore per lui cresceva con ogni battito del suo cuore. All'improvviso desiderò con forza che Devlin sapesse della sua famiglia quanto lei sapeva dei Monroe. Anche se la sua famiglia, in senso più stretto, era composta da due elementi.

«Mio padre non è mai stato un uomo molto espansivo», spiegò. «Non è che non amasse mia madre e me, solo che le dimostrazioni di affetto lo mettevano a disagio. Era mia madre quella calda e accogliente. Mio padre... Esprimeva il suo amore comprandoci cose e portandoci in giro. Non credo di averlo mai detto, ma è molto ricco. Possiede una concessionaria d'auto. Una catena, in realtà.»

«Fortemente motivato», concluse Devlin. «Entusiasta.»

«Sì.» Era sempre stata orgogliosa di quelle qualità. «Ma anche autoritario e ossessionato dagli affari.»

«Lavoro-dipendente.»

«È peggiorato dopo la morte della mamma. Lei insisteva perché passassimo del tempo in famiglia, la domenica era il nostro giorno speciale e anche se mio padre all'inizio brontolava, una volta che si rilassava...» Chloe indugiò beata in mille ricordi e sorrise. «Ci divertivamo un sacco. A ogni modo, dopo... lui si allontanò. Da me, dalla vita. Trascorrevo sempre più tempo con la mia nonna paterna. Era gentile, ma distante e tradizionalista. E io, invece di rifuggire la vita, la aggredivo con rabbia. Crescendo, cominciai a passare la maggior parte del tempo a casa degli amici, soprattutto da Monica. Mi iscrissi a ogni associazione immaginabile, coro, teatro. Mi impegnavo in attività extrascolastiche come danza, equitazione, ceramica.»

«Accumulavi più esperienze possibili. Nessun sogno né obiettivo irrealizzato.»

«Esatto.»

«E tuo padre finanziava le tue attività perché questo ti teneva impegnata, ed era così che ti dimostrava il suo amore, comprandoti delle cose. Invece di concederti il suo tempo e il suo affetto, ti sosteneva finanziariamente.»

Chloe rimase sorpresa da quanto Devlin comprendesse bene la situazione e il fatto che non parteggiasse per nessuno le fece piacere. «Divenne il nostro stile di vita. Assolutamente disfunzionale perché entrambi ci nascondevamo dalle nostre paure invece di affrontarle. So perché mantenevo una distanza emotiva.»

«Perché ogni volta che cercavi di avvicinarti, lui ti allontanava?»

«Hai di nuovo ragione. Quello che non sapevo era *perché* lui mi teneva a distanza. Niente gite speciali insieme. Zero tempo passato in famiglia. Faceva addirittura in modo di lavorare ogni domenica. Pensavo che non gli interessasse fare il genitore single. Che, senza la mamma, non sapesse cosa farsene di me, come comportarsi.

«Oggi, dopo avergli parlato della mia paura della morte e avergli spiegato il bisogno compulsivo di esplorare ogni passione, mi ha confessato che il motivo per cui mi respingeva era perché non sopportava il pensiero di perdermi come aveva perso mia madre. Il distacco emotivo era la sua ancora per conservare la stabilità mentale.»

«Sono poche le cose che equivalgono alla perdita, o alla paura di perdere, il proprio figlio», ragionò Devlin pensieroso.

«Sei molto tollerante. La maggior parte della gente definirebbe questo comportamento codardo o, per lo meno, egoista.»

«Io non sono la maggior parte delle persone.»

«Me ne sto accorgendo.» Lo studiò per un momento, cogliendo una certa malinconia. Quell'uomo stava forse rievocando dolori riguardanti la propria vita? Chloe ripensò alla moglie di cui nessuno parlava. L'aveva persa in un incidente? Malattia? Parto? Per il suo bene, pregò intimamente che avessero semplicemente divorziato.

Forse era una mossa azzardata, ma non poté fare a meno di dargli la possibilità di rivelarle il suo passato matrimonio e gli effetti che ancora perduravano. «Sai che mio padre rimpiange ancora mia madre tanto da non riuscire a pensare di risposarsi? *Mai?*»

«Deve averla amata moltissimo.» Devlin le strinse una mano. «Qualcosa mi dice che ti ama altrettanto profondamente. Malgrado i suoi sforzi contrari.»

Va bene. Forse non stava prendendo quella conversazione sul personale. Adesso sembrava totalmente concentrato su di lei e il suo dilemma. Rilassandosi, sorrise alla sua osservazione perché proprio quel giorno era giunta alla stessa conclusione. «È venuto qui perché la nostra ultima conversazione telefonica era finita male. Come te con tuo padre, voleva affrontare la questione di persona. Puoi immaginare quanto fosse sconvolto quando è arrivato qui e non è riuscito a contattarmi telefonicamente, né mi ha trovata da Daisy. Allora ha chiamato Monica che l'ha messo in contatto con Luke. Sapendo che avevo avuto un incidente e che ero bloccata... voleva accertarsi di persona che stessi davvero bene. Non si aspettava di trovarci... lo sai.»

«Imbarazzante per tutti. Allora», osservò lanciandole un'occhiata. «Cosa gli hai raccontato di noi?»

«Gli ho detto che stiamo bene insieme.» Il che era vero, ma in realtà le parole erano state: *Penso che sia quello giusto, l'uomo con cui sono destinata a stare*. Aveva confessato che suo padre aveva avuto ragione riguardo a Ryan – un errore di giudizio da parte sua ma non un errore in toto. Grazie a Ryan si era iscritta e diplomata alla scuola di cucina, un traguardo di cui era fiera e che suo padre approvava. «E gli ho promesso che ci sarei andata piano.»

«Una sfida per una che si butta a capofitto nelle proprie passioni», la canzonò Devlin.

«Sì, be'... quella era la vecchia me. La nuova me ha intenzione di affinare l'arte di assaporare.»

Devlin la guardò in un modo che eccitò la sua libidine. «Pare che siamo sulla stessa lunghezza d'onda.»

Voleva dire che intendeva diminuire il carico di lavoro? Rallentare per annusare le rose? Dedicare più tempo alla vita personale? A lei? Chloe sapeva che Devlin intendeva coltivare la loro relazione, ma fino a che punto? Poteva immaginare di sposarsi una seconda volta? Voleva dei figli?

Decine di domande le affollavano la mente, solo che non sapeva quale fargli per prima. Chiedergli se la amava non era esattamente andarci piano, e poi non era giusto. La conosceva da meno di un mese. Solo perché lei si era innamorata in un batter d'occhio, non significava che fosse successo anche a lui.

In quel momento, la natura cedette il passo alla civiltà, evitandole di rovinare la conversazione. Devlin prese l'iniziativa quando si immisero sulla superstrada in prossimità della città. «Ti rendi conto che tra Daisy che ci ha sorpresi sul sedile della Cadillac la settimana scorsa, e la scena a cui hanno assistito Luke e tuo padre oggi, che ti piaccia o no, questo fa di noi una coppia?»

Un'altra criptica insinuazione. «Una coppia? Cioè due che stanno insieme?»

«Suona un po' arcaico, ma sì.»

«In modo esclusivo?»

«Da quel punto di vista sono all'antica.» Continuando a guardare dritto davanti a sé, Devlin aggiunse: «Ti dispiace?»

Chloe sentì vulnerabilità nel suo tono. Aveva qualcosa a che fare con la sua ex moglie? *Maledizione.* Più lui manteneva il silenzio su quella parte della sua vita, più la curiosità di Chloe aumentava. «Penso che sia dolce», commentò. «Per quello che può valere, neanche a me va di condividerti.»

Quell'affermazione strappò un sorriso a Devlin.

Con il cuore che batteva forte, Chloe pensò a loro due che uscivano a Sugar Creek come una vera coppia. «A Tasha non piacerà», le sfuggì.

Devlin serrò la mascella e le scostò i capelli. «Mi occupo io di Tasha», sentenziò, guardando preoccupato il bernoccolo di Chloe. Poi notò l'espressione contrariata di lei e rise. «Giusto. *Ci* occuperemo di Tasha. Anche se mia sorella gliene ha già date di santa ragione.»

«Cosa?»

«Si sono viste stamattina e si è presa una bella batosta.»

Chloe si sedette comodamente sul suo sedile, assimilando la notizia e chiedendosi quali effetti il litigio avrebbe avuto sulla faida Monroe-Burke. All'improvviso ebbe un'illuminazione riguardo alle Cupcake Lovers. Quando raggiunsero l'ospedale, non vedeva l'ora di correre da Daisy e raccontarle la sua idea.

Sfortunatamente, Devlin deviò Chloe al pronto soccorso. «La mia ragazza è rimasta coinvolta in un lieve incidente d'auto», riferì all'infermiera. «Solo un bernoccolo e dei lividi, ma mi sentirei meglio se la visitaste.»

Senza neanche alzare lo sguardo, la donna in uniforme passò loro una cartelletta. «Dovrete riempire questi moduli.»

Sapendo che era inutile fare storie, Chloe prese una penna e si sedette.

«Cos'hai da sorridere?» le chiese Devlin sedendosi accanto a lei.

Chloe si sporse verso di lui e, sentendosi un'adolescente infatuata, gli depose un bacio giocoso sulle labbra. «Mi hai chiamata la tua *ragazza*.»

Mentre un dottore la visitava, Devlin parlò con il medico che aveva in cura Daisy, il dottor Beane, e poi entrò nella sua stanza. «Ciao, nonna.»

«Era ora che arrivassi», brontolò la donna, premendo un bottone per sollevare la metà superiore del letto. «Dov'è Chloe?»

«Ho chiesto a un medico di darle un'occhiata.»

«Sta bene?»

«Pare di sì. Volevo solo esserne sicuro. Cos'è successo ai tuoi capelli?»

«È il tuo modo per dire che non ti piacciono?»

«Sono viola.»

Daisy sorrise. «Me li ha fatti un'ausiliaria.»

Devlin accostò una sedia al bordo del letto e ricambiò il sorriso. «Non credo che le chiamino più così.»

«Fa niente. Era giovane e briosa e aveva i capelli a strisce viola. Le ho chiesto se poteva farmi sembrare alla moda. Ho spiegato che avevo bisogno di apparire glamour e speciale per una foto pubblicitaria. È tornata con uno spray colorante per capelli e una manciata di cosmetici scintillanti. Sembravo favolosa, se mi è concesso dirlo.»

«Ne sono certo.» Devlin indicò la fascia gialla con le stelle viola che le copriva strategicamente la fronte bendata. «Ti ha portato anche quella?»

«Un modo intelligente per coprire la benda, ho pensato. Ieri sera mi sono struccata, dopo aver saputo che Chloe non sarebbe venuta. Ma penso di tenermi i capelli così per un po'. Cosa ne pensi?»

Riccioli viola. Occhiali rosa. Pensava che sembrasse ridicola. «Ti fanno sentire felice?»

«Alla follia.»

«Allora li adoro.»

Il sorriso di Daisy si allargò. «Rocky ha detto la stessa cosa. È qui in giro da qualche parte. È scesa a prendere del caffè. Hai saputo che ha pestato Tasha?»

«Sì.» Devlin prese la mano di sua nonna, cercando di non pensare a quanto sembrasse fragile, collegata a una flebo, la caviglia ingessata e una benda attorno alla testa. «Nonna, so del tuo infarto dell'anno scorso. Ho bisogno di parlarti...»

«Allora, cosa sta succedendo a mio figlio?»

Devlin si bloccò, sorpreso dal cambio di argomento. «Cosa vuoi dire?»

«Mi hai raccontato che lui e tua madre avevano prenotato all'improvviso una crociera ai Caraibi ed è per questo che non è venuto subito qui a vedere come stavo. Perché si trova nel bel mezzo dell'oceano.»

Non era stato facile mentire, ma quella bugia veniva dal cuore.

«Ha chiamato tante volte per sapere come stavo», proseguì Daisy. «Nel giro di due giorni ha mandato fiori, una pianta e un cestino di delizie.»

«Sono sicuro che si sente in colpa...»

«Non mi importa un accidente se si sente in colpa. Ho sospettato qualcosa quando è andato in pensione così presto.

Jerome è tale e quale a tuo padre. Il *J.T.* ce l'ha nel sangue. Vive di e per quel negozio e non se ne andrebbe – non alla sua età – a meno che non ci fosse un problema gravissimo. All'inizio ho immaginato che si trattasse di una crisi di mezz'età. Forse aveva avuto una relazione e lui e tua madre erano partiti per risolvere la cosa in privato. Ma adesso... temo che si tratti di altro.» Strinse forte la mano del nipote e lo guardò dritto negli occhi. «Che problema ha mio figlio?»

Cielo. Il cuore di Devlin scricchiolò sotto il peso di quel segreto.

«Lo saprò se menti, Devlin. Me ne sono sempre accorta con tutti i miei nipoti.»

Maledizione. «Ho promesso che non l'avrei rivelato.»

«Allora tirerò a indovinare. Una relazione?»

«Santo cielo. No.»

«Problemi finanziari?»

«No.»

«La salute?»

Devlin non rispose.

Daisy si leccò le labbra. «Tua madre?»

«No.»

«Tuo padre, allora.»

«Non posso...»

Gli strinse ancora più forte la mano. «Deve essere una faccenda seria allora. Fase terminale?»

Maledizione. Non ce la faceva. «Sta vedendo uno specialista, nonna. La prognosi è promettente.»

Lei non rimase senza fiato, né pianse né espresse alcun segno di cedimento. Si limitò semplicemente ad allargare le braccia scarne. Logorato dal segreto, dalle paure, Devlin, un uomo adulto, un uomo che si era sempre assunto il ruolo del comando, si rifugiò nell'abbraccio di sua nonna.

37

CHLOE era sul punto di bussare per annunciare la sua presenza quando la porta di Daisy si aprì e Devlin uscì dalla stanza. Si guardarono, chiedendosi nello stesso momento: «Come stai?»

«Bene», risposero altrettanto all'unisono, per poi scoppiare a ridere.

Devlin scosse la testa e le chiese a bassa voce: «Perché me lo domandi?»

«Non lo so. Mi sembri un po'... esausto. Te la sei vista brutta con Daisy?»

Dev si passò una mano sulla mascella ispida. «In realtà ha fatto di tutto per farmi sentire meglio.»

«Quindi ha acconsentito a darsi una calmata con le avventure alla Errol Flynn?»

«Non glielo l'ho chiesto. Anzi, l'ho invitata a unirsi a noi per un giro in mongolfiera con Nash non appena uscirà da questo posto.»

Chloe sorrise. «Sul serio?»

«Il dottor Beane mi ha assicurato che le ha fatto capire i rischi di mischiare i medicinali e ho deciso di affrontare con delicatezza la questione della sua passione per i cocktail quando tornerà a casa. Per quanto riguarda le bravate, ho seguito il tuo suggerimento di alimentare il lato positivo. Ho pensato che se desidera così tanto una vita piena di emozioni, perché non prendervi parte? Così almeno posso assicurare un minimo di sicurezza.»

«Mi sembra quasi una contraddizione», lo canzonò Chloe, «ma capisco cosa vuoi dire. È un gesto carino.»

«Sì, be', non ho passato molto tempo con la famiglia quanto avrei dovuto. Ho intenzione di cambiare. A detta della maggior parte delle persone che conosco, ho bisogno di darmi una svegliata.» La guardò negli occhi. «La scorsa notte è stato un inizio.»

«Continua a guardarmi così e mi toccherà trovare un posto appartato per... approfittarmi di te.»

«Allettante.» Le si avvicinò proprio mentre due interni passavano con un carrello, intralciando l'intenso momento. Con un gesto deciso, Devlin le scostò i capelli dal viso. «Allora, cosa ti ha detto il dottore della botta alla testa?»

«Non vede motivo per preoccuparsi. Lo stesso per le altre contusioni. Ma mi ha prescritto delle pillole e degli esercizi per ridurre il gonfiore alla caviglia. Questa settimana non correrò nessuna maratona ma, a parte questo, sto bene.»

«Buono a sapersi.»

«Allora, posso fare visita a Daisy?» Chloe era ansiosa di vedere con i propri occhi che la sua amica era in via di guarigione. E condividere con lei il suo nuovo sogno. Se c'era qualcuno che poteva aiutarla a mettere la sua visione nella giusta prospettiva, si trattava della donna che aveva la sua stessa passione per la cucina e una lunga storia a Sugar Creek.

«Certo. Anzi, non vede l'ora. Devo uscire a fare una telefonata. Rocky è qui in giro, quindi non sorprenderti se la vedi.»

«D'accordo. Grazie.» Mentre entrava silenziosamente nella stanza, mise ordine nei suoi pensieri, sperando di poter parlare a Daisy della sua idea prima dell'arrivo di Rocky o di un altro membro della famiglia. Sbirciando oltre una tenda semichiusa, la prima cosa che notò fu il gesso che avvolgeva il piede della donna arrivando fino a metà stinco. Almeno era colorato –

rosa – e questo la fece sorridere. La flebo la turbava, ma sapeva che serviva ad alleviarle il disagio. Sapendo che Daisy aveva riportato un brutto taglio alla fronte, era pronta a vedere dei punti o una fasciatura insanguinata. Notò invece una vivace fascia con le stelle.

Daisy aprì gli occhi e, nello scorgere Chloe, fece un grosso sorriso. «Ciao, micetta.»

«Oh, mio Dio», esclamò Chloe deliziata dalla bizzarria del suo aspetto. «Chi ti ha fatto i capelli? Li adoro!» Ciò che adorava era la sicurezza di quella donna e, accidenti a tutto, il suo senso dell'avventura.

«Lo sapevo», replicò Daisy. Dietro le lenti dei vistosi occhiali rosa, i suoi occhi scintillavano. «Ehi, quelli sono i miei stivali?»

«Spero che non ti dispiaccia. Con quel tempo...»

«A proposito, cos'ha detto il dottore delle tue ferite, micetta?»

Arrossendo, Chloe si portò una mano alla tempia contusa. «Sto bene. Non altrettanto la Cadillac. Mi dispiace così tanto.»

«Bah. È solo un'auto. Se Leo non può sistemarla, ne prenderò una nuova.» Diede un colpetto sul bordo del letto. «Siediti. Dobbiamo aggiornarci. Hai saputo? Rocky è la nuova presidentessa delle Cupcake Lovers!»

Chloe annuì. «Mi è giunta notizia che ha fatto un occhio nero a Tasha.»

«Sì, be', ce l'ha anche Rocky. Ma ne è valsa la pena, ha detto. Adesso il club tornerà a dedicarsi alle nostre iniziative benefiche.»

«A tal proposito», esclamò Chloe, con lo stomaco sottosopra per l'agitazione. «Hai sentito che la pasticceria *Gemma* ha cessato l'attività?»

Il viso bendato di Daisy si illuminò. «*Sì.* Non riferirlo ancora a nessuno, ma sto meditando di comprarla.»

Chloe ebbe un tuffo al cuore. «Cosa?»

«Ho sempre voluto un'attività tutta mia.»

«Il *J.T...*»

«La passione di mio marito. Di mio figlio. Non la mia.»

Chloe notò che non aveva definito il negozio la passione di Devlin, ma non fece commenti. Il suo pensiero fisso era *Gemma*.

«A ogni modo», continuò Daisy, «è l'attività perfetta per noi.»

«Noi?»

«Tu e io. Le Sorelle dell'Anima. Riesci a immaginarla? La nostra pasticceria!»

Il suo entusiasmo tornò in vita, sebbene una vita modificata. Mettersi in affari con Daisy? Doveva trattarsi di un'ispirazione divina. «Io immaginavo più una caffetteria. Cioè... Non ci crederai, ma anch'io stavo pensando di comprare *Gemma*.»

«Davvero?» Daisy sgranò gli occhi per lo stupore, poi il sorriso glieli rimpicciolì. «Le menti avventurose la pensano allo stesso modo. È un segno!»

Chloe rise. «Deve esserlo per forza.»

«Mi sono baloccata con l'idea non appena ho saputo la notizia, ovvero da stamattina. E tu?»

«Ieri, quando ero bloccata nel bosco, intrappolata sotto quell'albero, mi sono lambiccata il cervello alla ricerca di nuovi obiettivi, un nuovo sogno. Una delle cose che mi sono venute in mente è stata *Gemma*. Già la vedevo. Il primo internet café di Sugar Creek con un tocco in più.»

«Un cosa?»

«Un posto con l'accesso a internet wireless. Dove la gente può andare con i propri laptop e i palmari e navigare. Controllare la posta elettronica, le notizie, il tempo. I blog e i siti. I negozi virtuali.»

«Per me è arabo, ma va' avanti.»

«Questa è una città turistica eppure i visitatori non hanno un luogo pubblico dove navigare, a parte la biblioteca. E nessuno offre un servizio wireless. Un'altra cosa: come fa la gente di queste parti senza uno Starbucks? Un posto dove andare a gustare un caffè da intenditori, snack e dolci tipici mentre legge un libro o un giornale. Pensa, Daisy. Un locale caratteristico con grosse poltrone imbottite e magari un divano. Tavolini d'antiquariato spaiati con pezzi da collezione unici e oggetti d'arte.»

«Riesco già a vederlo!»

«Magari una specie di logo che si abbini a un tema generale. Una mascotte. Come... un alce.»

Daisy fece un'espressione stupita. «Un alce?»

«Ne ho visto uno quando ero nei boschi e...» Chloe alzò le spalle. «Mi ha ispirata.»

«Un alce ha senso», concordò Daisy. «Indicativo del posto. I turisti li adorano. Abbiamo un intero tavolo destinato a questo tipo di souvenir da *J.T.*»

Chloe sorrise. «Lo so. L'ho visto. Oh! Stavo pensando... perché non fare uno speciale espositore per mettere in mostra i cupcake fatti dai membri delle Cupcake Lovers? Tutti i proventi delle vendite potrebbero andare a un evento benefico del mese. E poi, se mai il progetto del libro andasse in porto, potremmo venderne le copie nel locale.» Esitò, timorosa di aver oltrepassato il limite. «Pessima idea?»

«Un'idea meravigliosa. Anzi, tutta la tua idea è notevole, Chloe.»

«Davvero?»

«Molto più creativa e alla moda di una semplice pasticceria.»

«Non intendevo...»

«Lo so.» Le rivolse un sorriso che andava da un orecchio all'altro. «Allora, lo facciamo?»

«Lo voglio. Lo spero. Ma...» Imbarazzata, distolse lo sguardo. «Ho bisogno di ottenere un prestito.»

«Perché?»

«I costi per avviare il progetto saranno consistenti», spiegò. «Affittare lo spazio, decorarlo e arredarlo. La pubblicità, le utenze...»

Daisy sbuffò. «Ho abbastanza da parte per coprire tutte le spese.»

Chloe arrossì. «Per tutta la vita qualcuno, soprattutto mio

padre, mi ha sostenuta finanziariamente. Non posso... non voglio chiedere denaro a te, Daisy.»

«Non me lo stai chiedendo, sono io a offrirlo. E non si tratta di elemosina. È una società. Io metto i soldi. Tu la visione e le conoscenze. Un diploma di cucina, esperienze nella pubblicità e nella ristorazione, e molto altro.»

Chloe deglutì, le mani le tremavano per l'eccitazione. «È come se tutto quello che ho fatto nella vita mi abbia portato a questo momento. Questo è ciò che sono destinata a fare.» Ecco il clic. «Ma la questione dei soldi mi mette a disagio.»

«Se può farti sentire meglio, potrai investire in seguito, pagandomi la metà quando avrai i fondi.»

«Questo potrebbe andare, immagino.»

«Certo che sì. Pensaci.» Le diede un buffetto sulla mano. «Ricorda, è anche il mio sogno.»

«D'accordo, ci penserò. Cioè, ci sto.» Come poteva privare quell'incredibile donna del suo sogno? Chloe non l'avrebbe fatto a nessuno, soprattutto non a Daisy. «Voglio solo dare un'occhiata a qualche opzione finanziaria, perciò non...» Si leccò le labbra. «Possiamo mantenere segreta questa faccenda per adesso? Solo tra me e te? Soprattutto non voglio parlarne con Devlin fino a che non avremo definito il tutto.»

«D'accordo», disse Daisy. «Altrimenti potrebbe cercare di bocciare l'idea, decretando che è un investimento rischioso.»

«O potrebbe cercare di assumere il controllo», disse Chloe. «Con le migliori intenzioni. Naturalmente.»

Daisy le porse la mano ossuta e si accordarono di mettere a punto un piano prima di dare la notizia.

Rocky entrò nella stanza con un vaso di fiori bellissimi. Sembrava irritata. All'inizio Chloe credette che fosse per via della brutta ammaccatura sotto l'occhio sinistro. Doveva essere piuttosto dolorosa. Ma poi capì.

«Chi me li manda?» chiese Daisy.

«Jayce.»

«Che ragazzo dolce!» esclamò l'anziana donna.

«Per essere un bastardo», borbottò sottovoce Rocky mentre disponeva l'omaggio floreale insieme con svariati altri.

A Chloe venne subito in mente che, nonostante la ragazza avesse messo il club su una carreggiata migliore e siglato un accordo con Devlin per salvare la sua locanda, la relazione con Jayce Bello era traballante, nel migliore dei casi. Un disastro, nel peggiore.

Inoltre, dover tenere segreta a Devlin la storia tra Jayce e Rocky la faceva sentire terribilmente in colpa. Per lo meno i progetti riguardanti la pasticceria *Gemma* sarebbero rimasti segreti al massimo un paio di giorni. E poi anche Devlin aveva qualche segreto.

Prima che potesse mettere in dubbio la decisione di iniziare una relazione con tutti quegli scheletri nell'armadio, Rocky interruppe i suoi pensieri. «Allora, Chloe», esclamò con un sorriso malizioso, «ti prego, lascia che sia io ad annunciare a Tasha che tu e mio fratello...» guardò sua nonna e moderò il linguaggio, «state insieme.»

38

Chloe si aggirava nella cucina di Daisy, intenta a preparare quello che considerava il pasto più importante dopo la prima cena della domenica per i Monroe. Aveva invitato suo padre e voleva impressionarlo con ciò che aveva imparato alla scuola di cucina. Sperava anche di ricucire il loro rapporto, anche se non si aspettava miracoli dall'oggi al domani, e magari di conoscere la sua opinione circa il progetto della caffetteria. Chi meglio di lui, che aveva messo su dal nulla un'attività di successo?

Nel frattempo Monica, che aveva già interrogato Chloe sulla notte trascorsa con Devlin, era pigramente appoggiata al bancone. Sorseggiando una tisana alle erbe, continuava a raccontarle dettagli della rissa tra Rocky e Tasha. «Ti assicuro che sembrava la scena di un film. Se le sono suonate e hanno fatto qualche danno allo *Shack*.»

«Non riesco a credere che Luke non le abbia separate.»

«Ci ha provato. Sam si è messo in mezzo.» Ridacchiò. «Immagino che volesse che i colpi di Rocky andassero a segno. A quanto pare, Tasha la tormentava sin dai tempi delle superiori. Comunque, inutile dirlo, quelle due adesso non si parlano. L'incontro di giovedì sarà davvero interessante.»

«Credi che Tasha verrà lo stesso?» domandò Chloe mentre mescolava l'aglio tritato nelle cipolle caramellate. «Cioè, le hanno strappato la corona, per così dire. Il suo orgoglio non la terrà a distanza?»

«Si potrebbe pensare di sì. Ma è pur sempre il collegamento tra il club e quell'editore e vuole ancora insistere con il libro. Penso che sia tutto dovuto a un patetico bisogno di diventare in qualche modo famosa o di raggiungere un obiettivo su grande scala. Qualcosa che le permetterà di stare gomito a gomito con l'élite. Sai, pezzi grossi dell'editoria, giornalisti, conduttori di show televisivi.»

«Tutti hanno diritto a un sogno», intervenne Chloe, arrivando quasi a comprendere quella donna.

«Assolutamente. Non fraintendermi, nessuno di noi è immune alla prospettiva di qualcosa di eccitante, ma non a costo di pestare i piedi di altri membri o di passare sul loro corpo nel tentativo di piazzare il contratto.»

«Se il libro ha successo e vende bene», disse Chloe, «potrebbe generare considerevoli profitti per l'opera benefica prescelta.»

«Cosa che è nello spirito della nostra missione originaria.»

Chloe controllò il pollo arrosto e tornò ai fornelli per aggiungere aceto, sale e pepe al misto di aglio e cipolla. Poi si mise ad affettare pomodori secchi.

Monica le si avvicinò aggiustandosi gli occhiali sul naso. «Sicura che non posso aiutarti?»

«Lo apprezzo, ma voglio riuscire a fare colpo su mio padre da sola.»

L'amica sorrise. «Oh, ci riuscirai. Quanto resterà in città?»

«Soltanto un paio di giorni, credo.» Due giorni per recuperare tre anni persi. Due giorni per convincerlo che il futuro di sua figlia era a Sugar Creek.

«Mi sorprende che non stia qui con te. Voglio dire, Daisy non tornerà a casa prima di giovedì e ci sono un sacco di camere.»

«Sì, ma si tratta dell'alloggio privato di una persona che non conosce. Non si sentiva a suo agio, così non ho insistito.»

«E quindi alloggia al *Red Clover*.»

Chloe sorrise. «Un'idea di Luke. Ne sono felice. A Rocky

fanno comodo quei soldi. E poi potrà farsi un'idea di Devlin tramite gli occhi di sua sorella. Capirà che è davvero un bravo ragazzo.»

«Ti rendi conto che sei l'unica da queste parti a chiamare Dev per intero?»

«Davvero?» Non l'aveva notato.

«È una cosa carina. Anche se non mi ci vedo a chiamare Leo 'Leonard'.» Monica scosse la testa. «Assolutamente. Mi fa passare ogni voglia. Ma», disse indicando l'opera di Chloe, «ricordami cosa c'è sul menu.»

«Insalata di spinaci freschi con cipolle dolci, pomodori secchi e formaggio di capra per antipasto. Pollo arrosto al limone in crosta come portata principale. Riso selvaggio con funghi e cavolini di Bruxelles con bacon come contorno. E, per dolce, cupcake al doppio cioccolato fondente.»

Monica emise un sospiro sognante. «Divino.»

«Ti chiederei di restare, ma...»

«Lo so.» Diede un'occhiata all'orologio. «Sarà qui presto. Dovrei andarmene, ma...»

«Cosa?»

«Mi hai fatto un resoconto di tutto quello che è successo con Dev ieri e questa mattina.»

«Più o meno.» Chloe sogghignò mentre divideva gli spinaci in due ciotole. Aveva tralasciato i dettagli relativi al sesso, ma erano ben chiari nella *sua* mente.

Monica le diede un colpetto con il gomito e brontolò. «Non parlo di quella parte. Sono curiosa di sapere... Devlin ha accennato qualcosa del suo primo matrimonio?»

Il sorriso di Chloe si affievolì. «No.» L'unico motivo per cui Monica sapeva di quel matrimonio era perché era sfuggito a Rocky. «Ne so quanto te.»

«Hmm. Be', sono sicura che ci arriverà. Mi chiedo...»

Il campanello della porta suonò.

«Merda», esclamò Chloe. «Papà è in anticipo.»

«Non preoccuparti. Lo faccio entrare e accomodare in

salotto e poi me ne vado. Ricordati che le chiavi dell'auto sostitutiva di Leo sono qui sul bancone. Il serbatoio è pieno. Sei pronta per partire.»

«Di' a Leo che gli sono davvero riconoscente», disse Chloe mentre l'amica la baciava sulle guance, «e grazie per essere stata ad ascoltare.»

«Dev è un uomo fantastico, Chloe. E questo significa che tu resterai a Sugar Creek. Non potrei essere più felice. Be', tranne se fossi incinta.»

«Come va su quel fronte?»

«Ci stiamo ancora lavorando», esclamò, e le strizzò l'occhio prima di andarsene. «Tutti hanno diritto a un sogno, giusto?»

Chloe, il cui sogno ardeva luminoso, abbassò la temperatura del forno. Controllò il riso e i cavolini e condì l'insalata. Aveva il cuore gonfio di orgoglio. Per quanto vari fossero i suoi interessi non eccelleva in molte cose ma, dannazione, in cucina era una cima.

Se lo diceva lei...

Non vedeva l'ora di cucinare qualcosa del genere per Devlin, non vedeva l'ora che arrivasse la prossima grande cena della domenica. Pensò entusiasta ad alcune delle specialità che aveva ideato per il suo *Moose Café*, caffè dell'alce, o come diavolo avrebbe finito per chiamarlo. Proprio mentre pensava a come affrontare il discorso con suo padre, lui fece capolino in cucina.

Sembrava un po' più riposato, camicia e cravatta diverse. «Che buon profumo.»

«Spero che tu abbia fame.»

«Sto morendo.» L'uomo si avvicinò ai fornelli e sbirciò nelle pentole fumanti. «Cavolini di Bruxelles con bacon.» Sorrise. «Una delle specialità di tua madre.»

Gli occhi di Chloe bruciarono di lacrime mentre suo padre si allentava la cravatta, proprio come faceva quando tornava a casa dal lavoro e trovava la mamma all'opera in cucina. «Lo so.»

* * *

«Maledizione.» Devlin fissava lo schermo del computer, in preda alla rabbia e allo choc. «Incredibile.»

Dopo aver lasciato l'ospedale e accompagnato Chloe a casa di Daisy, era tornato al *J.T.* Aveva passato due ore a rimettersi in pari con la precedente giornata lavorativa. Un'altra mezz'ora ad ascoltare le irrazionali lamentele di un cliente insoddisfatto. Un'altra mezz'ora del cavolo a risolvere un errore nei conteggi. Poi, Mitzi Hall, in tutto il suo iperpatinato splendore, aveva fatto il suo ingresso nell'ufficio e si era lagnata del fatto che un dipendente l'aveva offesa con commenti osceni. Considerato il suo precedente comportamento, Devlin aveva il sospetto che in realtà avesse gradito quelle attenzioni, sempre che fosse vero, ma per essere equo aveva dovuto convocare il povero accusato in ufficio. L'uomo non aveva idea di cosa stessero parlando e Devlin aveva finito per discutere con Mitzi, cosa che gli era costata tutta la sua pazienza e le doti diplomatiche.

Alla fine, dopo quattro ore in negozio, tardi per la sua consueta giornata di lavoro, aveva controllato il suo portfolio di azioni. L'aveva seguito con grande attenzione e aveva previsto e calcolato quando vendere. Ma ultimamente, il mercato era imprevedibile più che mai e lui si era assentato per un giorno e mezzo. Non ci voleva molto per rimetterci. Non aveva perso una fortuna, non considerando i suoi risparmi e i diversi investimenti. Ma il denaro destinato agli incentivi per i dipendenti era sfumato. Se avesse fatto più attenzione del solito, avrebbe visto i segnali, avuto qualche sospetto. Avrebbe riscosso prima di prendersi una batosta. Adesso...

Non poteva attingere agli altri suoi conti per sovvenzionare i bonus. Per dirne una, aveva già promesso di aiutare Rocky. Doveva tenere in considerazione anche Luke e lo *Sugar Shack*, per non parlare delle sue iniziative private. «*Cazzo.*»

Guardò l'orologio. Se le cose erano andate secondo i piani, Chloe si trovava nel bel mezzo dell'incontro con suo padre. Devlin aveva promesso di passare più tardi quella sera, dopo che l'uomo se ne fosse andato. L'idea lo allettava ancora ma sapeva che sarebbe stato una pessima compagnia se prima non si fosse organizzato per la riunione con i dipendenti, che Chris aveva posticipato al venerdì. Nonostante questi ultimi sviluppi, Devlin era sicuro di riuscire a dare una sferzata al morale e di incoraggiare la fedeltà aziendale presentando le nuove opzioni di assistenza sanitaria. Poiché nessuno sapeva del piano di incentivi, neanche suo padre, Devlin non avrebbe dato l'impressione di rimangiarsi qualcosa. L'unico a essere deluso era lui. E non poteva incolpare altri che se stesso.

Si rifiutò di rimuginare sulla quantità di denaro che aveva perso. Si concentrò invece su come riaverlo. Ci sarebbe voluto tempo e immaginazione, ma ce l'avrebbe fatta.

Stiracchiandosi e schiarendosi le idee, prese una bottiglia d'acqua dal minibar. La parte di lui affascinata dagli investimenti e dai titoli mise in ombra quella che si occupava delle operazioni quotidiane da *J.T.* Prima o poi, sperava di avviare la propria società di pianificazione finanziaria. Piccola e specializzata. Il brivido delle operazioni veniva superato solo dalla soddisfazione di vedere un cliente raggiungere i suoi obiettivi economici. Se non fosse per tutto il tempo che doveva dedicare al negozio...

Nuovamente teso, scacciò quel pensiero e, dopo aver trovato il sito della Borsa di New York, tornò a sedersi comodamente al suo posto. Prima di immergersi nel mercato, aprì l'ultimo cassetto e ne tirò fuori il raccoglitore che aveva preparato per la riunione dei dipendenti.

Contemporaneamente, lo sguardo gli cadde sulla piccola cartellina che Jayce gli aveva consegnato a mano la settimana prima. Il rapporto approfondito sul passato di Chloe. Fece una smorfia al pensiero di quanto sarebbe rimasta ferita se mai avesse saputo di quella storia, al ricordo di quanto era stato svelto a pensare al peggio. Una manipolatrice, una cacciatrice di dote. Una che era venuta a Sugar Creek e si era insinuata nella sua famiglia per secondi, egoistici fini.

Aprì il raccoglitore, deciso a distruggerne il contenuto. Invece, si mise a leggere. Una specie di attrazione morbosa per il pittoresco e caotico passato di lei. Dopo due pagine, trovò le fotografie. Non le aveva mai viste, non aveva aperto quella cartellina quando Jayce gliel'aveva portata, limitandosi al racconto verbale dell'amico.

Una delle foto era uno scatto professionale. Devlin pensò che la usasse quando studiava da attrice o lavorava come modella. Chloe, un po' più giovane e bionda. Notevole. Un'altra era uno scatto a figura intera, in costume da bagno, un bikini, anch'esso professionale. Anch'esso notevole. *Sexy.* Non c'era da meravigliarsi dell'entusiasmo di Jayce per le sue curve da sballo.

Un'ondata di gelosia gli annebbiò la mente. Quanti altri uomini avevano sbavato su quella foto? Quali altri lavori da modella aveva svolto? Pensò alla sua incoscienza e alla serie di errori di giudizio. Al modo in cui calamitava i guai.

Poi fu la volta di una foto di lei con un altro uomo. Un uomo più grande. Ryan Levine o qualcun altro? Lei gli teneva le braccia attorno al collo e sorrideva. Amici? Amanti? Perché gli importava? Tutti avevano un passato sessuale. Ce l'aveva anche lui. Chloe non gli aveva dato il tormento per via di Tasha. Perché gli seccava tanto il pensiero di lei con un altro?

Perché gli faceva pensare a Janna – l'unica altra donna che aveva amato. Perché toccava tasti delicati e faceva suonare campanelli d'allarme. Chloe aveva il potere di spezzargli il cuore.

«Dannazione.»

Ficcò nuovamente foto e rapporto nella cartellina e cercò di cancellare tutto dalla mente. Tutta quella roba non aveva importanza. Quello era il passato; adesso c'era il presente. Per non parlare del fatto che niente in quel rapporto, a parte l'accusa di taccheggio, fosse scandaloso. Chloe aveva una natura artistica e le persone come lei marciavano al ritmo di un tamburo particolare. Lontanissimo dal suo ordinario mondo. Non negativo. Solo diverso.

Sentendosi un barboso idiota, tornò a pensare al mercato azionistico. Una cosa che capiva.

Prima che se ne accorgesse, si era perso nel mondo finanziario. Quando riemerse, si accorse che erano passate due ore. «Dannazione.» Chiamò a casa di Daisy.

«Pronto?»

«Ciao Chloe.»

«Cominciavo a chiedermi che fine avessi fatto», gli disse. «Tutto bene?»

«Ho dovuto risolvere alcuni problemi al lavoro. Com'è andata la cena con tuo padre?»

Chloe sospirò. «È stata... incredibile. Non perfetta, ma davvero bella. È rimasto colpito dalla mia cucina.»

«Chi non lo sarebbe?»

«Hai fame? Ti preparo qualcosa? Nessun problema», gli disse con un sorriso nella voce. «Ci sono un sacco di avanzi.»

La dolce voce di lei prese a scorrergli nel sangue, rievocando immagini del loro primo incontro da *Oslow's*. Devlin non poté fare a meno di chiedersi come sarebbe andata tra di loro se non avesse chiesto a Jayce di scavare nel suo passato. Per il desiderio di proteggere la famiglia, aveva compromesso la propria pace mentale. Quel dannato rapporto contaminava la relazione con Chloe su più livelli. Non riusciva a decidere se seppellirlo o parlarne. D'un tratto si rese conto che aveva bisogno di analizzare le cose, di riconsiderare la sua vita privata con la stessa logica e calma che aveva usato nell'affrontare i problemi finanziari.

«Sembra invitante ma... devo lavorare fino a tardi, Chloe.»

«Stai dicendo che non passerai?»

«Non sarei di grande compagnia.»

«Cosa c'è che non va?»

«Niente che non possa risolvere. Mi serve solo un po' di tempo.»

«Capisco. Dev'essere faticoso destreggiarsi con tutti quegli interessi economici. Forse un giorno riuscirai a rallentare il ritmo.»

«Forse.» A Devlin non premeva tanto rallentare il ritmo quanto spostare gran parte delle energie dal *J.T.* alla propria società di investimenti, ma quello dipendeva da suo padre.

«Vuoi che impacchetti un po' di cibo e venga lì?»

«È tutto a posto, tesoro. Devo risolvere questa cosa.»

«Se lo dici tu.»

«Sì. Scusa se ho mandato a monte i nostri piani.»

«Non preoccuparti per me», rispose avvertendo la sua distanza. «Sono occupata a trasferire alcune cose di Daisy nella camera da letto al piano di sotto.»

Così la nonna non avrebbe dovuto preoccuparsi per le scale. «Pensavo che l'avremmo fatto insieme domani. Come va la caviglia?»

«Non così male. E poi, sto facendo tutto con calma. Smettila di preoccuparti. Ricordati, sono un tipo tosto.»

Con un cuore morbido. Invece che farsi ossessionare da quel dannato rapporto, avrebbe fatto meglio a ricordare la premura che Chloe aveva dimostrato a Daisy e al resto della famiglia da quando era arrivata a Sugar Creek. «D'accordo, tipo tosto. Starai bene tutta sola stanotte?»

«Assolutamente. Anzi, ne approfitterò per fare qualche ricerca. Ho un sacco di cose per mantenermi occupata.»

Pensando che le ricerche di Chloe avessero a che fare con il libro di ricette del club, il sorriso di Devlin si allargò. Monica si era vantata del fatto che, una volta conquistata, Chloe si dedicava anima e corpo a un progetto. Sapeva che si era messa al servizio del club e della loro missione e apprezzava il suo coinvolgimento nella nuova iniziativa delle Cupcake Lovers. «Ci vediamo domani?»

«Ti aspetterò con ansia. O con qualcosa addosso. Ooh. Forse *niente*.»

«Materiale su cui fantasticare», rispose lui. «Buonanotte, Chloe.» Riattaccò e, seguendo l'impulso del momento, prese dal cassetto il rapporto di Jayce. Se nella vita privata avesse corso la metà dei rischi che si assumeva nel mondo finanziario, avrebbe raddoppiato le possibilità di arricchire la propria vita. Senza pensarci, distrusse la cartellina, foto e tutto. «Vivere il momento.»

39

Chloe si svegliò all'alba con la sensazione che quello fosse il primo giorno della sua vita. O, per lo meno, una nuova fase. Un rapporto migliore con suo padre, un atteggiamento più sano nei confronti della vita e della morte, un'iniziativa commerciale con un'amica e, sperava, un lieto fine con Devlin. Le ragazze potevano sognare e anche pensare in modo ottimista. Per tutta la vita aveva aspettato che scattasse quel clic. *È questo il posto in cui dovrei essere. È questo ciò che sono destinata a fare.* Non era mai stata tanto sicura delle sue scelte quanto in quel momento.

Raggiante, Chloe iniziò la mattinata con entusiasmo. Fece una doccia e si vestì, riservando una speciale attenzione al trucco e ai capelli, tutto all'insegna della perfezione discreta. In difficoltà nella scelta degli abiti, optò per un paio di pantaloni neri dal taglio aderente, una maglietta plissettata a fiori e una bizzarra sciarpa nera avvolta in modo creativo attorno al collo. Poiché fuori si gelava, avrebbe completato l'insieme con la giacca di pelle vintage. Il suo obiettivo era apparire professionale ma semplice. Alla mano. Una persona che si adattasse al caratteristico mondo economico di Sugar Creek.

Aveva stabilito con suo padre di incontrarsi da *Gemma* alle 9.30. Avevano contattato l'agenzia immobiliare e organizzato una visita dell'ex pasticceria. Il padre di Chloe voleva dare un'occhiata all'interno, per aiutarla a valutarne le condizioni oltre ai costi di avviamento e calcolare l'importo che avrebbe dovuto chiedere in prestito per poter investire in eguale misura con Daisy. Anche se quest'ultima era disposta – e in grado – di coprire interamente la parte finanziaria e le aveva offerto la possibilità di ripagarla in un secondo momento, Chloe era decisa a pagare la propria metà sin dall'inizio. Nonostante suo padre avesse acconsentito a fare da garante per il prestito, non aveva intenzione di mancare neanche un pagamento. Intendeva mantenere il suo proposito.

Visto che aveva del tempo a disposizione, fece un giro della casa per assicurarsi che tutto fosse in ordine per l'arrivo di Daisy il giorno seguente. Poi si mise al computer per controllare la posta. Emozionata, lesse un'e-mail di Rocky: suo padre aveva passato la serata a vantare i trionfi giovanili di Chloe e a tessere le lodi della sua cucina. E lei, che aveva pensato che i suoi sporadici risultati fossero passati inosservati. Si era quasi aspettata posta da Ryan, perché sarebbe stato tipico di lui rovinare una giornata perfetta. Per fortuna, questo le fu risparmiato. Naturalmente c'era la possibilità che l'avesse chiamata o inviato un sms, ma dato che lei aveva perso il telefono...

Ecco un'altra cosa che doveva fare quel giorno: telefono nuovo. Nuovo gestore telefonico. Aveva anche pensato di chiedere all'agente immobiliare quale fosse la situazione degli affitti in città. Dal momento che pensava di trasferirsi a Sugar Creek in via permanente e poiché sarebbe entrata in affari con Daisy, forse era più saggio avere una casa propria invece che vivere sotto il suo tetto. A quel punto Chloe si rese conto che dovevano discutere e rivedere il suo ruolo di autista e cuoca. La gestione del locale complicava i loro precedenti accordi.

Pensierosa, rifletté sulla questione. Be', diamine, aveva davvero creduto di aver pensato a tutto.

Il telefono squillò, riscuotendola dai suoi pensieri. «Pronto?»

«Abbiamo un problema, micetta.»

Il tono urgente di Daisy la mise in agitazione. Pensando a un problema di ordine medico, pregò che non fosse niente di serio. «Cosa c'è? Cos'è successo?»

«Ho pensato alla nostra iniziativa tutta la notte. Stamattina non sono riuscita a trattenermi e ho iniziato a mettere in moto le cose. Ho chiamato la banca, l'agenzia immobiliare che si occupa di *Gemma*...»

«Va bene.» Chloe aveva fatto lo stesso. Non poteva biasimarla per il suo entusiasmo. E poi le dava qualcosa a cui pensare oltre alle ferite. «Ci sono problemi per l'investimento iniziale? Non sei tenuta a coprirlo per conto tuo, Daisy. Io...»

«Devlin lo sa.»

«Cosa?»

«È amico di Vernon Rusk, il presidente della First Fidelity Bank. A quanto pare, Vern era preoccupato che io avessi preso una decisione affrettata e rischiosa con i miei risparmi e così ha avvertito Devlin. Perché la gente di questo posto non riesce a farsi i fatti propri? Perché tutti pensano che io sia incapace di agire in modo responsabile?»

Chloe avrebbe potuto offrirle un parere sull'ultima domanda ma era troppo preoccupata per l'apparente intoppo. Conoscendo il tenace impegno di Devlin per il benessere della famiglia, poteva immaginare fin troppo bene la sua reazione alla notizia del banchiere. «Fammi indovinare: Devlin ti ha chiamata e ti ha fatto il terzo grado sul tuo potenziale investimento, e tu gli hai detto della nostra iniziativa imprenditoriale.»

«Mi ha fatto così arrabbiare, cavolo, come se non sapessi come gestire i miei dannati risparmi, che l'ho bombardato con tutte le nostre grandiose idee.»

Chloe ebbe un tuffo allo stomaco. Già immaginava la presentazione entusiasta di Daisy del loro progetto, tralasciando la parte pratica degli aspetti economici. «È arrabbiato.»

«È un guastafeste tradizionalista!»

Qualcuno bussò alla porta. Ogni atomo del corpo di Chloe ormai in preda all'ansia le diceva che era Devlin. «Me ne occupo io, Daisy. Ti prego, smettila di agitarti.» La preghiera era rivolta sia a lei sia a se stessa. «Credo che sia arrivato. Ti chiamo dopo.»

«Digliene quattro, socia!»

Chloe riagganciò con un sorriso tremante. Sarebbe andato tutto bene. L'avrebbe fatto sedere e gli avrebbe spiegato con calma perché quello sarebbe stato un investimento fantastico per lei e per Daisy. Se suo padre, uomo d'affari di grande esperienza e gestore di una catena di successo, l'aveva capito, l'avrebbe fatto anche Devlin. Adesso che lui era lì, l'avrebbe perfino invitato ad andare da *Gemma*, così avrebbe conosciuto i dettagli. Una dimostrazione di buona fede da parte di Chloe: sperava che lui si fidasse del suo istinto e non cercasse di prendere il controllo.

Aprì la porta e la sua sicurezza vacillò nel vedere lo sguardo negli occhi di lui. Si era aspettata rabbia ma non… tradimento. «Posso spiegarti», gli disse mentre entrava.

«Non vedo l'ora.» Si girò e la guardò. «È affascinante, sai, il modo in cui riesci continuamente a spingere la gente a finanziare i tuoi capricci.»

Quelle parole affondarono nel cuore di Chloe come un coltello.

«Almeno credo che questo progetto azzardato sia un capriccio, perché non potevi sapere quando sei arrivata a Sugar Creek che la pasticceria avrebbe chiuso. Secondo Daisy, voi due avete avuto un'epifania quasi nello stesso *magico* momento.»

Il suo sarcasmo affondò il coltello ancora più in profondità. «So che sembra folle ma…» Sconcertata, Chloe piantò i piedi e incrociò le braccia. «Cosa stai insinuando? Pensi che ieri abbia esposto la mia idea di punto in bianco e convinto Daisy a finanziare questo progetto in tutto e per tutto?»

Lui scosse la testa e distolse lo sguardo. Poi la guardò di nuovo. «Non credo che sia stata una mossa calcolata. Penso che tu non riesca a trattenerti. Ti viene in mente un'idea, un impulso e agisci di conseguenza senza riflettere. La nonna ti adora e ha il tuo stesso spirito impulsivo. Immagino che si sia offerta di sostenerti...»

«L'ha fatto.»

«E tu non hai rifiutato.»

«Non del tutto. Per tua informazione, è stata lei a fare per prima la proposta. Ha espresso il suo interesse per l'acquisto della pasticceria e quando ho detto che avevo avuto la stessa idea, ha suggerito di entrare in società. Non potevo pensare di calpestare il suo sogno per inseguire il mio. Metterci insieme mi è sembrata la soluzione perfetta e non lo dico solo perché lei ha i soldi e io no. Daisy investe parecchio in questo progetto, come faccio anch'io, dannazione.» Furibonda, gli puntò un dito contro. «Sei... non posso credere che tu... Non avevo alcuna intenzione di lasciare che tua nonna pagasse tutto. Ho chiesto a mio padre...»

«Questo da una che era decisa a fare tutto per conto proprio.»

«Un imbecille. Ecco cosa stavo per dire. Sei un imbecille irritante e cinico.» In quel momento non vedeva che l'ombra dell'uomo che aveva inizialmente pensato il peggio di lei, basandosi solo sul fatto che era una sconosciuta che andava a vivere con sua nonna. «Non ho chiesto denaro a mio padre. Solo di fare da garante perché sapevo di non poter accedere a un prestito da sola.»

Questo zittì Devlin. Per un minuto, tuttavia. Era come se stesse riorganizzando i pensieri, come se stesse cercando di ricomporsi. Quando la guardò di nuovo, la sua espressione si era addolcita, ma il suo atteggiamento continuava a essere ostile. «Cosa ne sai di come si gestisce un'attività, Chloe? Sai quanto tempo e fatica ci vogliono per farla decollare? Sai quanto ci vuole per andare in attivo? Come potresti? Non sei mai riuscita a tenerti un lavoro per più di sei mesi e la tua formazione è frammentaria. Non che tu abbia mai portato a termine nessuno dei tuoi studi. Nonostante la scuola di cucina.»

Chloe lo fissava scioccata dalla sua insensibilità. Sconcertata da quello che sapeva di lei.

«Per non parlare del fatto che», continuò imperterrito, «se aprite una caffetteria, vi metterete in competizione con lo *Sugar Shack*.»

«No, non lo faremo», ribatté lei, sentendosi aggredita. «Due generi diversi.» Era allibita. «Come fai a sapere della mia formazione scolastica? E del mio passato lavorativo? Io non ho mai detto...» Ripensò alle precedenti conversazioni. «Sapevi anche della mia fedina penale ripulita. Pensavo che lo sceriffo Stone...» Quando Devlin distolse lo sguardo, Chloe colse qualcos'altro. La mano di qualcun altro.

Jayce.

«L'amico che di rado torna a Sugar Creek e che capita in città proprio dopo il mio arrivo. Un detective privato che vive a New York.» Il petto e gli occhi le bruciavano per quell'improvvisa rivelazione. «Hai fatto delle indagini su di me.»

Per lo meno Devlin ebbe la decenza di mostrarsi imbarazzato. «Date le circostanze...»

Chloe lo schiaffeggiò.

Con il palmo che le formicolava e il cuore a pezzi, si girò di scatto. «Non mi meraviglia che pensassi il peggio di me», sbottò mentre cercava la borsa. «Hai ficcato il naso nel mio passato, nella mia vita e senza sapere i dettagli, senza conoscere *me*, ti sei fatto un'opinione.»

«Chloe...»

«Anche dopo... la nostra tregua. Dopo quest'ultima settimana... Hai detto che credevi in me, ma non è vero. Mi hai fatto capire che ti importava, eppure...»

«Mi importa, dannazione.» Fece per prenderla ma lei si avviò a grandi passi verso la cucina.

Afferrò le chiavi dell'auto che Leo le aveva prestato.

«Dove stai andando?»

Chloe non rispose e, passandogli accanto, si diresse alla porta d'ingresso.

«Hai detto che eri cambiata», le disse tallonandola. «Mi hai fatto capire che ci tenevi eppure, invece di risolvere questa cosa, scappi via. Se esci da quella porta...»

La minaccia non fece che accelerare la fuga di Chloe. L'ultimatum rimase nell'aria mentre il suo cuore esplodeva. Maledicendo la sua pessima capacità di giudizio per aver lasciato che si innamorasse di Devlin quando sapeva benissimo che sarebbe stato un disastro, partì a tutto gas sulla due porte. Destinazione sconosciuta.

A metà discussione, Devlin stava già pensando di aver reagito in maniera esagerata, ma invece di fare un passo indietro aveva lasciato che i dubbi e le preoccupazioni prendessero il sopravvento. Non importava da dove venivano i soldi, lanciare una nuova impresa commerciale era azzardato e, nonostante l'abilità culinaria e le diverse esperienze, Chloe era a digiuno di finanza e amministrazione. Oltre ai costi di avviamento e delle operazioni giornaliere, bisognava considerare gli aspetti legali e fiscali.

Era sicuro che sua nonna non avesse pensato a niente di tutto ciò. Era solo eccitata per un'idea, un'altra avventura entusiasmante. Ma quell'idea poteva costarle oltre cinquantamila dollari. Quando Vern l'aveva chiamato per dirgli che Daisy voleva informazioni su come investire i propri soldi in una caffetteria alla moda, Devlin era rimasto di sasso. Dopo aver parlato direttamente con la nonna, aveva visto rosso. Tra la locanda in difficoltà di Rocky, il generoso libro paga di Luke, la concorrenza al *J.T.* e la perdita delle sue azioni, ne aveva fin sui capelli di difficoltà finanziarie. E adesso questo?

In una frazione di secondo, era tornato al vecchio sé: proteggere la famiglia a tutti i costi. E, poiché quel dannato rapporto di Jayce era ancora ben impresso nella sua mente, Chloe si era trovata nella linea di tiro. Aveva tratto le peggiori conclusioni. E, come lei l'aveva accusato, si era comportato da imbecille.

Chloe aveva ragione. Ma poi aveva dato credito ai suoi sospetti andandosene. In passato, quando la situazione si ingarbugliava, lei era passata oltre. Mentre si avviava decisa all'auto, Devlin riusciva solo a pensare che se Chloe non riusciva a cavarsela in una brutta discussione, a risolvere le loro differenze in un confronto faccia a faccia, cosa avrebbe dovuto aspettarsi quando si fosse trovata in un frangente davvero difficile?

Furioso per l'attuale situazione e influenzato dalle ferite che Janna gli aveva inflitto anni prima, l'aveva lasciata andare. Adesso l'ansia lo divorava perché Chloe era fuggita a tutta velocità. E se, senza la concentrazione necessaria, le fosse capitato un altro incidente? Non poteva neanche chiamarla e calmarla perché non aveva un dannato cellulare. Dove era andata? Da Monica? Suo padre? Daisy? Rocky? Avviandosi verso l'Escalade, iniziò un giro di telefonate.

Chloe non sapeva quale fosse la sua destinazione finché non ci arrivò.

Gemma.

Guardò l'ora. Le 9.20. L'agente immobiliare e suo padre sarebbero arrivati di lì a pochi minuti. Non riusciva a pensare chiaramente, così, come un automa, controllò il trucco, rilassò l'espressione del viso e scese dall'auto per andare ad aspettare di fronte al locale.

Non ricordava di essersi mai sentita tanto ferita, tanto arrabbiata. A paragone, perfino la devastante rottura con Ryan impallidiva. Il peggio era che la rabbia non era diretta totalmente verso Devlin. Era furiosa con se stessa. Lui aveva ragione. Se fosse davvero cambiata, sarebbe rimasta e avrebbe superato quel momento fino a che entrambi non si fossero calmati e avessero potuto parlare senza alterarsi. Invece aveva permesso alle parole velenose di Devlin di intaccare la sua recente sicurezza. Come se non avesse le capacità per gestire un locale tutto suo. Sapeva di avere tanto da imparare, ma era sveglia e capace e, dannazione, entusiasta. Ma invece di ribattere alle accuse di Devlin, era fuggita.

Proprio come con suo padre. Invece di tollerare il loro traballante rapporto o di lottare per salvarlo, era stato più facile trasferirsi a New York. Lo stesso si poteva dire della rottura con Ryan: piuttosto che affrontarla, lottare o resistere, era stato più semplice fuggire a Sugar Creek.

Quando era andata via come una furia, il suo primo pensiero era stato di chiamare Nash. Poteva portarla il prima possibile in... Indiana? New York? Ma nessuno di quei posti le sembrava quello giusto. Sugar Creek era il posto giusto. Guardò da un capo all'altro la strada principale della pittoresca cittadina e al di là delle sinuose montagne, ormai vibranti dei vivaci colori dell'autunno. Aspirò l'aria fresca e frizzante e si sentì a casa. Sentirsi così contenta e soddisfatta, così sicura in un tempo tanto breve era davvero sorprendente, eppure nel profondo credeva che alcune cose fossero destinate a succedere.

Sbirciò nella vetrina della pasticceria *Gemma*. Si immaginò l'arredamento che aveva discusso con Daisy e loro due che facevano la spola tra la cucina e il bancone. Turisti e gente del posto sarebbero accorsi in massa alla loro caffetteria, unica nel suo genere, alla ricerca di stuzzichini, caffè, deliziosi cupcake, accesso a internet e un antiquato senso della comunità.

Sentì una mano sulla spalla e riconobbe il dopobarba di suo padre.

«Ripensamenti?» le chiese dolcemente.

«Sì.»

40

DEVLIN si era sempre considerato quello buono. Quello che faceva sempre la cosa giusta o, per lo meno, ci provava. Pur sapendo che la sua famiglia spesso detestava la sua ingerenza, sapevano che le intenzioni erano buone.

A metà di quel mercoledì, ebbe la certezza che la maggior parte dei famigliari, inclusa e forse soprattutto Rocky, e Monica, stessero mettendo seriamente in dubbio l'esistenza della sua sensibilità. Da persone dirette e premurose quali erano, nessuno, compresi Nash e Sam e specialmente Luke, era disposto ad accettare le preoccupazioni di Devlin riguardo a Chloe, alla sua sicurezza e a dove si trovava, senza ricevere in cambio dei dettagli. L'inevitabile domanda che seguiva era: L'hai accusata di essersi approfittata di Daisy? Come se quella fosse la cosa più disgustosa che potesse fare. Poco importava che lo fosse davvero.

Spigolando qua e là, aveva saputo che Chloe stava bene. Si era vista con suo padre; aveva fatto visita a Daisy in ospedale; aveva contattato Rocky e Monica. Sfortunatamente, doveva ancora chiamare lui, nonostante avesse sparso la voce che aveva bisogno di parlarle. Evidentemente lei non voleva parlargli e nessuno era disposto a rivelare il suo attuale stato d'animo né i suoi progetti futuri. Se avesse sentito un altro «Non spetta a me dirlo», sarebbe esploso.

Alla disperata ricerca di una distrazione, si seppellì nel lavoro da *J.T.* Finalmente, alle 4 del pomeriggio, ricevette la telefonata che aspettava da tutto il giorno.

«Dobbiamo parlare, Devlin.»

«Prima è, meglio è.»

«Ci vediamo al belvedere di Grenville», disse lei.

«Il ponte coperto?»

«Ti aspetto lì.»

Il confronto non era mai stato il suo punto forte, ma nel corso della giornata Chloe aveva deciso che valeva la pena lottare per la sua nuova vita, per la sua felicità. Restava da vedere se quel bel quadretto comprendeva o meno Devlin, ma ne aveva tutte le speranze. Sapeva dall'inizio che era autoritario di natura e pronto ad attaccare quando si trattava di proteggere la famiglia. Minaccioso, irritante e, se arrabbiato, irrazionale. Difetti piuttosto pesanti. Ma aveva anche visto che le sue ammirevoli qualità – il senso dell'umorismo, la generosità e l'animo gentile – superavano di gran lunga le caratteristiche più oscure. Era un uomo complesso. D'altronde, neanche lei era una persona semplice. Forse Monica aveva sempre avuto ragione. Forse potevano bilanciarsi l'un l'altra.

Quando la raggiunse sul ponte, Chloe sentì i propri sensi gioire e andare nel panico al tempo stesso. Anche se si erano lasciati male, il suo primo impulso fu quello di lanciarsi tra le sue braccia. L'amore che provava per quell'uomo era intenso e profondo e la riempiva di un travolgente senso di stupore. Nonostante le loro numerose differenze, malgrado la loro breve conoscenza, nel suo intimo sentiva che erano destinati a stare insieme... per sempre. Moderare il suo sfrenato ottimismo si dimostrò impegnativo, ma si fece forza e respirò a fondo. Per quanto morisse dalla voglia di gettarsi a capofitto nella loro relazione, assunse un atteggiamento rilassato.

Vacci piano.

«Mi dispiace di averti distolto dal lavoro», gli disse quando lui fu vicino.

«A me no.»

Chloe fece un piccolo sorriso. «Mi dispiace per questa mattina. Avrei dovuto... Le vecchie abitudini sono dure a morire.»

«Nessuno lo sa meglio di me, Chloe. Ti ho fatto un torto paragonandoti a una persona del mio passato.»

Invece di fare la ritrosa, colse l'occasione per tirare almeno uno scheletro fuori dall'armadio. «Tua moglie?»

«Sai di Janna?»

«Non proprio. Solo che... esiste.»

Devlin si appoggiò alla vecchia balaustra di legno e guardò il fiume scintillante, gonfio per le piogge. «Era uno spirito libero, in mancanza di un termine migliore. Il mio primo amore. Amore infantile, desiderio adolescenziale, sentimenti immaturi... un potente mix.»

Le vennero in mente Rocky e Jayce, un altro scheletro, ma tacque. Non stava a lei svelare quel segreto.

«Siamo usciti saltuariamente per due anni durante le superiori», continuò Devlin. «Penso, anzi no, so che i miei sentimenti erano più profondi dei suoi. Malgrado ciò, c'ero ogni volta che mi voleva o aveva bisogno di me. Non so dirti quante volte l'ho tirata fuori da una brutta situazione.»

«Più o meno come me.» Chloe indicò il fiume, pensò all'arresto per guida pericolosa, l'accusa di taccheggio e infine l'incidente d'auto su Thrush Mountain.

«Sì e no.» Lui incrociò il suo sguardo e le scostò i capelli che il vento le aveva soffiato sul viso. «La differenza è che lei mi manipolava, mi usava. Tu non hai neanche voluto che affrontassi Billy Burke o Tasha per difenderti.»

Chloe si stupì. «Stai dicendo che Janna ti ha convinto a sposarla?»

L'espressione di Devlin si rannuvolò. «Poco dopo il diploma e poco prima di andare al college, Janna mi confessò che era incinta. I suoi genitori l'avevano ripudiata e guadagnava pochissimo vendendo a uno dei negozi del posto i gioielli che creava. Era un disastro dal punto di vista emotivo e finanziario.»

«Il bambino era tuo?»

«Così sosteneva lei. Di sicuro era probabile.»

«E così ti sei sentito responsabile per il bambino, per lei. Le hai offerto il matrimonio, la salvezza.»

«Janna non era fatta per essere una madre single e io mi sono opposto alle alternative. Malgrado quello che la mia famiglia possa pensare o dire, non ero così sciocco da credere che Janna mi avesse sposato perché mi amava. Non mi importava. Io amavo lei. E amavo quel bambino. Ma al quinto mese di gravidanza, ebbe un aborto e tutto cambiò.»

Chloe gli strinse una mano. Non aveva bisogno di chiedergli se la perdita di quel bambino l'avesse devastato. Che fosse il padre biologico o meno.

«Invece di superare la perdita e andare avanti insieme, Janna lasciò me e la vita che non aveva mai voluto per una nuova vita sulla West Coast.»

Chloe era a disagio, pensando alla propria propensione a fuggire.

«Razionalmente, so che è stato meglio così. La nostra era una relazione malata, per usare un eufemismo. Ma la cosa che continua a farmi male è quanto sia stato *facile* per lei andarsene.» Si girò e guardò Chloe. I suoi occhi dicevano tutto. «La parte più difficile dell'innamorarmi di te, Chloe, era accettare il tuo spirito libero.»

Adesso capiva perché si era arrabbiato così tanto quando lei era fuggita evitando la discussione. Nell'istante successivo, si rese conto di quello che le aveva detto. «Tu mi ami?»

«A rischio di andare troppo in fretta e spaventarti, sì. Ti amo, Chloe. Amo il tuo dolce viso, il tuo animo gentile, la tua passione incosciente. Amo il modo in cui ti preoccupi per la mia famiglia, la tua sacrosanta rabbia.» Le rivolse un tenero sorriso. «Il modo in cui leghi i capelli in un nodo disordinato. Mi affascini e mi fai infuriare. Dai colore al mio mondo noioso.»

Il cuore le batteva forte nel petto mentre le parole di lui riecheggiavano nella sua mente. Devlin adorava lei e tutte le sue piccole manie, belle e brutte. Era una cosa incredibile. La sua prima volta. Ma avrebbe sostenuto il suo sogno? Invece di rispondere alla sua romantica dichiarazione, scelse il rischio di suscitare la sua disapprovazione. «Daisy e io abbiamo parlato», disse tutto d'un fiato. «Andremo avanti con il nostro progetto di comprare la pasticceria.»

«Non mi sorprende.»

Chloe si leccò le labbra. «Avremmo bisogno di qualche consiglio.»

«Vi aiuterò in ogni modo possibile. La mia speranza è che possiamo ricominciare daccapo, Chloe.»

Col cuore che le scoppiava, lei guardò l'acqua di sotto. La luce del sole danzava sulle morbide increspature. L'avventura le scorreva nel sangue. *Cosa faresti, fin dove ti spingeresti per amore?*

Facendosi coraggio, si sfilò la giacca di pelle e le scarpe.

«Cosa stai facendo?»

«Tu sei troppo all'antica. Io troppo impulsiva. Dobbiamo incontrarci a metà strada. Daisy mi ha detto che ti tuffavi da questo ponte insieme con Luke. Quand'è stata l'ultima volta che hai fatto qualcosa di spensierato e incosciente?»

«Mai più da... Janna.»

Chloe si tolse le calze. «Coraggio. Togliti giacca e scarpe. Salteremo insieme. È un atto simbolico», gli disse con un sorriso a metà. «Capito?»

«Ma tu hai paura dell'acqua.»

«No, non è vero. Ho paura di annegare. Non mi lascerai annegare, vero?»

«Chloe...»

«Per citare Daisy, 'se vivi una vita governata dalle tue paure, non vivi davvero'.» Con il cuore pieno di gioia, gli prese il viso tra le mani e mise a nudo la sua anima. «Ti amo, Devlin Monroe. Amo il tuo bellissimo viso, il tuo spirito generoso, la tua natura ossessiva e iperprotettiva. Il modo in cui ti preoccupi per la tua famiglia, per me, la tua legittima rabbia e la maniera in cui mi scosti sempre i capelli dal viso. Sei una sfida e un'ispirazione.» Gli sfiorò con le labbra la bocca. «Incendi il mio mondo colorato.»

Devlin la baciò intensamente, profondamente, sugellando le loro sincere dichiarazioni e riuscendo in qualche modo a liberarsi anche dei vestiti.

Si infilarono sotto la balaustra, tenendosi in equilibrio sul bordo. Avevano davanti a sé un futuro fulgido di fiducia e passione senza freni. Sorridendole, le porse la mano. «Non lasciarmi.»

«Mai.»

Con indosso solo la biancheria intima, liberi del passato, si presero per mano e... saltarono.

Le ricette del club

CUPCAKE ALLA CAROTA DI CHLOE
(*proposta da Gina Husta, New Jersey*)

Per i cupcake

300 g di farina
2 ½ cucchiaini di cannella
¼ di cucchiaino di noce moscata
1 cucchiaino di bicarbonato
1 cucchiaino di lievito
1 pizzico di sale
½ cucchiaino di pimento
225 g di zucchero semolato
120 g di zucchero di canna
400 g di carote grattugiate o a julienne
3 uova
240 ml di olio vegetale
150 g di uvetta
10 noci tritate
1 lattina di polpa di ananas (circa 550 ml)
100 g di cocco

Riscaldate il forno a 180 °C.

Imburrate e infarinate stampini o pirottini.

Mescolate farina, cannella, noce moscata, bicarbonato, lievito, sale e pimento in una ciotola. Sbattete le uova, i due tipi di zucchero e l'olio in un'altra ciotola.

Aggiungete a quest'ultimo composto le carote, l'ananas e il cocco.

Aggiungete la farina mescolata in precedenza, l'uvetta e le noci.

Riempite ogni stampino o pirottino a metà.

Cuocete per 25 minuti (o fino a quando lo stuzzicadenti che infilerete non uscirà asciutto).

Fate raffreddare prima di aggiungere la glassa.

Per la glassa

250 g circa di formaggio spalmabile
225 g di burro
2 cucchiaini di estratto di vaniglia
270 g di zucchero a velo

Mescolate il formaggio spalmabile, il burro e la vaniglia fino a ottenere un impasto omogeneo.

Aggiungete gradualmente lo zucchero finché non diventa cremoso.

Cupcake bianchi

(*proposta da Tammy Yenalavitch, North Carolina*)

225 g di zucchero bianco
110 g di burro
2 uova
2 cucchiaini di estratto di vaniglia
190 g di farina

1 ¾ cucchiaini di lievito
125 ml di latte

Preriscaldate il forno a 180 °C.
Disponete i pirottini.
In una ciotola di media grandezza amalgamate il burro e lo zucchero.
Aggiungete le uova una alla volta e poi la vaniglia. Unite la farina al lievito, aggiungeteli all'impasto e mescolate bene. Infine versate il latte finché l'impasto non risulta omogeneo.
Mettete l'impasto nei pirottini.
Cuocete per 20-25 minuti. Il cupcake è pronto quando è elastico al tocco.
Glassate con la vostra glassa preferita.

CUPCAKE IMBROGLIONI
(*proposta da Beth Bliss, New Jersey*)

Questi cupcake ingannano sotto molti aspetti: sono fatti con un preparato per torte e la glassa è industriale... L'unica cosa genuina è la farcitura alla crema.
Le dosi sono per 20 cupcake a cupola di dimensioni normali, perché ho imbrogliato e ho riempito gli stampi a ¾ anziché a ⅔.

Per i cupcake
1 confezione di preparato per torta margherita (circa 450 ml)
80 ml di olio vegetale
200 g di zucca in scatola
75 ml di acqua
3 uova
1 cucchiaino di cannella
½ cucchiaino di pimento
½ cucchiaino di zenzero in polvere

¼ cucchiaino di chiodi di garofano
¼ cucchiaino di noce moscata

Mescolate tutti gli ingredienti e infornate a 180 °C per 20-24 minuti. Sono pronti quando risultano elastici al tocco o quando lo stuzzicadenti inserito al centro esce asciutto.

Per la farcitura «cuore segreto»

Una piccola quantità di questa preparazione basta per molti cupcake; ne occorre solo 1 cucchiaino, ma la dolcezza bilancia alla perfezione le spezie e la zucca.

230 g di margarina
130 g di zucchero a velo
80 g di crema di marshmallow
2 cucchiaini di estratto di vaniglia (non aroma alla vaniglia, va bene solo l'estratto!)
1 pizzico di sale

Amalgamate tutti gli ingredienti in un mixer fino a ottenere una consistenza leggera e spumosa.

Usando un levatorsoli, tagliate una sezione dal centro di ciascun cupcake.

Con una spatola di silicone infilate l'impasto in una sacca da pasticciere a bocchetta larga o in un sacchetto di plastica al quale avrete tagliato un angolo.

Inserite circa 1 cucchiaino di farcitura in ogni cupcake. Non preoccupatevi se ne fuoriesce un po'. Così è la vita.

Per la «glassa da sballo»
1 barattolo di glassa al latte o al cioccolato fondente
1 cucchiaino di cannella
¼ cucchiaino di peperoncino in polvere (o più, se volete uno sballo maggiore)

Mescolate il tutto usando una frusta manuale o elettrica fino a incorporare le spezie.

CUPCAKE ALLA ZUCCA
(*proposta da Chris Behrens, Florida*)

Per i cupcake
290 g di farina setacciata
1 cucchiaio di lievito
½ cucchiaino di bicarbonato
½ cucchiaino di sale
¾ di cucchiaino di cannella
½ cucchiaino di zenzero
½ cucchiaino di noce moscata
110 g di burro morbido
300 g di zucchero
2 uova ben sbattute
260 g di zucca cotta e frullata o in scatola
180 ml di latte
90 g di noci o noci pecan tritate

Mescolate la farina, il lievito, il bicarbonato, il sale, lo zenzero, la cannella e la noce moscata in una ciotola.

Amalgamate il burro e lo zucchero fino a ottenere un impasto leggero e spumoso; aggiungete le uova e poi la zucca frullata.

Unite gli ingredienti in polvere alternandoli con il latte, mescolando fino a che l'impasto è omogeneo dopo ogni aggiunta; unite le noci tritate.

Riempite a circa ⅔ degli stampini o dei pirottini ben imburrati e infarinati.

Cuocete a 200 °C per 25 minuti o fino a che lo stuzzicadenti inserito nel centro uscirà asciutto.

Le dosi sono per circa 24 cupcake.

Per la glassa

250 g di formaggio spalmabile o panna montata

Guarnite a vostra scelta.

PAN DI SPAGNA AL LATTE CALDO DI LIDA
(*proposta da Mary Stella, Florida*)

Per il Pan di Spagna

4 uova
400 g di zucchero
260 g di farina
2 cucchiaini di lievito
½ cucchiaino di sale
250 ml di latte (riscaldato al punto di bollitura)
1 cucchiaio di burro
1 cucchiaino di vaniglia

Sbattete le uova, poi aggiungete lo zucchero e mescolate bene.

Unite lievito e sale alla farina. Aggiungete alle uova.

Fate bollire il latte, togliete dal fornello e fatevi sciogliere il burro. Aggiungete la vaniglia.

Mescolate il liquido all'impasto fino a rendere il tutto omogeneo. Non mescolate troppo.

Versate in uno stampo per ciambella, oppure in due stampi da 20 cm o in uno da 23 cm × 33.

Cuocete a 180 °C per 30-45 minuti. (Non aprite il forno prima che siano trascorsi 30 minuti.)

Nota. Questa ricetta è per la versione «torta». Per i cupcake usate dei normali stampini e controllate la cottura qualche minuto prima di quanto previsto per la torta.

Per la glassa al burro

370 g di zucchero a velo

110 g di burro morbido
3-4 cucchiai di latte
1 cucchiaino di vaniglia

Mescolate tutti gli ingredienti e battete a velocità media fino a ottenere una crema.

CUPCAKE DELIZIA DI FRAGOLA
(*proposta da Dawn A. Jones, New Jersey*)

Per i cupcake
1 scatola di preparato per torte alla fragola

Preriscaldate il forno in base alle istruzioni del preparato per torte.
Disponete sulla teglia i pirottini.
Seguite le istruzioni sulla scatola.
Versate l'impasto nei pirottini.
Cuocete secondo le istruzioni. I cupcake sono pronti quando risultano elastici al tocco o quando lo stuzzicadenti che avrete inserito al centro uscirà asciutto.

Per la farcitura e la glassa
1 vasetto di marmellata di fragole
1 barattolo di glassa al cioccolato al latte

Servendovi di un coltello appuntito, tagliate una sezione dal centro di ciascun cupcake e mettetelo da parte. Poi, con un cucchiaino riempite la cavità con un po' di marmellata di fragole.
Rimettete a posto la sezione tagliata e glassate con la glassa al cioccolato.
Dosi per 24 cupcake, in base al preparato per torte.

Ringraziamenti

SCRIVO con il cuore e con l'anima e mi sento fortunata e riconoscente nei confronti di tutti coloro che ispirano e sostengono i miei sforzi creativi.

Grazie alla mia editor, Monique Patterson, che ha accolto la mia voce e mi ha offerto questa fantastica opportunità. Creare le Cupcake Lovers e immergermi nel loro mondo è stata una sfida e un'emozione. A future, più romantiche e gustose avventure!

Holly Blanck, ti ringrazio per il tuo impegno, il sostegno e il tifo costante.

Barbara Wild, redattrice, grazie per il tuo tocco delicato e minuzioso. Sei fantastica.

Il mio profondo riconoscimento all'ufficio grafico e all'ufficio marketing, allo staff editoriale e a tutti coloro che alla Martin's Paperback hanno dedicato energia, talento ed entusiasmo a quest'opera.

Un caloroso e sentito grazie alle mie compagne di critica in questo progetto, Barb Justen Hisle (alias Elle J Rossi) e Cynthia Valero: vi sono debitrice! Grazie di *tutto*!

Ringraziamenti speciali a Mary Stella, Heather Graham e Julia Templeton per la loro amicizia e il costante supporto. Ovunque io mi trovi nel processo di scrittura, nella vita, voi ci siete.

Ai miei amici (frequentatori e colleghi) della Brigantine Library e al mio programma di supporto dell'Atlantic County Library System... Ai miei amici – lettori, librai e bibliotecari, on-line e nella vita... Grazie per il vostro fantastico sostegno e per l'entusiasmo.

Ultimo, ma non per importanza, e primo nel mio cuore... Il mio amore e la mia riconoscenza a mio marito Steve – mio eroe, mio amico. Mi fai ridere e mi impedisci di impazzire. Sei tu a ispirarmi ogni lieto fine.

Finito di stampare nel maggio 2013
presso ELCOGRAF S.p.A.
Stabilimento di Cles (TN)
Printed in Italy

Prova d'acquisto
978-88-200-5394
2013